Buch

„Ein feiner Landregen trieb durch den Lichtkegel des Wagens, den Hauptkommissar Felix Büschelberger gerade auf halber Strecke zwischen Langenhain und Eppstein auf der einsamen Straße parkte."

Felix Büschelberger, Hauptkommissar bei der Frankfurter Mordkommission, wird eines Abends zusammen mit anderen Mitgliedern einer Umweltschutzgruppe beim Krötensammeln beinahe überfahren. Am nächsten Morgen wird der Raser tot im Osthafen aufgefunden.

Selbstmord? Mord? Schnell stoßen Felix und sein italienischer Jugendfreund und Kollege Emilio mit ihrem Team auf unlautere Machenschaften, die bis in höchste politische Kreise reichen könnten. Verzwickte Spuren führen die teetrinkenden Ermittler von Deutschland über Italien bis nach Kenia. In den unterschiedlichste Welten sind die scheinbaren Saubermänner genauso verdächtig wie schwule und verzweifelte Stricher.

Mit Hilfe des kettenrauchenden Chefpathologen Dr. Kevin Murr und ausgefeilter Technik werden knifflige Rätsel aufgelöst, doch immer neue entstehen. Aber mit ihrem charmanten und leistungsfähigen Elektrofahrzeug stromern Felix und Emilio dem Täter unerbittlich hinterher.

Heftige Turbulenzen in Felix´ Privatleben sorgen nebenbei für Spannung ganz anderer Art ...

Autor

Stephan Schwarz wuchs in Bremen auf. Nach der Dienstzeit bei der Deutschen Luftwaffe studierte er Ingenieur- und anschließend Wirtschaftswissenschaften in Braunschweig.

Auf seinen Reisen durch Europa schnappt er immer wieder Eindrücke für seine Geschichten und Krimis auf. Heute lebt er im Großraum München und ist glücklich verheiratet.

Stephan Schwarz unterstützt mit seinem Roman soziales Engagement. Nähere Informationen hierzu sind auf der Verlagswebseite zu finden.

Stephan Schwarz

KRÖTENMORD

Kriminalroman

CAPSCOVIL | GLONN

3. Auflage 2012
Deutsche Taschenbuch-Erstausgabe Dezember 2011
© Copyright Capscovil Verlag, Glonn, 2011
Alle Rechte vorbehalten. Das Werk darf – auch teilweise – nur
mit Genehmigung des Verlags wiedergegeben werden.
Umschlaggestaltung und Satz: Capscovil Verlag
Umschlagmotiv: © Copyright Stephan Schwarz, 2011
Druck und Bindung: Lightning Source
ISBN 978-3-942358-16-3 - Taschenbuch
*
Krötenmord ist ebenfalls als eBook erhältlich.
Capscovil ® ist ein eingetragenes Markenzeichen von Britta Muzyk.

www.capscovil.com

Kapitel 1

Ein feiner Landregen trieb durch den Lichtkegel des Wagens, den Hauptkommissar Felix Büschelberger gerade auf halber Strecke zwischen Langenhain und Eppstein auf der einsamen Straße parkte. Felix seufzte. Dieser Regen würde ihn wieder einmal ganz durchnässen und mit knapp zwölf Grad Celsius war es auch nicht wirklich warm. Dann fiel sein Blick auf seine zwei Begleiter. Auch sie starrten in die Dunkelheit hinaus, aber in ihren Gesichtern war kein Zweifel zu sehen, eher eine freudige Erwartung, die Menschen immer dann an den Tag legten, wenn sie von einer Sache wirklich überzeugt waren. Eben verloschen beim Wagen, der hinter ihrem stand, die Lichter und zwei weitere Begleiter stiegen aus. Beide trugen orange Schutzwesten mit zwei reflektierenden hellen Streifen darüber und blaue kleine Plastikeimer in der Hand. Felix lächelte jetzt: Nein, dies war keine normale Nacht – heute Nacht musste er keinen Mord aufklären, sondern würde mit seinen vier Gefährten dem Tod ein Schnippchen schlagen. Heute Nacht würde hier auf dieser Strecke kein weiteres Verbrechen geschehen.

Alle fünf verteilten sich langsam an der Straße und fingen an, mit Taschenlampen auf und ab zu leuchten. Hier kreuzte ein Krötenwanderweg die Straße und angesichts ihrer stark motorisierten Gegner hatten die Amphibien keine Chance, zu ihrer Paarungsstelle bei den kleinen Seen auf der anderen Seite zu gelangen. Felix hob seine erste Kröte für diese Nacht auf, ein Männchen, das sich sofort an seinen Mittelfinger klammerte. Erstaunlich wie diese kleinen Kerlchen auf jede Bewegung reagierten.

Wenn sie an einem still sitzenden Weibchen vorbei krochen, bemerkten sie es nicht, aber eine leichte Bewegung im Gras versetzte sie in helle Aufregung. Er streifte die Kröte von seinem Finger ab und setzte sie in den Eimer. Sie würden sie nachher noch zählen und versuchen grob zu katalogisieren, bevor sie die Tiere an den Teichen wieder in die Freiheit entlassen würden.

Felix hob eine weitere Kröte auf, dieses Mal ein Weibchen, an dem sich schon zwei Männchen festgeklammert hatten. Das Weibchen fiepte mehrere Male kurz hintereinander auf, bis es im Eimer saß. Felix hatte sich schon oft gefragt, was die Tiere ihm wohl erzählen wollten. Im Schein seiner Taschenlampe erkannte er, dass es eine gute Ausbeute geben würde – es waren zahlreiche Kröten unterwegs. Er erinnerte sich, dass sie während der Wanderungsperiode vor zwei Jahren mit der gesamten Gruppe über dreitausend Kröten gerettet hatten. Darüber war sogar ein kleiner Artikel im Kreisblatt von Bad Soden mit Foto der ganzen Helfertruppe erschienen, aufgenommen auf irgendeiner Feier. Es hatte natürlich nicht lange gedauert bis dieser Bericht den Weg auf das Revier fand, in dem Felix arbeitete. Das hatte ihm den Spitznamen »Hauptkommissar Frosch« eingebracht. Es war sinnlos gewesen, seinen Kollegen zu erklären, dass sie nicht Frösche, sondern Kröten retteten. Es hätte die Spötteleien eher noch verstärkt. Eine Woche später war ein großer aufblasbarer Frosch in seinem Büro gelandet. Dieser hatte einfach in der Ecke gesessen, als er morgens zum Dienst gekommen war, und alle hatten gegrinst.

Felix hatte es dabei belassen und der Frosch saß heute noch da. Seine Kollegen hatten nie verstanden, warum er in seiner knappen Freizeit jedes Frühjahr wieder loszog, aber er genoss es einfach. Es war richtig und alle, die dabei halfen, waren Idealisten. Da er hauptberuflich nur mit Gewalttätern zu tun hatte, waren diese Leute für sein seelisches Gleichgewicht wichtig.

Petra zum Beispiel, die neben ihm Kröten auflas, war eine Marketingmanagerin in einer großen Firma in Frankfurt. Er hatte sie einmal in der Fußgängerzone getroffen und fast nicht erkannt, wie sie in ihrem Hosenanzug von Gucci und aufregend geschminkt mit sündhaft teuren Schuhen plötzlich vor ihm stand. Jetzt war sie völlig ungeschminkt, trug ausgewaschene Jeans und einen weiten Sweater unter ihrer Schutzweste und steckte mit beiden Händen tief in einem Eimer voller Kröten. Idealisten, Menschen die noch an etwas glaubten – ja, das war der wahre Grund, warum er hier bei dieser Gruppe gelandet und geblieben war.

Trotz des Wetters war die Stimmung ausgelassen. Wie üblich wetteiferten sie, wer die größte Krötendame mit den meisten auf ihr hockenden Krötenmännchen finden würde, und wie üblich würde sicher Petra gewinnen. Sie hatte einen Blick dafür, wo man suchen musste. Die ersten Eimer mit ihrer krabbelnden Ladung waren bereits auf die andere Seite gebracht worden und die zweite Sammlung lief auch schon erfolgreich, als Petra plötzlich rief: »Vier auf eins, ich habe gewonnen!«

Ihr helles Lachen erfüllte die Nacht und Felix und die anderen gingen zu ihr. Ein Kleeblatt, wie sie diese Kombination nannten, war selten, also wollten es alle sehen und eine kleine Pause war ihnen ebenfalls willkommen. Sie standen dicht beieinander, sahen auf das Krötenknäuel, das Petra beleuchtete, und alberten ein wenig herum. Ihre Eimer standen an der Straße und so hörte keiner, wie sich ein schwerer Wagen aus Richtung Langenhain mit hoher Fahrt näherte.

Erst als er ganz nah war, horchten sie auf und sahen, wie das dunkle Auto, ein 5er BMW, durch die Kurve schoss und sie mit seinen hellen Xenonscheinwerfern blendete. Er nahm die Kurve zu schnell und wurde aus der Bahn getragen. Der BMW hielt direkt auf sie zu. Felix warf sich auf Petra und brachte sie dadurch in Sicherheit. Auch die anderen reagierten gerade noch rechtzeitig. Der Wagen erwischte jedoch zwei ihrer Eimer, schleuderte sie hoch in die Luft und war innerhalb von Sekunden in Richtung Eppstein verschwunden.

Ruhe senkte sich wieder über die nächtliche Straße und für eine kleine Ewigkeit, so kam es Felix zumindest vor, sagte niemand etwas. Dann fing Petra an zu stöhnen. Jochen, der Gründer ihrer Gruppe, schimpfte laut vor sich hin und stieß heiße Verwünschungen in den Himmel. Felix hatte nur den Geruch von Petras Haaren in der Nase und seine Erinnerungen kreisten um einen Abend vor knapp zwei Jahren. Damals hatte sie ihm ein ziemlich eindeutiges Angebot gemacht, auf das er sich aber – gerade frisch geschieden – nicht hatte einlassen können.

Er zwang sich, seine Gedanken wieder auf die Gegenwart zu lenken, und stand auf. Dann half er Petra auf die Beine und fragte, ob irgendjemand verletzt war. Alle verneinten, machten ihrem Ärger jedoch mit Fluchen und Schimpfen Luft.

»Mann, hättest du dem nicht die Reifen zerschießen können?«, fragte Eric, der Jüngste ihrer Gruppe.

»Ich glaube, du schaust zu viele amerikanische Actionfilme«, antwortete ihm Felix und konnte sich bei der Vorstellung, wie er mit seiner Waffe mannhaft hinter dem davonrasenden Wagen her feuerte, ein Auflachen nicht verkneifen.

»Außerdem wäre es ungesetzlich gewesen. Aber hat sich irgendjemand das Nummernschild merken können? Ich habe nur F-MS lesen können und selbst da bin ich mir nicht ganz sicher.«

Doch niemand hatte mehr gesehen. Der eine Eimer lag völlig zerstört ungefähr hundertfünfzig Meter entfernt auf der Straße, den zweiten fanden sie gar nicht mehr. Ebenso wenig hatten irgendwelche Kröten, die sie schon gerettet glaubten, den Unfall überlebt. Die Stimmung war gedrückt. Sie sammelten alle noch dreißig Minuten weiter und brachen dann auf zurück nach Frankfurt. Als sie sich trennten, versprach Felix am nächsten Tag zu versuchen, den Fahrer des BMW zu ermitteln.

Zu Hause angekommen, duschte er sich heiß ab. Er liebte das Gefühl, wenn warmes Wasser seinen Körper entlanglief. Die ganze Zeit aber waren seine Gedanken bei Petra. Er konnte den Duft ihrer Haare noch riechen und bei der Erinnerung daran, wie er auf ihr gelegen hatte, wurde ihm heiß. Er setzte sich in sein Wohnzimmer und goss ein Glas von dem Rotwein ein, den er am vorigen Abend angebrochen hatte. Der Wein war dunkelrot, trocken und sehr beerig, genau so wie er ihn liebte.

Wo steckte bloß Django? Er schaute sich um. Django war sein grauer Kater, den er vor einigen Jahren mitgenommen hatte, damals beim Mordfall Britta M. Es waren keine Angehörigen aufzutreiben gewesen und das Tierheim hatte den Vierbeiner sofort einschläfern wollen, da ihm ein Ohr fehlte und er ansonsten auch nicht besonders hübsch war. Also nicht vermittelbar!

Der Hauptkommissar hatte den Gedanken nicht ertragen können, dass der Kater so enden sollte, und seitdem bildeten die beiden eine seltsame WG. Er schien zu spüren, wenn sein menschlicher Mitbewohner einen stillen, aber verständnisvollen Zuhörer brauchte.

Dafür verlangte er aber die Freiheit, zu gehen und zu kommen wie er wollte, und sein Futternapf hatte bei seiner Rückkehr gefüllt zu sein. Ansonsten durfte Felix mitbringen, wen er mochte. Jeder fand Djangos Zustimmung, was sich meistens in seiner völligen Nichtbeachtung der Besucher ausdrückte.

An diesem Abend schien sein siebter Katzensinn allerdings nicht zu funktionieren. Felix musste wohl Selbstgespräche führen, wenn er einen Zuhörer haben wollte. Mit einem leisen Seufzer schenkte er sich noch einmal nach, als eine Katzenpfote Einlass fordernd an seinem Wohnzimmerfenster kratzte. Er öffnete es.

»Na, mein Freund, ich habe schon gedacht, du vergisst mich heute und gehst deinen eigenen Geschäften nach.«

Das Tier verschwand in der Küche, wo sein Fressnapf auf ihn wartete. Felix blieb im Wohnzimmer, es hatte keinen Sinn seinen

Kater zu Eile anzutreiben, er würde kommen, wann es ihm beliebte. Wenig später sprang Django auf den Wohnzimmertisch und ließ sich auf seiner Lieblingsecke nieder. Sein Ohr war gespannt aufgerichtet und er schaute Felix an, als wolle er sagen:»Na los, komm, erzähle mir davon.«

Sein Schwanz baumelte über die Kante des Tisches und bewegte sich im Takt von Felix' Erzählweise.

»Heute wärst du beinahe Vollwaise geworden, aber es ist alles nochmal gut gegangen. Bloß kann ich seit diesem Erlebnis an nichts anderes mehr denken als an Petra. Und das ist, glaube ich, ein Problem.«

Felix merkte selber, wie konfus seine Rede war. Er schaute seinem Kater in die Augen.

»Du meinst sicher auch, ich rede nur Stuss, oder?«

Django blinzelte und gähnte, danach streckte er sich.

»Okay, ich habe verstanden. Ich rufe sie einfach morgen an und dann werden wir sehen, was sich ergibt.«

Felix leerte sein Glas und entließ das Tier erneut in die Nacht. Dann löschte er die Lichter.

Um acht Uhr fünfzehn betrat der Hauptkommissar sein Büro und grüßte seine Kollegen, die gerade bei ihrem morgendlichen Teezeremoniell zusammensaßen:

Emilio, der zurzeit nur gewürzten Schwarztee trank, heute auf syrische Art mit einer Prise Zimt und Kardamom, Frauke, die wie er selbst am liebsten grünen Tee trank, und Arno, der nur Ostfriesentee zu sich nahm, den ihm seine Mutter immer aus Aurich per Post zuschickte. Arno vertraute nicht einmal den Mischungen aus den Teeläden hier in Frankfurt. Frauke reichte Felix seinen Becher.

»Heute habe ich Himmelstau für uns beide gemacht!«

Er lächelte sie an, dabei musste er an den seltsamen Ruf denken, den seine Truppe hier hatte. Er kannte keine andere Ermittlungsgruppe, die nur aus Teetrinkern bestand. Bei den anderen war der Kaffeekonsum groß, hier gleich null.

»Bevor wir den heutigen Tag und unsere Aufgaben besprechen, möchte ich dich bitten, ein Kennzeichen für mich zu überprüfen!«, wandte sich der Hauptkommissar an Arno.»Es geht um einen schwarzen oder dunkelblauen 5er BMW mit dem Kennzeichen F-MS, weiter weiß ich es nicht.«

»Das ist seltsam. Wir haben vor zwanzig Minuten eine Meldung bekommen, dass sie im Osthafen eine männliche Leiche gefunden haben, der in einem schwarzen 530d mit dem Kennzeichen F-NS 609 saß. Sieht auf den ersten Blick nach Selbstmord aus. Die Kollegen der Schupo und KTU sind vor Ort, wir werden wohl dem Fall zugeteilt.«

Felix blickte Frauke an, die ihn mit dieser Mitteilung überrascht hatte und verspürte ein Kribbeln. Konnte das wahr sein? Er war sich ja nicht sicher gewesen, ob er die Buchstaben überhaupt richtig erkannt hatte.

Das Telefon klingelte und er meldete sich.

»Mordkommission viertes Revier, Hauptkommissar Büschelberger.«

Am anderen Ende war Staatsanwalt Fromm.

»Guten Morgen, ich hoffe die Teestunde ist bereits zu Ende, denn ich habe Arbeit für Sie. Haben Sie schon von dem Toten im Osthafen gehört? Ich möchte, dass Ihr Team den Fall übernimmt, die anderen Gruppen haben alle noch aktuelle Ermittlungen, also viel Erfolg.«

Fromm wartete keine Erwiderung ab und hängte auf. Felix schaute seine Mitarbeiter an.

»Frauke hat wie üblich recht gehabt, wir sind drin. Also, Emilio und ich fahren raus. Arno, schau nach, was du durch das Kennzeichen über den Halter rausbekommst. Bei der Gelegenheit checke trotzdem noch, ob es auch ein Kennzeichen mit MS gibt. Und du, Frauke, kannst die administrativen Dinge erledigen, die wir für einen neuen Fall brauchen. Wir treffen uns hier, wenn wir zurück sind.«

Emilio hatte schon den Wagenschlüssel in der Hand und griff nach seiner Jacke, während Felix noch schnell seinen Becher leerte und sich dabei den Mund verbrannte. Am Parkplatz angekommen stieg er leise vor sich hin fluchend in ihren schwarzen Stromos, auf dessen Kofferraum sein Kollege vorschriftswidrig einen Aufkleber von Lazio Rom geklebt hatte. Der Hauptkommissar tolerierte es, da Emilio die Zuverlässigkeit in Person war. Denn wann immer nötig arbeitete er auch die ganze Nacht und das Wochenende, obwohl er als Einziger noch verheiratet war.

Der Stromos war der zweite Grund, warum die Ermittlungsgruppe als sehr speziell galt. Die Frankfurter Oberbürgermeisterin, eine Grüne, hatte zehn Elektroautos dieser Marke angeschafft und Freiwillige gesucht, die die Tauglichkeit im öffentlichen Dienst testen wollten. Felix war der erste und einzige Polizist gewesen, der ein

Fahrzeug für seine Truppe bestellt hatte. Selbst Emilio, als Italiener mit Benzin im Blut geboren, hatte sich inzwischen mit dem kleinen Flitzer angefreundet.

Der Motor summte leise und sie schossen vom Hof, denn Emilio fuhr immer als wäre er auf der Rennstrecke von Monza unterwegs. Während der Fahrt erinnerte sich Felix lächelnd an die Diskussionen über die Nutzung eines Elektroautos. Sein Kollege hatte Bedenken wegen schlechter Beschleunigung gehabt, immerhin bot der Stromos trotz seiner Kompaktheit vier vollwertige Plätze und damit ein hohes Ladegewicht an. Würden sie da schnell genug vom Fleck kommen? Dieses Argument konnte der Hersteller damals leicht entkräften. Das Elektroauto hatte bessere Beschleunigungswerte als viele Autos mit Verbrennungsmotor. Ehrlicherweise musste auch Emilio zugeben, dass wilde Verfolgungsjagden mit hochmotorisierten Gangstern nur extrem selten vorkamen. Viel schwieriger war die Diskussion um die Reichweite des alternativen Dienstwagens gewesen.

Voll aufgeladen konnte der Stromos garantiert einhundert Kilometer fahren, da während der Fahrt auch die Bremskraft wieder in Energie umgewandelt und der Batterie zugeführt wurde. Sogar hundertfünfundzwanzig Kilometer hatte Emilio auch schon nonstop geschafft. Dafür musste der Stromos knapp acht Stunden geladen werden. Als Richtwert gab der Hersteller an, dass eine Stunde Ladezeit die Reichweite um fünfzehn Kilometer erhöhte.

Eine statistische Auswertung aller Dienstwagen hatte ergeben, dass ein Polizeifahrzeug der Kripo im Durchschnitt fünfundneunzig Kilometer täglich fuhr. Darin lag ein Risiko, dessen waren sich Felix und die Oberbürgermeisterin bewusst.

Ihr Test sollte auch aufdecken, inwieweit der Einsatz von Blaulicht und Martinshorn die Reichweite des Autos verkürzte, da der dazu benötigte Strom ebenfalls aus der Batterie entnommen wurde. Zu diesem Zweck war ein Zusatzcomputer installiert worden, der den Stromverbrauch genau aufzeichnete. Über ein GPS-System wurden außerdem die genaue Route und Fahrtleistung des Stromos festgehalten.

Alle Daten wurden am Monatsende ausgelesen und an German E-Cars sowie Siemens geschickt, die mit den Messwerten ihre Fahrzeuge und Ladestationen optimieren wollten. Der Computer zeigte auch den jeweiligen Ladezustand und die ungefähre Reichweite an. Bei jeder Rückkehr zum Revier war es für Emilio inzwischen selbstverständlich geworden, den Stromos an die Ladesäule anzuschließen, die extra für sie von der Firma Siemens dort installiert worden war.

Ein weiterer Vorteil, der den Italiener von dem Elektroauto überzeugt hatte, war die sehr gute Straßenlage. Da die Batterien im Unterboden verbaut waren, lag der Schwerpunkt sehr tief und Emilio konnte jede Kurve fahren, als säße er in einem Ferrari. Das letzte Argument für den kleinen Elektroflitzer war das Ergebnis des Crashtests: Er hatte aufgedeckt, dass das Auto genauso sicher war wie vergleichbare Autos mit herkömmlichem Verbrennungsmotor. Zudem wurde das Auto sofort spannungsfrei geschaltet, wenn der Airbag ausgelöst wurde – so konnte kein Insasse oder Helfer durch Strom verletzt werden.

Sie erreichten den Osthafen in Rekordzeit.

»Na, mal wieder geflogen?«, fragte Hauptwachtmeister Müller, als sie mit quietschenden Reifen zum Stehen kamen.

Felix mochte den Mann, der immer ruhig und besonnen war, der schon alles gesehen und in seinen dreißig Dienstjahren einen großen Erfahrungsschatz gesammelt hatte. Diese Erfahrung stellte er auch jedem Kollegen zur Verfügung, der darauf zurückgreifen wollte.

Der Hauptkommissar klopfte Müller freundschaftlich auf die Schulter.

»Du kennst doch Emilio und seinen Fahrstil, eines Tages heben wir noch ab. Aber einen Pakt mit irgendwelchen Heiligen muss er schon haben – noch nie ein Unfall, trotz seines Kamikazestils. Also, was haben wir hier?«

Bei der Bemerkung über seinen Pakt mit Schutzheiligen rollte Emilio mit den Augen und knurrte vernehmlich, als er den beiden zum Fundort der Leiche folgte. An manchen Tagen verstand er keinen Spaß damit.

»Wir haben eine männliche Leiche, neununddreißig Jahre alt. Er saß auf dem Fahrersitz und mit Hilfe eines Schlauches wurden die Autoabgase in die Fahrerkabine geleitet. Die Identität haben wir anhand des Führerscheines schon ermitteln können: Es handelt sich um Dr. Uwe Kaptaijn, gemeldet hier in Frankfurt in der Beethovenstraße sechzehn. Er wurde heute Morgen um sieben Uhr neun von einem Jogger gefunden, der noch versucht hat den Mann wiederzubeleben. Also hat er das Auto geöffnet und den Motor abgestellt, dann aber sehr schnell gemerkt, dass es sinnlos ist. Soweit die Fakten. Doch wenn du meine Meinung wissen willst, ich habe ein komisches Gefühl.

Ich glaube nicht an einen Selbstmord, aber kann dir nicht genauer sagen, warum.«

Der Fundort war mit rotweißer Banderole weiträumig abgesperrt. Felix sah die Männer der KTU um den BMW herum arbeiten, um die Spuren zu sichern. Die Leitung hatte Dr. Kevin Murr, der beste Mann, den es für diesen Job geben konnte. Er war Pathologe und besaß zusätzlich einen Doktortitel in Philosophie. In Fachkreisen genoss er einen sehr guten Ruf. Bei schwierigen Fällen holte man auch schon einmal bundesweit seine Meinung ein, obwohl er als extrem launisch galt.

Die unvermeidliche Zigarette zwischen die Lippen gequetscht, beschäftigte er sich mit irgendetwas am Kühlergrill des Autos. Felix konnte sich nicht erinnern Dr. Murr jemals ohne Zigarette gesehen zu haben. Selbst in der Pathologie bei der Obduktion war sie in seinem Mund zu finden. Fast konnte man glauben, er wäre schon mit Glimmstängel auf die Welt gekommen.

Beide Männer respektierten sich und gingen freundschaftlich miteinander um. Neben dem Team von Dr. Murr waren noch drei Schutzpolizisten anwesend. Einer von ihnen sprach gerade mit einem Mann im Jogginganzug.

»Felix, komm her! Das wird ganz speziell dich interessieren«, rief der Pathologe.

»Gleich!«, antwortete dieser und wandte sich an Emilio.

»Sprich mit dem Jogger und nimm seine Aussage auf. Danach kann er gehen, wenn wir seine Personalien haben. Er soll aber morgen oder übermorgen zu uns kommen, damit wir Fingerabdrücke nehmen können, um sie zu vergleichen. Wenn er will, können ihn auch die Schupos nach Hause bringen.«

Dabei deutete er auf die beiden Beamten, die gelangweilt herumstanden. Emilio nickte. Felix blickte sich noch einmal ganz in Ruhe um. Der erste Eindruck von einem Fund-, eventuell sogar Tatort war wichtig, dafür musste man sich Zeit nehmen.

Es gab nur diese eine Chance. Wenn man sie vertat, konnte man wichtige Hinweise übersehen. Das hatte ihn sein erster Partner gelehrt und wie oft hatte sein heute pensionierter Freund recht gehabt. Manchmal traf er sich noch mit Hauptkommissar a.D. Ludwig Ruebens. Dann diskutierten sie bei einigen Flaschen Bier aktuelle Fälle von Felix, was inzwischen aber immer seltener wurde.

Im Hintergrund sah der Hauptkommissar die Skyline von Frankfurt – oder Mainhattan, wie es oft genannt wurde. Davor floss der Main, grau und kalt. Der Wagen stand so, dass der Fahrer auf die Skyline gesehen haben musste, als die Abgase seine Lungen füllten. Nachts, wenn die City beleuchtet war, bestimmt ein schöner Anblick.

Ansonsten war nichts Außergewöhnliches zu sehen und so ging Felix zum Pathologen, der ihn zu seiner Verwunderung breit angrinste. Dr. Murr trug seinen Namen zu Recht: Er war nicht als Mann bekannt, der über einen ausgeprägten Humor verfügte. Jetzt lehnte er am Kühlergrill und zündete sich eine weitere Zigarette an.

»Ich dachte schon, du interessierst dich nicht mehr für meine Entdeckung.«

Er zeigte wieder ein wölfisches Lächeln, ging einen Schritt zur Seite und deutete auf den unteren Teil des Kühlergrills.

»Eine interessante Kühlerfigur, recht selten, würde ich sagen.«

Felix erkannte sofort, was Dr. Murr meinte. Die mitten im Kühlergrill klemmende Kröte bot einen bizarren Anblick. Also war der Fahrer von gestern Abend gefunden.

»Ich wusste doch, dass so etwas unserem Froschkönig gefällt«, lachte der Pathologe.

»Hauptkommissar Frosch, das weißt du doch. Außerdem sieht es nicht wie ein Frosch aus, sondern wie eine Erdkröte, würde ich sagen«, entgegnete Felix.

»Genau. Es ist ein Exemplar der Gattung Bufo bufo. Jedenfalls eine seltene Todesursache. Ich habe noch nie gesehen, dass unsere heimischen Amphibien so hoch springen und im Flug erwischt werden. Du weißt ja besser als ich, dass die meisten Exemplare auf der Straße enden – und zwar nicht durch direktes Überfahren. Schuld ist der hohe Luftdruck, der entsteht, wenn ein Auto über sie hinweg rast. Der bringt ihre Innereien zum Platzen. Die Franzosen haben Mitte der achtziger Jahre eine Waffe entwickelt, die ein ähnliches Prinzip hatte. Sie sollte den Gegner durch Schallwellen innerlich verbluten lassen, aber ich schweife ab. Jedenfalls kann ich mir nicht erklären, wie unser kleiner Freund hierher kam.«

Dr. Murr blickte auf die tote Kröte.

»Das kann ich dir sagen. Gestern Abend war meine Umweltgruppe unterwegs. Wir wurden von diesem Auto fast umgefahren und der Fahrer hat zwei unserer Eimer mit den gesammelten Kröten erwischt. Dabei muss eine hochgeschleudert worden sein und sich hier verfangen haben. Ich habe heute Morgen schon versucht, den Fahrer wegen Fahrerflucht ermitteln zu lassen. Das kann ich jetzt wohl bleiben lassen.«

Der Hauptkommissar kratzte sich am Kopf. Kevin pfiff durch die Zähne.

»Na, dann pass auf, dass sie dir kein Motiv unterstellen!« Dann lachte er, wobei er seine nikotingefärbten Zähne entblößte.

»Aber lass uns ernst werden. Der Mann ist seit mindestens fünf Stunden tot und ich kann nicht glauben, dass er an einer Vergiftung durch die Abgase gestorben ist. Seine Gesichtsfarbe entspricht nicht der solcher Opfer, sie wirkt nicht grau genug. Genaueres weiß ich natürlich erst nach der Obduktion. Du kennst ja das Prozedere.«

»Müller glaubt auch nicht an einen Selbstmord«, meinte Felix.

»Dann hast du ja eine Menge Arbeit vor dir und solltest mich in Ruhe lassen!« Mit diesen Worten wandte sich Dr. Murr an seine Leute: »Seid ihr fertig?«

»Wenn du die Leiche noch einmal sehen willst, bevor wir sie wegbringen, dann los«, drehte er sich zu Felix um.

Sie gingen auf die andere Seite des Wagens, wo ein weißes Tuch den Leichnam bedeckte. So verhüllt hatte der Tod für den Polizisten immer etwas Irreales, fast Friedliches. Das Weiß verband er mit Unschuld. Dr. Murr schlug das Tuch zurück.

Das Opfer lag da wie schlafend und sein Gesicht wirkte entspannt. Uwe Kaptaijn trug einen beigen Rollkragenpullover, eine Bluejeans von Joop und hellbraune, ziemlich teure Markenschuhe. Als Felix einmal um das Opfer ging, sah er das Schild von Salvatore Ferragamo auf die Sohlen genagelt. Italienische Handarbeit, erkannte er nicht ganz ohne Neid. Er träumte oft von teuren, aber hauptsächlich bequemen Schuhen. Doch bei den Orten an die ihn seine Arbeit führte, lohnte es sich nicht, zu viel Geld in Schuhe zu investieren. Sonst war nichts weiter Auffälliges zu bemerken. Insgesamt wirkte das Opfer sehr gepflegt und hatte zu seinen Lebzeiten sicher vielen Frauen den Kopf verdreht. Eine Spur, der sie nachgehen mussten, notierte sich Felix gedanklich.

»Kannst du mir sonst noch etwas sagen?« Er blickte den Rechtsmediziner an, der unwillig den Kopf schüttelte.

»Im Moment kann ich dir noch nichts sagen und meine Vermutung hast du gehört. Also, kann er zu uns in die Pathologie gebracht werden?«

»Sicher, mach mit ihm, was du willst.«

Allerdings wollte der Hauptkommissar lieber nicht genau wissen, was man so alles anstellen musste, um den Toten ihre Geheimnisse zu entlocken. Kevin Murr winkte den Mitarbeitern des Bestattungsunternehmens, die inzwischen eingetroffen waren und den Toten fortbrachten. Emilio gesellte sich zu ihnen.

»Unser Zeuge heißt Matthias Grüntal und wohnt ganz in der Nähe, in der Holzgasse dreizehn. Die Strecke hier am Main läuft er zweimal die Woche und heute hat er dabei das Opfer noch im Auto sitzend gefunden. Er hat den Wagen geöffnet, um den Mann, der nach seiner Aussage auf das Lenkrad gesunken war, aus dem Wagen zu ziehen und wiederzubeleben. Dabei hat er aber schon gemerkt, dass Herrn Kaptaijn wohl nicht mehr zu helfen war, doch trotzdem noch nach Puls und Atmung gesucht; hat dann aber aufgegeben, den Motor abgestellt und uns per Handy um sieben Uhr fünfzehn verständigt. Er scheint ziemlich gut mit diesem Ereignis fertigzuwerden. Ihm ist noch aufgefallen, dass die Heizung des BMW lief. Warum er auf die Idee gekommen ist, den Motor abzustellen, kann er nicht mehr erklären. Er wird im Laufe der nächsten Tage zu uns ins Büro kommen, um weitere Fragen zu klären und seine Aussage noch einmal zu Protokoll zu geben.«

»Vermutest du etwas Bestimmtes?«, fragte Felix, der am Tonfall seines Kollegen merkte, dass ihm einiges nicht gefiel.

»Ich habe schon viele Zeugen befragt, die einen Toten gefunden haben, aber die wenigsten sind so cool dabei. Das gefällt mir nicht. Ich denke, wir sollten uns Herrn Grüntal noch einmal genauer ansehen!«, brummte dieser.

»Gut, dann mach das. Aber jetzt fahren wir erst einmal bei der Adresse von Uwe Kaptaijn vorbei und sehen, was wir rausbekommen.« Felix ging zum Fahrzeug voraus.

Die Beethovenstraße sechzehn wirkte von außen völlig unspektakulär, wie ein ganz normales Wohnhaus eben, und hatte vierundzwanzig Mietparteien. Man würde hier keinen Mieter vermuten, der so teure Kleidung trug wie das Opfer.

Auf das Klingeln beim Namensschild Kaptaijn erfolgte keine Reaktion, so klingelte Felix bei allen Schildern durch, bis sich eine ältere Frauenstimme meldete: »Ja?«

»Guten Tag, Frau Schumm«, antwortete er nach einem schnellen Blick auf das Klingelschild. »Ich bin Hauptkommissar Felix Büschelberger und würde mich gerne kurz mit Ihnen unterhalten.«

Der Türsummer brummte und sie traten ein. Als glücklichen Zufall betrachtete Felix die Tatsache, dass die Frau vis-à-vis der Wohnung des Opfers wohnte. Die Tür wurde einen Spalt breit geöffnet und ein Paar blaue Augen blickte sie wachsam an: »Dürfte ich erst einmal Ihre Ausweise sehen?«

»Sicher!« Sie zeigten ihre Ausweise und nach einer längeren Prüfung ließ Frau Schumm sie in ihre Wohnung.

»Man kann nie vorsichtig genug sein.«

Darauf konnten die beiden Beamten nur zustimmend nicken. Felix fiel sofort auf, dass diese Wohnung frisch roch. Meistens hatten Wohnungen, gerade auch von älteren Leuten, einen ganz eigenen Geruch. Hier fehlte er völlig. Er musterte die Frau, die er auf fünfundsiebzig Jahre schätzte. Sie hatte strahlend blaue Augen, volle Lippen und trug ihr Haar lang und offen, es war schneeweiß. Einst war sie sicher eine schöne Frau gewesen und ihre Ausstrahlung ließ davon noch immer erkennen.

»Entschuldigen Sie, dass wir Sie so erschrecken, aber wir haben heute Morgen Ihren Nachbarn Uwe Kaptaijn tot im Osthafen aufgefunden. Nun wollen wir sehen, ob er hier irgendwelche Angehörigen hatte oder ob wir in seine Wohnung können«, sagte Felix.

Neugier und Entsetzen spiegelten sich in den blauen Augen, die ihn musterten.

»Oh, wie schrecklich, der arme Herr Dr. Kaptaijn! Nein, wie ist das schrecklich!«

»Sie wissen, dass er einen Doktortitel hatte? Wissen Sie noch mehr über ihn?«, fragte er.

»Da muss ich mich erst einmal setzen. Ich habe gerade einen Tee gebrüht, wenn Sie auch einen wollen, dann kann ich Ihnen noch ein bisschen erzählen. Viel weiß ich nicht über meinen Nachbarn. Ach, er war immer so freundlich zu mir, manchmal hat er sogar meine Einkäufe nach oben getragen, wissen Sie«, murmelte sie.

Die beiden Kommissare folgten der Frau in die Küche und setzten sich an den Küchentisch, auf dem eine dampfende Kanne mit rotem Früchtetee stand. Das Feuilleton der FAZ lag neben einer Tasse, in die sich Frau Schumm bereits Tee eingegossen hatte. Der Raum wirkte sehr aufgeräumt und sauber. Die Polizisten nahmen dankend ihre Tassen entgegen und grinsten sich kurz an. Das passte wieder einmal zu ihrem Ruf als Teetruppe. Der heiße Tee schien die alte Frau zu beruhigen.

»Was wollen Sie noch wissen?«, fragte sie an die beiden Kommissare gewandt.

»Gibt es hier Familie oder wohnte Herr Kaptaijn alleine? Wo hat er gearbeitet? Wie war er so als Mensch? Das sind die Fragen, denen wir immer zuerst nachgehen«, entgegnete Felix.

Frau Schumm wollte gerade ansetzen, als Emilio sie unterbrach.

»Einen Moment noch bitte, ich muss meinen Tablet-PC schnell starten.«

Sein ganzer Stolz lag in dem neuen Galaxy Tab, auf dem er die Aussagen vor Ort mitschrieb und dann per WiFi an seinen Computer im Büro übertrug. Beides waren seine privaten Geräte. Das Equipment der anderen Kollegen war hoffnungslos veraltet und Emilio als Technikfetischist hatte sich so lange über seinen Arbeitsrechner geärgert, bis er eines Tages mit einem neuen PC im Büro erschienen war. Es hatte zwar einigen Ärger mit der IT-Abteilung gegeben, aber da der Kommissar ihnen technisch überlegen war, hatte sich der Ärger am Ende in Luft aufgelöst.

»Oh, Sie sind aber modern ausgerüstet! Ich kenne mich damit gar nicht mehr aus, ist das so eine Art Diktiergerät?« Interessiert blickte Frau Schumm auf die Geräte.

»Könnte man fast glauben, nicht wahr? Aber nein, es ist ein sogenannter Tablet-PC, dessen Tastatur über den berührungsempfindlichen Bildschirm bedient wird. Auf diesem Tablet-PC schreibe ich immer gleich mit, dann brauchen wir im Büro nichts mehr in den Computer zu tippen und sparen eine Menge Arbeit. Mit der entsprechenden Software könnten solche Geräte sogar jedes Gespräch aufnehmen und gleich in ein Textdokument umwandeln, das wäre dann erst richtig interessant.«

Emilio geriet ins Schwärmen.

»Heute probiere ich etwas Neues aus und lege das Dokument gleich auf einem Server in der Cloud ab, so dass meine Kollegen im Präsidium direkt nach Ihrer Aussage darauf zugreifen können.«

»Wer hat was geklaut? Entschuldigen Sie, das habe ich jetzt nicht verstanden!« Verwirrt blickte die alte Dame ihn an.

»Ich muss Sie um Verzeihung bitten. Manchmal verliere ich mich vor lauter Begeisterung in technischen Dingen«, entgegnete er.

»Ach, das macht nichts, das bin ich von meinem Enkel gewohnt. Der redet auch dauernd so und wenn ich etwas nicht verstehe, dann rollt er immer die Augen. Aber ich würde es gerne verstehen.«

»Okay«, sagte Emilio nach einem kurzen Seitenblick auf Felix, »ich kann Ihnen das gerne erklären. Die Cloud-Technologie ist die Weiterentwicklung und Teilung von Ressourcen über das Internet oder Netzwerke. Das klingt jetzt erstmal ziemlich kompliziert, aber stellen Sie sich vor, Sie wollen im Wohnzimmer Tee trinken. Sie haben ihn gebrüht und nach drüben getragen. Dann bemerken Sie, dass Sie den Zucker in der Küche stehen gelassen haben. Also müssen sie wieder aufstehen und zurück in die Küche laufen, was Zeit in Anspruch nimmt und anstrengend sein kann.«

Frau Schumm lächelte. »Sie können mir glauben, Herr Kommissar, das passiert mir ziemlich oft!«

»Sehen Sie, genauso funktioniert die alte Netzwerkstruktur. Da hatte alles seinen festen Platz. Man musste wissen, wo etwas ist und es nach Nutzung wieder dorthin bringen, damit andere es finden konnten. Die Cloud ist da anders. Das Wort bedeutet Wolke und soll einfach einen riesigen Raum andeuten, bei dem der einzelne Nutzer nicht mehr im Detail zu wissen braucht, wo genau etwas ist. Trotzdem kann er alles mit anderen teilen. Darum kümmern sich spezielle Software-Tools – also Werkzeuge, die alles im Nebel der Wolke organisieren und gleichzeitig für verschiedene Leute bereitstellen. In Ihrem Fall würde das bedeuten, dass Sie eine Durchreiche hätten. Das wäre ihre Wolke, in der der Zucker steht. Sie können also im Wohnzimmer etwas Zucker aus der Dose nehmen und Ihr Enkel, der in der Küche sitzt, kann sich zur gleichen Zeit ebenfalls Zucker nehmen. Sie teilen sich den Zucker, obwohl Sie in getrennten Räumen sitzen. Im Internet können sich viele Leute über die Cloud gleichzeitig Programme, Dokumente oder Berichte teilen, sie benutzen und bearbeiten.«

»Oh danke, das habe ich tatsächlich begriffen! Alles, was Sie aufschreiben, kann also auch sofort von Ihren Kollegen gelesen werden?«, fragte die Nachbarin des Opfers.

»Genau. Sobald ich den Bericht freigegeben habe, können meine Kollegen, wo immer sie auch sind, darauf zugreifen und die Informationen nutzen, um den Verbrecher zu jagen. Verbrechen geschehen in Echtzeit und jetzt jagen wir sie in Echtzeit!« Die Augen des Kommissars funkelten.

»Seit wann sind wir denn in der Cloud?«, fragte Felix erstaunt.

»Na, ich habe dir, Frauke und Arno vorgestern eine E-Mail mit euren Benutzerkonten und Zugangsdaten geschickt. Sobald ihr diese aktiviert, habt ihr Zugang zu allen Daten, die wir in die Cloud legen. Du kannst darauf sogar mit deinem iPhone zugreifen. Ich sage ja immer, wir müssen moderner werden, um keine Zeit zu verlieren!«

Felix legte seine Hand auf Emilios Schulter und unterbrach ihn, bevor dieser sich vollständig in sein Lieblingsthema vertiefte.

»Frau Schumm, was können Sie uns denn nun mitteilen?«

»Also, Herr Kaptaijn lebte hier alleine, aber ich glaube, er war verheiratet. Einmal hat er so etwas erzählt. Er ist Doktor der Chemie bei irgendeinem Labor und arbeitet immer sehr lange. Er ist oder war immer freundlich, ich habe ihn nie verärgert gesehen oder hektisch. Nein, sein ganzes Benehmen war sehr kultiviert, das muss ich schon sagen. Ich kann es nicht fassen, dass er tot ist. Wie ist er denn gestorben?«

»Es sieht nach Selbstmord aus«, antwortete Felix auf die Frage.

»Nein, das glaube ich nicht, nein, ganz bestimmt nicht! Er war immer so fröhlich ...Nein, Herr Hauptkommissar, Sie müssen sich irren!«

Die Bestimmtheit in ihrer Stimme ließ Felix aufhorchen.

»Natürlich werden wir zur Todesursache noch genauere Untersuchungen vornehmen. Können Sie mir etwas über seinen Bekanntenkreis sagen?«

»Nein, ich habe nie irgendwelchen Besuch gesehen und auch selten etwas gehört. Aber die Wände sind hier sehr dick und ich bin entgegen Vorurteilen über alte alleinstehende Frauen nicht neugierig. Leben und leben lassen, das war schon immer meine Devise und ich bin immer gut damit gefahren«, sagte Frau Schumm.

Felix merkte, wie ihm diese Frau immer sympathischer wurde.

»Wer ist Eigentümer der Wohnungen hier und gibt es vielleicht jemanden, der einen weiteren Schlüssel besitzt?«

»Ja, haben Sie denn den Schlüssel nicht bei Herrn Kaptaijn gefunden?«, fragte die alte Dame.

»Doch, aber der muss erst einmal zur kriminaltechnischen Untersuchung, vorher dürfen wir ihn nicht einfach so mitnehmen.«

»Ach so, ich dachte schon, es läuft irgendein Fremder mit dem Schlüssel zum Haus herum!« Ihre Erleichterung war ihr deutlich anzuhören.

»Das Haus gehört der HW GmbH, das heißt Himmlisches Wohnen. Das hat sich bestimmt so ein junger Werbemensch ausgedacht, allerdings lässt es sich hier wirklich sehr gut wohnen. Ich glaube aber nicht, dass unser Hausmeister Herr Rosen einen Schlüssel zu der Wohnung von Herrn Dr. Kaptaijn hat.«

»Wo können wir Herrn Rosen erreichen?«

»Im Moment ist er im Urlaub, in dringenden Fällen sollen sich die Mieter direkt an die Hausverwaltung wenden«, sagte Frau Schumm.

»Dann ruf doch bitte den Schlüsseldienst an, mit dem wir immer zusammenarbeiten«, wandte sich Felix an seinen Kollegen.

Dieser griff zu seinem Handy und gab die Adresse durch.

»Sie sind in ungefähr zehn Minuten hier.«

Felix sah auf seine Uhr. »Gibt es noch weitere Mieter im Haus, die Kontakt zu Herrn Kaptaijn hatten?«

»Hier auf der Etage wohnen noch die Schmidts und Frau Wenzel, aber alle drei sind berufstätig und jetzt wohl nicht mehr da. Von den anderen Mietern weiß ich nicht, ob sie Kontakt hatten, tut mir leid.«

Der Hauptkommissar nickte.

»Das ist schon okay. Wir werden erst abwarten, ob es Selbstmord war oder nicht, dann können wir immer noch die anderen Mieter befragen.« Er erhob sich. »Wir werden unten auf den Schlüsseldienst warten. Besten Dank für den Tee.«

Als sich hinter ihnen die Wohnungstür schloss, sagte Emilio anerkennend: »Che cosa una bella signora.«

»Ja, sie ist eine Frau mit einer sehr starken Ausstrahlung, das ist mir auch aufgefallen.«

Genau elf Minuten warteten sie auf den Schlüsseldienst. Als er mit ihnen ins Haus ging, stellte Emilio den Türschnapper zurück, den er vorher umgelegt hatte, um wieder hineinzugelangen. Der Handwerker hatte die Tür in genau sieben Sekunden auf.

»Sie war nur zugezogen und nicht abgeschlossen«, sagte er.

Dann drehte er sich um und ließ die beiden Kommissare alleine.

Felix blickte ihm nach und fragte sich nicht zum ersten Mal, wie viele dieser Schlüsseldienste wohl nebenbei noch als Einbrecher unterwegs waren. Er war immer wieder erstaunt, wie schnell diese Leute jedes Hindernis überwanden.

»Seltsam dass die Tür nur zugezogen wurde, vielleicht hat unser Mann die Wohnung ja in großer Eile verlassen.«

Der Hauptkommissar musste seinem Partner zustimmen, besonders nach seinem ersten Blick auf die Einrichtung. Hier hatte jemand nicht auf Geld geachtet, sondern sehr exquisiten Geschmack bewiesen. So eine Wohnung ließ man nicht ungeschützt zurück.

Der Boden war mit Parkett ausgelegt und an den Wänden hingen in jedem Zimmer Kunstdrucke. Die Tapeten waren in Pastelltönen gehalten, im Flur ein helles Maigrün, im Wohnzimmer ein warmes Ocker, die Küche war in Hellblau und das Schlafzimmer in einem Rotton gestrichen. Alles in allem wirkte die Wohnung sehr gediegen und nicht wie eine typische Junggesellenbude. Wenn Felix an seine dachte, war der Unterschied sehr deutlich. Hier war es aufgeräumt und auf dem Tisch im Wohnzimmer stand ein Blumenstrauß.

Die Ermittler trugen inzwischen Handschuhe, um keine unnötigen Spuren zu hinterlassen. Eigentlich durften sie nicht hier sein. Doch wenn von drei Seiten Zweifel an dem Selbstmord bestanden, so war es für Felix Grund genug, die Dienstvorschrift etwas kreativ auszulegen, wie Emilio es ausdrücken würde. Im Wohnzimmer sahen sie sich genauer um, fanden aber keinen Abschiedsbrief oder dergleichen. Der Hauptkommissar untersuchte gerade den Anrufbeantworter, als sein Partner ihn rief.

»Hey, das musst du dir anschauen!«

Felix fand ihn im Badezimmer, wo an der Duschkabine ein Lederdress für Männer zum Schnüren hing. Auf einem Tischchen daneben lag eine Ledermaske, an der die Augen und der Mund zusätzlich verschlossen werden konnten. Ein Lederreinigungsmittel, ökologisch abbaubar und für den Menschen ungefährlich wie die Verpackung betonte, stand ebenfalls darauf.

Der Hauptkommissar pfiff durch die Zähne. »Also war Herr Kaptaijn nicht nur freundlich. Anscheinend hatte er auch etwas für die härtere Gangart übrig.«

Emilio schüttelte den Kopf. »Ich werde nie verstehen, was diese Männer dabei empfinden. Ich finde es pervers!«

»Es gibt wohl mehr Männer als du denkst, die zumindest ab und zu diese Spielart der Liebe genießen. Habe ich jedenfalls gehört.«

Emilio bedachte seinen Chef mit einem fragenden Blick, äußerte sich aber nicht weiter dazu. Nachdem sie sonst nichts Erwähnenswertes mehr fanden, zogen sie die Tür zu und machten sich auf den Rückweg ins Büro.

Kapitel 2

Im Revier angekommen stellte Emilio ihren Dienstwagen auf dem extra für sie reservierten Parkplatz ab und befestigte das Ladekabel am Stromos. Die Ladesäule registrierte, dass tatsächlich ein Fahrzeug angeschlossen war, und schaltete den Stromkreis frei. Diese Sicherheitsmaßnahme garantierte, dass nur Strom floss, wenn Kontakt zu einem Auto bestand. So wurde Missbrauch ausgeschlossen und Verletzungen von Menschen verhindert, die die Ladestation berührten oder an ihr rumspielten.

»Weißt du eigentlich, dass wir unseren Dienstwagen viel schneller aufladen könnten, wenn die Ladetechnik nicht im Auto, sondern in der Ladesäule sitzen würde? Käme da Gleichstrom raus, dann wäre das Auto in einem Viertel der Zeit aufgeladen!«

Versonnen betrachtete der Kommissar noch den Stromos, bevor er ihn endgültig abschloss.

»An dir ist echt ein Ingenieur verloren gegangen. Du und dein Interesse an jeder neuen Technologie, das ist schon faszinierend.« Felix schwieg einen Moment.

Dann stellte er die Frage, von der er wusste, dass sein Kollege sie auch beantworten würde, selbst wenn er sie nicht stellte: »Warum kommt dann kein Gleichstrom aus der Ladesäule, wenn das so viel Zeitgewinn bedeuten würde?«

Sein Partner grinste. »Weil Gleichstrom gefährlicher ist. Es ist schwieriger ihn über größere Strecken zu transportieren und es erfordert einen erhöhten Sicherheitsaufwand an der Säule, damit keine Verletzungsgefahr besteht.«

»So ist das also! Nun lass uns aber reingehen, du Nerd, wir haben schließlich einen Fall zu lösen!«

Felix musste schmunzeln. Da Emilio als Italiener sehr viel Wert auf ein gepflegtes und elegantes Aussehen legte, hasste er es, wenn man ihn als Nerd bezeichnete. Das war seiner Meinung nach die Bezeichnung für die Computerfreaks, die mit dicker Hornbrille und völlig unmodisch gekleidet vor ihren Bildschirmen saßen und nur noch wenig Bezug zum realen Leben hatten.

Arno kam ihnen auf dem Gang entgegen.

»Der BMW ist als Dienstwagen der Firma Dr. Heinrich Zimmer Analyse und Beratungs GmbH gemeldet. Sie befassen sich laut Internet mit der Analyse von Reststoffen und beraten viele Unternehmen aus der chemischen Industrie und Müllentsorgung. Ihr Ruf scheint ziemlich gut zu sein, auf der Homepage ist ein Foto mit unserer ehemaligen Forschungsministerin Bulmahn zu sehen. Unser Mann scheint bei denen das Labor geleitet zu haben. Ach, und unter dem Kennzeichen F-MS gibt es dreihundert gemeldete Autos in Frankfurt, sieben davon dunkle BMW.«

»Gute Arbeit«, nickte Felix ihm zu. »Wir werden heute Nachmittag in die Firma fahren. Ansonsten kannst du die Suche nach dem Fahrzeug einstellen, dieser BMW ist der von mir gesuchte.«

Alle drei gingen in ihr Besprechungszimmer, wo Frauke bereits Platz genommen hatte, vor ihr eine noch leere Aktenmappe und jede Menge Papier. Eine leere Wandtafel wartete darauf, genutzt zu werden.

»Da seid ihr ja. Ich habe gerade die Nachricht aus dem Labor bekommen, dass heute Nachmittag die Fotos vom Fundort fertig sind. Dr. Murr meinte, morgen früh hätte er die ersten Analysen fertig und bis dahin sollten wir ihn gefälligst in Ruhe lassen.«

»Wieder einmal die Liebenswürdigkeit in Person …Obwohl er heute früh am Osthafen ungewöhnlich gut gelaunt war und sogar versucht hat Witze zu machen«, entgegnete Felix.

»Lasst uns noch einmal kurz zusammenfassen, was wir bisher haben. Heute Morgen findet Herr Grüntal beim Joggen den Toten und verständigt die Polizei. Es sieht nach Selbstmord aus, wobei drei Personen gleich Zweifel äußern. HWM Müller hat ein komisches Gefühl und auch Dr. Murr meint, ihm gefällt etwas nicht. Die Nachbarin des Toten bestreitet ebenfalls, dass Dr. Kaptaijn sich umbringen würde. Weder im Wagen noch in der Wohnung des Toten, die im Übrigen noch unverschlossen ist, haben wir einen Abschiedsbrief gefunden. Sobald der Schlüssel von der KTU freigegeben wird, müssen wir die Wohnung verriegeln. Zudem wissen wir, dass der BMW gestern Abend auf der Straße von Langenhain nach Eppstein sehr schnell unterwegs war und mich und meine Gruppe beim Krötensammeln beinahe überfahren hätte.«

An Arno gewandt ergänzte er: »Deswegen wollte ich, dass du das Kennzeichen überprüfst.«

Trotz des ernsten Hintergrundes konnte Felix sehen, wie sich ein Grinsen von Gesicht zu Gesicht ausbreitete. Als Emilio auch noch »Froschkönig« flüsterte, prusteten alle drei los und selbst Felix musste schmunzeln.

»Gut, wenn wir das alle so lustig finden, dann schlage ich als Namen für die Untersuchung ‹Krötenmord› vor.«

Noch einmal brandete Gelächter auf, aber niemand widersprach ihm.

»Also, wir sollten um vierzehn Uhr in die Firma von Herrn Kaptaijn fahren und sehen, was sie zu sagen haben. Ansonsten sollten wir nicht alle Ressourcen auf diesen Fall bündeln, solange nicht feststeht, ob es Selbstmord oder Mord war.«

Damit ging ihre Versammlung auseinander. Felix setzte sich an seinen Schreibtisch und dachte über den vorigen Abend nach. Er sah wieder Petras Gesicht vor sich und erinnerte sich an ihren Geruch, als das Telefon klingelte.

»Hauptkommissar Felix Büschelberger«, meldete er sich.

»Hey, du bist gar nicht so einfach zu finden! Niemand wollte mir deine Telefonnummer geben, also musste ich ein wenig flunkern, damit ich sie endlich bekomme. Ich habe erzählt, dass du mein unehelicher Halbbruder bist und ich ganz wichtige Nachrichten für dich habe.« Ein Kichern war zu vernehmen.

»Petra«, war alles, was der Hauptkommissar noch sagen konnte, dann war er sprachlos. Aber er badete in ihrem Lachen. Es tat so gut, sie zu hören und sein Herz machte einen Hüpfer.

»Ich wollte mich eigentlich nur für gestern Abend bedanken! Ich weiß nicht, ob ich alleine so reagiert hätte. Hast du schon etwas herausgefunden?«, sagte Petra.

»Tja, wir wissen jetzt, wer der Fahrer war und ...«

Sie unterbrach ihn. »Und hast du ihn schon festgenommen? Ich hoffe, du gehst nicht zimperlich mit ihm um!«

»Naja, er ist tot!«, antwortete er.

»Was? Du hast ihn umgebracht?« Petra war entsetzt.

»Nein, Herrgott nochmal, was für ein Bild habt ihr bloß alle von uns? Erst verlangt Eric gestern, ich soll dem BMW die Reifen zerschießen, dann glaubst du, ich bringe den Fahrer um. Nein, es sieht nach Selbstmord aus, aber wir müssen noch weitere Untersuchungen anstellen.«

»Oh, das tut mir leid!«, sagte sie. »Aber eigentlich wollte ich dich zum Dank zum Italiener einladen. Du kennst doch das DaClaudia in der Brettenstraße?«

»Nur dem Namen nach. Ich habe gehört, dass man dort ziemlich lange vorher reservieren muss, um überhaupt einen Tisch zu ergattern«, antwortete er.

Petra kicherte wieder. »Oder sehr gut mit dem Wirt bekannt sein! Wir gehen öfter mit Kunden dorthin. Wenn du magst, dann morgen Abend um acht?«

»Sehr gerne!«, antwortete Felix sofort – etwas zu schnell, wie er selber fand.

»Fein, dann sehen wir uns dort morgen Abend. Ich freue mich.«

Dann hatte sie aufgelegt. Ihre letzten Worte hallten in Felix' Kopf noch lange nach und er konnte sich nicht mehr auf die Arbeit konzentrieren.

Nach dem Lunch kam Emilio zu ihm ins Büro.

»Wollen wir beide jetzt zur Firma von Kaptaijn fahren?«

»Nein, nimm Frauke mit und hört euch um. Arno kann noch etwas im Internet recherchieren und er soll versuchen, Angehörige ausfindig zu machen. Ich habe etwas anderes zu erledigen. Bis morgen früh.«

Mit diesen Worten eilte er aus dem Büro und bemerkte nicht den verwunderten Blick, den ihm sein Partner hinterherwarf.

Am nächsten Morgen betrat Felix als Erster das Büro und setzte den Wasserkocher in Betrieb, damit seine Kollegen ihren Tee zubereiten konnten. Innerhalb von zehn Minuten trafen alle ein. Sie saßen um den Tisch verteilt, während Frauke und Emilio von ihrem Besuch des Labors berichteten, in dem Uwe Kaptaijn noch bis vor zwei Tagen gearbeitet hatte.

Kurz gesagt war das Entsetzen dort groß und man konnte keine Erklärung anbieten. Allerdings hatten sie nur mit der Chefsekretärin gesprochen, da der Geschäftsinhaber Heinrich Zimmer nicht anwesend war – krank, nach Aussage seiner Assistentin. Einen möglichen Grund für Selbstmord konnte niemand nennen. Auch seien keine Feinde bekannt und das Verhalten von Dr. Kaptaijn sei nicht anders als sonst gewesen. Die Firma Dr. Heinrich Zimmer Analyse und Beratungs GmbH bestand seit achtzehn Jahren und es ging ihr wirtschaftlich sehr gut. Im Arbeitsumfeld des Opfers gab es also im Moment keinen Durchbruch.

Arno hatte die Exfrau gefunden, aber noch nicht erreicht. Sie wohnte jetzt in Wuppertal, war wieder verheiratet und hieß Sophie Harris. Unter der Telefonnummer war nur eine Mailbox zu erreichen.

»Na gut«, sagte Felix, »dann müssen wir im Moment abwarten. Arno, bitte kontaktiere die Kollegen der Schutzpolizei in Wuppertal. Sie sollen versuchen Frau Harris zu finden, damit wir sie befragen können. Du und Frauke, ihr sucht noch nach weiteren Angehörigen. Emilio kann unsere bisherigen Erkenntnisse zusammenfassen und einen ersten Bericht schreiben. Ich gehe um zehn Uhr zu Dr. Murr. Mal sehen, was er schon weiß.«

»Und was ist mit der Tour nach Eppstein, die Kaptaijn vorgestern unternommen hat? Wer soll sich darum kümmern?«, fragte Frauke.

»Das lassen wir momentan auf sich beruhen, bis wir genau über die Todesursache Bescheid wissen.«

Pünktlich traf der Hauptkommissar in der Gerichtsmedizin ein und fand Dr. Murr im großen Obduktionssaal, Zigarette zwischen den Lippen und auf irgendwelche Ausdrucke starrend.

»Nun, was kann mir der Großmeister der Toten sagen?«, flachste Felix. Kevin Murr bedachte ihn mit einem nachdenklichen Blick.

»Was ich mit Sicherheit sagen kann, ist, dass Uwe Kaptaijn nicht an einer Kohlenmonoxidvergiftung gestorben ist. Das hätte er aber sollen, wenn es Selbstmord gewesen wäre. Ich habe allerdings seltsame Blutwerte ermittelt, die mir im Moment noch nichts sagen.«

»Also Mord«, stellte Felix fest.

»Sehr wahrscheinlich, oder hast du schon erlebt, wie sich jemand irgendwie vergiftet, denn das wurde er, sich dann noch ins Auto setzt und die Abgase hineinleitet? Sozusagen um doppelt sicher zu gehen? Nein, das glaube ich nicht, aber ich muss noch weitere Analysen vornehmen. Ansonsten kann ich dir noch sagen, dass unser Mann ein bis zwei Tage vor seinem Tod sexuellen Verkehr hatte. Direkt bevor er starb, hatte er Rotwein getrunken. Nach der ersten Untersuchung scheint das Opfer bei guter Gesundheit gewesen zu sein.«

Felix wollte gar nicht wissen, welche Untersuchungen nötig waren um zu erkennen, ob man vor seinem Tod noch Sex hatte. Er wandte sich zum Gehen.

»Sobald du mehr weißt, rufst du mich an?«, fragte er.

»Klar, aber du hast was vergessen«, rief der Rechtsmediziner.

Felix blieb stehen und blickte zurück. »Ich weiß nicht, was du meinst?«

Kevin grinste. »Na, Herrn Bufo! Er starb an inneren Verletzungen, hervorgerufen durch brutale äußere Gewalteinwirkung. Sein Rückgrat wurde gebrochen, wie die meisten der anderen Knochen ebenfalls, und er wollte Sex.«

Erst jetzt sah der Hauptkommissar auf einem Extratisch ein Tempotaschentuch, das einen anderen, kleinen Körper bedeckte. Kopfschüttelnd konnte er sich ein Grinsen nicht verkneifen.

»Pass bloß auf! Wenn das bekannt wird, dann bist du ab sofort Dr. Kröte.«

Kevin Murr lachte. »Wenn wir etwas tun, dann sind wir immer gründlich.« Damit wandte er sich wieder seinen Ausdrucken zu, für Felix das Zeichen, dass er entlassen war.

Im Besprechungszimmer hingen die ersten Fotos an der Wand und das Wort «Krötenmord» war groß und in grün auf die Tafel geschrieben worden. Daneben hatte sich jemand künstlerisch betätigt und einen Frosch gemalt. Felix hatte Emilio im Verdacht, konnte sich aber ein weiteres Schmunzeln nicht verkneifen. Gut, dass sie sich alle trotz der oft bedrückenden Arbeit ihren Humor erhalten hatten.

Er erzählte kurz von den ersten Untersuchungsergebnissen und schickte dann Emilio mit Frauke noch einmal zur Wohnung, damit sie sich ein weiteres Mal umsehen und sie danach verschließen konnten. Ihr Kollege Arno hatte den Auftrag, mehr über Uwe Kaptaijn herauszufinden. Felix selbst saß noch lange im Besprechungszimmer und ließ die Bilder auf sich wirken, doch seine Gedanken waren auf den kommenden Abend gerichtet.

Pünktlich um zwanzig Uhr kam er vor dem Restaurant an, Petra erschien fünf Minuten später und begrüßte ihn mit einem Kuss auf die Wange. Sie hakte sich bei ihm unter und so betraten sie das Restaurant. Der Wirt begrüßte Petra herzlich und führte sie persönlich zu einem kleinen Tisch, der nicht direkt einsehbar war. Das Lokal war in gedämpftes Licht getaucht und versprühte durch die Inneneinrichtung aus Holz und alten Möbeln einen italienischen Charme.

»Ein schönes Restaurant, man fühlt sich sofort in den Süden versetzt«, sagte er anerkennend.

»Freut mich, dass dir meine Wahl gefällt.«

Nach einem kurzen Blick auf die Karte, die der Ober ihnen umgehend gebracht hatte, erkannte Felix, dass es sich um einen sehr guten Italiener handeln musste. Das hatte Emilio ihm beigebracht, der immer sagte:»Einen guten Italiener erkennst du daran, dass er keine Pizza auf der Speisekarte hat.«

Petra bestellte Antipasti Misti, dann Pasta mit schwarzem Trüffel und als Abschluss Scampi in Tomatenknoblauchsauce. Auf ihr Drängen nahm Felix ebenfalls Trüffel nach einem Carpaccio und dann Scaloppine.

Petra prostete ihm zu:»Auf meinen Retter!«

»Ach was, du hättest das auch alleine geschafft. Du wirkst auf mich wie eine Frau, die alleine auf sich aufpassen kann.«

Ein Lächeln war die einzige Antwort, die er darauf erhielt. Er kostete den Wein, eine besondere Empfehlung vom Chef des Hauses. Es war ein Turriga, Jahrgang 1998.

»Das ist wirklich ein Spitzenwein! Von dem hatte ich schon gehört, ihn aber noch nie probiert. Er ist aus Sizilien«, sagte Felix.

»Oh, ein Fachmann«, neckte Petra.

»Doch, meine Exfrau und ich haben ein Faible für Rotwein entwickelt. Wir waren sogar zweimal auf Weintour durch die Toskana und in Umbrien«, antwortete er.

»Ach ja, deine Exfrau ...Hast du überhaupt noch Kontakt zu ihr?« Ihre Stimme klang völlig gleichgültig.

Er schüttelte den Kopf.»Nur noch ganz sporadisch, ist auch besser so.«

»Wieso, habt ihr euch im Streit getrennt?«, fragte sie mit unverhohlener Neugier.

»Nein. Sie hat sich nur etwas verändert«, seufzte Felix.

»Die meisten Männer kommen mit Veränderungen nicht klar, das weiß ich. Aber ich dachte, du bist da offener«, bemerkte Petra spöttisch.

»Das bin ich auch«, entgegnete er.»Aber es ist ganz gut, wenn ich weniger Kontakt zu ihr habe, sonst bin ich dem Spott meiner Kollegen noch mehr ausgeliefert.«

»Wieso, ist sie schwachsinnig geworden, oder was?« Ihr Interesse schien zu wachsen.

»Nein, sie hat nur... einen speziellen Beruf ergriffen.«

Schweigen von Petras Seite.

»Sie ist jetzt, wie soll ich das sagen, sie ist jetzt so eine Art Eventmanagerin geworden«, sagte der Hauptkommissar.

»Eventmanagerin?«

»Ja, so bezeichnet sie sich selbst. Sie ist eine Domina und betreibt jetzt das Dark Dungeon hier in Frankfurt«, kam zögerlich seine Antwort.

Petra prustete fast in ihr Weinglas. »Eine Domina? Das finde ich ja richtig abgefahren.«

Ihr Blick lag mit wachsender Aufmerksamkeit auf Felix. »Und habt ihr früher in eurer Ehe solche Rollenspiele oder so was in der Art gemacht? Warst du ihr Sklave?«

Ihre Augen funkelten. »Die Handschellen hast du doch immer dabei, oder?«

Der Ober brachte die Primi piatti und erlöste damit den Hauptkommissar. Ein Blick auf das Gesicht seiner Begleitung überzeugte ihn, dass das Thema nur aufgeschoben, nicht aufgehoben war. Doch er konzentrierte sich auf seine Trüffel und der restliche Abend verlief sehr amüsant und anregend. Zum Schluss verlangte Petra seine Handynummer und beglich dann die Rechnung. Vor dem DaClaudia küsste sie Felix nochmals auf die Wange und entließ ihn damit in eine schlaf-, aber nicht traumlose Nacht.

Kapitel 3

Dankbar registrierte Felix, dass niemand am nächsten Morgen eine Bemerkung über sein Äußeres machte. Doch er fühlte sich nicht müde, sondern im Gegenteil ganz quicklebendig.

»Gestern Abend hat ein Herr Grüntal angerufen und gefragt, ob es okay ist, wenn er heute um vierzehn Uhr vorbeikommt, um seine Aussage noch einmal zu Protokoll zu geben«, informierte ihn Arno.

»Ja, das kann Emilio übernehmen. Wir müssen jetzt endlich weitere Angehörige finden. Was hast du noch erreicht?«

»Nicht viel, seine Eltern leben nicht mehr und Geschwister hat er nicht«, antwortete dieser.

»Seine Exfrau, haben wir schon Kontakt zu ihr?«

Arno schüttelte den Kopf.

»Dann werde ich gleich in Wuppertal anrufen und fragen, was los ist«, entgegnete Felix gerade, als sein Handy piepte. Er griff danach und sah, dass es eine SMS von Petra war

»Du schuldest mir noch eine Antwort und ich werde SIE bekommen!! Noch einen schönen Tag P.«

So in seine Gedanken vertieft, war er völlig überrascht Dr. Murr in ihrem Zimmer zu sehen, als er wieder aufblickte.

»Guten Morgen, du Träumer, habe ich gesagt!«

»Hallo Kevin«, erwiderte Felix. »Was hast du für uns?«

»Mord!«, antwortete der Pathologe, ohne sich um den kritischen Blick zu kümmern, den Frauke auf seine Zigarette richtete.

»Nun mach es nicht so spannend«, warf ihm der Ermittlungsleiter mit aufforderndem Blick zu.

»Also wie gestern schon gesagt, ich habe im Blut des Opfers einige seltsame Substanzen entdeckt. Ich musste erst einen Gas-Chromatographie-Spektrometer-Test durchführen, um sie zu ermitteln. Uwe Kaptaijn hatte eine sehr hohe Dosis von Benzodiazepin-Chloralhydrat im Blut und das in fast reiner Form. Mit dieser Menge schläferst du einen ausgewachsenen Elefanten ein. Für einen Menschen ist solch eine Dosis absolut tödlich. Normalerweise wird dieser Stoff ziemlich schnell abgebaut und ist dann nicht mehr nachweisbar. Doch unser Opfer litt anscheinend unter Allergien und hat Antihistaminika genommen, wodurch der Stoff sehr viel langsamer aufgelöst wurde – zum Glück für uns!«

»Er kann das Mittel nicht selbst genommen und sich dann in sein Auto gesetzt haben?«, fragte Felix.

»Du hast mir doch wohl zugehört, oder?« Kevin zog seine Augenbrauen zusammen, wie immer, wenn er etwas ungehalten wurde. »Bei der Dosis, die er im Blut hatte, wäre er nie und nimmer fahrtauglich gewesen. Also hätte er es im Hafen trinken müssen. Haben wir irgendwo ein Glas oder eine Ampulle gefunden? Außerdem hatte er Rotwein getrunken, in den das Mittel vermutlich gemischt war. Nein, nein, ich gehe fest davon aus, dass es Mord war. Da gibt es für mich keinen Zweifel. Das Mittel ist in dieser reinen Form nicht frei erhältlich. Ihr sucht also eine Person, die zum einen das Wissen über diesen Wirkstoff und zum anderen den Zugang dazu hat. Das dürfte die Gruppe der Verdächtigen sicherlich etwas reduzieren.«

»Das Opfer hat doch in einem Labor gearbeitet. Kann man da an solche Stoffe rankommen?«, fragte Frauke.

»Möglich ist es auf alle Fälle. Chemiker kennen sich damit aus und haben auch Zugang zu solchen Mitteln. Das klingt nach einer guten Spur. Aber das ist euer Job, ich habe meinen schon fast erledigt«, sagte der Rechtsmediziner.

»Wieso, was fehlt denn noch?«, fragte Felix. Als Antwort schritt Dr. Kevin Murr zur Tafel, an der die Fotos des Opfers hingen, und hängte noch ein weiteres dazu. Es zeigte den Kopf der toten Kröte.

»Wie gesagt, wenn wir etwas machen, dann gründlich.«

Mit diesen Worten verabschiedete er sich, doch man konnte sein Lachen noch auf dem Flur hören.

Die vier Polizisten schauten sich erstaunt an.

»Mann, hat der eine gute Laune. So habe ich ihn ja noch nie erlebt«, war Arnos Kommentar. Er erntete allgemeine Zustimmung.

»Nun gut Leute, jetzt wissen wir Bescheid. Wir ermitteln von nun an offiziell in einem Mordfall. Als Erstes müssen wir den Staatsanwalt unterrichten, das übernehme ich. Dann geht es sofort zur Arbeitsstätte von Uwe Kaptaijn und wir müssen in seine Unterlagen sehen, ob wir dort ein mögliches Motiv finden. Außerdem werden wir seine Wohnung auf den Kopf stellen und schauen, was sich ergibt. Ich denke, Arno und Frauke gehen in die Wohnung und Emilio und ich zur Firma. Heute Nachmittag um siebzehn Uhr treffen wir uns wieder hier, um unsere Ergebnisse auszutauschen.«

Damit beendete der Hauptkommissar ihre Besprechung.

Eine Stunde später fuhren Emilio und Felix auf den Parkplatz der Dr. Heinrich Zimmer GmbH. Letzterer war zum ersten Mal hier und obwohl er Glaspaläste zur Genüge kannte, imponierte ihm das Gebäude. Verspiegelte Säulen und ein großes Glasdach säumten den Eingangsbereich. Die komplette Außenfassade war mit reflektierenden Fenstern versehen, die jeglichen Einblick von außen verhinderten. Innen glänzten Marmor und Chrom und hinter einem großen Empfangstresen saßen zwei hübsche Blondinen Ende zwanzig. Alles war vom Feinsten. Hier war jemand offensichtlich bemüht gewesen, den Besucher zu beeindrucken. Was demjenigen auch gelungen war, wie der Hauptkommissar zugeben musste.

Aus dem Augenwinkel registrierte er, wie eine der beiden Blondinen sofort zum Telefon griff.

»Wir werden wohl schon angemeldet«, sagte er.

»Sieht so aus!«, stimmte Emilio ihm zu.

»Guten Tag, Herr Kommissar, ich habe Sie schon bei Dr. Zimmers Büro angemeldet. Man wird Sie gleich abholen. Wie ich sehe, haben Sie heute einen anderen Kollegen dabei.« Die Rezeptionistin schenkte Emilio ihr schönstes Lächeln.

»Hauptkommissar Büschelberger.« Felix zeigte seinen Ausweis.

»Nett, dass Sie uns gleich angemeldet haben. Wir wollen in der Tat zu Herrn Dr. Zimmer. Er ist heute wieder da und nicht mehr krank?«

»Ja, er ist da und ist auch ziemlich betroffen über den Selbstmord von Dr. Kaptaijn. Er hat heute früh die Anweisung erteilt, dass wir Sie sofort anmelden sollen, falls Sie noch einmal in unsere Firma kommen.« Dieses Mal wurde Felix mit einem strahlenden Lächeln bedacht.

»Danke, wir werden hier warten.« Er sah sich in der Halle um, aber es gab nichts, was ihm weiter auffiel.

Die beiden Ermittler setzten sich in eine schwarze Ledersesselgruppe und warteten. Nach fünf Minuten deutete Emilio auf eine weitere Blondine, die gerade den Fahrstuhl verließ und auf sie zusteuerte.

»Die Sekretärin vom Big Boss.«

»In diesem Unternehmen wird viel Wert auf das Äußere gelegt«, raunte Felix.

Die Frau war vielleicht Anfang dreißig, trug ein dunkelblaues Kostüm und hohe farblich dazu passende Pumps. Auffallend war ihr blondes Haar, es war länger als ihr Rock.

»Guten Tag meine Herren! Ich bin Anita Peisker, die Chefsekretärin von Dr. Zimmer, und er hat mich gebeten, Sie zu ihm zu führen. Er ist zwar noch in einer Besprechung, hat jedoch in fünf Minuten Zeit für Sie. Wenn Sie mir bitte folgen würden.«

In der obersten Etage wurden sie in ein Besprechungszimmer geführt und dort alleine gelassen. Der Raum wurde von einem großen ovalen Mahagonitisch und zwölf schweren Ledersesseln beherrscht. Die Wände waren mit Holz vertäfelt und in der Mitte der einen Wand waren ein versenkbarer Bildschirm sowie eine Leinwand eingelassen. Von der Decke hing ein Beamer herab, der sein Bild direkt auf die Leinwand projizieren konnte. Getränkeflaschen, eine Kanne Kaffee und zwei Teller mit Gebäck standen auf dem Tisch.

»Bedienen Sie sich, meine Herren.« Dr. Zimmer betrat den Raum. Er war mit seinem anthrazitfarbener Anzug, weißem Hemd und dezenter Krawatte ebenfalls elegant gekleidet. Eine Aura der Autorität umgab ihn, betont durch sein arrogantes Auftreten. Seine Worte klangen höflich, seine Körpersprache verriet jedoch Unmut über die Anwesenheit der beiden Kommissare. Er setzte sich den beiden gegenüber.

»Ich kann es immer noch nicht fassen, dass Dr. Kaptaijn nicht mehr lebt. Und dann noch Selbstmord... Wie kann ich Ihnen denn nun behilflich sein?«

Felix lehnte sich zurück und wartete mit seiner Antwort. Er wusste, dass Schweigen das beste Rezept war, einen allzu selbstsicheren Gesprächspartner zu verunsichern. Auch hier wirkte es. Dr. Zimmer schaute von einem zum anderen und war sichtlich verwundert, dass er keine Antwort bekam.

»Mord, Dr. Zimmer, es war kein Selbstmord. Wir ermitteln jetzt in einem Mordfall.«

Hauptkommissar Büschelberger bemerkte zufrieden, wie die Farbe aus dem Gesicht seines Gegenübers verschwand. Er mochte diesen Menschen und seine ganze Art nicht.

»Mord? Sind Sie sicher? Das gibt es doch gar nicht!«

Der Firmenchef war aufgesprungen und rang sichtlich um Fassung.

»Tut mir leid, meine Herren, aber das ist für mich noch schwerer zu begreifen als die Selbstmordtheorie.«

Er setzte sich wieder und goss sich Kaffee ein. Als er den Hauptkommissar erneut ansah, hatte er seine Selbstbeherrschung wiedergefunden. Schade, dachte Felix, dem es Spaß gemacht hätte, diesen aufgeblasenen Kerl noch ein wenig zu verunsichern. Dann aber gewann seine Professionalität wieder die Oberhand und er konzentrierte sich auf den Fall.

»Ja, aber es ist nun einmal eine Tatsache. Wir sind uns ganz sicher, dass Dr. Kaptaijn vergiftet und ein Selbstmord nur vorgetäuscht wurde, um von dem Mord abzulenken.«

»Er wurde vergiftet, aber das ist ja unglaublich.« Dr. Zimmer wirkte jetzt wirklich erregt.

»Genau und zwar mit ... einen Moment, bitte.«Felix blätterte in seinem Notizheft, in dem alles Mögliche stand, aber nichts von seinen Fällen. Das war ein Trick, den er sich bei Inspektor Columbo im Fernsehen abgeschaut hatte – ebenfalls sehr wirkungsvoll, wie er fand.

Er sah zu Emilio und blinzelte ihm zu. Dieser schaute kurz auf sein Galaxy und sagte dann: »Es wurde Benzodiazepin-Chloralhydrat benutzt, um ihn zu vergiften.«

»Aber das finden Sie in fast jeder Schlaftablette. Das schließt doch noch keinen Selbstmord aus, oder?«, antwortete Dr. Zimmer ziemlich erregt.

Hauptkommissar Büschelberger schaute ihn interessiert an.

»Das stimmt wohl. Doch aufgrund der hohen Dosis in seinem Blut und der reinen Form schließt unser Pathologe aus, dass er es selbst geschluckt und sich dann ins Auto gesetzt und den Motor gestartet hat. Außerdem ist der Stoff in dieser Reinheit nicht in Schlaftabletten vorhanden. Da muss man schon Apotheker sein oder Zugang zu diesen Stoffen haben, um diese Dosis verabreichen zu können.«

Felix machte eine weitere Pause.

»Kann man bei Ihnen im Labor diese Chemikalie bekommen?«, fragte er ganz entspannt.

»Wollen Sie etwa andeuten, dass jemand von hier mit dem Tod von Dr. Kaptaijn zu tun haben könnte? Das ist einfach unglaublich.« Dr. Zimmer wurde wieder nervöser.

»Nun, wir müssen alle Möglichkeiten überprüfen, das ist unser Job!«

Der Hauptkommissar bemühte sich jetzt um einen sachlichen Ton. »Also, wie sieht es aus, besteht die Möglichkeit diese Chemikalie bei Ihnen zu bekommen?«

Sein Gegenüber ließ sich Zeit mit der Antwort, bevor auch er betont sachlich erwiderte:

»Benzodiazepin-Chloralhydrat benutzen wir in dieser Firma nicht, es kann also nicht von hier kommen. Aber theoretisch könnten wir als Chemisches Institut jederzeit alle Chemikalien bestellen oder zum Teil auch selbst herstellen.«

»Wer von Ihren Mitarbeitern könnte denn theoretisch so eine Bestellung auslösen?«

»Jeder Labormitarbeiter kann so eine Anforderung stellen, wenn sie unter fünfhundert Euro Bestellwert liegt. Unsere Einkaufsabteilung löst eine dementsprechende Bestellung aus und die Chemikalie wäre dann innerhalb von vierundzwanzig Stunden hier im Betrieb«, antwortete der Firmenchef.

Felix nickte nachdenklich und warf einen Blick auf Emilio, der eifrig mitschrieb.

»Gut«, sagte er, »ich denke, das wäre im Moment alles.«

Dr. Zimmer blickte ihn fragend an. »Im Moment alles? Was meinen Sie damit? Ich wüsste beim besten Willen nicht, was ich Ihnen sonst noch sagen könnte!«

»Es könnte sein, dass im Zuge unserer Ermittlungen noch weitere Fragen auftauchen. In diesem Fall würden wir uns wieder mit Ihnen in Verbindung setzen.«

Der Firmeninhaber nickte nur kurz und brachte sie zur Tür. Vor dem Fahrstuhl blieb der Hauptkommissar unvermutet stehen und sah ihn an.

»Eine Frage habe ich noch, bevor ich es vergesse. Ich würde gerne den Arbeitsplatz von Dr. Uwe Kaptaijn sehen.«

»Gut, meine Sekretärin wird Sie hinführen. Warten Sie hier.« Mit diesen Worten verschwand Dr. Zimmer.

Wenig später wurden die beiden Kommissare von Anita zum Büro des Opfers geführt. Felix ertappte sich dabei, wie sein Blick zu lange auf ihren schlanken Beinen ruhte, um nur professionelles Interesse zu bekunden. Er sah, wie sein Partner breit grinste, weil auch er diesen Blick bemerkt hatte.

Laut Emilio war ein Mann nur ein echter Mann, wenn er glücklich verheiratet war. Schon oft hatte er versucht, seine Kollegen von dieser Philosophie zu überzeugen und entgegen allen gängigen Klischees gegenüber Italienern hatte Felix nie bemerkt, dass Emilio anderen Frauen zu lange hinterher schaute oder gar eindeutige Anspielungen machte.

Der Hauptkommissar spürte ein leichtes Gefühl der Eifersucht, aber noch ein viel stärkeres der Einsamkeit in sich aufsteigen. Unterbrochen wurden seine Gedanken erst wieder, als sie das Büro erreicht hatten.

Es war ein modernes Großraumbüro, in dem acht Schreib- und Labortische standen, durch Trennwände von ein Meter zwanzig Höhe getrennt. Eine Ecke war durch Glaswände vollkommen vom Rest des Raumes isoliert. Dort stand der Schreibtisch des Opfers. Felix sah sich um, konnte aber nichts Auffälliges entdecken, außer dass es sehr aufgeräumt und kein einziges privates Bild auf dem Schreibtisch zu sehen war.

Alles wirkte steril, nicht wirklich bewohnt. Auf dem Schreibtisch lagen weder Unterlagen noch Akten, dafür füllten sie ein ganzes Regal an der Rückwand des Büros. Er bemerkte, wie sein Partner träumerisch die PC-Ausrüstung betrachtete. Es war eindeutig eine High-End-Ausstattung bestehend aus 27-Zoll-Wide-Screen-Flachbildschirm mit LED-Hintergrundbeleuchtung, optischer Handshoe-Maus und Funktastatur, sowie einer verdeckten Dockingstation, in die der Laptop eingeschoben war.

Emilio zeigte, an die Sekretärin gewandt, auf das Mikrofon, das vor dem PC lag.

»Bedeutet das, dass Sie in Ihrer Firma eine Software benutzen, die Ihre Rechner nur noch mit Sprache steuert?«

»Unsere Firmenleitung hat es uns freigestellt, ob wir mit einer Spracherkennungssoftware arbeiten oder nicht. Die jüngeren Leute nutzen sie fast alle und von der obersten Führungsebene wird es nahezu erwartet. Wir steuern allerdings nicht unsere Rechner, sondern nutzen die Spracherkennung nur für Diktate und um Texte zu schreiben. Ich habe aber gehört, dass Dr. Kaptaijn seine Sprachsteuerung auch für die Menüführung in Excel und Powerpoint genutzt hat. Er war sehr technikbegeistert und in diesen Dingen durchaus ein Vorreiter. Wir wollen den technischen Fortschritt in dieser Firma durch Vorbildfunktion etablieren und integrieren!«, antwortete Anita Peisker.

»Wow, stell dir vor …«

Felix unterband Emilios Technikvortrag, der unweigerlich folgen würde, mit einer abweisenden Handbewegung.

»Woran hat Dr. Kaptaijn denn zuletzt gearbeitet?« Er wandte sich an Anita Peisker, die im Türrahmen stehen geblieben war und sie beobachtete.

»Herr Dr. Kaptaijn hat verschiedene Projekte gleichzeitig betreut. Wir beraten viele Firmen über den richtigen und gesetzmäßigen Umgang mit toxischen Industrieabfällen. Er ist, ich meine war, Betriebsleiter des Bereiches Sondermüll Klasse III/IV und damit für die extrem gefährlichen und toxischen Abfälle zuständig. Sie wissen schon, so etwas wie das Seveso-Gift Dioxin.«

Die Ermittler nickten, wobei beiden der gleiche Gedanke durch den Kopf schoss.

»Zudem war er für den Aufbau des neuen Geschäftsfeldes Afrika und Asien zuständig«, ergänzte Anita Peisker.

»Was wollten Sie da denn aufbauen?« Felix' Interesse stieg merklich an.

»In den sogenannten Emerging Markets werden zurzeit viele neue Chemieunternehmen gegründet. Wenn diese Waren nach Europa exportieren wollen, dann müssen sie gewisse Normen und Vorschriften in der Produktion beachten. Nur dann dürfen sie ihre Güter in der EU oder den USA verkaufen. Bei der Implementierung dieser Normvorschriften in die einzelnen Prozessschritte beraten und unterstützen wir unsere Kunden«, sagte die Sekretärin.

»Okay, das habe ich verstanden. Ich denke, wir haben Ihre Zeit lange genug in Anspruch genommen.«

Sie lächelte. »Aber Herr Hauptkommissar, wir alle sind zutiefst entsetzt über den Tod von Herrn Kaptaijn. Was wir also tun können, um Ihnen zu helfen, werden wir tun.«

Felix lächelte zurück. »Ich werde darauf zurückkommen.«

Noch mit dem Duft ihres teuren Parfüms in der Nase setzte sich Felix in den Stromos und beschloss spontan eine SMS an Petra zu senden.

»Manche Geheimnisse sind nur dann interessant, wenn sie geheim bleiben. Danke für gestern Abend F.«

Im Revier fanden sie eine Notiz von Frauke, die zusammen mit Arno und der KTU zur Wohnung des Mordopfers gefahren war und hoffte, bis siebzehn Uhr zur anberaumten Besprechung zurück zu sein. Der Hauptkommissar sah auf die Uhr, es war Zeit für einen kleinen Lunch.

»Wie sieht es aus, wollen wir ums Eck zum Fritten-Conny?«

Das war der bevorzugte Imbissstand des ganzen Reviers. Nur Emilio weigerte sich standhaft und empfang es als Genießer unter seiner Würde, dort etwas zu essen. Auch dieses Mal verzog er das Gesicht.

»Mamma mia, ich werde nie verstehen, wie man solch einen Fraß in sich hineinstopfen kann. Das hat doch gar keine Kultur!« Damit verschwand er eilig in seinem Büro, wo ihn ein Lunchpaket seiner Frau erwartete. Felix grinste und ging, um sich seine mittägliche Ration Currywurst und Pommes Rotweiß zu holen. Es war ihm wieder einmal gelungen, seinen Kollegen zu foppen.

Nach dem Essen schaute er bei seinem Partner vorbei, der gerade seine Protokolle ausdruckte, um sie innerhalb der Gruppe zu verteilen.

»Wenn ihr endlich eure Accounts nutzen würdet, die ich für euch in der Cloud eingerichtet habe, dann könnte ich mir diese Arbeit hier sparen und wir alle wären nicht nur immer auf dem neusten Stand der Ermittlungen, sondern auch endlich technisch den Verbrechern überlegen!«, brummte sein italienischer Kollege.

»Ja, da hast du wohl recht. Gib uns doch einfach eine Einweisung, damit wir das alle besser nutzen können. Wäre das okay für dich?«

Emilio nickte, nicht ganz überzeugt von dem Willen seiner Kollegen, sich auf die neue Technologie einzulassen.

»Also, was für ein Gefühl hast du bei Dr. Zimmer und Konsorten?«, fragte Felix.

»Ich fand, der Dottore hat sich ein wenig zu schnell aufgeregt, als wir nach einer möglichen Verbindung zwischen der Chemikalie und seiner Firma gefragt haben. Ansonsten war er ziemlich arrogant, was aber auch zum Selbstschutz aufgesetzt gewesen sein könnte. Im Übrigen musste ich beinahe loslachen, als du mal wieder Inspektor Columbos Bruder gespielt hast.«

»Tja, aber erstaunlicherweise wirkt es doch immer wieder. Gut! Hier sollten wir auf jeden Fall am Ball bleiben. Mal sehen, was sich ergibt.«

Ein Klopfen an der Tür unterbrach sie und ein junger Kollege der Schutzpolizei steckte den Kopf herein.

»Entschuldigung, ein gewisser Herr Grüntal wartet auf euch. Ich habe ihn ins Zimmer vier gebracht.«

Emilio nickte. »Na, dann wollen wir doch mal. Danke, Kollege.«

»Habt ihr schon Sophie Harris erreicht?« Felix telefonierte mit den Kollegen aus Wuppertal.

»Nein, laut Aussage der Nachbarn ist sie mit ihrem Mann verreist und kommt Anfang nächster Woche zurück. Wir haben eine Benachrichtigung hinterlassen, damit sie sich meldet, sobald sie wieder da ist.« Felix starrte nachdenklich aus dem Fenster seines Büros. Außer der grauen Betonmauer des gegenüberliegenden Hauses war nichts zu sehen, aber gerade diese Monotonie half ihm immer wieder, sich zu konzentrieren.

Welche Spuren hatten sie? Was war eine gute Spur und was konnte man im Moment vernachlässigen? Nicht, dass man irgendetwas vernachlässigen konnte, aber wie sein alter Freund und erster Partner immer gesagt hatte: »Man soll sich nie verstricken. Denke selber und bündle die Ressourcen, dann hast du auch Erfolg.« Er seufzte.

Manchmal vermisste er die tiefsinnigen Gespräche mit Ruebens, aber beklagen wollte er sich nicht. Sein jetziges Team war eine gute Truppe und galt innerhalb der Polizei als sehr harmonisch und homogen. Felix wandte sich seinen administrativen Aufgaben zu, die nötig, ihm aber trotzdem zutiefst verhasst waren. Im Gegensatz zu dem Bild, das seine Bekannten und Freunde von seinem Job hatten, gab es in den Ermittlungen eine Menge Detail- und Büroarbeit statt Action.

Um halb fünf schaute Frauke bei ihm vorbei.

»Wir sind mit der ersten Untersuchung fertig. Treffen wir uns dann um siebzehn Uhr, wie besprochen?«, fragte sie.

Ihr Chef nickte. Kurz vor fünf ging er in ihren Besprechungsraum, setzte Wasser auf und wartete auf den Rest der Mannschaft. Als alle vor ihrem dampfenden Tee saßen, verteilte Emilio die neuesten Berichte. Felix sah, dass auch die Befragung von Herrn Grüntal schon dabei war und klopfte seinem Mitarbeiter anerkennend auf die Schulter.

»Du bist ein echter Ferrari unter den Berichteschreibern. Nur schade, dass die in der Verwaltung keine Ahnung von der neusten Technik haben. Die haben wahrscheinlich das Stadium der Schreibmaschine noch nicht überwunden. Ich habe übrigens beschlossen, dass uns Emilio demnächst die Vorzüge der Cloud-Technologie erklären soll, damit wir noch weniger Zeit verlieren.«

»Sorry, aber wir haben unseren Bericht von heute noch nicht fertig«, murmelte Arno und blickte dabei Hilfe suchend in Richtung Frauke.

»So war das nun auch nicht gemeint, das ist vollkommen in Ordnung so.« Hauptkommissar Büschelberger überflog das Protokoll der

Befragung von Herrn Grüntal, aber es enthielt keine neuen Fakten. Der Zeuge hatte nichts Weiteres hinzuzufügen gehabt.

»Und Emilio, was sagt dir nun dein Gefühl?«

»Ich weiß nicht, er wirkt mir zu abgeklärt, zu ruhig. So als hätte er schon öfter mit uns zu tun gehabt, wenn du weißt, was ich meine.«

»Gut, dann werden wir ihn durch den Computer laufen lassen. Und was habt ihr noch in der Wohnung gefunden?«

Frauke blickte in ihre Notizen. »Es waren keine Spuren von Gewalt oder Kampf zu finden. Allerdings hat die KTU Spuren am Zylinderschloss gefunden. Jemand hat sich wohl ohne Schlüssel Zugang zur Wohnung verschafft.«

»Das waren wir vor zwei Tagen. Weiter?« Felix handelte das Thema kurz ab und niemand äußerte sich dazu.

»Es scheint, als habe unser Opfer Neigungen im SM-Bereich. Wir fanden ein dementsprechendes Lederoutfit im Badezimmer. Im Schlafzimmer sowie auf der Wohnzimmercouch fanden die Jungs von der KTU Spermaspuren.«

»Unser Chef hat gesagt, dass viele Männer auf so etwas stehen«, unterbrach Emilio.

»Das ist ja interessant. Was will er uns damit sagen?« Frauke warf Felix einen frechen Augenaufschlag zu.

»Vielleicht führt er ja ein Doppelleben.« Arnos Kommentar war wie üblich so nüchtern, dass niemand wusste, ob er als Scherz oder im Ernst gemeint war.

»Genau, ich habe ein dunkles Geheimnis!« Der Hauptkommissar warf in einer theatralischen Geste seine Hände über den Kopf. Sein rhetorisches Geständnis sorgte für spontanes Gelächter, doch er bedeutete Frauke amüsiert, dass sie weiter reden sollte.

»Ansonsten nichts Auffälliges, keine besonderen Briefe, keine Nachrichten auf dem Anrufbeantworter. Alles wirkt normal. In der Küche haben wir ein paar Flaschen Rotwein gefunden, die wir ins Labor mitgenommen haben, um einen Vergleich anstellen zu können. Allerdings waren weder im Waschbecken noch im Geschirrspüler benutzte Gläser zu finden.«

»Wie sieht es mit Fotoalben aus? In seinem Büro waren keine Bilder oder Sonstiges, habt ihr in der Wohnung welche gefunden?«

»Nein«, schaltete Arno sich ein, »da haben wir auch keine gefunden.«

»Stimmt. Das ist schon seltsam, die ganze Wohnung war durchaus geschmackvoll und gemütlich eingerichtet, aber Fotos – völlige Fehlanzeige.«

Frauke rieb ihren Zeigefinger an der Nasenspitze, eine Angewohnheit, die sie bei konzentriertem Nachdenken unbewusst an den Tag legte. »Das passt nicht zum übrigen Stil der Wohnung«, sagte sie.

»Also ein kleines Rätsel mehr, vielleicht nur eine Macke von Uwe Kaptaijn. Kann es nicht sein, dass er sein Äußeres nicht mochte?« Arno schaute in die Runde.

»Nein, das denke ich nicht. Er trug ziemlich teure Designerkleidung, als man ihn fand. So einer ist bestimmt auch eitel und etwas selbstverliebt. Vielleicht sollten wir noch einmal genauer suchen und dabei darauf achten, ob an den Wänden Umrisse von Bilderrahmen und Nägel oder dergleichen zu finden sind.« Felix notierte sich im Geist einen weiteren Punkt.

»Du meinst, dass vielleicht doch jemand etwas aus der Wohnung entwendet hat?« Frauke machte große Augen.

»Möglich wäre es schon.«

Inzwischen ärgerte es ihn, dass er sich mit Emilio unerlaubt Zutritt zur Wohnung verschafft und dabei eventuell Spuren beseitigt hatte. Wer konnte jetzt noch sagen, ob die Spuren an der Tür wirklich von ihrem Zutritt stammten oder doch von jemand anderem? Und wenn letzteres, von wann?

»Nun gut, fassen wir zusammen: Uwe Kaptaijn wurde ermordet. Mit einer Chemikalie, die in der reinen Form schwer zu beschaffen ist. Motiv und Tatort sind noch völlig unklar. Mehr wissen wir nicht. Es ist also wichtig, dass wir den Tatort sehr schnell finden. Können wir die Wohnung ausschließen? Wahrscheinlich. Dennoch möchte ich, dass wir morgen die direkten Nachbarn erreichen und befragen. Wir sollten versuchen herauszufinden, wo das Opfer an dem Abend, als es mich und meine Freunde von der Krötengruppe …«

Gekicher unterbrach ihn. »Ist ja schon gut, trotzdem müssen wir in Erfahrung bringen, wohin er wollte. Wer hat ihn zuletzt gesehen und wo?«

Felix sah auf seine Uhr »Es ist jetzt Viertel nach sechs. Wenn wir kurz die Nachbarn anrufen und noch einen Termin für morgen, spätestens übermorgen ansetzen, dann ist für heute Schluss.«

Arno meldete sich freiwillig für den Job.

Kapitel 4

Als er nach Hause kam, traf Felix seinen Kater wartend im Flur an. Also ging er in die Küche und stellte Django seinen Fressnapf hin. Dann machte er sich selbst ein Brot und öffnete eine Flasche Primitivo di Manduria. Grübelnd saß er im Wohnzimmer, konnte sich aber nicht richtig auf den Fall konzentrieren. Ständig dachte er an Petra und fragte sich, ob er anrufen sollte. Das Klingeln seines Handys riss ihn aus seinen Gedanken.

»Hi Felix, ich wollte nur fragen, was du gerade machst?« Petras Stimme klang wie üblich ausgelassen und fröhlich.

»Ach, nichts Besonderes, ich trinke gerade ein Glas Rotwein und denke nach.«

»Du weißt, dass alleine Trinken der direkte Weg zum Alkoholismus ist?«, fragte sie.

»Wahrscheinlich hast du recht, aber ich denke, ich habe es unter Kontrolle.«

»Sicher?« Ihre Stimme verriet, wie sie es genoss ihn aufzuziehen.

»Soll ich vorbeikommen und dir Gesellschaft leisten? Dann ist das für heute meine gute Tat – als alte Pfadfinderin muss ich noch eine vollbringen.«

»Das wäre toll.«

Mehr fiel ihm nicht ein. Er ärgerte sich, dass er so dumpf auf ihren Anruf reagierte, aber er war völlig überrumpelt und seine Gefühle ließen ihn gerade Achterbahn fahren.

»Gut, dann musst du mir nur deine Adresse geben und ich mache mich sofort auf den Weg.«

Er nannte sie und Petra verabschiedete sich mit den Worten:
»Also bis gleich und lass mir etwas von deinem Rotwein übrig, sonst muss ich anderweitig eine gute Tat vollbringen.«
Mit einem Lachen legte sie auf.

Gehetzt blickte sich Felix im Wohnzimmer um. War alles so ordentlich, dass er Petra überhaupt hierher lassen durfte? Was konnte er ihr anbieten und wieso hatte er sofort zugesagt?

»Oh Mann, ich beherrsche dieses Spiel nicht mehr.«

Django schaute ihn an und seine Miene verriet Zustimmung und schien zu sagen: »Du solltest mal mit mir auf nächtliche Tour gehen! Dann zeige ich dir, wie man die Ladies beeindruckt.«

Felix sah auf seine Uhr und überlegte laut. »Zwanzig Minuten braucht Petra bis zu mir. Wenn ich mich beeile, kann ich noch schnell in der griechischen Taverne um die Ecke ein paar Oliven und Salate besorgen.«

Eilig hastete er aus der Tür und hätte dabei beinahe seinen Schlüssel vergessen. Er zwang sich ruhiger zu werden. Kurz bevor Petra eintraf, war er wieder zurück. Ein paar Minuten diskutierte er mit Django, ob er nicht raus wollte, doch dieser machte keinerlei Anstalten die Wohnung zu verlassen. Der Kater demonstrierte absolute Langeweile, die der Hauptkommissar aber als getarnte Neugier interpretierte.

Die Türklingel ließ ihn zusammenzucken. Nachdem er einmal tief Luft geholt und versucht hatte sich zu beruhigen, machte er seinem Besuch auf. Sie hatte eine schwarze Stoffhose an, deren Schlag gerade noch die Spitzen ihrer braunen Wildlederpumps sehen ließ. Dazu trug sie eine weiße Bluse im spanischen Landhausstil. In ihrer Hand hielt sie eine flachsfarbene Rose, die sie Felix überreichte. Sie gab ihm einen Kuss links und rechts auf die Wange und war auch schon an ihm vorbei eingetreten, wo sie sich erst einmal umsah.

»Ich habe mir die Wohnung eines toughen Bullen irgendwie anders vorgestellt, auf jeden Fall unordentlicher, kälter. Aber du hast es richtig nett hier – oder hast du etwa hastig aufgeräumt?« Petras Augen funkelten Felix belustigt an.

»Nein, nein, ich bemühe mich immer, es hier ordentlich zu halten. Man weiß ja nie.«

Er wies ihr den Weg ins Wohnzimmer und verschwand kurz in die Küche, um eine Vase und den Rotwein zu holen. Als er zurück kam, war er völlig perplex, Django schnurrend auf Petras Schoß zu finden.

»Das hat er ja noch nie gemacht. Na, ihn musst du ja mächtig beeindruckt haben – oder hast du ihm was versprochen?«

Sie lachte. »Vielleicht, aber ich habe auch immer ein paar Mäuse und Speck in meiner Tasche.«

Er sah sie verständnislos an.

»Na, Speck für die Männer und Mäuse für ihre Kater. Planung ist alles!«, sagte sie.

Felix musste loslachen und Petra fiel mit ein. Seine Nervosität war verschwunden, als sie sich zuprosteten.

»Hast du Hunger? Ich habe extra noch etwas beim Griechen geholt.«

»Ganz der Gentleman! Ja gerne, ich habe noch nichts gegessen.« Felix holte den Meeresfrüchte- und Bauernsalat sowie eingelegte Oliven und Peperoni, die er auf verschiedenen Tellern angerichtet hatte. Petra hatte es sich inzwischen auf der Couch gemütlich gemacht. Ihre Pumps lagen unter dem Wohnzimmertisch, Django lag an ihren Bauch geschmiegt auf dem Rücken und ließ sich genussvoll streicheln.

Er wandte den Kopf zu seinem Herrchen und sein Ohr zuckte, als wollte er sagen: »Hey Mann, du kannst wieder rausgehen, ich habe die Lage voll im Griff.«

Felix wollte am liebsten sofort mit Django tauschen. War er etwa auf seinen Kater eifersüchtig? Er ertappte sich dabei, wie er seinen Kater wieder einmal vermenschlichte und seine Sicht der Welt auf ihn übertrug. Petra strahlte ihn an.

»Oh, ein perfekter Gastgeber. Du hast wohl öfter Damenbesuch?«

»Nein, eher nicht. Um ehrlich zu sein, schon ziemlich lange nicht mehr.«

Ihre Antwort war Schweigen. Sie aßen und Django rührte sich nicht vom Fleck. Während Felix abräumte, hob Petra den Kater auf ihren Bauch und legte sich mit angewinkelten Beinen auf den Rücken. Ihr Kopf ruhte auf der Lehne.

»Du darfst dich übrigens zu mir setzen. Ich beiße nur, wenn die Männer es wollen.«

Felix setzte sich auf die Couch, Petra streckte ihre Beine aus und legte ihre Füße in seinen Schoß. Ihm wurde mehr als nur heiß.

»Wenn du magst, dann kannst du mir gerne meine Füße massieren. Ich mag das sehr.«

Er ließ sich nicht zweimal bitten und massierte ihre Füße erst sanft, dann mit immer mehr Druck. Sie hielt die Augen geschlossen und lächelte, Django hatte sich inzwischen auf ihrem Bauch zusammengerollt und ihre Hände lagen auf ihm. In diesem Moment hätte Felix die große Uhr des Universums angehalten, wenn er gewusst hätte, wo sie stand.

»Erzähl mir von deinem Tag.« Petra öffnete die Augen und blickte ihn direkt an.

Er berichtete von den bisherigen Ergebnissen, wägte die verschiedenen Lösungsansätze ab und erwähnte auch seine weiteren Pläne. Seine Besucherin hörte ihm schweigend zu.

Als er fertig war, sagte sie: »Dr. Zimmer GmbH, von der habe ich schon gehört. Die sollen vor ein paar Jahren fast bankrott gewesen sein, dann aber innerhalb eines Jahres ziemlich viel Geld bekommen haben. Woher, weiß ich nicht genau. Es hat aber einige Gerüchte gegeben, unbekannter Teilhaber aus dem Nahen Osten oder so. Wenn du willst, kann ich mich ja etwas umhören.«

»Gerne, wir haben von dem Gerücht bei unserer Recherche nämlich nichts gehört.«

»In jeder Branche gibt es Insiderwissen. Ihr posaunt auch nicht alles was ihr wisst in die Welt hinaus, oder? Außerdem: Wer arbeitet schon gerne mit der Polizei zusammen?«, neckte Petra ihn.

Felix schwieg. Er wusste, wie recht sie mit ihrer letzten Bemerkung hatte. Selbst Opfer von Verbrechen verheimlichten häufig wichtige Details aus falsch verstandener Kameraderie oder ähnlichen Motiven. Petra gähnte.

»Ich werde richtig müde. Mein Tag morgen wird sehr anstrengend, ich sollte wohl besser gehen.«

»Ja, also, wenn du meinst, du hast natürlich recht«, stotterte er.

Sie lächelte. »Soll ich lieber bleiben?«

»Also ich weiß nicht…« Sein Stottern wurde schlimmer.

»Siehst du. Und solange du es nicht weißt, weiß ich es auch nicht!«

Petra richtete sich auf und zog ihre Schuhe an. Felix verdammte sich selbst ob seiner Feigheit und suchte in ihren Augen nach Aufforderung oder Zorn. Doch alles was er fand war ein tiefgründiges Lächeln. Vor der Tür verabschiedete sie sich mit einem Kuss links und rechts, dann ging sie hinaus. Dort drehte sie sich noch einmal um.

»Weißt du übrigens, dass du der einzige Mann bist, der mich bisher abblitzen ließ? Ich wünsche dir eine gute Nacht und schöne Träume.« Damit warf sie ihm noch eine Kusshand zu und entschwand aus seinem Blickfeld.

Völlig verwirrt und mit rasenden Gedanken blieb Felix noch fünf Minuten in der geöffneten Tür stehen, bevor er ins Wohnzimmer zurückging.

»Oh, Django, verstehe einer die Frauen.«

Doch auch sein Kater wollte ihn nicht trösten. Er schien zu schmollen, weil Felix es nicht fertiggebracht hatte, seinen Streichelservice hier zu behalten. Was für ein Versager! Der Kater schritt würdevoll zur Verandatür und forderte beharrlich Ausgang. Schweren Herzens entließ sein Herrchen ihn in die Nacht, leerte die Flasche Wein und sank in einen unruhigen Schlaf.

Auf der Fahrt ins Büro waren Felix' Gedanken nur auf Petra fixiert. Er fühlte sich wie ein Pennäler, der zum ersten Mal verliebt war und nicht wusste, was er tun sollte, damit seine Angebetete ihn erhörte. Er schüttelte den Kopf über sich selbst und schwor sich beim nächsten Treffen direkter zu sein und nicht so schüchtern. Es hatte keinen Zweck mehr es zu leugnen, er war verliebt. Sein Handy piepte, eine SMS. Bei dem Versuch es möglichst schnell aus der Jackentasche zu ziehen, verriss er das Lenkrad und hätte beinahe einen Unfall verursacht. Der Fahrer hinter ihm hupte und fuchtelte wild mit den Armen. Zur Entschuldigung hob der Hauptkommissar die Hand und konnte endlich sein Handy aus seiner Innentasche befreien.

»Komme circa dreißig Minuten später ins Büro. Ich musste Nina zum Kinderarzt bringen. Frauke«

Mist, nicht von Petra. Felix war enttäuscht, wusste aber selbst nicht recht, was er erwartet hatte. Gut, sie würden auf ihre Kollegin warten müssen, aber das war entschuldbar. Nina war erst drei Jahre alt und tagsüber immer bei Fraukes Eltern einquartiert. Ihr Mann war auf ihren Beruf und ihre Kollegen eifersüchtig gewesen und hatte geglaubt, sich woanders Verständnis holen zu müssen. Deshalb zog sie jetzt ihre Tochter alleine groß. Der Hauptkommissar gab Gas und sieben Minuten später parkte er vor dem Revier. Im Vorbeigehen rief er Emilio zu, dass die morgendliche Runde etwas später beginnen würde, und verschwand in seinem Büro.

»Ich habe die ganze Nacht von Dir geträumt. Felix« Es kostete ihn Mut, diese SMS an Petra zu schicken. Aber dann drückte er kurzentschlossen auf ‚Senden' und fühlte sich plötzlich befreit.

Gerade als er aufstehen wollte, kam die Antwort:

»Ich hoffe es waren schöne Träume!«

»Ja sie waren intensiv und schön!«

Nur eine Minute später erschien ihre Antwort auf seinem Display: »Intensiv oder erotisch? Oder etwa intensiv erotisch?«

Er konnte sich Petras schelmisches Lächeln lebhaft vorstellen.

»Es waren sehr heiße Träume, mehr als nur erotisch!!«

Zwei Minuten später klingelte sein Telefon.

»Heiße Träume? Das musst du mir erzählen!«

»Gerne Petra, aber nicht jetzt am Telefon. Ich würde dich am liebsten heute Abend sehen und ich glaube, Django vermisst dich auch.«

»Da kann ich ja kaum nein sagen. Aber leider habe ich eben erfahren, dass ich für drei Tage nach Berlin muss. Ein wichtiger Kunde ist etwas nervös und ich soll ihn beruhigen. In einer Stunde muss ich weg, aber ich würde sehr gerne heute Abend mit dir telefonieren.«

»Schade, aber es ist okay. Wann soll ich anrufen?«

Felix hoffte, dass die Enttäuschung nicht zu deutlich in seiner Stimme mitschwang.

»Ich rufe dich einfach vom Hotel aus an, dann bezahlt meine Firma die Rechnung. Außerdem weiß ich nicht, wie spät es wird. Also, grüß Django von mir.«

Felix konnte nichts mehr erwidern, so schnell war das Gespräch beendet. Er fühlte sich gut und war extrem gespannt auf ihr Gespräch. Ja, es war richtig gewesen, die SMS zu schicken.

Sie trafen sich, nachdem ihre Kollegin im Revier eingetroffen war. Felix winkte ab, als sie sich entschuldigen wollte.

»Mensch, Frauke, jeder hier hat Verständnis für deine schwierige Situation.« Er legte seinen Arm um ihre Schultern und drückte sie kurz an sich.

»Also, zurück zum Mordfall Kaptaijn. Arno, hast du die Nachbarn erreicht?«

Dieser bejahte, er hatte mit allen Nachbarn für diesen Abend Termine zwischen neunzehn und zwanzig Uhr vereinbart.

»Gut, dann lass uns sehen, was wir aus dem privaten Umfeld von Uwe Kaptaijn herausbekommen. Ich habe mich gefragt, ob er vielleicht am Mordabend jemanden aus seiner Firma besucht hat, zum Beispiel seinen Chef oder irgendeine Frau. Wenn einer seiner Kollegen in der Umgebung von Eppstein wohnt, dann haben wir einen ersten Anhaltspunkt. Arno, sieh bitte zu, was du herausfindest. Emilio, du überprüfst Herrn Grüntal, während Frauke und ich noch einmal in die Wohnung gehen. Und versuch bitte auch noch, an die Kontoauszüge und Telefonabrechnung von Herrn Kaptaijn heranzukommen. Noch Fragen oder Anregungen?«

Felix blickte in die Runde.

»Ja, wir haben bisher etwas übersehen«, antwortete Frauke.

»Was meinst du?« Er sah sie prüfend an.

48

»Na, wie ist der Täter vom Fundort weggekommen, gibt es Spuren oder Zeugen?«

Der Hauptkommissar hatte das Gefühl sich ohrfeigen zu müssen, auch Emilio und Arno schauten betreten zu Boden.

»Du hast völlig recht, daran hätten wir viel früher denken müssen. Gut, das überprüfen wir sofort. Emilio, frage bitte bei den Taxizentralen nach. Danach kannst du ja noch in Erfahrung bringen, ob zu der Zeit in der Gegend schon Linienverkehr unterwegs war.«

Alle standen auf und Frauke fuhr mit ihrem Vorgesetzten in die Wohnung des Opfers. Sie durchsuchten die Wohnung noch einmal sehr genau, konnten aber nirgends etwas Neues oder Ungewöhnliches entdecken. Felix bemerkte, dass Kaptaijns Lederdress und -maske aus dem Badezimmer fehlten, sie wurden wohl gerade im Labor auf mögliche Spuren untersucht. Auf dem Anrufbeantworter waren keine neuen Anrufe eingegangen und in der Post war nur Werbung.

Ein Prospekt von einem kleinen Weinhandel aus der Nähe von Frankfurt erregte seine Aufmerksamkeit. Als Weinkenner notierte er sich den Namen und die Adresse aus persönlichem Interesse. Auch dieses Mal blieb die Suche nach Fotos erfolglos und an den Wänden waren weder Nägel noch Löcher oder die Schatten von abgenommenen Bilderrahmen zu sehen. Dem Hauptkommissar kam diese Sache schon seltsam vor.

»Was meinst du, Frauke? Was erzählt dir diese Wohnung? Man sagt doch, jede Wohnung erzählt etwas über ihre Bewohner.«

»Nun, ich sehe vor allem, dass jemand ziemlich viel Geld investiert, aber auch Geschmack bewiesen hat. Es ist nicht protzig oder angeberisch, eher stimmig und unaufdringlich elegant. Wenn ich nicht von der Scheidung unseres Opfers wüsste, würde ich annehmen, dass dabei eine Frau ihre Hand im Spiel hatte. Wir haben bloß keine Anhaltspunkte gefunden, dass noch jemand hier wohnt«, sagte sie.

Er stimmte ihr zu.

»Irgendwie fehlt uns im Moment eine heiße Fährte. Sehen wir mal, was uns die anderen Spuren bringen.«

Im Treppenhaus trafen sie Frau Schumm.

»Guten Tag, Herr Kommissar, wollen Sie zu mir?«

Felix verneinte.

»Ich kann es immer noch nicht glauben, dass der nette Herr Doktor ermordet worden ist, es ist traurig. Seitdem ich das weiß, habe ich Angst und schließe meine Tür auch tagsüber schon ab. Es sind schlimme Zeiten, Herr Kommissar, schlimme Zeiten«, klagte die alte Dame.

»Da haben Sie recht, man sollte immer auf der Hut sein. Denken Sie daran mich anzurufen, wenn Ihnen noch etwas einfällt, was mit Herrn Kaptaijn zu tun hat?«

Frau Schumm versprach es ihm, dann schloss sich die Wohnungstür hinter ihr.

Felix brachte Frauke ins Revier und fuhr einer plötzlichen Eingebung folgend weiter in die Münchener Straße, in der die Abteilung Wirtschaftsdelikte saß. Den Stromos stellte er auf einem einfachen Parkplatz ab, denn eine Ladesäule gab es dort noch nicht. Zielstrebig ging er zu seinem alten Kollegen Hans Werners, mit dem er die Polizeischule absolviert hatte.

Hans hatte sich schon früh für die Abteilung Wirtschaft entschieden und es gab wenig, was er nicht wusste. Sein Problem war, dass er meistens nicht die nötigen Beweise hatte, um die Täter zu überführen. Früher hatten sie öfter bei einem Feierabendbier darüber diskutiert, ob der ganze Job nicht Don Quichottes Kampf gegen die Windmühlen glich, aber jetzt sahen sie sich zu selten.

»Hallo Hans«, begrüßte er seinen alten Freund, der hinter einem Aktenberg fast verschwand.

»Hi Felix, oder muss ich Hauptkommissar Büschelberger sagen?« Hans war trotz gleicher Dienstzeit noch einfacher Kommissar, denn er hatte zu oft einflussreichen Persönlichkeiten auf die Füße getreten.

»Mensch, hör auf mit dem Blödsinn. Ich habe aber gehört, dass du jetzt auch bald dran bist«, grinste Felix ihn an.

»Wenn sich nicht wieder ein Bankier oder Firmenchef darüber beschwert, dass ich durch meine Ermittlungen seinen Ruf gefährde.«

Hans lächelte, er war Optimist geblieben.

»Schön dich wiederzusehen, setz dich. Ich werde dir einen Tee holen, oder bist du endlich auf den Geschmack gekommen?«, fügte er hinzu.

Hauptkommissar Büschelberger schüttelte den Kopf und betrachtete Hans, der Wasser aufsetzte und danach einen Teebeutel in die Tasse hängte. Der überwiegende Dienst am Schreibtisch hatte dem Wirtschaftsermittler einen kleinen Bauchansatz beschert und sein kurzgeschnittenes blondes Haar wurde inzwischen von den ersten grauen Strähnen durchzogen.

Im Gegensatz zu ihm selbst trug er einen ziemlich eleganten Anzug. Als Felix seine Tasse Tee in den Händen hielt, lehnte er sich entspannt zurück und blickte seinem alten Freund direkt in die Augen. »Was weißt du über die Dr. Zimmer Analyse und Beratungs GmbH?«

»Die Heinrich Zimmer GmbH ist im Moment so eine Art Vorzeigeunternehmen hier in der Stadt, expandiert und stellt Leute ein. Der Chef hat wohl gute Kontakte zur Stadtverwaltung. Du weißt ja, Umweltschutz hat einen Heiligenschein und da wollen die Herren Politiker gerne was von abhaben. Wir haben allerdings nie gegen die ermittelt. Ich habe nichts Spezielles gehört, außer dass sie vor drei oder vier Jahren finanziell in der Klemme gewesen sein sollen«, rezitierte sein Gegenüber aus dem Gedächtnis.

»Das deckt sich mit meinen Informationen. Es war auch nur so eine Frage.«

»Wenn ihr gegen die ermitteln wollt, dann solltet ihr gute Beweise haben. Wie gesagt, Dr. Zimmer hat Kontakte«, warnte Hans seinen alten Kollegen.

Dieser nickte. »Ich werde aufpassen, im Moment ist es auch nichts Konkretes. Ein leitender Angestellter von denen ist ermordet worden.«

»Wenn ich etwas höre, dann sage ich dir Bescheid.«

Felix dachte über die Bemerkung seines Kollegen nach und schwieg, während er seinen Becher austrank.

»Sag mal, Hans, wie läufst du eigentlich wieder rum? Bist du auf Brautschau?«

Er konnte sich diese Bemerkung nicht verkneifen, denn die Jungs aus dem Dezernat Wirtschaft waren immer gekleidet, als ob sie selber Banker oder Börsianer wären.

»Tarnung ist alles. Du weißt doch, die Leute geben uns nie alles preis. Aber geh mit so einem Dress in die Bar der Wirtschaftsheinis und schon bist du akzeptiert und giltst als einer von ihnen.«

»Genau das hat man mir gestern Abend auch erzählt. Also dann, bis bald und danke für die Infos.«

»Felix?« Hans' Stimme rief ihn zurück.

»Ja?« Er drehte sich noch einmal um.

»Was deinen Fall angeht, musste ich gerade an eine Bemerkung, ich glaube von Rousseau, denken. Er sagte, hinter jedem Vermögen steckt ein Verbrechen und hinter jedem großen Vermögen steckt ein großes Verbrechen. Vielleicht hat das Motiv ja doch was mit Geld zu tun. Je länger ich in diesem Beruf arbeite, desto mehr merke ich, dass Geld hinter fast allem steckt, selbst wenn es auf den ersten Blick nicht offensichtlich ist.«

Felix nickte. »Vielleicht solltest du mit Kevin Murr ausgehen, der hat Philosophie studiert, dann könnt ihr unter Geistesverwandten intelligente Phrasen austauschen.«

»Mensch, verschwinde bloß zu deinen Leichen oder deinen Fröschen, aber lass uns ehrliche Bullen in Ruhe!«, brummte Hans ironisch.

»Schon gut, schon gut. Wir sollten mal wieder zusammen was trinken. Bis dann!«

Lachend verschwand der Hauptkommissar aus dem Büro seines alten Schulkollegen, der ihm noch eine unflätige Bemerkung hinterherwarf. Auf dem Weg zum Revier fuhr er bei Fritten-Conny vorbei und traf auf Arno und Frauke.

Zurück im Büro rief Felix bei Dr. Murr an.

»Besteht die Möglichkeit, dass wir im Osthafen Spuren von weiteren Autos finden, oder hast du dort was bemerkt?«

»Felix, bist du noch ganz dicht?!« Seine Antwort klang eher nach einem Knurren als nach menschlicher Sprache.

»Du warst doch auch dort. Da sind im Umkreis von ungefähr drei bis vier Kilometern Betonplatten gewesen und dann ist dort ständig Verkehr. Wie sollen wir da etwas finden? Hexen können wir nicht.«

»Du hast ja recht! Ich dachte bloß, dass der Täter irgendwie vom Fundort weggekommen sein muss«, entschuldigte sich Felix.

»Stimmt, aber ich kann dir dazu nichts sagen. War's das, ich habe nämlich gerade zu tun!«

»Etwas, das mich auch interessieren könnte?«

»Nicht, wenn du so ein medizinischer Laie bist, wie ich vermute. Eine Sechzehnjährige hat sich aus Liebeskummer mit ihrer Strumpfhose erhängt und es sich wohl zwischenzeitlich anders überlegt. Na ja, sie hat lange gekämpft und dann doch verloren. Die Menschen sind schon ziemlich dumm, wenn du mich fragst.«

»Fremdverschulden ausgeschlossen?«

»Ja, Herr Hauptkommissar, nichts für dich zu tun, es sei denn, du bist jetzt auch in der Reinigungsbranche tätig«, raunzte der Rechtsmediziner ihn an.

»Das verstehe ich jetzt nicht.« Felix merkte, dass Kevin Murr heute wieder sehr mürrisch war.

»Nun, du hast doch schon gehört, dass Leute, die sich aufhängen, sich erbrechen, aber durch den Strick – oder in diesem Fall die Strumpfhose – daran gehindert werden. Tja, unsere Kollegen von der Schutzpolizei hatten einen Frischling dabei, der sich bewähren sollte. Er hat das Mädchen losgeschnitten, stand vor ihr und hat dabei die Ladung voll abbekommen. Das war wohl etwas zu viel für ihn. Den Rest kannst du dir denken. Und jetzt tschüss!«

Kevin hatte das Gespräch beendet.

Der Hauptkommissar kannte den Humor der Kollegen nur zu gut. Das Leben war hart und man musste schon abgebrüht sein, um in diesem Beruf tagtäglich der dunklen Seite der menschlichen Seele zu begegnen. Es hatte auch keinen Sinn, nach den Ergebnissen zu fragen, die die Untersuchung der Beweisstücke aus Kaptaijns Wohnung erbracht hatte. Er würde Bescheid bekommen, sobald Resultate vorlagen. In diesem Punkt war der Pathologe absolut zuverlässig.

Um vier traf sich das Team wieder zur Besprechung. Felix schaute zu Emilio.

»Also, was hast du herausgefunden?«

Dieser verteilte seine neusten Ausdrucke. »Zu Herrn Grüntal: Der ist einschlägig vorbestraft, hat als Siebzehnjähriger schon wegen Körperverletzung vor dem Jugendgericht gestanden. Dann ist er wieder straffällig geworden, wegen Raubüberfalls mit schwerer Körperverletzung, und jetzt seit zwölf Monaten auf Bewährung draußen.«

Sein Chef pfiff durch die Zähne. »Da hast du mal wieder einen guten Riecher gehabt, aber macht das diesen Zeugen verdächtig? Vergiften passt nicht in sein bisheriges Schema, außerdem wäre er dann kaum so dumm uns anzurufen und als Zeuge aufzutreten.«

Emilio stimmte zu. »Ich würde ihn trotzdem gerne noch einmal befragen.«

»Okay, und was hast du sonst noch rausbekommen?«

»Von den Taxizentralen hat es bisher noch keine Antwort gegeben, die betreffenden Fahrer sind erst heute Abend wieder zu erreichen. Die Zentrale wird die Fahrer benachrichtigen, sie werden sich bei uns melden. In der Nähe des Fundorts gibt es zwei Buslinien, die 237 und die 303, aber von ein Uhr bis fünf Uhr wird diese Strecke nicht befahren. Mit der Telekom und der Bank habe ich Verbindung aufgenommen. Sobald sie die Anfrage vom Staatsanwalt haben, schicken sie uns die Unterlagen.«

»Gut, ich gehe damit zu Fromm.«

Der Hauptkommissar blickte auffordernd zu Arno.

»Also, Dr. Zimmer wohnt direkt in Frankfurt Harheim. Die Chefsekretärin wohnt in Darmstadt, Mathildenhöhe, ebenfalls beste Lage. Die anderen konnte ich noch nicht überprüfen, aber ich werde eine Anfrage an deren Personalabteilung schicken«, fasste dieser seine Ergebnisse zusammen.

»Dann nimmt unsere Ermittlung ja langsam Gestalt an. Wir haben in der Wohnung keine neuen Erkenntnisse gesammelt, außer der, dass es tatsächlich keine Fotos oder Anzeichen davon gibt. Dann bin ich noch zum Dezernat Wirtschaftskriminalität gefahren um herauszufinden, ob die etwas über die Dr. Zimmer GmbH wissen. Fakt ist, dass die Firma noch nie in Ermittlungen verwickelt war. Erfahren habe ich aber, dass es ihr vor ein paar Jahren finanziell ziemlich schlecht ging und dann auf einmal wieder Geld da war. Woher das kam, ist nicht bekannt. Zudem scheint die Firma über gute Kontakte in der Politik zu verfügen. Wir können uns also darauf einstellen, dass wir den einen oder anderen Anruf von oben bekommen, bei dem man unsere Ermittlungsmethoden kritisieren wird.«

Allgemeines Stöhnen ging durch den Raum.

»Wenn das soweit alles ist, dann gehe ich jetzt zu Fromm und danach mit Arno die Nachbarn befragen. Emilio, du machst Feierabend, du bist noch verheiratet und ich will, dass es auch so bleibt. Und du, Frauke, ab nach Hause, Nina pflegen.«

Felix beachtete den Einspruch der beiden nicht und stand wenig später bei Staatsanwalt Fromm vor der Tür.

Kurz darauf klingelten die beiden Kommissare zuerst bei den Schmidts und wurden dort schon erwartet, den angebotenen Kaffee lehnten beide ab. Die Wohnung der Schmidts war um einiges kleiner als die von Uwe Kaptaijn.

»Was können Sie uns über Ihren Nachbarn erzählen, über seine Kontakte und über ihn ganz allgemein?«

Felix stellte die Fragen, während sein Kollege mitschrieb. Arno war im Gegensatz zu Emilio beim guten alten Notizblock geblieben, war aber ein sehr schneller Schreiber.

»Herr Kaptaijn war immer sehr höflich, hat aber keinen näheren Kontakt gesucht. Einmal hatten wir so eine Art Hoffest, bei dem nur er nicht dabei war, er wollte das nicht«, erzählte Herr Schmidt.

»Und ordentlich, das war er ja. Sein Treppenhaus und den Keller hat er immer sauber gemacht und nicht so gepfuscht wie manch andere Person hier im Haus.«

Herr Schmidt blickte seine Frau bei dieser Bemerkung unwirsch an.

»Stimmt aber«, verteidigte diese ihre Aussage. »Aber so ganz koscher war der nicht, wenn Sie verstehen, was ich meine«, fügte sie hinzu.

»Nein«, gab Felix ehrlich zu, »ich verstehe nicht, was Sie meinen.«

»Nun, ich habe nie weiblichen Besuch gesehen. Wenn man ihn einmal traf, dann nur mit jungen Männern und das meistens erst nach zehn Uhr abends.«

»Du immer mit deinen seltsamen Verdächtigungen, mir kam er normal vor.«

Herr Schmidt fiel seiner Frau ins Wort, die beiden fingen an zu streiten und Felix warf einen Blick zu Arno, der hilflos die Augen verdrehte.

»Gut, ich denke wir haben erfahren, was wir wollten. Wenn Ihnen noch etwas einfällt, dann rufen Sie uns an.«

Mit diesen Worten überreichte er seine Visitenkarte und sie verabschiedeten sich. Als die Türe hinter ihnen ins Schloss fiel, konnten die beiden Kommissare hören, wie der Streit zwischen den Schmidts erst richtig begann.

»Manchmal frage ich mich, warum Leute überhaupt noch zusammen leben, wenn sie sich schon lange nichts mehr zu sagen haben«, murmelte Felix, als er bei Frau Wenzel klingelte.

»Damit wir auch in Zukunft noch Arbeit haben.« Der Hauptkommissar bedachte Arnos wie üblich mehr als trockene Antwort nur mit einem Kopfschütteln.

Frau Wenzel machte auf ihn einen sehr viel sympathischeren Eindruck als die Schmidts. Sie konnte ihnen nichts Neues berichten, erwähnte dann aber etwas, das Felix aufhorchen ließ.

»Ach, wissen Sie, ich habe mich an dem Tag, an dem Herr Kaptaijn gestorben ist, schon gewundert, dass er so früh aufgestanden ist. Ich muss immer um fünf das Haus verlassen und da habe ich Geräusche aus seiner Wohnung gehört. So früh höre ich sonst nämlich niemanden hier im Haus.«

»Sie sind sich ganz sicher, dass Sie die Geräusche aus der Wohnung von Herrn Kaptaijn am Montagmorgen gehört haben?« Der Ermittler ließ Frau Wenzel nicht aus den Augen.

»Ganz sicher. Wieso ist das wichtig?«

Felix warf Arno einen vielsagenden Blick zu. »Nun, wir wussten bisher nicht, dass er um fünf Uhr früh schon auf und noch in der Wohnung war.«

Er sah keinen Sinn darin Frau Wenzel mit der Nachricht zu beunruhigen, dass sie wahrscheinlich den Mörder von Uwe Kaptaijn gehört hatte, der Stunden nach der Tat noch die Wohnung des Opfers durchsucht hatte.

»Können Sie mir sagen, was für Geräusche Sie gehört haben? Versuchen Sie bitte möglichst genau zu sein.«

»Es klang eigentlich so, als ob eine Schublade ziemlich ruppig herausgezogen würde. Als ich schon unten im Erdgeschoss war, hat es sich so angehört, als wäre etwas auf den Boden gefallen. Da habe ich noch bei mir gedacht: Der Herr Kaptaijn ist aber heute laut, hoffentlich weckt er das Haus nicht auf.«

»Mehr ist Ihnen nicht aufgefallen?«

Die Frau verneinte. Vor der Tür pfiff Hauptkommissar Büschelberger durch die Zähne.

»Es sieht so aus, als hätten wir eine heiße Spur. Wir müssen jetzt noch einmal die Jungs von der KTU herkommen lassen. Sie sollen die Tür zur Straße auf Einbruchspuren und in der Wohnung die Schubladen auf Schäden kontrollieren, falls wirklich eine runtergefallen ist.«

Da sein Kollege auch nicht nach Hause wollte, warteten sie gemeinsam auf die KTU. Drei Stunden später lag das Ergebnis vor. Die Tür zur Straße hin wies Spuren einer gewaltsamen Öffnung auf und eine Schublade des Wohnzimmerschrankes war in der hinteren rechten Ecke beschädigt. Er starrte auf den Inhalt der Schublade. Darin lagen ein paar Bedienungsanleitungen für technische Geräte, die Uwe Kaptaijn angeschafft hatte, sonst nichts.

»Ziemlich wenig drin für so eine große Schublade.«

Felix stimmte Arnos Bemerkung zu.

»Tja, aber das sagt noch nichts darüber aus, ob etwas fehlt. Aber für heute sind wir, denke ich, fertig.«

Sie verließen als Letzte die Wohnung, ohne sich um die neugierigen Blicke der Nachbarn zu kümmern.

Zu Hause wurde Felix von einem ziemlich ungnädigen Kater empfangen.

»Ja, tut mir leid, du bekommst sofort zu fressen.«

Er machte Djangos Futter fertig, das er mit einer halben Dose Thunfisch verfeinerte.

»So, ich hoffe du kannst mir verzeihen.«

Sein Kater stürzte sich wie ein Tiger auf den Napf und begab sich dann auf einen Streifzug durch die Nacht. Gerade als er überlegte, was er essen wollte, klingelte sein Handy.

»Ja.«

»Wenn du genervt bist, dann lege ich gleich auf.«

»Nein Petra, ich bin nicht genervt, ich hatte nur einen langen Tag, bin eben erst zu Hause angekommen und wollte gerade etwas essen. Ich habe nur gedacht, es ist noch etwas passiert und jemand aus der Notfallzentrale ruft mich an. Es freut mich, dass du es bist.«

»Na, dann verzeihe ich dir dein genervtes ‚Ja' von eben. Ich bin auch gerade zurück ins Hotel gekommen, habe heiß geduscht und liege jetzt wie Gott mich schuf auf meinem Bett.«

Er konnte sie kichern hören und ihm wurde ziemlich heiß.

»Petra, du quälst mich ganz schön.«

Lachen in der Leitung. »Wieso, was hast du denn?«

Felix wettete, dass sie gerade jetzt einen unschuldigen Augenaufschlag probte.

»Weil ich mich nach deiner Nähe sehne, ich würde jetzt gerne bei dir sein.«

»Aha. Ich dachte immer, du wärst ein Gentleman. Was hat ein Gentleman denn im Hotelzimmer bei einer unbekleideten Frau zu suchen?«, neckte Petra.

»Nun, ja also…« Er fing schon wieder an zu stottern.

Ihr Lachen erlöste ihn aus der peinlichen Situation.

»Mensch, Felix, leg doch nicht alles was ich sage auf die Goldwaage. Ich will dich nur ein wenig aufziehen.«

»Ausziehen wäre mir lieber.« Er war selbst überrascht über seine spontane Antwort.

»Darüber können wir gerne beim nächsten Treffen reden. Ich wüsste auch schon, was ich mit dir machen würde, wenn du jetzt hier wärst.«

»Was denn?«

Sie lachte wieder »Nein, so einfach mache ich es dir nicht. Das überlasse ich deiner Fantasie, dann überrascht dich die Realität vielleicht umso mehr.«

»Ich kann es kaum noch abwarten«, hauchte er in seinen Hörer.

»Ich weiß, aber wie war das? Ein Geheimnis bleibt nur dann interessant, wenn es geheim bleibt. Ich denke, da hast du recht gehabt. Also schlaf gut und süße Träume. Wenn du von mir träumst, dann will ich es wissen. Bis dann, Felix.«

»Warte noch!« Er konnte den Gedanken nicht ertragen, dass Petra jetzt auflegen wollte.

»Ja, was gibt es denn noch?«

»Ich will einfach noch deine Stimme hören, es ist so schön mit dir zu sprechen.«

»Endlich lässt du deine Gefühle raus. Ich höre dich auch gerne, aber ich muss morgen ganz früh raus. Also nicht böse sein, wenn ich jetzt Schluss machen muss.«

»Okay, das verstehe ich. Dann gute Nacht und ich werde von dir träumen, versprochen.«

Sie warf ihm durchs Telefon noch einen Kuss zu, dann wurde es still. Bevor er einschlief, dachte Felix lange an Petra, was er noch alles hätte sagen können und wie sich ihre Zukunft gestalten könnte. Seinen Hunger hatte er vergessen.

Kapitel 5

Am nächsten Morgen verschlief Felix prompt. Fluchend hüpfte er ins Bad, nur um festzustellen, dass Django in der Nacht eine Versöhnungsmaus mitgebracht hatte, die jetzt auf dem Duschvorleger lag. »Auch das noch!«

Die Dusche schien ebenfalls ein Eigenleben entwickelt zu haben, nie behielt sie die Temperatur, die Felix wollte. Nachdem er seinem Kater etwas Futter und Wasser hingestellt hatte, eilte er ins Büro. Der Rest des Teams wartete schon im Besprechungsraum.

»Sorry, habe verschlafen.« Der Hauptkommissar spürte seinen Magen rumoren. »Hat irgendjemand etwas zu essen für mich? Sonst falle ich noch um.«

»Ich war gestern bei Mama und sie hat mir ein Paket für dich mitgegeben. Ich glaube zwar nicht, dass es zum Frühstück schmeckt, aber wenn du willst, hole ich es.«

Er nickte. Emilios Mutter hatte ihn quasi adoptiert. Die beiden Männer kannten sich noch aus der Schulzeit und als Emilio ins Zwielicht abzurutschen drohte, hatte Felix ihm geholfen da wieder rauszukommen. Das war auch der Grund, weshalb sein Freund sich für eine Laufbahn bei der Polizei entschieden hatte. Der Hauptkommissar schlürfte seinen Lung Ching Tee und wartete auf Emilios Carepaket. Während er gegrillte Zucchini und Auberginen kaute und sogar die kalten Cannelloni verputzte, dachte er, dass sich sein Leben unbedingt ändern müsse.

Arno berichtete in der Zwischenzeit von ihren Ergebnissen. Als er geendet hatte, meinte Felix:

»Ich denke, wir sind jetzt an einer entscheidenden Stelle angekommen. Wir wissen, dass jemand nach Kaptaijns Tod in seine Wohnung eingebrochen ist, wahrscheinlich der Täter. Das bringt uns auf der Suche nach dem Motiv maßgeblich voran. Wir müssen erfahren, was der Einbrecher gesucht hat. Hat er gefunden, was er gesucht hat? Wo ist der Mord geschehen? Arno, du gehst heute mit Emilio noch einmal zur Firma von Kaptaijn und dort lasst ihr euch die Adressen aller Angestellten geben. Wenn sie nicht mitarbeiten wollen, dann holen wir uns sofort eine richterliche Verfügung. Frauke, du kannst die ganze Post erledigen und die Genehmigung vom Staatsanwalt zur

Konto- und Telefoneinsicht bei der Bank und Telekom vorbeibringen. Sieh zu, ob du Druck machen kannst, damit sie sich beeilen. Ich will mehr Fakten. Wir haben noch kein klares Bild, das frustriert mich.« Als sie den Raum verließen, zog Emilio seinen Chef zur Seite.

»Alles klar bei dir? Du siehst ein wenig genervt aus und ich glaube nicht, dass es an unserem Fall liegt. Du hast schon bei weit verzwickteren Problemen einen kühlen Kopf behalten.«

Felix lächelte seinen Kollegen an.

»Ich schlafe in letzter Zeit etwas schlecht, das ist wohl alles.«

Sein Partner musterte ihn wortlos.

»Gut, du weißt, du kannst jederzeit mit mir reden, wenn du willst. Mama hat übrigens gefragt, wann du endlich wieder einmal zum Essen kommst.«

Ein Lächeln machte sich auf seinem Gesicht breit: Signora Perfondo würde nie aufhören ihn zu bemuttern.

»Sag ihr, ich komme mit Sicherheit in den nächsten zwei Wochen vorbei. Vielleicht komme ich nicht alleine.«

»Das wird sie sicher freuen. Du weißt aber, dass du dann lieber nicht alleine kommen solltest, sonst wirst du ein Kreuzverhör ohnegleichen erleben«, sagte Emilio.

»Ich weiß.« Felix marschierte lächelnd in sein Büro. Ja, er würde Petra überreden mitzukommen.

Auf seinem Schreibtisch lag eine Notiz: »Frau Harris hat sich gemeldet, erreichbar unter 00254 87756890.«

Während das Freizeichen ertönte, überlegte Felix, wo diese Vorwahl wohl hinführte.

»Hotel Kenian Beach Ressort, what can we do for you?«

»I'd like to speak to Mrs. Harris, please.«

»Hang on, we will connect you.«

Kurz darauf hörte er eine gehetzte Frauenstimme.

»Ja, Hallo, Harris hier.«

»Guten Tag, mein Name ist Felix Büschelberger und ich bin Hauptkommissar bei der Frankfurter Polizei.«

Am Telefon wollte er Frau Harris nicht gleich sagen, dass er von der Mordkommission war, er regte Leute ungern unnötig auf.

»Meine Nachbarn haben mir erzählt, dass die Polizei mich zu sprechen wünscht. Was ist denn passiert?«

»Es tut mir leid Ihnen mitteilen zu müssen, dass Ihr Ex-Ehemann ermordet wurde.«

Das Schweigen am anderen Ende der Leitung hielt länger an, als er erwartet hatte.

»Das tut mir leid, aber ich hatte seit unserer Scheidung keinen Kontakt mehr zu ihm. Ich muss sagen, dass ich nicht wirklich überrascht bin – bei seinem Umfeld.«

»Können Sie mir das näher erläutern?« Felix war gespannt.

»Wissen Sie, der Grund für unsere Scheidung war keine andere Frau. Mein damaliger Mann erkannte plötzlich, dass seine sexuellen Neigungen eher bei Männern als bei Frauen lagen. Gegen eine andere Frau hätte ich kämpfen können, aber gegen die Jungs vom Straßenstrich? Wie soll man das machen?«

Er konnte die Verbitterung in ihrer Stimme trotz der Entfernung deutlich hören.

»Ich möchte Ihnen nicht weiter den Resturlaub verderben, soweit ich weiß, kommen Sie sehr bald zurück. Ich muss Sie bitten sich danach mit mir zu treffen, auch wenn sie lange keinen Kontakt mehr hatten. Da ich Ihre Hilfe hier in Frankfurt brauche, kommen Sie doch bitte so schnell wie möglich nach Ihrer Rückkehr bei uns vorbei.«

»Wenn es Ihnen hilft, dann komme ich. Mittwoch würde es bei mir gehen.«

»Ja, das ist in Ordnung. Dann bis Mittwoch, so gegen zwölf Uhr reicht aus.« Felix nannte noch die Adresse und wollte gerade auflegen.

»Kann mein Mann mitkommen? Ich möchte meiner eigenen Vergangenheit nicht alleine begegnen.«

»Natürlich können Sie Ihren Mann mitbringen.«

Felix vernahm einen Seufzer der Erleichterung und lehnte sich zurück. Das war eine interessante Erkenntnis: Uwe Kaptaijn verkehrte laut Aussage seiner Exfrau im Strichermilieu. Da hatte Frau Schmidt gestern Abend mit ihrer Andeutung doch richtig gelegen. Er wurde sich wieder bewusst, dass man eine Aussage nicht dadurch entwerten durfte, dass einem die Quelle unsympathisch war. Hatte das mit ihrem Fall zu tun? Das würden sie am Ende schon sehen. Er wählte die Nummer der Rechtsmedizinischen Abteilung.

»Hi Kevin. Hast du was Neues für mich?«

»Ich habe doch gesagt, ich melde mich. Kann man mich nicht einmal in Ruhe lassen? Ich wollte heute Nachmittag bei euch vorbeikommen, denn die meisten Tests sind fertig. Nur kurz zu deiner

Information: Wir haben unterschiedliche Haarproben gefunden, laut Gentest alle von Männern. Im Kofferraum war nichts zu finden, die Leiche wurde also nicht darin transportiert. Wahrscheinlich lag sie auf dem Rücksitz, da haben wir Haare vom Opfer gefunden. Die Spermaspuren in Kaptaijns Wohnung stammen von drei verschiedenen Männern, eine war vom Opfer selbst. Wie alt diese Spuren sind, kann ich leider nicht sagen. Der Vergleichstest mit den Haaren im Wagen läuft noch. Also bis nachher.«

Wieder einmal konnte er feststellen, dass Dr. Murr wirklich gründlich war und niemals unwichtige Informationen mit wichtigen vermischte.

Das brachte Felix dazu, eine SMS an Petra zu schreiben.

»Ich wäre gerne die Luft, die schmeichelnd Dich berührt.«

Die Antwort kam prompt. »So früh schon so romantisch?!?«

»Ja, ich habe wie versprochen von dir geträumt.«

»;-)))« Mehr kam nicht von ihr.

Er war überrascht, wie schnell Petra ihn immer wieder verwirren konnte.

»Ich freue mich auf unser nächstes Telefonat. Heute Abend?«

»Sehr gerne.« Bis zur Mittagspause brachte er nicht viel zustande, sondern träumte vor sich hin.

Danach rief Felix bei Hauptkommissar Sulzner, einem Kollegen von der Sitte, an.

»Hallo Kurt. Wir untersuchen gerade einen Mordfall und unser Opfer hatte sehr wahrscheinlich Kontakt zu den Jungs vom Straßenstrich. Hast du irgendetwas läuten hören?«

»Nein, Morde an Freiern sind in dem Milieu schon seit über zehn Jahren nicht mehr begangen worden. Die Stricher werden wesentlich häufiger von ihren Freiern umgebracht, das weißt du sicher besser als ich. Aber ich kann mich ja etwas umhören.«

»Das ist nett! Ich schick dir gleich Fotos des Opfers, aber wir haben leider nur welche von der Leiche. Verteil die doch bitte an deine Leute und hört euch um, ob er als Kunde bekannt war. Alles, was ihr rausbekommen könnt, hilft uns weiter«, sagte der Chef der Mordkommission.

»Die Identität ist unbekannt oder weswegen habt ihr keine Fotos?«, fragte Kurt Sulzner.

Das mochte Felix an seinem Kollegen, er dachte sofort mit.

»Doch, die Identität ist bekannt, aber es gibt keine Fotos von ihm in seiner Wohnung. Ich schick dir gleich alles rüber. Danke.« Langsam bekam er das Gefühl, dass sie Fortschritte machten.

Um kurz nach drei kam Kevin Murr in sein Büro. »Na, hast du schon den Mörder?«

Felix verneinte.

»War mir auch klar oder hast du jemals einen Mord ohne meine Hilfe aufgedeckt?«, fragte der Rechtsmediziner.

»Wahrscheinlich nicht oder kannst du dich an einen erinnern?« Bei dieser Laune von Dr. Murr war Angriff die beste Verteidigung.

»Dann weißt du meine Hilfe wenigstens zu würdigen.« Kevins Stimmung besserte sich sofort. Er öffnete seinen Aktenkoffer und nahm eine Dose heraus.

»Hier, für die Teebande. Damit ihr endlich gesunden Tee trinkt, habe ich euch einen Rooibos mitgebracht. Da würde ich sogar eine Tasse mittrinken.«

»Muss ich mir Sorgen machen? Wenn du gesund lebst, dann ist doch was im Busch.« Felix musterte den Pathologen, der genüsslich an seiner Zigarette zog.

»Sozusagen was im Rotbusch«, lachte Kevin. »Nein, keine Sorge, mir geht es gut. Das letzte Mal, dass mich ein Arzt gesehen hat, ist mindestens fünfzehn Jahre her.«

Der Hauptkommissar verkniff sich jeden Kommentar.

»Ich wollte heute ein wenig lebendigere Gesellschaft als üblich haben, aber bilde dir nichts darauf ein. Also, gehen wir in den Salon und nehmen einen Tee zu uns?«

Sofort rief Felix die anderen ins Besprechungszimmer. Dr. Murr ließ es sich nicht nehmen, für alle den Tee zuzubereiten, denn er musste heiß und stark sein, damit er wirkte. Währenddessen berichtete der Ermittlungsleiter über seine Gespräche mit Frau Harris und dem Kollegen Sulzner.

»Schwul?« Emilio schüttelte den Kopf. »Vielleicht ist das Motiv ja darin zu suchen?« Fragend schaute er in die Runde.

»Möglicherweise hat ihn jemand mit diesem Wissen erpresst?«, überlegte Arno.

»Und dann die Kuh umgebracht, die Milch geben soll? Das ergibt für mich keinen Sinn. Ein Mord aus verschmähter Liebe? Gift würde doch zu einer Frau passen. Vielleicht hat sich ja eine Kollegin in Kaptaijn verliebt, wurde zurückgewiesen und konnte damit nicht umgehen?« Frauke blickte die anderen an.

»Vorstellbar ist das schon. Es würde dazu passen, dass wir Rotwein derselben Marke, mit der unser Opfer vergiftet wurde, auch bei ihm in der Wohnung sichergestellt haben«, warf Dr. Murr lapidar ein.

Felix wandte sich an den Rechtsmediziner: »Warum sagst du das jetzt erst?«

»Die Tests sind schwierig. Der Wein war durch die Magensäure schon chemisch verändert und durch das Benzodiazepin-Chloralhydrat ist die Analyse auch nicht einfacher geworden. Es ist aber erwiesen, dass es sich um Wein der Marke Romitorio di Santedame handelte, in den das Gift gemischt wurde. Ansonsten kann ich berichten, dass es keine genetische Übereinstimmung zwischen den Fremdhaaren im Auto und den Spermaflecken in der Wohnung gibt.«

Den Rest von Kevins Bericht kannte Felix schon. Er nahm einen vorsichtigen Schluck von dem Tee. Schlecht war er nicht, dachte er bei sich, den würde er sich merken.

»Dann werde ich dem Weinhändler von Kaptaijn einen Besuch abstatten, die Werbung habe ich in seiner Wohnung gesehen. Was habt ihr noch rausgefunden?«, fragte er sein Team.

Emilio und Arno hatten eine Liste mit allen Wohnadressen der Angestellten der Dr. Zimmer GmbH dabei. Sie hatten die Aufstellung bereits überflogen, jedoch niemanden gefunden, der im näheren Umkreis von Eppstein wohnhaft war. Die Finanzübersicht, die Frauke dabeihatte, erwies sich allerdings als sehr interessant. Kaptaijns Vermögen belief sich auf runde achthunderttausend Euro, aufgeteilt in festverzinsliche Papiere, Festgeld und Aktien.

»Interessant finde ich, dass sich sein Aktiendepot aus DAX- und MDAX-Papieren zusammensetzt, aber nicht ein einziges Pharma- oder Chemieunternehmen dabei ist.« Arno, der sich gerne theoretisch mit Aktien beschäftigte, aber in seinem ganzen Leben noch nie eine einzige Aktie gekauft hatte, sah von den Unterlagen auf.

»Könnte man nicht annehmen, dass man aus der Branche Aktien kauft, in der man sich auskennt?«, fragte er.

»Nun, du bist hier derjenige, der sich damit auskennt. Ich weiß nicht einmal, was Aktien genau sind«, entgegnete ihm Felix.

»Was bedeutet das, ist das eine Spur für uns?« Der Hauptkommissar blickte alle fragend an.

»Wahrscheinlich nicht«, schüttelte Arno den Kopf,»aber es ist mir sofort aufgefallen.«

Emilio sah zu Frauke.»Bekommen wir auch noch die Historie von seinen Konten?«

»Ja, aber das dauert bis Mitte nächster Woche. Sie müssen das erst zusammenstellen.«

»Sonst noch etwas?« Der Hauptkommissar ließ seinen Blick von einem zum anderen wandern. Gerade wollte er die Versammlung aufheben, als Emilio noch einmal in seinen Unterlagen zu blättern begann.

»Irgendetwas habe ich vergessen.«

Der Rest wartete gespannt.

»Ha, da ist es ja! Ich habe doch berichtet, dass unser Zeuge mehrfach vorbestraft ist. Jedes Mal waren die Opfer, die er angegriffen hat, Homosexuelle.«

Felix musterte seinen Freund eingehend.

»Vielleicht ist es nötig, ihn noch einmal zu vernehmen. Wenn du willst, dann lade ihn wieder vor.«

Nach ihrer Besprechung verließ Felix mit Kevin Murr das Gebäude.

»Von mir aus kannst du öfter vorbeikommen und deine Ergebnisse persönlich vortragen.«

»Vielleicht tue ich das auch.« Kevin zündete sich eine weitere Zigarette an und schlenderte von dannen.

Der Hauptkommissar stieg in den Stromos und fuhr zu Kaptaijns Weinhändler. Er betrat den Laden, der von außen unscheinbar wirkte, innen aber erstaunlich groß und sehr geschmackvoll eingerichtet war. Der Inhaber, Luigi da Conterrossa, war ein Italiener wie aus dem Bilderbuch. Elegant gekleidet, das schwarze, von ein paar grauen Strähnen durchzogene Haar zurückgekämmt und mit einem Bauch, der den Genussmenschen verriet, kam er freudestrahlend auf ihn zu.

»Willkommen bei La dolce vita, dem Laden für italienische Lebensart. Ich bin Luigi, der Besitzer. Wie kann ich Ihnen helfen, Dottore?«

»Ich suche nach einem bestimmten Rotwein, dem Romitorio di Santedame«, sagte der Kommissar.

Conterrossas Gesichtsausdruck wurde noch eine Spur freundlicher.

»Ah, ein Signore mit Stil und Geschmack, das habe ich mir gleich gedacht. Bitte folgen Sie mir in meine Abteilung Eleganza.«

Er führte den Ermittler in ein kleines Hinterzimmer, in dem die Flaschen zum Teil von einer dicken Staubschicht bedeckt waren. Felix erkannte sofort, dass hier die teuersten Marken lagerten.

»Hier ist er, der Romitorio di Santedame aus der Toskana, genauer der Stadt Pontassieve. Der Winzer ist ein Freund von mir. Dieser Wein ist aus dem Jahre achtundneunzig und bestimmt noch zehn bis zwanzig Jahre lagerfähig. Erst kürzlich hat er wieder bei einer Verkostung die höchsten Auszeichnungen bekommen.«

»Das klingt in der Tat sehr verlockend. Was kostet der Wein?«

»Die Flasche kostet zweiundsiebzig Euro. Wenn Sie sechs Flaschen nehmen, dann gebe ich Ihnen den Karton zu einem Sonderpreis von vierhundert Euro. Ist das ein Angebot?« Herr Conterrossa strahlte über das ganze Gesicht.

»Ich bin mir sicher, dass der Wein diesen Preis wert ist, aber das ist zu viel für mich.«

»Schade, aber vielleicht etwas Vergleichbares?«, fragte der Weinhändler.

»Eigentlich bin ich gekommen, weil ich ein paar Fragen an Sie habe.« Felix zeigte seinen Dienstausweis.

»Policia? Ich habe mir nichts zuschulden kommen lassen, aber vielleicht können wir über den Preis noch einmal reden, si?«

»Nein, das ist es nicht. Ich will lediglich wissen, ob Ihnen der Name Dr. Uwe Kaptaijn bekannt ist«, beruhigte ihn der Hauptkommissar.

»Naturalmente, der Dottore ist ein besonders guter Kunde. Er kauft auch diesen Wein, immer mindestens fünf Kisten. Und sein Chef Dottore Zimmer kauft ebenfalls bei mir, dieselbe Marke. Soweit ich weiß, verschenken sie diesen Wein immer an besonders gute Kunden.«

»Dr. Zimmer kauft also denselben Wein? Das ist interessant. Kann man diesen Wein leicht bekommen?«

»Sie meinen im Supermarkt?« Luigi da Conterrossa verzog das Gesicht, als hätte er in eine Zitrone gebissen.

»Ich biete nur die besten Weine! Den Romitorio di Santedame bekommen Sie in Frankfurt nur bei mir. In München, Hamburg und Berlin ist jeweils ein Kollege von mir in der Lage, Ihnen diesen Wein zu besorgen, sonst niemand. Basta.«

»Können Sie mir eine Liste der Kunden geben, die bei Ihnen diesen Wein gekauft haben?«

»Commissario, wozu brauchen Sie denn so eine Liste? Einige sehr bekannte Leute kaufen bei mir ein und ich weiß nicht, ob denen das gefällt«, erwiderte Luigi da Conterrossa.

»Wir ermitteln im Mordfall Kaptaijn, er wurde Anfang dieser Woche vergiftet.«

»Der Dottore ist tot?« Der Weinhändler wurde blass.

»Ja, und das Gift wurde ihm in Rotwein aufgelöst verabreicht«, klärte Felix ihn auf.

»Was, Gift im Romitorio? Oh, heilige Mutter Gottes, was für ein Sakrileg. Commissario, Sie müssen mir glauben, ich habe nichts damit zu tun. Ich bin ein ehrlicher Mann.«

»Das glaube ich Ihnen, aber wie sieht es mit der Liste aus?«

»Ja, ja, die kann ich Ihnen zusammenstellen. Ich werde sie Ihnen dann zuschicken, wenn das in Ordnung ist.«

Der Kommissar bejahte und überreichte seine Visitenkarte.

»Bitte nehmen Sie eine Flasche des Romitorio von mir als Geschenk«, sagte der Weinhändler.

»Sie wissen, dass ich das nicht annehmen kann.« Der Ermittlungsleiter streckte die Hände von sich.

»Bitte, Sie müssen. Oder kaufen Sie eine andere Flasche, vielleicht einen Lamaione von neunundneunzig, er kostet neun Euro fünfundneunzig. Dann bekommen Sie als Begrüßungsgeschenk eine Flasche Romitorio dazu. Nehmen Sie die Flasche und versprechen Sie mir, den Mörder zu fassen. Der Dottore war immer so freundlich.« Flehend blickte Luigi den Kommissar an.

»Wir werden den Mörder schon bekommen und danke für Ihr Angebot.«

Felix bezahlte seinen Wein und fuhr lächelnd nach Hause. Er stellte sich vor, wie Luigi da Conterrossa eine Kerze vor einer Marienstatue entzünden würde – nicht um für die Seele von Uwe Kaptaijn zu beten, sondern um den Frevel an dem Romitorio di Santedame wiedergutzumachen. Den Wein würde er beim nächsten Besuch mit zu Emilios Familie nehmen.

Abends wartete Felix sehnsüchtig auf das Klingeln seines Handys. Als es endlich kam, ging er sofort dran. Das Gespräch bescherte ihm eine weitere schlaflose Nacht.

67

Kapitel 6

Felix wurde von Django geweckt, der auf seiner Brust stand und sich das Maul leckte. Eine deutliche Aufforderung, Frühstück zu machen. Er gähnte, sah auf die Uhr und erschrak.

Es war fast elf, so lange hatte er schon eine ganze Weile nicht mehr geschlafen. Zuerst fütterte er seinen Kater und erledigte den Wocheneinkauf, bei dem er vorsorglich mehr in den Wagen lud als sonst. Man konnte nie wissen, aber er spekulierte darauf, dass Petra jetzt öfter bei ihm sein würde. Sie kam am Abend aus Berlin zurück. Nachdem er sich noch um seinen Haushalt gekümmert hatte, bestellte er sich erst einmal eine Pizza.

Am Nachmittag rief er bei Emilios Mutter an und versprach, dass er sie kommenden Freitag zum Abendessen besuchen würde – und ja, er würde nicht alleine kommen. Er hoffte, dass er Petra überzeugen konnte mitzukommen, sonst würde es Ärger geben. Gegen fünf rief seine Angebetete endlich an.

»Ich bin wieder da, willst du um acht zu mir kommen?«

Natürlich sagte Felix zu. Die Zeit schien stillzustehen. Er überlegte, was er Petra mitbringen sollte. Eine Flasche Primitivo und vielleicht eine Rose? Schließlich entschied er sich für ein paar Pralinen, eine Confiserie war gleich um die Ecke. Er versorgte Django und ließ ihn raus, dann machte er sich auf den Weg. Vor Petras Haus wartete er noch fünf Minuten, er wollte auf keinen Fall überpünktlich sein.

Sie trug einen Pullover, der sich eng an ihren Körper schmiegte, und eine bequeme Baumwollhose. Felix bemerkte, dass sie barfuß war. Zur Begrüßung legte sie ihre Arme um seinen Hals und küsste ihn auf den Mund. Danach machte sie einen Schritt zurück und in ihren Augen funkelte es.

»Hast du eigentlich Bereitschaft oder so etwas Ähnliches?«

Kopfschüttelnd verneinte der Hauptkommissar.

»Dann gib mir bitte dein Handy!« Petra streckte ihm die rechte Hand entgegen.

Er fragte sich, was sie wohl vorhatte, sagte aber nichts. Mit einem schnellen Tastendruck schaltete sie sein Diensthandy aus. In einer fließenden Bewegung zog sie sich den Pullover aus und presste ihn an die Wohnungstür.

»Endlich gehörst du mir.«

Stürmisch küsste sie Felix und begann ihn ungeduldig auszuziehen. Sie schafften es gerade noch ins Wohnzimmer, dann hatte ihre Lust sie übermannt. Kurz darauf lag er ermattet neben Petra, seinen Kopf hatte er auf ihren Busen gelegt, der sich warm und weich anfühlte. Er knabberte an ihren Brustwarzen, ihre Finger glitten durch sein Haar.

»So eilig hatte ich es schon lange nicht mehr!« Dann küsste er Petra, die nur lächelte.

»Komm mit mir, ich zeige dir den Rest meiner Wohnung.«

Damit nahm sie ihn an der Hand und zeigte sie ihm alle Räume. Im Schlafzimmer angekommen, schmiss sie ihn auf ihr Bett. Die Schachtel Pralinen lag immer noch ungeöffnet im Flur.

Felix erwachte um neun, räkelte sich und gähnte herzhaft. Sein Blick fiel auf Petra, die eng an ihn gekuschelt noch schlief. Er küsste sie und wollte sich erheben, doch ihre Arme hielten ihn fest.

»Wo willst du hin?«, erkundigte sie sich mit leicht schmollendem Unterton.

»Ich muss Django versorgen, er ist es nicht gewohnt so lange alleine draußen zu bleiben.«

»Stimmt, das hatte ich vergessen... Kannst du ihn nicht mitbringen?«, fragte sie.

»Das geht leider nicht. Katzen gewöhnen sich an ihre Umgebung, hier wäre er total unruhig.«

»Dann lieben wir uns halt nur in deiner Wohnung!« Petra strahlte Felix an. »Los, ziehen wir uns an und gehen gleich zu dir frühstücken und Django streicheln.«

Drei Minuten später war sie fertig und grinste ihn an. »Was braucht ihr Männer eigentlich immer so lange?«

Der Sonntag verging wie im Flug. Außer Petra bekam Felix nichts mehr zu Gesicht. Am Abend machten sich die beiden gemeinsam zum Treffpunkt auf, um wieder Kröten einzusammeln. Die vielsagenden Blicke der anderen, als Petra aus seinem Wagen ausstieg, kümmerten sie nicht. Der Hauptkommissar berichtete der Gruppe kurz, wie die Geschichte des Kamikaze-Fahrers von letzter Woche weitergegangen war. Er verwies auf seine Geheimhaltungspflicht während der Ermittlung, versprach aber, ihnen alles zu erzählen, wenn der Fall aufgeklärt war.

Petra und er sammelten gemeinsam. Der Einsatz an der Krötenfront verlief entgegen dem letzten Mal ohne Zwischenfälle. Einmal zeigte sie ihm ein Krötenpärchen, das besonders groß war.

»Erst kümmern wir uns um das Liebesleben der Kröten und nachher um unser eigenes.«

Wie ernst sie das meinte, zeigte Petra auf der Rückfahrt, als sie ihre Finger nicht von Felix' Hose lassen konnte.

Am nächsten Morgen stellte er fest, dass Django die Nacht über auf Petras Seite geschlafen hatte, was er als gutes Zeichen deutete. Er duschte und deckte den Frühstückstisch. Petra wollte noch nicht aufstehen.

»Ich habe heute frei, Ausgleichstag für Samstag. Wenn du nichts dagegen hast, dann bleibe ich noch bei Django.«

»Klar, fühl dich wie zu Hause.« Felix eilte ins Revier.

Ihre morgendliche Teerunde brachte keine neuen Impulse für die Ermittlungen. Auf seinem Schreibtisch lag ein Brief von Luigi da Conterrossa mit dessen Kundenliste. Sie las sich wie ein »Who is Who« der feinen Frankfurter Gesellschaft. Ihm fiel einzig der Name Dr. Heinrich Zimmer ins Auge, der mehr als zwanzig Kisten des Romitorio geordert hatte. Uwe Kaptaijn hatte sich immerhin fünf Kisten gegönnt. Kein Wunder, dass Luigi da Conterrossa traurig war so einen guten Kunden zu verlieren.

Felix wählte die Nummer der Beratungsfirma und erkundigte sich, ob Dr. Zimmer heute anwesend sei.

»Emilio, komm, wir müssen in die Firma von Kaptaijn. Ich denke, wir haben da noch ein paar Fragen.«

Sein Kollege fuhr den Stromos vor.

»Ich habe gestern übrigens gelesen, dass sie in San Francisco mit dem Gedanken spielen, öffentliche Stromladesäulen für Elektroautos zu errichten, damit die Leute dort kostenlos Strom tanken können. Stell dir das nur vor!«

Hauptkommissar Büschelberger lächelte seinen Freund an.

»Na, du bist inzwischen ja ein richtiger Fan von unserem Elektroauto, was? Aber es wäre schon eine klasse Sache, wenn sie das auch in Deutschland anbieten würden. Damit würde bestimmt die Akzeptanz und Kaufbereitschaft für Elektroautos steigen!«

»Du kannst sicher sein, dass das Elektroauto in den nächsten Jahren immer häufiger zu sehen sein wird. Diesen Zug hält niemand mehr auf und je eher man sich damit beschäftigt, desto besser ist das für einen!«

Emilio konzentrierte sich wieder auf den Verkehr und kurz darauf parkten sie vor dem Gebäude der Dr. Heinrich Zimmer GmbH. Felix bemerkte wieder, dass sie bereits angemeldet wurden, kaum dass sie die Tür durchquert hatten.

»Herr Dr. Zimmer kann Sie jetzt unmöglich empfangen, er hat eine wichtige Besprechung«, teilte ihm eine der beiden Empfangsdamen mit.

»Das ist schon in Ordnung, wir wollen auch mit seiner Sekretärin sprechen. Wenn Sie Frau Peisker bitte anrufen würden. Falls Dr. Zimmer doch noch Zeit hat, kann er ja dazu kommen.«

Der Hauptkommissar nickte freundlich und wandte sich ab.

Kurz darauf erschien Anita Peisker und führte sie in Besprechungszimmer im Erdgeschoss, das hinter der Rezeption lag und komplett verglast war. Einsehbar, aber völlig schalldicht.

»Danke, dass Sie sich kurz Zeit nehmen mit uns zu sprechen. Wir Polizisten können manchmal einfach nicht abwarten, deswegen vergessen wir immer, dass man Termine machen sollte«, entschuldigte sich Felix.

»Ach, ich bitte Sie, wenn es hilft den Mörder zu überführen, dann ist das in Ordnung«, sagte die Sekretärin.

»Also schön, was können Sie mir über das Privatleben von Uwe Kaptaijn sagen?«

»Nicht viel, er war immer höflich und zuvorkommend. Ein sehr sympathischer Mensch, von dem ich mir nicht vorstellen kann, dass er Feinde hatte.«

»Gab es Gerüchte, dass er mit einer Kollegin oder einem Kollegen liiert war?«, hakte der Hauptkommissar nach.

»Mit einem Kollegen?« Anita war sichtlich überrascht. »Wollen Sie andeuten, dass er homosexuell war?«

Felix nickte. »Es gibt Anzeichen dafür. Hatte er eine Beziehung innerhalb der Firma oder gab es Andeutungen, irgendetwas in der Art?«

»Von einer Beziehung weiß ich nichts, aber von den weiblichen Singles hier in der Firma hat die ein oder andere schon versucht, bei Dr. Kaptaijn zu landen. Dass er schwul war, erklärt natürlich, warum es nie eine geschafft hat. Sie wissen schon, gerade auf Betriebsfesten geht es manchmal hoch her.«

71

»Nein, das weiß ich leider nicht. Was meinen Sie damit genau?«
Er rückte ein wenig näher zu Anita, um eine vertrauensvollere Atmosphäre zu schaffen.

»Unsere Weihnachtsfeste haben fast schon einen legendären Ruf. Da fallen bei manchen Damen und Herren alle Hemmungen und sie nehmen das ‚Fest der Liebe' dann sehr wörtlich.«

»Aber Herr Kaptaijn ist auf keinerlei Avancen eingegangen?«
Sie schüttelte den Kopf.

»Hat es da denn etwas gegeben, woran Sie sich erinnern, irgendeine Szene mit unserem Opfer?« Felix ließ nicht locker.

Sie ließ sich Zeit mit ihrer Antwort.

»Nun, vorletztes Jahr hat eine unserer Damen ziemlich lange ihr Glück bei ihm versucht, aber er hat sie mehrere Male abblitzen lassen.«

»Wer war diese Mitarbeiterin und ist sie noch hier beschäftigt?«

»Herr Hauptkommissar, glauben Sie wirklich, sie könnte nach so langer Zeit etwas mit dem Mord zu tun haben?«, gab die Sekretärin zu bedenken.

»Verschmähte Liebe ist ein starkes Gefühl und Rache aus verletzter Eitelkeit oder Stolz ein häufiges Motiv. Zudem spricht Gift eher für eine Frau als für einen Mann«, klärte er sie auf.

»Ihr Name ist Heike Rubin, damals noch Kleiber. Sie hat einen anderen Abteilungsleiter hier aus der Firma geheiratet und erwartet gerade ihr erstes Baby. Ich kann mir aber wirklich nicht vorstellen, dass sie etwas mit dem Mord zu tun hat.«

Felix nickte. »Wahrscheinlich haben Sie recht, aber wir werden es trotzdem überprüfen. Gab es noch ähnliche Fälle?«

Frau Peisker verneinte.

»Was sagt Ihnen die Marke Romitorio di Santedame?« Er wechselte das Thema.

»Das ist meine Lieblingsmarke, ein sehr teurer Rotwein aus Italien, den wir auch öfter an gute Kunden verschenken. Wieso fragen Sie?«, erklang Dr. Heinrich Zimmers Stimme von hinten. Er hatte irgendwann in der letzten Minute unbemerkt den Raum betreten.

Felix drehte sich um. »Uwe Kaptaijn hat das Gift in diesem Wein verabreicht bekommen.«

»Das hat doch wenigstens Stil, oder finden Sie nicht?« Heinrich Zimmer wirkte selbstsicher, in seiner Stimme schwang Belustigung mit.

»Das erinnert mich an eine Geschichte aus dem mittelalterlichen England. Da hat einer seinen Bruder, den rechtmäßigen Thronerben, in einem Weinfass ersäuft, das er vorher allerdings mit dem Lieblingswein des Opfers gefüllt hatte. Wahrscheinlich hat die Redewendung ‚zu Tode saufen' hier ihren Ursprung.«

»Das ist natürlich sehr interessant«, unterbrach der Polizist den Geschäftsmann, »hilft uns aber nicht weiter. Zudem kann ich den Witz darin nicht erkennen. Sie dürfen mich gerne jedoch aufklären!« Seine Stimme klang eisig.

»Sie haben wohl recht, es gehört sich nicht, damit Witze zu machen. Entschuldigung.« Heinrich Zimmer bemühte sich, seinen Fauxpas wettzumachen. »Soweit ich weiß, hat Uwe Kaptaijn diesen Wein auch sehr gemocht.«

»Das stimmt, aber mich interessiert vielmehr, an wen Sie diesen Wein verschenkt haben, speziell hier in der Firma?«, erkundigte sich der Kommissar.

»Ab Abteilungsleiter aufwärts bekommt jeder zu seinem Geburtstag eine Flasche Romitorio von mir persönlich geschenkt, ansonsten nur gute Kunden.«

»Ist Herr Rubin auch ein Abteilungsleiter?« Felix blickte gespannt auf Dr. Zimmer.

»Ja, er ist Bereichsleiter wie Dr. Kaptaijn, allerdings beschäftigt er sich mit sehr viel unkritischeren Stoffen.«

»Und wie war das Verhältnis zwischen den beiden?«

»Kollegial und professionell, würde ich sagen. Oder haben Sie etwas anderes gehört?« Heinrich Zimmer blickte zu Anita Peisker.

»Nein, ich habe nichts von einem Streit oder dergleichen mitbekommen«, beantwortete diese die Frage ihres Chefs.

»Gut, ich denke, im Moment haben wir keine weiteren Fragen mehr. Sie wissen ja, dass Sie uns bitte unterrichten, wenn Ihnen noch etwas einfällt, egal wie unwichtig es Ihnen auch erscheinen mag«, beendete Felix das Gespräch.

»Sicher, wir helfen Ihnen gerne. Wenn Sie mich jetzt entschuldigen!« Der Geschäftsmann verschwand und auch die beiden Kommissare machten sich wieder auf den Weg.

»Ob Dr. Zimmer wohl aufgefallen ist, dass er auf unserer Verdächtigenliste gerade ziemlich weit nach oben gerutscht ist?« Der Hauptkommissar grinste seinen Partner an.

»Leider ist diese nur sehr kurz und es gibt noch einige Unbekannte darauf. Aber ich hätte ihn für seine Geschichte am liebsten geohrfeigt, diesen arroganten Bastard«, antwortete Emilio.

»Wir sollten auf jeden Fall einen Termin mit Frau Rubin vereinbaren, um diesen Punkt möglichst bald abhaken zu können.«

Sie saßen gerade im Auto, als Felix eine SMS bekam: »Habe mich aus Deiner Wohnung ausgesperrt. Kannst Du kommen und mich retten? Kuss P.«

»Wir müssen noch kurz bei mir vorbei«, informierte er seinen Freund.

Petra saß auf der Treppe vor seinem Appartement, ein Buch auf ihrem Schoß und neben sich zwei Einkaufstüten. Als er sich zu ihr herunterbeugte und sie küsste, starrte Felix ein Gorilla vom Buchumschlag entgegen.

»Hi. Ich wollte nur etwas vor der Tür schauen, da ist sie zugefallen. Gott sei Dank hatte ich Geld dabei, so konnte ich gleich für uns einkaufen. Ich will alle deine Sinne ansprechen, wenn du heute nach Hause kommst.«

Sie hakte sich bei ihm unter, während er die Tür aufschloss. Django strich um seine Beine, als sie die Wohnung betraten.

»Nein, mein Freund, es ist noch keine Essenszeit, aber du hast Gesellschaft, um die ich dich beneide.« Er streichelte seinen Kater.

»Musst du wirklich gleich wieder gehen? Vielleicht kannst du ja eine kurze Küchenaffäre haben?«

Felix spürte, wie er sich anspannte. »Das ist wirklich sehr verlockend, aber Emilio wartet unten im Auto. Er kommt bestimmt gleich hoch, wenn ich ihn zu lange warten lasse.«

»Schade!« Petra setzte einen übertriebenen Schmollmund auf, lachte dann und griff sich den Kater.

»Dann ab mit dir, wir wollen dich erst heute Abend wieder sehen. Ich werde eben solange mit Django schmusen.«

Mit einem Kuss verabschiedet fand sich Felix im Treppenhaus wieder.

»Alles klar bei dir?« Emilio schaute ihn fragend an.

»Ja, alles bestens. Petra hatte sich ausgesperrt und ich habe sie wieder in die Wohnung lassen müssen.«

Emilio pfiff durch die Zähne. »Mensch, hättest du eher was gesagt! Dann hätte ich vielleicht vergessen, dass ich hier auf dich warten sollte und wäre schon ins Büro gefahren.«

Der Vorschlag brachte ihm ein Schulterklopfen ein. »Beim nächsten Mal vielleicht, bist ein guter Freund.«

»Klar, beim nächsten Mal vielleicht.«

Sie schossen davon und Felix fühlte sich einmal mehr auf eine Rennstrecke versetzt. Auf dem Parkplatz des Reviers piepte sein Handy erneut.

»Mit allen Sinnen!!! Hast du eigentlich deine Handschellen immer dabei?? P.«

Das Team traf sich zu einer kurzen Besprechung.

»Also, wir konzentrieren unsere Ermittlungen ab sofort auf das berufliche Umfeld des Opfers und seinen Chef. Er ist ziemlich abgebrüht und scheint den Tod von Kaptaijn gut zu verkraften.«

Felix ging zur Tafel.

»Welche Motive für die Tat kann es im Firmenumfeld geben?«, fragte er in die Runde.

»Liebe und alles, was damit zu tun hat.« Emilio posierte wie ein verliebtes Mädchen und verdrehte die Augen, was die anderen mit einem Lachen quittierten.

»Das ist immer ein gutes Motiv und wir haben auch schon eine erste Spur. Eine Heike Rubin soll vor einem Jahr stark an Uwe Kaptaijn interessiert gewesen sein, ist aber mehrmals abgeblitzt. Frauke, sobald wir etwas über den Hintergrund von dieser Frau wissen, unterhältst du dich genauer mit ihr. Vielleicht gelingt es dir, etwas Neues zu erfahren«, antwortete er.

»Es kann doch auch um wirtschaftliche Interessen gehen, zum Beispiel Erpressung oder so. Unser Opfer war ziemlich reich«, entgegnete Arno.

Felix nickte ihm zu. »Auch eine interessante Möglichkeit, die du überprüfen kannst. Sieh zu, ob du herausbekommst, woher das Geld kam und wann. Vielleicht lassen sich Muster erkennen.«

»Wie wär's mit illegaler Müllentsorgung? Kaptaijn hat etwas entdeckt oder war verwickelt und hat seine Partner verärgert«, meldete sich Frauke zu Wort.

»Das ist ebenfalls eine Option, die wir nicht außer Acht lassen dürfen. Das werden Emilio und ich übernehmen, dann können wir auch Dr. Heinrich Zimmer etwas genauer ins Visier nehmen.«

Auf der Tafel standen drei Motive und dahinter die Namen. Liebe: Frauke; Geld: Arno; Müll: Emilio und Felix.

»Vielleicht sollte ich mit Frauke die Müllconnection untersuchen. Ich denke, in Sachen Liebe bist du gerade ziemlich gut.« Emilio warf Felix einen gekonnten Augenaufschlag zu.

»Na los, erzähl!« Frauke war sofort Feuer und Flamme. Auch Arno lehnte sich ein wenig vor, um besser hören zu können.

»Da gibt es nichts weiter zu erzählen. Ich habe eine Beziehung zu Petra aus unserer Umweltgruppe. Na ja, was soll ich sagen, es ist einfach toll.«

Frauke strahlte Felix an und umarmte ihn.

»Danke. Ich werde jetzt Staatsanwalt Fromm von unseren Ermittlungen berichten und ihn darüber informieren, dass es politischen Druck geben kann, wenn wir gegen Dr. Zimmer ermitteln.«

»Und Sie sind sich sicher, dass Ermittlungen gegen Heinrich Zimmer sinnvoll sind?«

Felix nickte.

»Dann werden wir uns wohl wieder in den Politdschungel von Frankfurt wagen.«

Staatsanwalt Fromm seufzte. Er hatte schon öfter Freunde und Bekannte von sogenannten wichtigen Persönlichkeiten des öffentlichen Lebens im Visier gehabt, was sich nicht förderlich auf seine Karriere ausgewirkt hatte.

»Gibt es denn weitere Spuren, die verfolgt werden könnten?«, fragte er den Polizisten.

»Im Moment nichts wirklich Heißes. Unser Zeuge, der das Opfer gefunden hat, ist vorbestraft: Körperverletzung im homosexuellen Milieu, in dem auch unser Opfer kein Unbekannter war. Vielleicht kannten sie sich. Emilio meint zwar, dass der Zeuge irgendetwas auf dem Kerbholz hat, aber ich kann mir nicht vorstellen, dass er der Mörder ist«, fasste dieser zusammen.

»Trotzdem sollten wir diesen Zeugen nicht aus den Augen lassen, schon allein als Beweis dafür, dass wir nach allen Seiten ermitteln. Ich würde ihn als politische Trumpfkarte behalten. Wenn wir richtig Druck bekommen, können wir sagen, dass es auch andere Verdächtige gibt. Das sollte uns ein wenig den Rücken freihalten.« Der Staatsanwalt nickte, während er sprach.

Felix, dem solche politischen Schachzüge verhasst waren, stimmte trotzdem zu.

»Emilio wird sich Herrn Grüntal noch einmal vornehmen, wenn die Zeit dafür da ist.«

Als er nach Hause kam, wurde Felix von Petra mit einem Glas Rotwein erwartet. Django lag zufrieden auf dem Sofa und interessierte sich kaum für seine Anwesenheit. Er schien rundum versorgt.

»Essen ist auch schon fertig, ich habe uns Rucolasalat und Spaghetti mit Jakobsmuscheln gemacht.«

»Hhmm, klingt verführerisch, daran könnte ich mich gewöhnen«, lachte Felix.

»Das solltest du lieber nicht tun. Es hat Seltenheitswert, dass ich koche.«

»Also eine hohe Ehre für mich.«

»Ja!« Petras Augen funkelten.

»Aber ich bin sicher, das Dessert wird dir am besten gefallen.«

Er bemerkte, dass sein Küchentisch verschoben und elegant gedeckt war. Das Essen war genial. Nach den Muscheln lehnte er sich zurück, schloss die Augen und gönnte sich einen guten Schluck Wein. Er konnte verstehen, dass sein Kater wunschlos glücklich war. Kurz darauf spürte er, dass Petra sich auf seinen Schoß setzte und ihn küsste. Ihre Hände nestelten an seiner Hose und öffneten sie. Felix wollte etwas sagen, aber sie legte ihren Finger auf seine Lippen.

»Tschscht, nichts sagen, nur genießen.«

Ihr Mund lag an seinem Ohr und ihre Zunge spielte mit seinem Ohrläppchen. Felix spannte sein Becken und reckte es ihr entgegen. Petras rhythmische Bewegungen trieben ihn schnell voran. Seine Hände krampften sich in den Stuhl, dann war es vorbei.

»Hat mein Held heute einen schweren Tag gehabt? Am besten wir vergessen alles und konzentrieren uns ganz auf das Hier und Jetzt, okay?« Ihre Stirn lag an der von Felix.

»Gerne.« Er drückte sie fest an sich.

»Langsam, es ist noch lange nicht vorbei.« Petra erhob sich und räumte den Tisch frei.

»Vertraust du mir?«, fragte sie.

»Natürlich, ich verstehe deine Frage jetzt nicht.«

Wieder legte sie ihre Finger auf seine Lippen.

»Dann möchte ich, dass du mir jetzt deine Handschellen gibst und dich ausgezogen auf den Küchentisch legst.«

Die Art, wie Petra zu ihm sprach, und die ganze Situation erregten Felix wieder. Er gehorchte ohne Widerspruch. Die Tischplatte fühlte sich angenehm kühl an. Sie legte die Handschellen um ein Heizungsrohr, das sich an der Wand befand, und ließ sie um seine Handgelenke einschnappen.

»Ich hoffe, du hast den Schlüssel auch dabei, sonst wird es peinlich, wenn deine Kollegen dich befreien müssen.« Sie kicherte.

»Deswegen hast du auch den Tisch verrückt, das war alles geplant.« Felix strahlte sie an.

»Na klar! Habe ich dir nicht gesagt, dass ich es rausbekomme, ob du solche Spielchen kennst und magst?« Ihre Stimme klang verführerisch.

»Es törnt mich schon an, das muss ich sagen, aber mit Christine, meiner Exfrau, habe ich so etwas nie gemacht.«

»Dass dich das anmacht, das kannst du in der Tat nicht verbergen. Über den Rest reden wir noch.«

Petra rollte ein Küchenhandtuch zusammen.

»Jetzt werde ich dir noch die Augen verbinden und dann musst du dich ganz auf dein Gefühl verlassen.« Sie ließ Felix alleine auf dem Tisch zurück und verließ den Raum. Er hörte sie im Schlafzimmer rumoren, dann waren ihre Schritte wieder in der Küche. Ganz auf sein Gehör angewiesen verfolgte er das Klappern ihrer Absätze auf den Terrakotta-Fliesen. Petra öffnete den Kühlschrank, bevor sie wieder zu ihm zurückkehrte.

»Na, hast du mich vermisst? Dann wollen wir dich nicht länger warten lassen.«

Sie bedeckte seinen Körper mit Küssen und zarten Liebesbissen. Felix wand sich hin und her, wenn sie dabei an seine kitzligen Stellen kam. Er konnte es vor Verlangen kaum noch aushalten. Plötzlich spürte er, wie etwas Heißes über seinen Innenschenkel kroch. Er schrie kurz auf.

»Ganz ruhig, es passiert dir nichts, es ist nur Eis.«

Er spürte jetzt den Eiswürfel über seine Lippen gleiten und leckte kurz daran. Der Würfel glitt tiefer, wieder zu seinen Schenkeln, und Felix bäumte sich auf.

»Bitte, lass mich nicht warten!«, stöhnte er.

»Bald. Ich mag es, wenn harte Männer ganz weich werden.«

Sie kicherte und goss etwas Rotwein über seine Brust, der zum Nabel lief und sich dort sammelte. Petra leckte ihn mit der Zunge weg, bevor sie sich ein weiteres Mal liebten.

»Ich muss morgen ganz früh zur Arbeit. Bist du sehr böse, wenn ich heute nicht bei dir bleibe?«, fragte sie schließlich, nachdem sie eine Weile schweigend nebeneinander gelegen hatten.

»Böse nicht, aber mein Herz zerbricht.«

Felix bemühte sich seinen treuesten Hundeblick aufzusetzen. Petra stieß ihn lachend von sich.

»Das wirkt bei mir nicht, außerdem geht es wirklich nicht. Wir sehen uns doch bald wieder.«

»Ich werde warten und vermisse dich jetzt schon.«

»Ich weiß!« Mit diesen Worten sprang sie auf und zog sich an.

An der Tür hielt Felix sie kurz am Handgelenk fest.

»Wir sind übrigens am Freitag bei Emilios Mutter zum Essen eingeladen. Ich hatte vergessen, es dir zu sagen.«

»Fein, das wird bestimmt lustig.«

Das Klappern ihrer Absätze noch im Ohr und den letzten Kuss auf seinen Lippen, beschloss er die Flasche Wein zu leeren.

Kapitel 7

Noch etwas verschlafen fand Felix am nächsten Morgen eine Notiz von Kommissar Sulzner vor, der Informationen für ihn hatte. Er rief sofort an.

»Guten Morgen, Kurt! Was hast du für mich?«

»Wir haben uns ein wenig umgehört, dabei haben uns mehrere Jungs vom Strich bestätigt, dass euer Opfer als Freier bekannt war. Er hat wohl immer gut bezahlt. Zudem hatte er einen Stammstricher, den können wir gerne zusammen vernehmen.«

»Prima, das ist doch was! Wann können wir ihn befragen?«

»Martin Stritz, so heißt er, ist meistens ab ein Uhr mittags auf der Straße unterwegs. Wenn du um zwölf hier bist, können wir versuchen, ihn aufzugabeln.«

»Wunderbar, dann bis nachher.«

Im Besprechungsraum roch es fremdartig, aber nicht unangenehm. Es war der zweite Dienstag im Monat, der Tag, an dem sie alle denselben Tee tranken. Dabei gab es immer eine neue Sorte, die einer von ihnen auswählte und vorstellte. Dieses Mal war Emilio dran. Felix war sich sicher, dass er einen Tee aus dem arabisch-sprachigen Raum ausgesucht hatte, sein Freund war gerade auf diesem Trip.

»Wir warten schon auf dich. Heute gibt es einen Tamr Hindi Tee, der aus der Tamarinde gewonnen wird. Er ist ein bisschen wie der Rooibos Tee, den Dr. Murr letzte Woche mitgebracht hat«, wurde er prompt begrüßt.

Der Hauptkommissar probierte und fand ihn durchaus trinkbar. Wieder einmal merkte er, dass die gemeinsame Vorliebe seines Teams, die von den Kollegen oft belächelt wurde, sie noch enger zusammenschweißte.

»Gut, Leute, fangen wir an! Kurt Sulzner hat einen Jungen aus dem Strichermilieu gefunden, bei dem Kaptaijn häufiger als Freier gewesen ist. Emilio, du wirst mich nachher begleiten, wenn wir versuchen ihn zu finden und zu befragen. Was liegt sonst noch an?«

Der Ermittlungsleiter blickte in die Runde.

»Ich bekomme heute die Unterlagen der Bank und werde sie mit Gehalt und Aktiendepot von Uwe Kaptaijn gegenchecken. Dann sehe ich, ob es in dem Bereich irgendetwas Auffälliges gibt.« Felix nickte Arno zu und schaute Frauke an.

»Ich treffe heute Nachmittag Frau Rubin und werde sie befragen«, antwortete diese knapp.

»Das klingt gut. Emilio und ich sollten versuchen, uns zur gleichen Zeit mit ihrem Mann in der Firma zu unterhalten, dann können die beiden sich nicht absprechen. Hoffentlich schaffen wir das zeitlich.«

»Sicher schafft ihr das!«, flachste Arno.

»Was soll das denn heißen?« Emilio funkelte seinen Kollegen an. »Es kann ja nicht jeder Traktor fahren, so wie du.«

»Ich habe doch auch nur gemeint, dass ihr es schaffen werdet.« Arno hob beschwichtigend die Arme.

»Hey Leute, ich will keinen Streit, schon gar nicht wegen so einer Kleinigkeit. Außerdem ist dein Fahrstil weit über unser Revier hinaus bekannt.« Energisch griff Felix in die Debatte ein.

»Scusi, Arno, aber meine Bambini haben mich die ganze Nacht wach gehalten, ich bin ein wenig gereizt.«

»Was Ernstes?«, wollte Felix wissen.

»Nein, nichts Besonderes«, tat Emilio die Frage ab.

Damit war der Disput erledigt und alle diskutierten weiter über den Fall, während sie das würzige Aroma ihres Tees genossen.

Nachdem Emilio und Felix sich mit dem Kollegen von der Sitte getroffen hatten, fuhren sie in die Nähe des Hauptbahnhofes in der Hoffnung, Martin Stritz zu finden. Kurt war jünger als Felix und galt bei der Frankfurter Polizei als ein sehr guter Ermittler. Er war sportlich durchtrainiert und trug ziemlich heruntergekommene Kleidung, um im Umfeld des Bahnhofviertels nicht sofort als Polizist aufzufallen.

Selbstironisch meinte er, dass es inzwischen fast nutzlos war, weil jeder ihn kannte, aber er hatte sich eben an seinen Grungelook gewöhnt. Nachdem sie über eine Stunde durch die Straßen gefahren waren, zeigte Kommissar Sulzner auf einen jungen Mann, der an Magersucht zu leiden schien, aber ein hübsches Gesicht hatte. Er machte einen gehetzten Eindruck und blickte sich auffallend oft um.

»Emilio, du solltest hier aussteigen und hinter ihm bleiben. Felix und ich kommen dann von vorne. Er wird wahrscheinlich sofort flitzen, wenn er uns bemerkt.«

Kurt stoppte den Stromos und der Kollege stieg aus.

Langsam fuhren sie an Martin Stritz vorbei und hielten in der nächsten Querstraße, wo sie aus dem Auto sprangen und sich beeilten zur Straße zurück zu kommen. An der Ecke stießen sie fast mit Martin zusammen. Der erschrak, drehte auf dem Absatz um und begann direkt in Richtung Emilio zu rennen. Nach zehn Metern stoppte dieser ihn und drückte ihn sofort mit dem Gesicht an die Mauer.

»Wollten wir etwa fliehen? Ich habe doch nur ein paar Fragen an dich!«, herrschte Kurt Sulzner den Junkie an.

»Alles ganz easy, Herr Hauptkommissar. Ich habe Sie nur mit ein paar Leuten verwechselt, denen ich im Moment nicht begegnen möchte, ehrlich«, verteidigte sich dieser.

»Ganz ruhig, jetzt weißt du ja, dass wir es sind. Außerdem bin ich nur Kommissar. Vor wem hast du denn Angst?« Spöttisch lächelte Sulzner.

»Na, vor ein paar Dealern«, antwortete Martin Stritz.

Der Kommissar lachte kurz auf. »Mann, erzähl mir keinen Scheiß! Schuldest du denen Geld oder weswegen hast du auf einmal Angst vor solch einem Pack?«

»Nee, ehrlich, Herr Kommissar, ich bin doch seit drei Monaten auf Methadon und nehme nichts mehr, aber die wollen mich immer wieder drauf bringen. Das will ich nicht, ich schwör.« Martin Stritz' Stimme überschlug sich fast.

»Okay, das geht mich auch nichts an, aber ich habe dir meine Kollegen Büschelberger und Perfondo von der Mordkommission noch nicht vorgestellt. Sie haben ein paar Fragen an dich.«

Kurt Sulzner sprach betont ruhig.

Schlagartig wich alle Farbe aus dem Gesicht des Strichers.

»Ich habe niemanden etwas getan! Ey Mann, ich schwöre, ich war es nicht. Bitte lasst mich doch gehen«, flehte er.

»Bleib einfach ganz cool. Niemand wirft dir etwas vor, aber einer deiner Stammkunden wurde umgebracht und wir wollen wissen, was du uns über ihn erzählen kannst«, schaltete sich Felix in die Diskussion ein.

»Ihr verdächtigt mich nicht?« Martin Stritz klang erleichtert.

»Ganz bestimmt nicht, wir wollen bloß reden.« Hauptkommissar Büschelberger gab seinem Partner ein Zeichen, dass er Martin loslassen solle.

»Gut, ich bin ganz cool, alles klar.« Dieser strich sich durch seine fettigen, zurückgekämmten Haare. »Worum geht es denn?«

»Können wir uns hier irgendwo unterhalten? Wir müssen nicht unbedingt aufs Revier fahren.« Felix sah fragend zu Kurt.

»Hey, im Bahnhof gibt es einen guten Kaffee und wenn ihr mir einen mit Schuss spendiert, erzähle ich alles, was ihr wissen wollt«, antwortete Martin, bevor Sulzner etwas erwidern konnte.

Der Hauptkommissar nickte und so gingen sie zum Bahnhof hinüber. Ihr Zeuge schlürfte sichtlich vergnügt seinen Kaffee, in dem ein ganzer Flachmann mit Cognac gelandet war, den Felix zusätzlich geordert hatte.

»Klasse, Mann. Was wollt ihr wissen, wer hat sich denn davon gemacht?«, fragte er.

»Der Mann heißt Uwe Kaptaijn und wir haben gehört, dass du öfter mit ihm in seiner Wohnung warst.«

»Das ist korrekt, der war immer voll gut drauf. Wollte zwar die harte Ledernummer, aber hat gut bezahlt und meistens für eine ganze Nacht. Der ist nicht mehr? Scheiße, war im Winter immer ganz okay bei ihm zu übernachten. Der hatte immer guten Stoff zum Saufen.«

Martin grummelte noch weiter vor sich hin.

»Kannst du bitte so laut und deutlich reden, dass wir dich verstehen!« Felix schlug mit der Hand auf den Tisch.

»Alles klar, Herr Kommissar, ganz easy. Ich bin nur fertig, dass der Doc nicht mehr ist.«

»Hauptkommissar, bitte. Was kannst du uns denn noch so erzählen? Wie oft warst du bei ihm und wann war das letzte Mal?«

Der Junkie stürzte seinen Kaffee hinunter.

»Kann ich noch einmal so einen haben?«, bat er.

Emilio bestellte noch ein Gedeck.

»Also, ich war so ein bis zwei Mal im Monat bei ihm, das letzte Mal ist zwei Wochen her. Wir haben noch einen Kollegen von mir mitgenommen. Der Doc hat gesagt, er wolle richtig feiern. Das haben wir dann auch gemacht, 'ne richtige Orgie, wenn Sie verstehen, was ich meine. So mit mehrere Male, im Wohnzimmer und im Schlafzimmer. Außerdem jede Menge Alkohol. Wir haben beide jeder fünfhundert Piepen bekommen, das war völlig krass.«

Ihr Zeuge geriet ins Schwärmen.

»Wer war dein Kollege und wo können wir ihn finden?«, fragte Felix.

»Das war der Dieter, der ist ziemlich neu hier und fährt noch voll auf Koks ab. Ist so ein blonder Großer. Der ist bestimmt auch schon hier in der Nähe unterwegs.«

»Kurt, weißt du, wen er meint?« Felix blickte den Kollegen fragend an. Sulzner nickte.

»Dieter Ballhaupt. Ist tatsächlich neu hier, vor zwei bis drei Monaten aus Hamburg aufgetaucht. Das sollte kein Problem sein, den zu finden.«

»Wer ist auf die Idee gekommen, Dieter mitzunehmen? Du oder war das der Doc?«, wandte Felix sich wieder an ihren Zeugen.

»Nee, der Doc meinte, er will richtig Party machen, wen ich kenne, der nicht so verklemmt ist und ganz gut aussieht. Na, und den Dieter hatte ich kurz vorher gesehen. Der Doc kannte den noch nicht.«

»Kannst du uns sonst noch etwas sagen? War Herr Kaptaijn irgendwie anders als sonst oder hat er irgendwas erzählt? Hat er den Grund genannt, weshalb er feiern wollte?«

»Der Doc war extrem gut gelaunt, besser als üblich. Sonst hab ich nichts bemerkt und er hat auch nix erzählt. Wir haben nur wie verrückt gesoffen, rumgemacht und getanzt, das war alles.«

Martin lächelte, während er sprach.

»Wenn dir noch etwas einfällt, dann ruf mich an. Wir müssen dich allerdings bitten, eine Speichelprobe abzugeben, um sie mit den Spuren aus der Wohnung zu vergleichen. Das Gleiche gilt auch für Herrn Ballhaupt, wenn ihr ihn findet. Kannst du das für uns erledigen, Kurt? Wir müssen jetzt in die Firma von Kaptaijn.«

»Geht klar, ich werde das veranlassen und lasse mich dann von meinen Kollegen abholen. Wir sehen uns.«

Kurt nickte ihm zu und verschwand mit Martin Stritz im Schlepptau aus der Gaststätte.

»Gute Laune hat er also gehabt und eine Menge Geld übrig. Das ist doch interessant, oder nicht?«, fragte Felix seinen Partner.

»In der Tat«, stimmte ihm Emilio zu, während sie sich auf den Weg zur Dr. Zimmer GmbH machten.

»Tut mir leid, meine Herren, aber Dr. Zimmer ist momentan auf Dienstreise und kommt erst übermorgen wieder.«

Die beiden Ermittler hatten noch nicht einmal den Tresen der Rezeption erreicht, als sie bereits von einer der Empfangsdamen mit diesem Satz begrüßt wurden.

»Das macht nichts, wir wollen auch zu Herrn Rubin. Ist er da?«, fragte Felix.

»Einen Moment, bitte. Ja, der ist da, ich rufe ihn kurz an.«

Die Kommissare warteten.

»Er ist gleich bei Ihnen.«

»Danke, aber wenn wir hier schon warten: Wo ist Herr Dr. Zimmer denn hin gefahren?«, erkundigte sich der Hauptkommissar.

»Er ist nach Nairobi geflogen.«

Kurz darauf begrüßte sie ein Mann Anfang vierzig, der in einem dunkelblauen Anzug einen stattlichen Bauch vor sich hertrug.

»Guten Tag, meine Herren, ich bin Harald Rubin. Was kann ich für Sie tun? Sie ermitteln im Mordfall Kaptaijn?«

Felix stellte sich und Emilio vor. »Das ist richtig, aber wollen wir uns nicht kurz setzen?«

Herr Rubin führte sie in dieselbe Besprechungskabine wie Anita Peisker einen Tag zuvor.

»Herr Rubin, in welchem Verhältnis standen Sie zu Herrn Kaptaijn?«, eröffnete Hauptkommissar Büschelberger die Befragung.

»Wir waren Kollegen. Er war Bereichsleiter für die richtig gefährlichen Stoffe und ich bearbeite die harmlosen wie Klärschlamm aus der Fertigung und so weiter. Wir haben uns immer in den monatlichen Meetings gesehen und auch dort gesprochen, ansonsten hatten wir kaum Kontakt.«

»Haben Sie eine Ahnung, wer der Nachfolger von Dr. Kaptaijn wird?«

»Dr. Zimmer führt im Moment diesen Bereich. Wen er dann ernennt, ist noch nicht bekannt. Es gibt natürlich Gerüchte, aber an denen beteilige ich mich nicht. Ich werde es jedenfalls nicht, da ich keinen Doktortitel in Chemie habe. Zudem wollte ich den Job auch nicht.«

Rubins Antwort klang energisch, aber ehrlich.

»Wieso?«

»Ich bin frisch verheiratet und wir erwarten unser erstes Kind. Für mein jetziges Aufgabengebiet reise ich nur durch Deutschland oder hin und wieder ins nahe Ausland. Im Bereich Sondermüll Klasse III / IV muss man sehr häufig nach Asien und Afrika.«

Felix lehnte sich zurück – ein weiterer Trick, den er bewusst anwendete, wenn er auf das zu sprechen kam, was ihn wirklich interessierte. Er wollte damit seinen Gesprächspartnern das Gefühl vermitteln, nur belanglos zu plaudern.

»Glückwunsch, Herr Rubin! Wie lange sind Sie denn schon verheiratet?«

»Wir sind seit fünf Monaten verheiratet und meine Frau ist im siebten Monat schwanger.«

»Wir haben gehört, dass Ihre Frau versucht hat mit Herrn Kaptaijn anzubandeln, bevor Sie mit Ihnen verheiratet war. Bei ihm ist sie aber abgeblitzt.«

Herr Rubin fuhr aus dem Sessel hoch und marschierte aufgeregt durch den Raum.

»Sterben solche Geschichten denn nie? Das wird alles nur aufgebauscht! Meine Frau war neu in der Firma und hatte zu viel getrunken, das kann doch mal vorkommen. Sie ist doch auch noch sehr jung, wissen Sie! Ich weiß, was die Leute hier sagen. Erst hat sie es bei dem einen, dann bei dem anderen probiert. Zugegeben, es gibt in unserer Ehe den Vernunftfaktor. Meine Frau wollte versorgt sein und ich wollte Kinder.«

Er setzte sich wieder, seine Aufregung war jedoch noch nicht verschwunden.

»Wie groß ist denn der Altersunterschied zwischen Ihnen?«, erkundigte sich Felix.

»Ich bin einundvierzig und meine Frau ist fünfundzwanzig. Aber wir lieben uns trotzdem«, antwortete Herr Rubin.

»Das glaube ich. Das wäre eigentlich schon alles. Danke für Ihre Mitarbeit und weiterhin alles Gute.«

Sie verließen das Büro und fuhren zurück. Im Revier fuhr Emilio umgehend ihr Fahrzeug an die Ladestation, da die Reichweite unter dreißig Kilometer gesunken war.

»Und, was denkst du? Ein mögliches Motiv?« Der Hauptkommissar sah zu seinem Partner.

»Kann ich mir schlecht vorstellen. Er ist zwar gereizt, aber ich glaube nicht, dass er einen Mord begeht. Die Geschichte liegt zu weit vor seiner Zeit«, fasste dieser seinen Eindruck zusammen, während er den Stecker anschloss.

»Ja, ich denke auch, er kommt nicht infrage. Ihn nerven wahrscheinlich nur die Anspielungen seiner Kollegen. Mal hören, was unsere Kollegin rausgefunden hat.«

Frauke fand Heike Rubin auf Anhieb unsympathisch. Sie trug teure Kleidung, aber die Zusammenstellung verriet keinerlei Geschmack. Hauptsache es war teuer. Ihr blondes Haar hatte sie hochgesteckt und auf ihrem Schoß lag eine offene Pralinenschachtel, als sie der Polizistin gegenübersaß.

»Danke, dass Sie mich so kurzfristig empfangen haben. Sie wissen ja inzwischen, dass Herr Uwe Kaptaijn ermordet wurde. Deshalb habe ich ein paar Fragen an Sie«, begann die Kommissarin die Unterhaltung.

»Aber machen Sie es kurz. Sie sehen ja, in welchem Zustand ich mich befinde, es geht mir heute nicht gut.« Die nächste Praline verschwand in Heike Rubins Mund.

»Ich werde mich bemühen. Wie gut kannten Sie Herrn Kaptaijn?« Frauke versuchte, das Gespräch sachlich weiterzuführen.

»Ich? Nicht wirklich gut, ich habe ihn nur ein paar Mal gesehen, ansonsten hatte ich keinen Kontakt«, antwortete die Befragte schnippisch und blickte gelangweilt aus dem Fenster.

»Wir haben gehört, dass Sie auf der vorletzten Weihnachtsfeier heftig mit ihm geflirtet haben. Sie sollen ziemlich hartnäckig gewesen sein.«

»Wer hat Ihnen das denn erzählt? Bestimmt Anita, die alte Schlampe. Die ist ja bloß eifersüchtig«, fauchte Heike Rubin.

»Hat sie auch versucht mit Herrn Kaptaijn eine Beziehung anzufangen?«

»Die? Nee! Die hat doch ein Verhältnis mit dem Big Boss, so sagt man jedenfalls. Da wird sie doch nicht mit Leuten aus der unteren Etage verkehren. Die ist eifersüchtig, weil ich jünger und hübscher bin als sie.«

Die Kommissarin ignorierte diese Bosheiten.

»Zurück zu Herrn Kaptaijn. Sie haben also versucht eine Beziehung zu ihm aufzubauen?«

»Dieser Idiot hat mich zurückgewiesen, können Sie sich das vorstellen? Warten Sie einen Moment, ich hole ein Bild.«

Heike Rubin stand auf und kam kurz darauf mit einem Foto zurück.

»Hier, aufgenommen auf der besagten Feier. Sehe ich nicht toll aus? Davor hat mich noch nie ein Mann zurückgewiesen.«

Die Polizistin betrachtete das Foto. Es zeigte die Zeugin in einem figurbetonten Pullover und einer engen schwarzen Lederhose, mit wesentlich längeren Haaren als jetzt, die fast bis zum Po reichten und auf eine Seite gekämmt waren. Um sie herum standen mehrere Männer, die sie anhimmelten. Das Opfer war nicht zu sehen.

»Ja, Sie haben recht, es ist unbegreiflich, dass er nicht wollte.« Heike Rubin schien der feine Unterton in ihrer Stimme zu entgehen.

»Wollen Sie auch eine?« Die Pralinenschachtel schwebte vor Fraukes Nase.

»Danke. Können Sie mir sonst noch etwas erzählen über Uwe Kaptaijn?«

»Nein, er hatte nichts mit irgendeiner anderen Frau in der Firma, da bin ich mir sicher. Fast könnte man meinen, er war schwul.«

»Er war in der Tat homosexuell.«

»Ha, ich habe ja gewusst, dass es nicht an mir lag!« Die Enthüllung brachte Heike Rubins Weltbild wieder ins Gleichgewicht.

»Und kurz nach der Feier haben Sie Ihren Mann kennengelernt?«

»Ja, es hat nicht lange gedauert. Ich bin auch ziemlich schnell schwanger geworden und dann haben wir geheiratet.«

»Lieben Sie Ihren Mann?« Frauke blickte Frau Rubin fragend an.

Diese überlegte, bevor sie antwortete: »Er ist sehr lieb und er hat Geld, darauf kommt es mir an. Doch, ich denke, ich liebe ihn.«

»Dann danke ich Ihnen und wünsche noch viel Glück mit Ihrer kleinen Familie. Wenn Ihnen noch etwas einfällt, melden Sie sich bitte.«

Die Kommissarin überreichte ihre Karte und fuhr aufs Revier.

»Was habt ihr herausgefunden?« Felix schlürfte seinen arabischen Tee, an diese Marke könnte er sich eindeutig gewöhnen.

»Also, Frau Rubin ist in meinen Augen nur auf Geld und Statussymbole ausgewesen. Sie hat das Opfer nicht geliebt. Ich bin mir nicht einmal sicher, ob sie weiß, was Liebe ist. Als Täterin kommt sie in meinen Augen nicht infrage«, berichtete Frauke.

»Das deckt sich mit dem Eindruck, den wir von ihrem Mann haben. Emilio und ich glauben auch nicht, dass da eine Verbindung besteht.«

Ihre Kollegin nickte.

»Sie war erleichtert, als ich ihr erzählt habe, dass Kaptaijn schwul war. Ich glaube, damit war ihr Selbstwertgefühl wiederhergestellt. Für einen Mord war sie eindeutig nicht verletzt genug.«

»Gut, dann haken wir den Punkt ab. Was macht die Suche auf dem Finanzsektor?« Felix wandte sich an Arno.

»Unser Opfer hat in den letzten drei Monaten mehrfach Bareinzahlungen getätigt, die jedes Mal knapp unter zehntausend Euro lagen, also genau unter dem meldepflichtigen Betrag. Ich kann leider noch nichts Genaues sagen, dafür muss erst geprüft werden, ob das Geld aus seinem Anlagevermögen kommen kann, und das dauert«, klärte dieser ihn auf.

»Wie wahrscheinlich ist denn so etwas? Ich denke, dass Dividenden und Zinszahlungen immer elektronisch gezahlt werden.« Emilio mischte sich in die Diskussion mit ein.

»Nun, im Allgemeinen hast du recht. Aber es gibt natürlich auch andere Geschäfte, sozusagen an der Steuer vorbei, und bei denen nimmst du lieber Bargeld. Tafelgeschäfte und dergleichen sind gar nicht so unüblich«, antwortete Arno.

»Manchmal frage ich mich, was du noch hier machst. Mit deinem Wissen könntest du doch schon Millionär sein.« Der Chef legte seine Hand auf Arnos Schulter.

»Ich bin halt Idealist und will dem Guten immer zum Sieg verhelfen. Aber wahrscheinlich ist das nur ein Umschreibung für ‚Ich bin saublöd'!«

Alle lachten und stimmten ihm zu. Der Hauptkommissar berichtete kurz von ihren Ergebnissen und starrte an die Tafel.

»Damit fällt die Liebe als Motiv wohl aus, oder was meint ihr?«, fragte er sein Team.

Frauke meldete sich als Erste zu Wort: »Ich würde sagen, sie gibt im Moment keine heiße Spur her, die wir weiterverfolgen können. Aber man weiß ja nie.«

»Okay, dann lassen wir das Motiv noch stehen, setzen es aber als im Moment vernachlässigbar in Klammern.«

Nach einer Weile beendeten sie die Diskussion, ohne weitere Ideen oder Erkenntnisse gewonnen zu haben.

Hauptkommissar Büschelberger saß in seinem Büro und ordnete seine Akten und Berichte, als eine SMS eintraf. Sofort bekam er ein schlechtes Gewissen, denn er hatte den ganzen Tag nicht an Petra gedacht. Hoffentlich war sie nicht sauer.

»Hi Felix, ich kann heute Abend nicht, ich bin noch min. 3 Stunden im Büro. Wir sehen uns morgen. Kuss an Django und Dich P.«

Das passte ihm gar nicht. Wenn er ehrlich zu sich war, dann hatte er gehofft, sie jeden Abend zu sehen.

»Da sind wir 3 aber sehr traurig. Schade!!! Aber ich kann auch zu Dir kommen, wenn Du magst.«

»Nein, heute Abend hättest Du keine Freude mit mir, ich bin ein wenig genervt. Wieso 3?? P.«

»Nun Django, der große und der kleine Felix ;-)«

»Oh!! Da freuen sich die große und die kleine Petra, dass sie vermisst werden. Bis morgen, ich melde mich. P.«

Schade, der Abend hätte so schön werden können, dachte sich Felix, als er sich auf den Weg zu Fritten-Conny machte. Dann würde er heute Nacht eben wieder ein typischer Junggeselle sein.

Kapitel 8

Erneut beehrte Kevin Murr ihre morgendliche Teerunde mit seiner Anwesenheit. Dieses Mal probierte er den grünen Tee von Felix und Frauke. Außerdem brachte er eine Kokosnuss mit, die er spendieren wollte, von der aber keiner essen mochte. Der Hauptkommissar wunderte sich, wie ein Mensch gleichzeitig rauchen, trinken und auch noch erzählen konnte, als der Arzt mit seinem Bericht begann.

»Heute Morgen hat mir Kurt Sulzner eine Speichelprobe geschickt. Ich werde sie mit den Haaren im Auto vergleichen. Das Ergebnis habt ihr morgen.«

»Was kannst du über die Farbe der Haare sagen, die wir bisher nicht zuordnen konnten?«

Kevin blickte zu Felix. »Ich habe mich schon gewundert, wann du endlich fragst. Du wirkst in letzter Zeit etwas abgelenkt.«

Gekicher breitete sich im Raum aus.

»Ich verstehe. Die Liebe macht uns Männer rasend und nimmt uns gänzlich in Beschlag.« Der Pathologe schien in Selbstbetrachtung versunken, bevor er fortfuhr.

»Also die Haare, die wir bisher nicht zuordnen können, sind circa drei Zentimeter lang und dunkelblond. Wir haben nur zwei davon gefunden. Ich würde sagen, damit ist jeder dritte Frankfurter mit kurzen Haaren verdächtig.« Dr. Murr inhalierte und blickte in die einzelnen Gesichter.

»Das passt aber auch auf Dr. Zimmer. Er hat doch so kurze Haare und die Farbe stimmt«, sagte ihr italienischer Kollege.

»Emilio hat recht, aber uns fehlt immer noch das Motiv. Wir können nicht einfach zu ihm gehen und eine Haarprobe nehmen. Wenn er unser Mann ist, warum hat er es getan? Was nutzt es ihm? Er hat doch jede Menge zu verlieren, wenn er erwischt wird«, stellte Felix zur Diskussion.

»Dann muss der mögliche Gewinn durch den Tod von Kaptaijn eben das Risiko wert sein. Wenn Kaptaijn am Leben bleibt, dann verliert er alles, sonst ergibt es keinen Sinn«, antwortete Arno als Erster.

»Ich glaube, Arno hat den Kern der Sache getroffen. Zimmer würde möglicherweise alles verlieren, wenn unser Opfer am Leben geblieben wäre, aber er könnte alles behalten, wenn wir ihn nicht erwischen. Dann bleibt nur Erpressung als Motiv. Zimmer hat irgendwas Illegales gemacht und Kaptaijn wusste Bescheid. Also weg mit ihm.«

Frauke fuhr sich mit dem Daumen über den Hals, um ihre Theorie zu verdeutlichen.

Je mehr sie diskutierten, desto stärker waren alle überzeugt, auf der richtigen Spur zu sein. Arno stand auf und umkreiste die Begriffe Müll und Geld. Er führte einen Pfeil von beiden Kreisen auf einen weiteren, in den er Erpressung schrieb.

»Wenn es Zimmer war, wie hat er dann den Hafen verlassen? Oder hat er einen Komplizen gehabt? Gestern hat sich die Hauptstelle der Taxizentralen gemeldet. Sie haben alle fraglichen Fahrer, die in der Tatnacht in der Nähe unterwegs waren, aufgelistet und uns zugefaxt.«

»Gut, das sollten wir überprüfen. Obwohl ich mir nicht vorstellen kann, dass Dr. Zimmer so einen Fehler gemacht hätte – wenn er wirklich unser Täter ist. Emilio, du lässt ein Bild von Zimmer durch unsere Zeichner erstellen. Wenn wir Fotos zeigen und er ist es nicht gewesen, könnte es noch Ärger geben. Dann kannst du mit Frauke die Taxifahrer noch heute befragen. Ich werde mittags die Exfrau von Kaptaijn empfangen. Mal sehen, ob sie uns etwas Neues erzählen kann«, fasste der Ermittlungsleiter die nächsten Schritte zusammen.

Sie besprachen noch einzelne Details zum weiteren Ablauf und trennten sich dann.

Felix nahm die Kokosnuss mit in sein Büro, zückte sein Handy und schrieb eine SMS an Petra.

»Guten Morgen Schatz, wie hast Du geschlafen? Ich musste die ganze Nacht an Dich denken.«

Die Antwort kam prompt: »Küsschen, war etwas unruhig, habe nicht so gut geschlafen! Bin jetzt in meinem Büro. P.«

»Das tut mir leid, aber vielleicht schläfst Du heute Nacht besser, wenn Du in meinen Armen liegst?«

»Ja, das klingt gut, ich habe Sehnsucht nach Dir und Deinem Körper. P.«

Er konnte sich ein breites Grinsen nicht verkneifen. »Schön, ich habe auch etwas für uns beide.«

»Was denn? P.«

»Eine Kokosnuss.«

»Eine Kokosnuss??? P.«

Felix hatte mitbekommen, dass Petra gerade ein Buch über das Denkvermögen von Tieren las, aber seine eigenen Gedankengänge waren wohl wieder nicht nachvollziehbar.

»Wenn ich ein Affenmännchen wäre und Du mein Weibchen, was würde es bedeuten, wenn ich Dir eine Kokosnuss überreichen würde?«

»Ich soll sie versuchen zu öffnen u. danach würdest du sie mir wieder wegnehmen. P.«

»Aber ich bin doch ein ziemlich verliebter Affe, nein eigentlich eher ein verliebter Felix. Was bedeutet es dann?«

»Du hast nach Affen gefragt! Von dir wäre es ganz sicher eine Liebesgabe für sinnliche Spiele. P.«

»Sind Affen nicht sinnlich?«

»Nein Affen sind nie sinnlich, sie werden nur von ihrem Trieb gesteuert! P.«

»Ich glaube Du steuerst auch meine Triebe, ich hab da schon so meine Ideen, was ich mit Dir mache.«

»Du wirst sie ausleben dürfen, ich bin sehr tolerant. Kuss P.«

»Kannst Du nicht jetzt schon vorbeikommen, ich sterbe bis heute Abend.«

»Du kleiner verliebter Spinner!! Bis heute Abend, ich komme zu Dir. P.«

Er träumte noch eine ganze Weile vor sich hin und hatte Schwierigkeiten sich wieder auf seine Arbeit zu konzentrieren.

Nach einem kurzen Abstecher zu Fritten-Conny, klopfte es an seiner Tür. Ein Beamter brachte Sophie Harris und ihren Ehemann herein. Felix bot ihnen einen Platz und Kaffee an. Während sie sich setzten, musterte er die beiden.

Frau Harris schien etwas nervös, sie fühlte sich offenbar nicht wohl. Ansonsten war sie sympathisch und auch hübsch anzusehen, die Urlaubsbräune stand ihr gut und passte zu ihrer sportlich, eleganten Kleidung. Blonde Strähnen durchzogen ihr hellbraunes Haar. Herr Harris wirkte dagegen sehr ausgeglichen in seinem hellbraunen Rolli zu Jeans. Schweigend hielt er die Hand seiner Frau und streichelte sie dabei, seine Augen ruhten auf dem Hauptkommissar. Er strahlte die Art von Gelassenheit und Souveränität aus, die Felix unwillkürlich an einen Anlageberater denken ließ.

»Zunächst möchte ich Ihnen danken, dass Sie sich die Mühe gemacht haben hierher zu kommen. Ich hoffe, das war nicht zu umständlich für Sie«, lächelte Büschelberger sie aufmunternd an.

»Nein, nur hatte ich gehofft, nie wieder etwas mit Uwe zu tun zu haben. Und jetzt ist er tot – ermordet, haben Sie gesagt – und plötzlich brechen alte Wunden wieder auf. Ich weiß nicht, irgendwie geht mir das sehr nah.«

Er bemerkte, wie Frau Harris versuchte zu lächeln, während ihre Hand verkrampfte und fest die von ihrem Mann umklammerte.

»Das ist schon in Ordnung, ich werde auch versuchen, es so kurz und leicht wie möglich für Sie zu machen. Es sind nur ein paar Punkte, die wir an Ihrem Exmann nicht verstehen, da gibt er uns einfach Rätsel auf.«

Sie schüttelte den Kopf. »Glauben Sie mir, Herr Hauptkommissar, nicht nur Ihnen ist dieser Mann ein Rätsel. Ich war mit ihm verheiratet und habe geglaubt, ich würde ihn kennen und wir wären glücklich. Doch dann musste ich erfahren, dass ich mit beidem falsch lag. Ich verstehe also sehr gut, was Sie meinen«, sagte sie.

Ein Beamter brachte inzwischen den Kaffee für die Besucher. Felix fragte, ob er noch einen Kollegen dazu holen könnte, der Gesprächsnotizen machen würde. Beide nickten und er ließ Emilio holen. Bis dieser kam unterhielten sie sich über den Urlaub der Harris' in Kenia. Sein Partner betrat das Büro und setzte sich dazu. Nach etwa zehn Minuten war Frau Harris sichtlich entspannter und Felix lenkte ihr Gespräch wieder auf Uwe Kaptaijn.

»Lassen Sie uns kurz über Ihren Exmann reden. Ich kann Sie erst einmal beruhigen, Sie müssen ihn nicht mehr identifizieren. Ich habe nur noch ein paar Fragen an Sie.«

Sie nickte und blickte ihm direkt in die Augen. »Ich bin bereit.«

»Gut, also wir haben Hinweise, dass Uwe Kaptaijn Kontakt zur Stricherszene hier in Frankfurt hatte. Sie haben in unserem letzten Gespräch etwas Ähnliches angedeutet. Wie lange bewegte er sich schon in diesem Milieu und können Sie uns irgendetwas dazu sagen?«

»Wie ich schon erzählt habe, waren diese Besuche auf dem Strich der letzte Auslöser für mich, die Scheidung einzureichen. Erfahren habe ich es durch Zufall, ich fand eine Packung Kondome in seiner Jacke, die ich zur Reinigung bringen wollte. Sie können sich vorstellen, wie aufgewühlt ich war. Zuerst dachte ich, er betrügt mich mit einer anderen Frau, weshalb ich ihn am Abend zur Rede gestellt habe. Da hat er mir auf den Kopf zugesagt, dass er mich mit Jungs vom Strich betrügt, weil ich ihn nicht mehr befriedigen kann. Ich habe ihn angeschrien, um mich geschlagen und versucht ihn zu beißen. Ich war so sauer, ich hätte ihn umbringen können. Dann hat er noch gesagt, dass ich ja gehen könnte, wenn ich es nicht mehr aushalte. Das habe ich dann auch getan und bin sofort ins Hotel gezogen, um dann festzustellen, dass er meine Kreditkarten noch am selben Abend sperren ließ. So war mein Exmann.«

Tränen des Zorns waren in ihre Augen gestiegen.

Felix schwieg einige Augenblicke.»Und wie ging es dann weiter, ohne Geld und Wohnung?«

»Ich habe eine gute Freundin hier in Frankfurt und bei ihr habe ich zwei Monate gelebt, bis ich einen Job gefunden habe. Ihr Mann ist Anwalt und er hat mir bei meiner Scheidung geholfen. Brauchen Sie die Namen?«

Er schüttelte den Kopf.»Sollte das doch noch nötig sein, dann melden wir uns bei Ihnen, danke. Aber was passierte dann? Hat Uwe Kaptaijn Unterhalt gezahlt und haben Sie ihn noch einmal gesehen?«

»Mein Anwalt hat dem Gericht klargemacht, dass eine unzumutbare Härte vorliegt und eine Versöhnung nicht möglich ist. Die Scheidung ging dann sehr schnell durch und Uwe hat keine Schwierigkeiten gemacht. Ich habe zwar nicht besonders viel Geld bekommen, aber ich wollte von ihm auch so wenig wie möglich haben. Ich habe mich vor ihm geekelt, wenn Sie verstehen«, sagte Frau Harris.

»Ja, das kann ich mir vorstellen. Obwohl ich auch verstehen würde, wenn Sie ihn richtig ausgenommen hätten. Viele Menschen sind ziemlich rachsüchtig, das ist eines unserer Hauptmotive bei Mordfällen. Können Sie sich vorstellen, wer Uwe Kaptaijn derart gehasst hat, dass es zum Mord reichte?«

»Nein, im Allgemeinen war er sehr umgänglich und hatte ein sympathisches Auftreten. Aber an Freundschaften war er nicht interessiert, unsere Freunde kamen alle von meiner Seite. Arbeit und Karriere waren seine wahren Freunde. Ich glaube, ich war nur ein Aushängeschild, das er gebraucht hat, um die ersten Stufen auf der Karriereleiter zu erklimmen.«

»Wissen Sie irgendetwas von seiner Arbeit?«

»Nein, gar nichts. Wir haben ja auch keinen Kontakt mehr gehabt.«

»Eine letzte Frage habe ich noch.«

Felix lehnte sich vor, weil er ihre Reaktion genau studieren wollte.

»Hat Ihr Exmann sich jemals fotografieren lassen oder war ihm das unangenehm?«

Sie wirkte wirklich verblüfft. »Ich verstehe Ihre Frage nicht. Was meinen Sie damit?«

»Gab es Fotos von Ihrem Exmann während Ihrer Beziehung?«, hakte er nach.

»Selbstverständlich. Uwe war ein gut aussehender Mann und er hat eine Menge Geld in seine Kleidung investiert. Er war eitel und ließ sich durchaus gerne fotografieren. Aber was soll Ihre Frage?« Verwirrung klang in ihrer Antwort mit.

Der Hauptkommissar war in Gedanken versunken und rieb mit beiden Zeigefingern seine Nase.

»Es gibt kein einziges Foto von Ihrem Exmann in seiner Wohnung. Auch uns ist aufgefallen, dass er sehr elegant gekleidet und auf sein Äußeres bedacht war. Wir haben also angenommen, dass so ein Mensch sich gerne fotografieren läßt, aber wir haben nichts gefunden. Das gehört zu den Rätseln, die wir noch lösen müssen.«

»Uwe hat seine Bilder immer in den Fototaschen gelassen und in einer Schublade aufgehoben. In die Alben musste immer ich sie einkleben, diesen Job hat er gehasst«, erinnerte sich Frau Harris. »Aber dass gar keine mehr da sind, finde ich auch seltsam.«

»Nun, wir wissen, dass in der Mordnacht in seine Wohnung eingebrochen wurde. Wir wissen allerdings nicht, ob etwas gestohlen wurde. Wären Sie bereit, mit uns in die Wohnung zu fahren und zu schauen, ob Ihnen irgendetwas auffällt? Etwas von dem Sie meinen, dass es da sein müsste, es aber nicht ist?«

Sie erbleichte. »Also ich weiß nicht so recht, das ist mir unangenehm.« Hilfe suchend blickte sie ihren Mann an.

»Herr Hauptkommissar, meinen Sie wirklich, dass meine Frau Ihnen da helfen kann? Immerhin sind die beiden seit fast fünf Jahren geschieden«, meldete sich Herr Harris zu Wort.

»Es ist zwar unwahrscheinlich, aber in Ermangelung anderer Möglichkeiten würde ich Sie inständig darum bitten.«

Die Eheleute blickten sich an, dann nickte sie ihm zu.

»Also gut«, seufzte sie.

»Prima, mein Kollege holt den Wagen und wir bringen Sie hin, danach sind Sie uns auch schon los«, ermunterte Felix die beiden.

Auf der Fahrt zur Wohnung sagte niemand etwas. Frau Harris stand ihr Unbehagen deutlich ins Gesicht geschrieben, als sie die Wohnung von Uwe Kaptaijn betrat. Hauptkommissar Büschelberger führte das Paar durch alle Räume, seiner Zeugin fiel aber nichts Ungewöhnliches auf.

»Ich kann Ihnen nicht helfen. Ich kann nur sehen, dass er immer noch Geschmack und Stil hatte. Ansonsten sind das alles neue Möbel, aus unserer Zeit gibt es anscheinend nichts mehr.«

»Es war sehr freundlich, dass Sie es versucht haben. Wir bringen Sie jetzt zurück ins Revier. Dort können Sie sich an der Kasse melden, wir werden Ihnen dann Ihre Auslagen erstatten«, sagte Felix.

»Das ist nicht nötig. Wir helfen der Polizei gerne, aber wir würden jetzt lieber fahren. Ich sehe meiner Frau an, dass sie die ganze Sache doch ziemlich mitnimmt.«

Sophie Harris legte ihren Kopf an die Schulter ihres Mannes und umarmte ihn dankbar. Der Hauptkommissar schloss ab und sie fuhren zurück.

Er saß an seinem Schreibtisch und hing seinen Gedanken nach. Das Schrillen seines Telefons unterbrach seine Grübelei.

»Felix Büschelberger.«

»Hallo Felix, hier ist Kurt. Ich wollte dich nur informieren, dass wir Dieter Ballhaupt gefunden haben. Er sitzt zurzeit in U-Haft, hatte etwas zu viel Koks dabei. Wenn ihr wollt, könnt ihr ihn verhören.«

»Danke. Ich denke, das ist im Moment nicht nötig. Ich werde allerdings eine Speichelprobe nehmen lassen. Falls wir deine Hilfe noch einmal brauchen, dann melde ich mich.«

»Alles klar.«

»Ciao, Kurt.«

Hauptkommissar Büschelberger rief in der JVA an und veranlasste, dass eine Speichelprobe von Dieter Ballhaupt genommen und an Kevin Murr gesendet wurde. Dann machte er pünktlich Feierabend. Petra erwartete ihn frech grinsend vor seiner Wohnung.

»Wo ist die Kokosnuss?«

»Hier.«

Felix öffnete die Tür.

Am nächsten Morgen wurde Felix von Petra überraschend geweckt.

»Hey, du Faulpelz, ich muss weg. Django habe ich schon versorgt.«

»Wie spät ist es denn?« Er bekam seine Augen nicht auf.

»Viertel nach sechs. Hat dich der gestrige Abend so geschafft? Bist wohl doch älter, als du mir gesagt hast.«

Er griff nach ihr, aber sie war zu flink für ihn.

»Sag ich doch, einfach keine Kraft mehr«, grinste sie.

Felix schmiss sein Kopfkissen nach ihr.

»Na warte, wenn ich dich erwische, dann zeige ich dir, dass ich noch lange nicht zu alt bin.«

»Das wäre schön, nur leider muss ich meinen Flieger nach München erwischen.«

»Wann kommst du denn wieder?«

»Morgen Nachmittag.«

Felix war seine Enttäuschung deutlich anzuhören.

»Schade! Denk aber bitte daran, dass wir morgen Abend einen Termin bei Emilios Mutter haben. Wenn ich ohne dich auftauche, verzeiht sie mir das nie.«

»Mal sehen, wäre vielleicht ganz lustig, dich auflaufen zu lassen.«

»Was?« Er war sichtlich entsetzt. Sein Kissen traf ihn am Kopf.

»Dummerchen! Na klar komme ich, freue mich schon.«

Sie wurden von der Türklingel unterbrochen.

»Das muss das Taxi sein, das ich bestellt habe.«

»Oh Mann, ich habe wirklich nichts mitbekommen, werde wohl doch alt.«

Petra kicherte und küsste ihn. »Wir sehen uns morgen, mein alter Mann. Mal sehen, ob ich nicht ein paar Verjüngungskuren kenne.«

Er grunzte. »Wenn du mir deine Ankunftszeit sagst, hole ich dich vom Flieger ab.«

»Finde es heraus, mein Sherlock Holmes.«

Mit einer Kusshand verschwand sie und Felix ließ sich noch einmal ins Bett fallen. Die Gelegenheit nutzte sein Kater, sprang zu ihm hoch und machte es sich bequem.

»Django, wenigstens du weißt, was zivile Aufstehzeiten sind«, gähnte er seinen Kater an und verschlief um eine ganze Stunde.

Kapitel 9

Abgehetzt kam er im Revier an und traf sofort Emilio auf dem Flur an.

»Scheiße, ich habe verschlafen. Gibt's was Neues?«

»Ja, in deinem Büro wartet ein Dr. Brax auf dich.«

»Oh nein«, stöhnte Hauptkommissar Büschelberger, »doch nicht etwa dieser Promianwalt mit seiner Pomadenfrisur?«

»Doch, genau der, und er wartet schon fast eine Stunde.«

Sein Partner konnte sich ein Grinsen nicht verkneifen.

»Dein Verschlafen hat sich also gelohnt. Unser Doktor Wichtig ist stinksauer, dass er warten musste, aber er wollte ja unbedingt zu dir.«

Er zuckte mit den Schultern und machte ein unschuldiges Gesicht.

»Na gut, da du deinen Spaß jetzt gehabt hast, wirst du mich begleiten, Emilio. Ich habe keine Lust diesem Rechtsverdreher alleine gegenüberzutreten.«

In seinem Büro saß ein sichtlich genervter Rechtsanwalt, der Däumchen drehte und imaginäre Flusen von seinem Armani-Anzug zupfte. Er war klein, höchstens ein Meter fünfundsechzig groß, kahlköpfig und hatte einen ansehnlichen Bauch. Seine Konfektionsgröße lag schätzungsweise bei sechsundfünfzig, allerdings an den Armen und Beinen stark gekürzt. Er schwitzte leicht.

»Guten Morgen, Dr. Brax. Man hat mir gesagt, dass Sie auf mich warten. Ich bin Hauptkommissar Felix Büschelberger.«

Er reichte dem Anwalt die Hand.

»Na endlich, ich bin es nicht gewohnt zu warten. Wozu zahle ich eigentlich Steuern, wenn die Herren Hauptkommissare erst nach neun Uhr erscheinen?«

Er ignorierte die ihm dargebotene Hand und Felix setzte sich.

»Und ich bin es gewohnt, dass man Termine vereinbart, wenn man mich treffen will. Immerhin ermittle ich in einem Mordfall und da muss man sich des Öfteren auf den Straßen dieser Stadt die Schuhe schmutzig machen.«

»D'accordo«, murmelte Emilio deutlich hörbar.

Dr. Brax verzog unwirsch sein Gesicht.

»Nun gut, Schwamm drüber. Aber jetzt zu dem Grund meines Besuchs. Die Dr. Heinrich Zimmer Analyse und Beratungs GmbH hat mich mit der Wahrung ihrer Rechte betraut. Sie untersuchen den Mordfall Dr. Uwe Kaptaijn und Dr. Zimmer war Ihnen gegenüber bisher sehr entgegenkommend. Nun allerdings ziehen Sie immer weitere Mitarbeiter und ihn selbst in Ihre Ermittlungen hinein. So sehr mein Mandant sich die Aufklärung dieses Falles wünscht, muss er sich doch um den Ruf und das Ansehen seiner Firma kümmern. Er wünscht, dass Sie ihn oder seine Mitarbeiter nur noch in meinem Beisein und nach Terminabsprache bei mir im Büro befragen. Zudem hat er mir eine eidesstattliche Erklärung für Sie überreicht, in der er bestätigt, dass er Ihnen alles gesagt hat, was er über diesen Fall weiß.«

Er händigte ein unterschriebenes und gestempeltes Textdokument aus, das der Hauptkommissar überflog und auf seinen Schreibtisch legte.

»Hier haben Sie meine Karte. Also wenn Sie jemanden befragen möchten, dann rufen Sie mich an, ansonsten werden wir eine Unterlassungsklage gegen Sie erwirken.« Mit drohendem Unterton erhob der Anwalt die Stimme.

Felix setzte ein honigsüßes Lächeln auf.

»Sie können sich darauf verlassen, dass Sie von mir hören. Ich kenne die Rechtslage und sollte ich Sie einmal nicht erreichen oder Gefahr in Verzug sein, dann werde ich Sie oder Ihre Kanzlei natürlich so schnell wie möglich nachträglich verständigen.«

Dr. Brax starrte ihm direkt in die Augen. Ihr Ringen endete Remis, als Kevin Murr in das Büro platzte.

»Moin moin, ich habe hier die Ergebnisse der Speichelproben.«

Kevin schmiss die Unterlagen mit einem lauten Klatschen auf Felix' Schreibtisch. Er zog an seiner Zigarette und warf dem Anwalt einen missmutigen Blick zu. Ganz als wollte er fragen, was so ein gelackter Kerl hier zu suchen habe, wenn er mit neuen Erkenntnissen aufwartete.

Der Anwalt schüttelte den Kopf und erhob sich. »Ich denke, wir haben uns verstanden. Einen schönen Tag noch.«

»Auf Wiedersehen«, entgegnete der Hauptkommissar.

Emilio brachte Dr. Brax nach draußen.

»War das nicht dieser Schicki-Anwalt? Du kennst ja Leute.«

Dr. Murr drückte seine Zigarette aus und genehmigte sich gleich die nächste.

»Kevin, Kevin, du erstaunst mich immer wieder. Das war tatsächlich der prominenteste Anwalt unserer Stadt. Aber ich hätte nicht gedacht, dass du ihn kennst.«

»Ob du es glaubst oder nicht, auch ich gehe zum Friseur«, flachste der Rechtsmediziner.

Bei der wilden Frisur, die Kevin auf seinem Haupt zur Schau trug, war dies in der Tat schwer vorstellbar.

»Mal sehen, was wir hier haben.« Dr. Murr blätterte in den Unterlagen.

Frauke erschien zeitgleich mit Emilio im Raum. »Hat unser kleines Manöver geklappt, um diesen Aasgeier loszuwerden?« Sie zwinkerte verschwörerisch.

»Ach, du hast Kevin geimpft?«

Frauke strahlte über das ganze Gesicht und Kevin lachte trocken auf.

»Ich könnte Schauspieler werden, oder?«

Felix und Emilio wechselten erstaunte Blicke.

»So, da haben wir es.«

Der Pathologe wartete ihre Antwort gar nicht erst ab.

»Mit 99,95 prozentiger Sicherheit können wir bestätigen, dass die beiden Stricher Verkehr in der Wohnung des Opfers hatten. Die Spermaspuren stammen entweder vom Opfer selber oder von Dieter Ballhaupt und Martin Stritz.«

»Sonst keine weiteren Spuren, die wir noch nicht zuordnen können?« Felix hoffte auf eine Antwort, die ein weiterer Anhaltspunkt sein könnte.

»Nein, tut mir leid, nichts in dieser Art. Natürlich gibt es jede Menge Spuren, aber keine davon scheint mir mit diesem Fall zu tun zu haben«, antwortete der Rechtsmediziner.

»Mist!« Felix lehnte sich zurück und überlegte.

»Tja, dann müssen wir noch einmal alle Möglichkeiten durchgehen und schauen, was wir übersehen haben.«

»Also, ich halte die Spur mit Dr. Zimmer und seiner Firma immer noch für die heißeste«, sagte seine Kollegin.

»Da gebe ich dir recht, nur bewegen wir uns dort ab jetzt auf einer dünnen Eisdecke. Aber was soll uns schon passieren?« Er grinste sie an und hatte plötzlich seine gute Laune wiedergefunden.

»Dann werde ich unsere Teetruppe mal weiter ermitteln lassen. Wir sehen uns.«

Kopfnickend und eine Rauchwolke hinter sich herziehend verschwand der Arzt durch die Tür.

»Ich kann mir nicht helfen, aber das ist nicht der Kevin Murr, wie ich ihn kenne, oder was meint ihr?« Der Hauptkommissar blickte fragend in den Raum.

»Da hast du völlig recht. Er ist so anders, irgendwie relaxter. Vielleicht ist er ja Buddhist geworden, die sind doch auch immer so entspannt.«

Emilio legte die Hände zusammen und verbeugte sich wie ein Mönch. Frauke prustete los. Ihr Chef betrachtete sie eingehend.

»Na, ich habe mir gerade vorgestellt, wie Dr. Murr, der Erleuchtete, in gelber Kluft und barfuß durch seine kalten Gänge wandelt.« Kichernd eilte sie hinaus.

»Eine echt coole Vorstellung.« Emilio versuchte den freundlichen und weltabgewandten Gesichtsausdruck anzunehmen, den er sich bei buddhistischen Mönchen vorstellte. Doch bei ihm sah es nur verklärt und etwas bescheuert aus, was ihm sein Kollege postwendend bestätigte.

»Okay, wir treffen uns nach dem Essen im Besprechungsraum. Oder kommst du mit zu Fritten-Conny?«

Mit angewidertem Blick ergriff Emilio die Flucht.

Felix versuchte seine Gedanken zu ordnen, aber wenn er ehrlich war, waren sie bei Petra in München.

Noch in seinen Tagträumen gefangen, holten Arno und Frauke ihn zum Mittag ab.

»Na, Chef, endlich ausgeschlafen?«, fragte sein Kollege.

»Hier bleibt wohl gar nichts geheim, oder?«

»Nicht wirklich!« Arno grinste.

Der Hauptkommissar ahnte, dass noch etwas hinterherkommen würde.

»Vielleicht solltest du mehr Ostfriesentee trinken, da schläfst du garantiert nicht von ein.«

»Aber nur mit genug Rum. Oder gleich einen heißen Grog mit einem Tropfen Tee?«, zog Felix ihn auf.

Sein Kollege klopfte ihm auf die Schulter. »Beim Grog nehme ich dich beim Wort, aber ich mache den. Ihr Bayern habt doch keine Ahnung, was ein steifer Grog ist.«

Für Arno begann Bayern direkt südlich von Oldenburg.

»Wir sind stolze Hessen und keine Bayern, du alter Fischkopf.«
Frauke stieg in den Reigen ein.

»Sag ich doch, alles dasselbe, alles Bayern hier.«

Es war ein eingeübtes Spiel. Wenn einer von ihnen merkte, dass ihre Moral absackte, weil ihre Ermittlungen sich festgefressen hatten, dann konnten sie auf diese Art ihre Anspannung abbauen. Normalerweise war das Emilios Job, aber Arno war auch nicht schlecht darin. Felix wollte gerade zum Besprechungszimmer gehen, als sein Telefon klingelte. Staatsanwalt Fromm war dran.

»Ich hatte gerade ein interessantes Gespräch mit meinem Chef, der kurz davor einen Anruf von einem Staatssekretär aus Wiesbaden bekommen hat. Es ging um Dr. Zimmer. Wie wir befürchtet haben, hat er seine Beziehungen spielen lassen. Ich habe signalisiert, dass wir ihn nicht weiter verärgern. Haben Sie etwas Konkretes für mich?«

Der Kommissar musste verneinen.

»Schade. Also dann sollten wir noch einmal diesen Zeugen, der das Opfer gefunden hat, und die Jungs vom Straßenstrich härter in die Mangel nehmen«, sagte der Staatsanwalt.

»Ich halte die Spur in die Firma von Dr. Zimmer immer noch für die erfolgversprechendste«, versuchte Felix sich eine Hintertür offenzuhalten.

»Ich denke, es gibt keine konkrete Spur dorthin?«

»Momentan nicht, aber mein Gefühl sagt mir, dass wir dort früher oder später fündig werden.«

»Gut, dann gehen Sie bei Ihren Ermittlungen aber äußerst diskret vor; und um die hohen Herren zu beruhigen, verfolgen wir jetzt offiziell die Spuren ins Drogenmilieu und vernehmen auch noch einmal diesen ersten Zeugen.«

Hauptkommissar Büschelberger hatte verstanden. Deprimiert traf er sich mit den anderen.

»Dr. Zimmer hat nicht nur seinen Wadenbeißer auf uns gehetzt, er hat auch seine politischen Beziehungen spielen lassen. Fromm hat Druck von oben bekommen. Wir sollen uns von Zimmer und seiner Firma fernhalten.«

»Das werden wir doch wohl nicht tun, oder?« Frauke war entrüstet und blickte kampflustig in die Runde.

Alle stimmten ihr zu, denn Leute, die sich auf diese Weise schützen wollten und dabei die Polizei bei Ermittlungen behinderten, bewirkten in den meisten Fällen das Gegenteil. In diesen Fällen befiel

Ermittler dann ein »Jetzt erst recht« -Gefühl und sie begannen sich noch tiefer in das Umfeld der betreffenden Person einzugraben.

Felix lächelte sein Team an.

»Ich wusste, ich kann mich auf euch verlassen! Aber wir müssen sehr vorsichtig sein, Staatsanwalt Fromm hat ziemlich klare Anweisungen bekommen und an mich weitergegeben. Wir sollen uns zumindest offiziell auf die beiden Stricher und den ersten Zeugen konzentrieren. Emilio, du kannst diesen Grüntal nochmal in die Mangel nehmen. Ich kümmere mich um Martin Stritz und Dieter Ballhaupt. Frauke und Arno werden weiterhin ganz behutsam das Umfeld von Zimmer und seiner Firma durchleuchten, aber erst einmal ohne direkte Befragungen oder Besuche. Alles klar soweit?«

»Eine Frage habe ich noch. Wie hart kann ich Herrn Grüntal rannehmen, er ist schließlich mit unseren Taktiken bestens vertraut und ziemlich abgebrüht?«

»Da lasse ich dir freie Hand, aber bleib im Rahmen der Vorschriften.«

»Okay, dann schicke ich ganz offiziell eine Streife, die ihn zur Befragung abholt, das macht auch den härtesten Kerl nervös.«

Emilio rieb sich die Hände, er liebte diesen Aspekt seines Berufes.

»Sonst noch was?«

Der Chef blickte seine Kollegen der Reihe nach an.

»Ja, ich habe jetzt die Überprüfung der Konten von Kaptaijn abgeschlossen, aber ich konnte keinen Zusammenhang mit seinen Geldanlagen und diesen ominösen Bareinzahlungen finden. Folglich hatte er irgendwo Schwarzgeld oder andere Einnahmen, von denen wir nichts wissen«, meldete sich Arno.

»Also scheint, wie wir gestern schon besprochen haben, Erpressung ein gutes Motiv zu sein. Oder aber Bestechung, das wäre auch möglich.«

Emilio lehnte sich zurück, auf dieses Thema war er aufgrund seiner Herkunft besonders sensibilisiert.

»Stimmt, das haben wir bisher nicht in Betracht gezogen. Arno, meinst du, dass du in dieser Richtung Spuren finden kannst?«, wollte der Hauptkommissar wissen.

Sein Kollege kratzte sich am Kinn, bei ihm ein Zeichen höchster Konzentration.

»Versuchen kann ich es, aber im Allgemeinen ist bei solchen Tatbeständen das Geld schwer zu verfolgen. Man stellt ja keine

Quittungen aus und wenn man geschickt ist, dann tarnt der Geldgeber die Ausgaben mit fingierten Belegen. Ich werde trotzdem suchen.«

»Gut, dann an die Arbeit!«

Emilio veranlasste noch, dass eine Streife Herrn Grüntal am nächsten Morgen zur Befragung aufs Revier bringen sollte. Ansonsten war bei ihnen allen die Luft für den Tag raus.

Gleich am nächsten Morgen rief Felix als Erstes beim Schalter der Lufthansa an. Nachdem er seine Dienststelle genannt hatte, musste er die Frau am anderen Ende der Leitung erst einmal beruhigen und versichern, dass Petra kein gefährlicher Fluggast war.

Das fehlte noch, dass sie in München am Boden bleiben musste. Schließlich bekam er seine Antwort: Sie würde um sechzehn Uhr sechsundvierzig landen. In dem Augenblick betrat Emilio das Büro und brachte ihm seinen Tee.

»Grüntal sitzt seit zehn Minuten im Vernehmungszimmer und hat einiges an Selbstvertrauen verloren. Ich denke, ich lasse ihn noch weitere zehn Minuten schmoren, dann ist er weich gekocht«, lächelte er seinen Chef an.

»Manchmal denke ich, du genießt dieses ‚Böser Cop'-Spiel wirklich«, entgegnete der.

»Klar, so arrogante Typen wie der Grüntal brauchen immer wieder einen Dämpfer. Sie sollen ruhig merken, dass wir aufpassen und sie nicht in Ruhe lassen, wenn sie was ausfressen. Außerdem hast du es doch auch genossen, Herrn Dr. Zimmer ein wenig die Flügel zu stutzen oder irre ich mich da?«

»Nein, nicht wirklich. Ich glaube allerdings nicht, dass wir bei ihm was erreichen. Soll ich mitkommen und den großen Schweiger spielen?«, fragte Felix.

»Gute Idee, du bist der große Schweiger. Übrigens, wann kommt ihr denn heute Abend? Mama hält es vor Neugier kaum noch aus, sie hat ein richtiges Festmenü geplant.«

»Ich hole Petra um kurz vor fünf am Flughafen ab, dann wird sie sich bestimmt noch umziehen und frisch machen wollen. Schätze, wir sollten so gegen acht bei deiner Mama sein.«

»Klingt gut! Also, wollen wir jetzt unserem Gast ein wenig Gesellschaft leisten?«

Sie gingen zum Vernehmungszimmer. Felix öffnete die Tür und ließ seinem Kollegen den Vortritt. Herr Grüntal, der nervös um den Tisch gelaufen war, stoppte und machte seinem Ärger lautstark Luft.

»Ich weiß gar nicht, was Sie noch von mir wollen! Ich muss zur Arbeit. Und wieso lassen Sie mich hier überhaupt so lange warten? Ich werde mich beschweren!«

Inzwischen hatte sich Emilio an den Tisch gesetzt. Felix rückte seinen Stuhl an die Wand, sodass er die ganze Szene beobachten konnte.

»Setzen Sie sich!«Emilio deutete auf den freien Platz ihm gegenüber.

»Ich will wissen, was das alles bedeuten soll. Ich habe nichts getan!« Der Zeuge blieb störrisch.

Emilio schlug mit der flachen Hand auf den Tisch.

»Ich habe gesagt, Sie sollen sich setzen. Außerdem hasse ich es, wenn man mir gegenüber laut wird, capisce?«

Er war aufgesprungen und funkelte den Zeugen an. Dieser setzte sich grummelnd, aber sichtlich eingeschüchtert auf seinen Platz.

»Na also, es geht doch.«

Sein Tonfall wurde wieder freundlicher, blieb aber bestimmt, wobei er den Mann fixierte.

»Sie haben uns verschwiegen, dass Sie wegen Körperverletzung vorbestraft sind. Dachten Sie etwa, dass wir das nicht rausbekommen?«

»Was hat das denn damit zu tun? Ich habe meine Strafe abgesessen und bin wieder ein rechtschaffener Bürger.« Grüntals Selbstsicherheit kehrte zurück.

»Und ein Schwulenhasser sind Sie auch, oder?«

Emilios Blick bohrte sich in die Augen seines Gegenübers. Der Zeuge lehnte sich zurück

»Na klar! Kein echter Kerl kann solche Tunten leiden – oder mögen Sie diese Weicheier?«

Der Kommissar über ging die Provokation.

»Das Opfer war schwul, das haben Sie doch gewusst. Wir haben Informationen, denen zufolge Sie ihn schon vorher kannten.«

»Was?« Herr Grüntal verlor seine Beherrschung. »Moment, wer sagt das? Sie müssen mir glauben, ich habe ihn weder zuvor gesehen, noch habe ich gewusst, dass er eine Tunte ist.«

Er blickte sich um zu Felix, bei dem er sich Hilfe erhoffte, doch der blieb stumm und verzog keine Miene.

»Ich rede mit Ihnen, nicht mein Kollege«, fauchte Emilio.

Herr Grüntal wandte sich wieder zurück. »Wer behauptet denn so einen Mist, dass ich ihn schon vorher kannte?«

Der Ermittler wagte einen Schuss ins Blaue.

»Wir haben ein Überwachungsvideo einer sehr bekannten Schwulenkneipe hier in Frankfurt und darin sind Sie zu sehen, wie Sie neben ihm an der Bar sitzen.«

Ihr Zeuge erbleichte und sein Widerstand brach.

»Nein wirklich, ich habe ihn nicht gekannt. Ich war doch nur dort, weil mein Bewährungshelfer meinte, ich solle meine Aggressionen gegenüber diesen Schwuchteln abbauen. Bitte, Sie können ihn befragen, er war dabei.«

Hauptkommissar Büschelberger konnte seine Verblüffung kaum verbergen: Sein Partner war einfach gut in diesen Dingen, er hatte schon öfter solche Zufallstreffer gelandet. Emilio warf einen kurzen Blick zu seinem Chef und ein Lächeln huschte über sein Gesicht.

»Sie glauben wohl, dass wir dumm sind, oder? Von Anfang an haben Sie etwas verschwiegen und mich belogen, jetzt ist Schluss damit!«

»Bitte, Sie müssen mir glauben, ich habe ihn nicht umgebracht, ich war es nicht. Ich bin doch noch zwei Monate auf Bewährung und es ist so schwer gewesen einen Job zu finden. Ich mache mir doch nicht alles kaputt, nur wegen so einem warmen Bruder.«

Der Zeuge wimmerte jetzt vor sich hin.

»Trotzdem verschweigen Sie mir immer noch etwas, allerdings kann ich Ihnen sagen, dass wir es schon wissen. Also erleichtern Sie Ihr Gewissen und wir werden Ihnen helfen, so gut es geht.«

Herr Grüntal sackte nun vollends in sich zusammen.

»Ich dachte, ich hätte sie ganz vorsichtig berührt, aber Sie haben meine Fingerabdrücke wohl doch gefunden. Ja, ich gebe zu, ich habe seine Brieftasche geleert.«

Er legte den Kopf auf seinen Arm und schluchzte.

»Ich dachte nur, er braucht es nicht mehr und ich bekomme so wenig Kohle. Da habe ich mir die zweihundert Euro aus seiner Brieftasche genommen. Aber ich habe ihn nicht umgebracht. Bitte glauben Sie mir.«

»Mann, wie kann man nur so blöd sein und das auch noch auf Bewährung? Ich verstehe euch nicht, tut immer so cool und seid dabei doch nur dumm!«

Der Kommissar bedeutete seinem Chef, dass er mit ihm draußen vor der Tür reden wollte.

»Bitte warten Sie hier noch ein Moment, wir sind gleich wieder da.«

Felix klopfte seinem Kollegen auf die Schulter. »Du hast manchmal wirklich Glück. Respekt, alter Junge!«

»Ach was, das ist kein Glück, das ist eine gute Nase.« Emilio tippte sich dabei an selbige.

»Aber weswegen ich dich kurz sprechen wollte: Ich will ihn nicht wegen der zweihundert Euro anzeigen, sondern würde ihn gerne als Informanten gewinnen. Jetzt haben wir ihn in der Hand und du weißt, dass wir in letzter Zeit zwei Informanten verloren haben.«

»Du weißt aber auch, dass wir hier über Strafvereitelung im Amt reden, oder?«

»Klar, aber lass mich nur machen, du kannst ja draußen bleiben.«

»Quatsch, das machen wir gemeinsam. Wenn du meinst, dass es richtig ist, dann ist es das auch für mich. Schließlich hast du ihn ja geknackt.«

Sie betraten wieder den Raum.

»Wir glauben Ihnen, dass Sie nichts mit dem Mord zu tun haben. Was den Diebstahl betrifft, so haben wir Ihr Geständnis auf Band. Es wurde alles aufgenommen. Aber ich kann Ihnen ein Geschäft vorschlagen. Mein Kollege und ich haben eben die Aufnahme unterbrochen. Wir können jetzt das Band zum Staatsanwalt bringen und Sie fahren sofort wieder ein, oder aber wir vergessen das Band in meinem Schreibtisch und Sie schulden mir etwas.«

Emilio schwieg bedeutsam.

Herr Grüntal nickte. »Ich habe verstanden. Sie wollen, dass ich Ihr Spitzel werde.«

»Ich würde das eher als Informant bezeichnen; und schließlich stehen Sie damit auf der Seite der Guten, betrachten Sie es von diesem Standpunkt«, versuchte der Kommissar ihn zu beruhigen. »Sollte ich allerdings merken, dass Sie mich wieder bescheißen, dann geht die Kassette sofort zum Staatsanwalt. Haben wir uns verstanden?«

»Ja, alles klar!« Resigniert nickte ihr Zeuge.

»Gut, dann dürfen Sie jetzt gehen. Sollen wir Sie zur Arbeit bringen?«, erkundigte sich Emilio.

»Nee, bloß nicht. Wenn mein Boss mich in einer Bullenschaukel sieht, dann bin ich meinen Job sofort wieder los.«

»Wo arbeiten Sie denn?«, meldete sich Felix das erste Mal zu Wort.

»Ich bin Lagerarbeiter auf dem Großmarkt in Frankfurt.«

»Dann alles Gute weiterhin und bleiben Sie von nun an anständig, wir können Sie nicht immer beschützen.«

Der Hauptkommissar begleitete Herrn Grüntal bis zum Hauptausgang. »Also dann auf Wiedersehen und wenn Sie was Interessantes hören…«

»Dann melde ich mich bei Ihnen, ich hab es kapiert. Sie können sich drauf verlassen.« Ihr Zeuge verschwand durch die Tür.

Felix fand seinen Partner breit grinsend vor seinem Schreibtisch.

»Ich hab doch gewusst, dass er nicht sauber ist«, lehnte sich Emilio zufrieden zurück.

»Ich bin beeindruckt. Und zur Belohnung begleitest du mich in die JVA, um diesen Dieter Ballhaupt zu befragen.«

»Wenn es denn sein muss.«

»Klar, denn schließlich schuldest du mir was.«

Der Kommissar drohte seinem Chef lachend mit der Faust, der bei der JVA anrief und einen Besuchstermin für ein Uhr vereinbarte.

»Dann kannst du heute mittag ja gar nicht in dein Lieblingsrestaurant gehen«, versuchte sein Partner ihn aufzuziehen.

»Bei der Menge, die ich heute Abend noch zu essen habe, ist das mit Sicherheit besser so.«

Emilio schmunzelte nur. »Ansonsten hätte ich dich auch bei Mama verpetzt und da hättest du was zu hören bekommen.« Beide lachten.

Dieter Ballhaupt machte auf die Ermittler einen fahrigen Eindruck, als sie ihn im Besuchsraum der JVA trafen. Er litt eindeutig unter Entzugserscheinungen, wirkte ansonsten aber eher bescheiden. Sein Äußeres konnte man nur als attraktiv beschreiben: Blonde, schulterlange Haare und dunkelblaue Augen, die im Moment aufmerksam auf beide Kommissare gerichtet waren. Felix stellte sie beide vor. Dieter blieb gelassen, bis er mitbekam, dass seine Gesprächspartner von der Mordkommission waren.

»Mordkommission! Ach herrje, was ist denn passiert, wie kann ich helfen?«

Seine rechte Hand lag vor seinem geöffneten Mund und seine Überraschung wirkte echt, wenn auch ein wenig affektiert.

»Sie kennen doch Herrn Uwe Kaptaijn? Er wurde Anfang letzter Woche ermordet.«

Dieter lehnte sich lässig zurück. »Nein, der Name sagt mir nichts.« Er spielte gelassen mit seinen Händen.

»Laut Aussage Ihres Freundes Martin Stritz kennen Sie ihn schon. Sie haben in seiner Wohnung immerhin, ich zitiere: ‚eine Orgie' gefeiert.«

»Ach, den Doc meinen Sie. Der Doc ist tot? Oh, wie schrecklich! Er war ja ein Bild von einem Mann, echt gut gebaut und eine Kondition hatte der, einfach himmlisch. Das ist wirklich traurig, er war auch noch so großzügig.« Herr Ballhaupt schwieg und schien seinen Gedanken nachzuhängen.

»Sonst können Sie uns nichts weiter dazu sagen?«

Der Befragte schüttelte den Kopf.

»Haben Sie nicht versucht ihn wiederzusehen oder zu treffen, wenn er Ihnen so gefallen hat? Hat er Sie vielleicht abgewiesen und Sie waren so erbost, dass Sie ihn ein klein wenig vergiftet haben?«

Dieses Mal gab Felix einen Schuss ins Blaue ab.

»Herr Kommissar, was denken Sie von mir? Ich kannte ihn doch gar nicht. Ich bin kein gewalttätiger Mensch, das müssen Sie mir glauben. Jetzt verstehe ich auch, warum ich eine Speichelprobe abgeben musste; und ich dachte, das hätte was mit meinem Kokainkonsum zu tun…«

Die Polizisten wechselten einen amüsierten Blick, ihr Zeuge war eindeutig ein wenig schlicht strukturiert.

»Nun, wo waren Sie denn letzte Woche von Sonntagnacht auf Montagmorgen?«, fragte Hauptkommissar Büschelberger.

»Hier«, entgegnete Dieter ohne zu überlegen. »Am Samstag haben sie mich am Bahnhof mit zwanzig Gramm erwischt. Ich hatte gerade etwas Vorrat besorgt, weil ich aufs Land wollte, und da bin ich in eine Kontrolle geraten. Das war eine harte Zeit hier, das kann ich Ihnen sagen. Aber das können Sie ja überprüfen.«

Felix nickte.

»Das werden wir. Können Sie uns sonst noch etwas sagen? Hat der Doc irgendetwas über seine Pläne erzählt, was es zu feiern gab?«

»Nein, gar nichts. Das heißt, warten Sie. Er wollte meine Handynummer haben, weil er sich nochmal mit mir treffen wollte. Ich habe ihm wohl gefallen, denn er meinte es könne sein, dass wir uns bald öfter sehen werden. Aber leider hat er sich nicht gemeldet.«

»Verstehe ich das richtig, er wollte nur Sie wieder treffen und nicht Martin?«

»Dazu kann ich Ihnen nichts sagen, aber ich hatte nicht den Eindruck.«

»Gut, dann danken wir Ihnen für dieses Gespräch. Viel Glück für Ihre Verhandlung. Falls wir noch weitere Fragen an Sie haben, kommen wir wieder«, verabschiedete sich der Hauptkommissar.

»Gerne, schöne Männer sind mir immer willkommen.«

Vor der JVA mussten die Kommissare erst einmal lauthals lachen.

»Oh, Mamma mia, die anderen Kerle im Knast werden ihre helle Freude mit ihm haben. Schöne Männer...«, feixte Emilio. »Ich glaube, der hatte ein Auge auf dich geworfen.«

»Nein, ich denke, es war dein italienischer Charme, der ihn beeindruckt hat. Er steht bestimmt auf Südländer, wie alle Frauen.«

Der Hauptkommissar warf seinem Partner einen gekonnten Augenaufschlag zu.

»Lass das, das kann ich nicht leiden.«

Felix konnte sich ein Grinsen nicht verkneifen. Das war eine der Schwächen seines italienischen Kollegen: Seine Männlichkeit anzuzweifeln war absolutes Tabu.

»Was meinst du, könnte Martin Stritz eifersüchtig gewesen sein und damit ein Motiv für den Mord an Kaptaijn gehabt haben?«, lenkte Emilio das Gespräch wieder auf ihre Ermittlungen.

»Könnte sein, aber hätte er dann nicht eher Dieter umgebracht? Und wie sollte er an dieses Mittel kommen? Ich glaube nicht einmal, dass er es aussprechen kann, geschweige denn besorgen. Da sollten wir uns gleich nächste Woche darum kümmern. Lass uns jetzt zurückfahren und noch kurz besprechen, wie die weiteren Schritte aussehen. Danach werde ich Petra vom Flughafen abholen.«

Trotz einsetzenden Berufsverkehrs schafften sie die Rückfahrt in Bestzeit, da sein südländischer Kollege die Beschleunigung ihres Elektrofahrzeugs bei jeder noch so kleinen Lücke voll auskostete.

Mit dem Rest des Teams besprachen sie abschließend die Aufgaben der nächsten Woche.

Frauke und Arno sollten so viel wie möglich an Hintergrundinformationen zusammentragen, während sie beide in die Frankfurter Drogen- und Stricherszene eintauchen würden.

Hauptkommissar Büschelberger verabschiedete sich von ihnen und fuhr nach Hause, wo er Django versorgte und sich ein paar gute Sachen anzog. In seiner beigen Stoffhose mit hellblauem Hemd, das einen dunkelblauen Zipper darüber hatte, und seinen besten Schuhen italienischen Fabrikats fühlte er sich äußerst wohl.

Dann griff er sich die Flasche Romitorio und hielt auf dem Weg zum Flughafen noch kurz bei einem Blumengeschäft an, bei dem er eine rote Rose für Petra kaufte.

Kapitel 10

Fünf Minuten eher als geplant landete Petras Flieger und auch die Gepäckabfertigung war schnell. Freudestrahlend kam sie aus dem Sicherheitsbereich auf Felix zu und kuschelte sich sofort an ihn.

»Endlich Wochenende. Ist die für mich?« Ihre Finger fuhren über die Rose, während sie sich küssten.

»Sie ist für die Frau meines Herzens, also für dich.«

Bei ihr zuhause angekommen sprang Petra gleich unter die Dusche und hätte Felix am liebsten mitgenommen, er weigerte sich aber lächelnd. Sie schaffte es gerade noch sich zurechtzumachen, dann mussten sie auch schon los. Da Petra darauf bestand Blumen mitzubringen, trafen sie etwas verspätet bei Mama Perfondo ein.

Emilios Mutter öffnete die Tür und die kleine, untersetzte Frau, die ihre dunklen Haare zu einem Dutt zusammengebunden hatte, zog Felix sofort begeistert an sich. Ihr Gesicht war ein einziges Lachen und um den Leib gewickelt trug sie eine riesige Schürze.

»Felix, endlich bist du mal wieder da. Du lässt dich viel zu selten sehen bei Mama. Schäm dich!«

Dabei kniff sie ihn in die rechte Wange und wandte sich dann Petra zu.

»Du musst seine Dolcezza sein, wie schön dich kennenzulernen.«

Zur Begrüßung umarmte Mama Perfondo sie heftig, hakte sich bei ihr unter und führte sie in die Wohnung.

»Ich heiße Luccesa, aber ich möchte, dass du Mama zu mir sagst, wie alle in der famiglia.«

Aus dem Wohnzimmer klang Gelächter und die Stimmen von mindestens sechs Personen, die jedoch alle von Luciano Pavarotti übertönt wurden, der gerade »Ed il mio bacio scioglierà il silenzio che ti fa mia« sang.

»Nessun dorma von Puccini, eines meiner Lieblingsstücke. Übrigens vielen Dank für die Einladung.«

Petra schaffte es endlich ihren Blumenstrauß zu überreichen, den Luccesa ins Wohnzimmer brachte, wo Emilio mit seiner Frau auf dem Sofa saß. Ihre Kinder tobten um den riesigen, festlich gedeckten Tisch, an dem schon die beiden Schwestern von Emilio nebst ihren Verlobten saßen. Luccesa stellte sie einander vor und konnte sich die

Bemerkung nicht verkneifen, dass sich heutzutage alle Leute immer nur verlobten, aber niemand mehr heiratete. Dabei warf sie auch einen fragenden Blick auf Felix und seine Freundin.

»Mama, nun lass uns doch erstmal Zeit, ja?« Felix nahm sie in den Arm.

Das Paar wurde herzlich begrüßt, wobei die Aufmerksamkeit eindeutig Petra galt. Emilios Frau war schlank, dunkelblond und sehr elegant gekleidet. Sie musterte Felix´ Begleitung eingehend und reichte ihr lächelnd die Hand.

»Hallo, ich bin Sylvia und kann Sie nur warnen: Nehmen Sie sich einen Polizisten nur zum Freund, wenn Sie ihn wirklich lieben, denn Sie werden ihn mit seiner Arbeit teilen müssen.«

»Müssen wir Frauen das nicht immer?«

Beide lachten und Petra fühlte sich sofort heimisch. Im Fernsehen lief ein italienisches Programm, das irgendein Fußballspiel übertrug. Der Ton war zwar ausgestellt, doch die Männer starrten gebannt auf den Bildschirm.

»Setz dich doch, wir können bald anfangen. Ich habe heute gute Sachen für uns gekocht. Es gibt erst ein bisschen Insalatina al Taglio, dann selbstgemachte Ravioli di Ricotta alla Romana und schließlich Reh mit Rotwein-Preiselbeeren-Risotto. Danach nur noch ein paar Dolci. Na, wie klingt das?«, fragte die Gastgeberin.

»Mama, das hört sich wie immer unwiderstehlich an, auch wenn ich immer runder werde und am Ende gar keine Frau mehr abbekomme.« Felix drückte Luccesa an sich.

»Was sind das denn für Sprüche? Außerdem trainiere ich dir deinen Bauch schon wieder weg, verlass dich drauf.«

Petra zwinkerte Emilios Mutter zu.

»Ich liebe Risotto, nur selbst habe ich das noch nie hinbekommen.«

»So? Aber das ist doch ganz einfach! Komm mit in die Cucina und ich zeige dir, wie es geht.«

Mit Petra im Schlepptau verschwand Signora Perfondo in die Küche.

»Wenn du Risotto machst, gehst du immer nach folgendem Grundrezept vor: Du röstest den Reis mit ein paar kleingehackten Schalotten glasig an und löschst ihn mit Vino ab. Normalerweise nimmst du Bianco, aber heute geben wir Vino Rosso dazu. Dann gießt du nach und nach immer wieder mit passendem Fond auf, bis der

Reis die Flüssigkeit aufgenommen hat. Da wir Reh haben, nehmen wir Wildfond. Dabei rührst du sachte um oder machst die Welle, wie wir in Italien sagen. Das heißt, du schwenkst den Topf. Nach der Hälfte der Kochzeit rührst du die restlichen Zutaten unter, also hier die Preiselbeeren, und ganz zum Schluss kommt ordentlich Butter und frisch geriebener Parmigiano dazu. Das ist alles. Komm, heute machst du ihn. Ecco.«

Luccesa band Petra eine Schürze um und half ihr bei der Zubereitung. Nebenbei füllte sie die Ravioli und briet das Rehfilet an.

»Felix ist so ein guter Junge, er gehört schon seit Ewigkeiten zu meiner famiglia. Erzähl mir doch, wie habt ihr euch kennengelernt?«

»Wir kennen uns schon länger, wir sind beide aktiv beim Krötensammeln«, klärte Petra sie auf.

»Was, du fasst diese glitschigen Tiere auch an? Igitt.« Luccesa verzog angewidert das Gesicht.

»Klar, aber wir tragen Handschuhe, da die Kröten Salmonellen übertragen können. Wie dem auch sei, er hat mich schon immer ein wenig interessiert, aber vor zwei Wochen hat er mir das Leben gerettet und seitdem sind wir zusammen.«

»Oh!« Luccesa machte große Augen. »Er hat dir das Leben gerettet?«

Petra nickte ernst und schilderte den Vorfall.

»Ja, Felix ist ein Held. Meinem Emilio hat er damals auch das Leben gerettet und spätestens seit dem Tag ist er ein fester Teil unserer famiglia. Wer ihn angreift, bekommt es mit uns allen zu tun und wir nehmen solche Sachen sehr persönlich, du verstehst das?«, fragte Signora Perfondo.

Petra nickte und war sichtlich interessiert. »Was ist denn damals passiert?«

»Erzählt Mama wieder die alte Geschichte?«, kam Felix' Stimme von der Küchentür. »Ich wollte nur die Flasche Rotwein kalt stellen, die ich mitgebracht habe.«

»Naturalmente, Petra soll doch erfahren, was für ein Mann du wirklich bist«, sprach Luccesa weiter trotzig.

»Ach, ich glaube, sie weiß schon, dass ich ein Mann bin.« Er lächelte verschmitzt und seine Augen strahlten Petra an.

»Los, Felix, erzähl! Das will ich jetzt hören«, forderte sie und rührte energisch weiter in ihrem Topf.

Er seufzte.

»Nun gut, was soll's, du lässt ja doch keine Ruhe. Emilio und ich kennen uns seit frühester Kindheit. Unsere Familien wohnten damals direkt nebeneinander und so sind wir zusammen aufgewachsen. Als Teenager haben sich unsere Wege allerdings getrennt. Ich habe mich ziemlich früh für eine Laufbahn bei der Polizei entschieden und Emilio geriet an die falschen Freunde. Er ist irgendwie in eine Straßengang gerutscht. Irgendwann stand Luccesa weinend vor unserer Tür und hat alles erzählt. Ich war damals gerade fertig mit der Polizeischule und habe Emilio da rausgeholt.«

Sein Blick schweifte in die Ferne, bevor er weiter sprach.

»Na ja, nicht einfach so, wir haben uns erst ordentlich geprügelt. Jedenfalls musste er ins Krankenhaus und am nächsten Morgen hat der Rest der Bande einen Geldtransporter überfallen. Es gab drei Tote und die übrigen Bandenmitglieder sitzen heute noch im Knast. Emilio hat sich danach freiwillig gestellt und kam dank meiner Fürsprache ungeschoren davon. Kurz danach hat er ebenfalls bei der Polizei angefangen. Das war alles.«

»Ja, ja, Mama kann es nicht lassen, oder?« Emilio steckte grinsend seinen Kopf durch die Tür. »Also, jetzt weißt du Bescheid: Hier steht ein halber Mafioso.«

Alle lachten.

»Ihr habt euch echt so richtig krankenhausreif geprügelt?«, fragte Petra mit großen Augen.

Beide nickten.

»Du solltest Emilios linken Haken sehen, der ist ein Punch sage ich dir. Ich dachte damals, er hätte mir den Unterkiefer zerschmettert.«

»Ach, und dein Aufwärtshaken, der zählt wohl nicht?«

Beide Männer standen da und hatten ihren Arm um die Schulter des anderen gelegt, was tiefe Freundschaft und Verbundenheit ausstrahlte.

»Außerdem hatte Emilio Glück, dass er sich mit mir prügeln musste. Hätte sein Vater damals noch gelebt, wäre er bestimmt nicht wieder aufgestanden«, sagte Felix.

Luccesas Blick ging nach oben. »Ach Franco, Gott hab dich selig. Ja, wenn er das noch erlebt hätte, er hätte seinen Sohn erschlagen, ganz gewiss.«

Dann bekreuzigte sie sich und scheuchte die Männer aus der Küche.

116

»Nun raus, raus aus meiner Cucina, lasst uns Frauen alleine und trinkt etwas. Avanti.«

Felix und Emilio räumten das Feld.

Es war schon fast elf Uhr nachts, als sie fertig gegessen hatten und die letzten Teller abgeräumt waren. Das Essen war überwältigend gewesen und dementsprechend wurde die Stimmung immer ausgelassener. Luccesa lehnte sich in ihrem breiten Sessel zurück.

»So, Felix, jetzt hol deinen guten Wein und du, Carlotta, machst mir meine CD an.«

José Carreras war schon mitten im »Il lamento di Federico«, als Felix mit der geöffneten Flasche zurück kam.

»Diese Musik liebe ich!« Petra schloss träumerisch die Augen.

»Si, ist sie nicht schön? Das ist wahre Musik. Ich hätte die drei damals gerne live gesehen, aber das war leider nicht bezahlbar. Zu schade, dass Luciano inzwischen von uns gegangen ist.«

Luccesa bekreuzigte sich und versank danach in der Musik. Alle Gespräche verstummten. Der Rotwein funkelte dunkel in ihren Gläsern und Carreras trug sie in ferne Länder. Die Kinder waren auf dem Sofa bereits eingeschlafen. Als die CD zu Ende war, brachen alle auf.

An der Tür hielt Luccesa den Freund ihres Sohnes zurück.

»Sag, was machst du an deinem Geburtstag? Wollt ihr hierher kommen?«

»Ach, Mama, das weiß ich noch nicht.«

»Wann hat Felix denn Geburtstag?« Petra fiel ein, dass sie nie danach gefragt hatte.

»In acht Tagen.« Luccesa blickte Felix strafend an. »Du sollst dich ein wenig wichtiger nehmen. Eh?«

Petra boxte ihn in die Seite »Mann, Felix, bist du doof! Wann wolltest du mir das denn sagen? Oder wolltest du es mir gar verheimlichen?«

»Tut mir leid, aber mein Geburtstag ist mir nicht so wichtig«, antwortete er ihr.

»Uns aber!«, war die einhellige Antwort der anderen.

»Nun weißt du es ja und alles ist gut.« Er wollte seinen Arm um Petra legen, aber sie stieß ihn weg.

»Manchmal bist du unmöglich.« Sie umarmte Luccesa. »Ciao Mama und vielen Dank für alles!«

»Ciao Petra und du versprichst mir, dass wir uns wiedersehen.« Sie versprach es.

Dann drückte Luccesa Felix an sich:»Ciao mein kleiner Stupido und melde dich!«

Nachdem er auch den Rest der Familie umarmt hatte, gab Emilio ihm einen Kuss auf die Stirn und rief:

»Ciao Cupido, wir sehen uns am Montag.«

Alle lachten und die Anspannung war verflogen. Petra hakte sich bei Felix unter, als sie die Treppe hinabstiegen.

»Glaubst du, Django kann heute Nacht alleine bleiben?«

Das musste er sich nicht zweimal überlegen.

Nachdem sie beide ausgeschlafen hatten, kuschelte sie sich morgens an Felix.

»Meinst du, dass du am Freitag und den Montag darauf Urlaub bekommen kannst?«

»Ich denke schon, ich habe noch ziemlich viel Resturlaub. Aber wieso fragst du?«

»Ich würde gern ein verlängertes Wochenende mit dir verreisen, so als Geburtstagsgeschenk. Wohin verrate ich aber nicht. Was hältst du davon?«

»Klingt verlockend! Die Nachbarstochter passt gerne auf Django auf. Sie bekommt immer ein paar Euro dafür und danach ist er richtig fett. Ich werde mich am Montagmorgen darum kümmern«, sagte er.

Damit verschwanden sie albern unter der Bettdecke und nach dem Frühstück fuhr Felix in seine Wohnung, da Petra noch einiges für ihre Firma erledigen musste.

Abends trafen sie sich in einem kleinen Bistro zum Essen und gingen danach in eine gemütliche Cocktailbar. Petra war unschlüssig, was sie trinken wollte und bat Felix etwas zu bestellen. Er ging zur Bar.

»Mixen Sie auch auf Anweisung?«

Der Barkeeper bejahte.

»Gut, dann mixen Sie bitte zweimal folgende Mischung: Fünf Zentiliter Wodka und drei Zentiliter Pfirsichlikör mit einer halben Limette im Glas stampfen, einen Spritzer Zitronensaft und ein Zentiliter Curaçao Blue dazu, dann das Ganze mit Maracujasaft aufgießen.«

»Klingt interessant!«, sagte der Barkeeper.»Ich bringe Ihnen die Drinks dann an Ihren Tisch.«

Felix ging zurück und fünf Minuten später brachte der Barkeeper ihre Getränke.

»Bitte sehr, zweimal auf Wunsch gemixt.« Er stellte noch eine Nussmischung auf den Tisch.

»Schmeckt lecker, habe ich noch nie getrunken. Was ist das denn für ein Cocktail?«, wollte Petra wissen.

»Das ist ein Lorenzo Green. Den habe ich kennengelernt, als ich letztens in Nürnberg zu tun hatte. In einer kleinen Bar namens Kontiki, direkt an der Pegnitz, hat ihn mir der Barkeeper gemixt, es war seine eigene Kreation. Er hat mir so gut geschmeckt, dass ich unbedingt das Rezept haben musste.«

Sie bestellten noch eine weitere Runde und fuhren dann zu Felix, wo Django beide schon sehnsüchtig erwartete.

Der Sonntag verlief sehr harmonisch. Am Nachmittag diskutierten sie über Tiere und ob diese ein Bewusstsein hatten. Petra führte ein paar Beispiele auf, die sie gerade in ihrem Buch gelesen hatte. Felix wollte ihrer Argumentation nicht folgen. Er meinte, dass Tiere vielmehr nur durch Reflexe und Instinkte geleitet würden. Seiner Meinung nach dachten allerdings auch die meisten Menschen nicht wirklich nach, sondern vegetierten nur so vor sich hin. Sein Hauptargument lag darin, dass die meisten Morde nie begangen würden, wenn die Menschen vorher nachdenken und nicht impulsiv handeln würden.

Ihre Diskussion endete damit, dass sie sein dunkles Haar mit ihren Händen verwuschelte und feststellte, dass Männer nie den logischen Argumenten einer Frau folgen würden, allein schon aus dem Grund, weil eine Frau sie vorbrächte. Daraufhin drohte Felix scherzhaft mit dem Finger und spielte für die nächste halbe Stunde den Paradeмacho.

Später am Abend machte sich Petra auf den Heimweg.

»Glaub mir, es ist besser so, sonst verschläfst du morgen wieder.« Ihr helles Lachen klang ihm noch lange in den Ohren.

Kapitel 11

Felix trauerte dem Wochenende hinterher. Während er unter der Dusche stand, drehte er das Wasser ganz heiß auf und hüllte sich in die Wärme. Er fuhr eher als sonst ins Büro, hielt unterwegs bei einem Bäcker und kaufte für seine Truppe ein.

So fanden Frauke, Arno und Emilio einen gedeckten Tisch und dampfenden Tee vor, als sie ins Büro kamen.

»Daran könnte ich mich gewöhnen. Aber du hast doch erst noch Geburtstag oder habe ich etwas verpasst?« Frauke strahlte Felix an.

»Nein, mir war einfach danach. Übrigens, deine neue Frisur steht dir ausgezeichnet«, entgegnete dieser.

»Finde ich auch.« Frauke drehte sich einmal im Kreis, sodass alle sie bewundern konnten. »Schön, dass es wenigstens einer von euch bemerkt hat. Du bist eben ein wahrer Gentleman, während unsere beiden Kollegen in solchen Dingen echte Banausen sind.«

»Du weißt doch, dass Emilio nur seine Frau sieht. Und Arno sieht montagmorgens eh nie etwas«, versuchte er sie zu beschwichtigen.

»Da hast du recht, der würde noch nicht einmal mitbekommen, wenn ich hier nackt über den Flur laufe!«, kicherte sie.

»Klar würde er das merken, schließlich fehlt dann das Rascheln deiner Geldscheine im Portemonnaie. Die Stille würde unserem Finanzgenie auffallen.«

Emilio legte seine Hand auf Arnos Schulter.

Dieser brummte bloß, dann hatte er den ersten Krapfen in der Hand. Ausgelassen genossen sie ihr gemeinsames Frühstück. Nachdem alle Berliner und Puddingstücke vernichtet waren, lehnte sich Felix zurück.

»Ich kann mir nicht helfen, irgendwie stecken wir im Moment fest. Unsere Ermittlungen kommen einfach nicht voran. Können wir etwas anders machen als bisher? Haben wir etwas übersehen, verzetteln wir uns auf Nebenschauplätzen?«

Darüber diskutierten sie die nächsten zwei Stunden lang. Ihr Chef spielte dabei den Advocatus Diaboli und zwang sie immer wieder, zum Anfang zurückzugehen und den Fall auch aus anderen Perspektiven zu betrachten. Am Ende waren sich alle einig, dass die beste

Spur immer noch die Verbindung zwischen Uwe Kaptaijn und Dr. Zimmer war.

»Also gut, dann bleibt es wie bisher dabei: Arno und Frauke graben so viel wie möglich über Zimmer und seine Firma aus, allerdings ohne Staub aufzuwirbeln. Emilio und ich machen wieder etwas Lärm auf den anderen Bühnen, damit die hohen Herren zufrieden sind.«

Hauptkommissar Büschelberger füllte einen Urlaubsantrag aus und reichte ihn persönlich bei seinem Chef ein. Dieser überflog ihn kurz und runzelte die Stirn.

»Da habe ich ein Problem. Genau zu dieser Zeit soll in Stuttgart im Haus der Wirtschaft ein eintägiger Technologietag des Bundesverbands eMobilität mit Expertenforum zum Thema Elektromobilität stattfinden. Da Ihr Team das einzige Polizeiteam in ganz Deutschland ist, das ein Elektroauto fährt und auf seine Alltagstauglichkeit testet, wurde von ganz oben Ihre Teilnahme daran angeordnet. Ich wollte Sie eigentlich heute noch darüber informieren.«

Felix schwieg, während sein Gehirn fieberhaft nach einer Lösung suchte. Er hatte es Petra versprochen und wollte sie auf gar keinen Fall enttäuschen.

»Wäre es nicht viel sinnvoller, wenn mein Kollege Emilio an dieser Konferenz teilnähme? Er fährt meistens den Wagen und ist äußerst technikbegeistert. Unsere Dienststelle wird er also sehr viel kompetenter vorstellen, als ich es jemals könnte.«

»Das ist natürlich ein gutes Argument, wir wollen schließlich nicht dumm dastehen. Dann geben Sie bitte Kommissar Perfondo Bescheid und sagen Sie ihm, dass er außerdem einen Vortrag über den Einsatz des Stromos halten soll: Wie verhält sich der Wagen, entspricht er den Anforderungen unseres Dienstbetriebs, sind seine technischen Daten wie Beschleunigung und Höchstgeschwindigkeit ausreichend, und so weiter. Ein Fokus sollte auch darauf liegen, wie sich die Ladezeiten und der Schichtbetrieb in Einklang bringen lassen.«

Felix nahm die Unterlagen für die Konferenz entgegen und versprach, seinen Kollegen entsprechend zu unterrichten.

»Heißt das, mein Urlaub ist genehmigt?«

»Sind Sie nicht gerade mit ziemlich heiklen Ermittlungen beschäftigt?«, fragte sein Chef.

»Doch, aber mein Team ist sehr gut und wird sicherlich zwei Arbeitstage ohne mich auskommen; und Emilio wäre ja nur am Freitag unterwegs, um zur Konferenz zu fahren.«

»Also schön, Sie haben sowieso noch viel zu viel Resturlaub übrig.«

Der Hauptkommissar bedankte sich und war froh gehen zu können, ohne über den neusten Stand der Ermittlungen befragt worden zu sein.

Er schickte eine SMS an Petra: »Urlaub ist genehmigt, jetzt bin ich gespannt.«

Ihre Antwort kam sofort: »Ich freue mich, dann lass Dich überraschen. Kuss P.«

Felix berichtete seinem Partner von der bevorstehenden Konferenz. Emilio war sofort Feuer und Flamme.

»Die Anweisung kommt übrigens von ganz oben und man will, dass wir mit unserem Vortrag dort glänzen. Falls du noch irgendetwas brauchst, damit wir dort gut aussehen, dann sag es mir jetzt. Ich denke, sie genehmigen es sofort.«

Emilios Augen glänzten, während er überlegte, welches neue technische Spielzeug er benötigen würde.

»Ich habe erst vorgestern in einem Computermagazin gelesen, dass es für meinen Tablet-PC eine Bluetooth-Fernbedienung mit integriertem Laserpointer gibt. Damit könnte ich mich während meines Vortrages frei bewegen und auf die entsprechenden Stellen meiner Präsentation zeigen.«

»Kannst du denn einen Beamer an deinen Tablet-PC anschließen?«, fragte Felix.

»Nun, eine USB-Schnittstelle hat er zwar nicht, aber einen Portreplikator und damit müsste es funktionieren.«

»Okay, dann kauf dir diese Fernbedienung, ich werde die Ausgaben genehmigen und unterschreiben.«

Kommissar Perfondo ballte vor Freude die Faust und eilte in sein Büro, um die Fernbedienung gleich online zu bestellen.

Nachmittags machten sich die beiden auf den Weg, um Martin Stritz noch einmal zu befragen. Sie fuhren langsam durch das Bahnhofsviertel.

Emilio entdeckte ihn als Erster.

»Da steht er doch und redet mit diesen Typen.«

Der Hauptkommissar blickte in die Richtung, in die sein Partner zeigte.

»Richtig, das ist er. Ich wette, da läuft gerade ein Deal. Wenn er uns jetzt sieht, rennt er bestimmt weg.«

Er stieg ein Stück weiter die Straße hinauf aus, Emilio wendete und näherte sich von der anderen Seite. Felix sollte recht behalten. Kaum sah Martin den Kommissar auf sich zukommen, stürzten er und seine zwei Begleiter auch schon in die andere Richtung davon. Doch Emilio bekam Martin Stritz zu fassen, seine beiden Begleiter ließ er unbehelligt weiter laufen.

»Na, mit wem hast du uns denn heute verwechselt?«, fragte er spöttisch.

»Ach, Herr Kommissar, das ist ein angeborener Reflex, wissen Sie, so rein aus Erfahrung. Gehen wir wieder einen Kaffee trinken?« In Martins Stimme schwangen Panik und Hoffnung zugleich mit.

»Nein, heute müssen wir dich leider mit aufs Revier nehmen, wir haben da noch ein paar Fragen an dich.«

»Was, aber ich habe doch schon alles gesagt?« Jetzt hatte die Panik eindeutig die Oberhand gewonnen.

»Dieter hat uns erzählt, dass der Doc mehr auf ihn als auf dich stand. Vielleicht warst du ja eifersüchtig und hast eine Dummheit gemacht?«, meinte Emilio.

»Dieter, die dumme Sau! Sie müssen mir glauben, da is' nix dran, der redet nur Scheiß, der Mistkerl. Sie brauchen mich nicht mit aufs Revier zu nehmen, ehrlich nich'!«

»Tut mir leid, da ist nichts zu machen. Also auf.«

Felix legte von hinten seine Hand auf Martins Schulter und Emilio ging vor, um den Wagen zu holen. Martin nutzte den kurzen Augenblick, in dem Felix etwas unaufmerksam war, stieß ihn zur Seite und rannte davon.

»Mensch, mach keinen Quatsch, bleib stehen!«

Hauptkommissar Büschelberger hasste es, hinter Verdächtigen herzulaufen. Nun stürmten er und sein Partner hinter Martin her, der ein geübter Läufer zu sein schien. Er baute seinen Vorsprung gegenüber Felix langsam, aber sicher aus.

Dessen italienischer Kollege, der viel auf seine Fitness gab, hielt das Tempo. Der Verfolgte drehte sich um und erkannte, dass er den Kommissar nicht so leicht abhängen konnte. Ohne sich wieder umzusehen überquerte er die Baseler Straße und bemerkte dabei nicht den LKW, der auf ihn zuhielt und nicht mehr rechtzeitig bremsen konnte.

Der Laster erwischte Martin Stritz frontal und kam etwa zwanzig Meter weiter zum Stehen. Erschrocken sprang der Fahrer aus seinem Führerhaus und rannte zum Unfallopfer, das auf der Straße lag und sich nicht mehr rührte. Emilio war schon bei ihm, Martin blutete aus dem Mund. Als Letzter erreichte Felix den Unfallort. Er hatte das Handy bereits gezückt und verständigte sofort die Ambulanz. Seinen Freund, der gerade Erste Hilfe leisten wollte, konnte er gerade noch zurückhalten.

»Denk dran, er ist ein homosexueller Stricher. Du weißt nicht, was er vielleicht hat, von Hepatitis bis HIV kann das alles Mögliche sein. Hol dir lieber Handschuhe.«

Emilio nickte und eilte zum nächsten Wagen, der direkt bei ihnen stehen geblieben war. Er zückte seinen Ausweis.

»Wir brauchen Ihren Erste-Hilfe-Kasten.«

Die Fahrerin reagierte prompt und reichte ihn dem Kommissar, der sich sofort die Handschuhe anzog. Dann brachte er Martin in die stabile Seitenlage.

»Mist, er verliert zu viel Blut. Ich kann die Blutung nicht stoppen, scheinen innere Verletzungen zu sein. Wann kommt endlich der Arzt?«, schrie er, mehr an den Himmel als an seinen Kollegen gerichtet.

»Schon verständigt, sie sind unterwegs.«

Der Fahrer des LKW stand bleich daneben und konnte nur stammeln: »Er ist mir einfach so ins Fahrzeug gerannt, ich konnte nicht mehr bremsen, einfach so.«

Er stand sichtlich unter Schock.

In der Ferne hörten sie ein Martinshorn, das schnell näher kam. Fünf Minuten nach dem Unfall traf der erste Streifenwagen am Unfallort ein, er war direkt vom Polizeipräsidium an der Mainzerstraße gekommen. Der Hauptkommissar lief auf die beiden Beamten zu und wies sich aus.

»Sorgen Sie bitte dafür, dass der Rettungsweg frei bleibt. Ich erkläre Ihnen später, was passiert ist.«

Die beiden Polizisten regelten den Verkehr und nötigten die Schaulustigen weiterzufahren. Nach insgesamt zwölf Minuten war der Rettungswagen eingetroffen und die Sanitäter kümmerten sich zügig um Martin Stritz. Der Notarzt sah besorgt aus. Felix klärte ihn auf, aus welchem Milieu das Opfer stammte.

»Mist, das hilft ihm nicht gerade. Das Immunsystem und der Kreislauf sind bei Drogensüchtigen meistens nicht sehr stabil. Ich gebe ihm höchstens vierzig Prozent, dass er es schafft.«

Hauptkommissar Büschelberger ließ sich das Krankenhaus nennen, in das der Verunglückte gebracht wurde. Wie er schon vermutet hatte, wurde dieser direkt ins Klinikum am Theodor-Stern-Kai eingeliefert. Inzwischen kümmerten sich die Sanitäter um den LKW-Fahrer.

Nachdem Felix sich versichert hatte, dass weder er noch Emilio irgendetwas tun konnten, begaben sie sich zu den Kollegen von der Streife und fuhren hinter ihnen ins Präsidium, um ihre Aussage zu Protokoll zu geben. Zwei weitere Zeugen, unter anderem die Frau, die Emilio ihren Erste-Hilfe-Kasten gegeben hatte, wurden ebenfalls gebeten mit auf das Revier zu kommen.

Die Befragung dauerte nicht lange und sie fuhren gleich danach weiter in die Unfallaufnahme der Klinik. Dort erhielten sie die Auskunft, dass das Opfer gerade operiert wurde. Felix hinterließ seine Karte bei der Oberschwester in der Notaufnahme, die ihm versprach anzurufen, sobald Neuigkeiten über Martins Gesundheitszustand vorliegen würden. Auf der Fahrt zurück in ihr Revier war Hauptkommissar Büschelberger schweigsam.

»Du brauchst dir keine Vorwürfe zu machen, er ist von ganz alleine losgerannt. Wahrscheinlich hatte er jede Menge Drogen bei sich und er hatte sein Schicksal selbst in der Hand«, versuchte Emilio seinen Freund aufzumuntern.

Felix brummte vor sich hin. Er gab seinem Partner zwar recht, hatte aber trotzdem Schuldgefühle, hätte er Martin richtig festgehalten, dann wäre der Unfall vielleicht nicht passiert.

Zurück im Kommissariat verschwand er in sein Büro, er wollte alleine sein. Eine halbe Stunde später erschien Frauke.

»Mensch Felix, Emilio hat mir alles erzählt. Du hast keine Schuld, Martin Stritz hat sein Schicksal selbst gewählt.«

Sie legte ihre Hand auf seine Schulter.

»Ist schon gut, das weiß ich ja auch, aber man kann seine Gefühle nun mal nicht kontrollieren. Hätte ich ihn richtig festgehalten, dann wäre es nicht so weit gekommen.«

»Ihr wolltet ihn doch nur befragen und nicht festnehmen, da legt man doch keine Handschellen an«, antwortete sie.

»Gib mir noch fünf Minuten, dann treffen wir uns im Besprechungsraum.«

Frauke ließ ihn allein.

Felix sammelte sich und ordnete seine Gedanken. Er öffnete gerade seine Tür, als ein Beamter der Schutzpolizei vorbeikam und ihm eine Notiz übergab. Es war eine Nachricht aus der Klinik: Martin Stritz war vor fünfzehn Minuten gestorben, er war nicht mehr zu retten gewesen.

»Mist!« Hauptkommissar Büschelberger fluchte leise vor sich hin. Dann unterrichtete er die anderen. Sie schwiegen und tranken ihren Tee.

»Hat das jetzt etwas zu bedeuten für unseren Fall?« Arno schaute in die Runde.

»Wir wollten ihn eigentlich nur befragen, weil Dieter Ballhaupt uns auf die Idee eines Mords aus Eifersucht gebracht hatte. Es kann sein, dass Uwe Kaptaijn die Dienste von Martin Stritz durch die von Ballhaupt ersetzen wollte.«

»Glaubst du daran? Könnte denn dieser Stritz an die Chemikalie rankommen, mit der das Opfer vergiftet wurde?«, fragte Arno.

Felix schüttelte den Kopf.

»Nein, ich kann es mir nicht vorstellen. Aber wir sollten aufpassen, falls Freunde von Dr. Zimmer uns davon überzeugen wollen, dass Martin Stritz der Täter ist. Das würde denen wahrscheinlich passen.«

Emilio stimmte ihm zu.

»Ich glaube auch nicht, dass Martin der Täter war, aber wir müssen das trotzdem untersuchen.«

»Dann fahren wir noch einmal ins Krankenhaus und sehen nach, ob wir seinen Wohnungsschlüssel bekommen«, seufzte der Hauptkommissar.

Felix suchte die Oberschwester.

»Können Sie mir sagen, wo ich die persönlichen Gegenstände von Martin Stritz finde? Sie wissen, der Patient, der heute an den Folgen eines Autounfalls gestorben ist.«

»Ich weiß schon, wen Sie meinen. Sie hatten mir ja Ihre Karte dagelassen und ich habe doch auch in Ihrer Zentrale angerufen. Wenn wir Notfälle eingeliefert bekommen, heben wir alle Sachen in einem Schließfach auf, auch die, die wir zerschneiden müssen, um zu operieren. Wenn Sie mir folgen wollen, kann ich Ihnen die Sachen geben«, beantwortete die Krankenschwester seine Frage.

Emilio packte die Sachen in eine große Plastiktüte, die er sich von der Schwester geben ließ. Der Hauptkommissar quittierte den Empfang und sie notierte die Nummer seines Dienstausweises. Danach fuhren die beiden Kommissare in die Wohnung von Martin Stritz.

Aus der Wohnung drang ihnen ein unangenehmer Geruch entgegen. Das Opfer hatte nicht besonders viel Wert auf Sauberkeit gelegt. Als sie den Flur betraten, mussten sie hintereinander laufen, so eng war es. Der Teppich war gräulich verfärbt und überall lagen Kleidungsstücke, ungeöffnete Briefe und leere Flaschen verstreut.

»Das ist eine Müllhalde und keine Wohnung!«

Emilio hielt sich ein Taschentuch vor die Nase, um den Gestank ein wenig zu mildern.

Der Hauptkommissar konnte ihm nur zustimmen. Er dankte Mutter Natur dafür, dass seine Geruchsnerven ziemlich schlecht waren und er dadurch den Gestank als nicht so schlimm empfand. Emilio dagegen war als Ästhet stark betroffen.

Der erste Raum auf der linken Seite war die Küche, in der es ziemlich kalt war. Ein Waschbecken, in dem sich verdrecktes Geschirr stapelte, war auf der rechten Seite neben einer Dusche montiert, daneben stand der Esstisch. An der gegenüberliegenden Wand befanden sich ein elektrischer Herd und ein Kühlschrank, beide mit dicker Schmutzschicht überzogen. Der Kühlschrank enthielt nur eine Flasche billigen Weinbrand, zwei Dosen Cola und eine Flasche Bier. Auf dem Herd befand sich noch ein Topf mit eingetrockneten Ravioli, die Dose dazu lag in der Ecke vor dem überquellenden Mülleimer.

»Wie kann ein Mensch nur so weit sinken und in so einem verdreckten Loch wohnen? Fehlt nur noch, dass hier Ratten hausen.«

Emilio schüttelte sich vor Ekel.

Im Schlafzimmer sah auch nicht besser aus: Die Bettwäsche hatte bestimmt ein Jahr lang keine Waschmaschine mehr von innen gesehen, Klamotten und irgendwelche Papiere lagen vor dem Bett. Ein alter, fast verfallener Kleiderschrank rundete das Inventar ab. Das Mobiliar des Wohnzimmers bestand nur aus zwei Doppelsofas und einem Tisch, darauf eine Haschpfeife und ein voller Aschenbecher. Leere Bierflaschen standen auf dem Tisch oder lagen darunter. Neben dem Aschenbecher fanden sie ein in Silberfolie eingeschlagenes Päckchen.

Felix roch daran, dann gab er es an seinen Partner weiter.

»Für was hältst du das hier?«

»Koks!«, kam es wie aus der Pistole geschossen, kaum dass sein Freund das Päckchen an die Nase gehalten hatte.

Der Hauptkommissar nickte.

»Dann werden wir wohl unsere Kollegen vom Drogendezernat benachrichtigen müssen. Gut, lass uns schnell schauen, ob wir noch etwas finden. Ich habe keine Lust hier länger als nötig zu bleiben.«

Der letzte Raum war voller gestapelter Kartons. Eine kurze Überprüfung ergab, dass sie Martin Stritz' früheres Leben enthielten, Erinnerungsstücke aus der Zeit, bevor er in den Drogensumpf und das Strichermilieu abgerutscht war. Sie fanden alte Briefe, Spielzeug, Zeugnisse und Fotos, auf denen Martin jung und glücklich aussah. Am Ende des Flurs befand sich die Toilette. Auch hier war außer Schmutz nichts zu finden.

Erleichtert, die Wohnung verlassen zu können, warteten die Kommissare davor auf die Kollegen vom Drogendezernat. Felix hing seinen Gedanken nach. Es dauerte fast eine ganze Stunde, bis zwei Beamte eintrafen, die weder Felix noch Emilio bekannt waren. Die vier Polizisten wiesen sich gegenseitig aus. Oberkommissar Franz Xaver vom Drogendezernat war Hauptkommissar Büschelberger sofort sympathisch. Er wirkte ruhig und überlegt, seine Sprache verriet, dass er trotz seines bayrisch klingenden Namens in Hessen aufgewachsen war. Sein Kollege Kommissar Stefan Altmühl schien direkt aus dem Milieu entsprungen zu sein. Er trug eine speckige Rockerlederjacke, Bluejeans und ziemlich auffällige Cowboystiefel aus hellem Schlangenleder. Lange Haare hingen über seine Schultern.

Felix bemerkte, wie Emilio den Kollegen missbilligend musterte. Während sie zu viert durch die Wohnung gingen, erklärte er warum sie hier waren.

Franz Xaver schnüffelte kurz an ihrem Fund und bestätigte den Verdacht.

»Ja, eindeutig Kokain. Es sieht nach ziemlich reinem Stoff aus.«

Er reichte ihn weiter an Stefan Altmühl, der ihn in einen Plastikbeutel packte.

Emilio konnte seine Neugier nicht länger zügeln.

»Sagt mal, ist so eine chaotische und dreckige Wohnung eigentlich normal in diesem Milieu?«

Stefan lachte. »Oh Mann, davon kannst du ausgehen! Hier geht es sogar noch. Komm mal in so eine richtige Junkie-WG, wenn die alle auf Heroin oder Crack sind, da geht echt nichts mehr. Dagegen sind Müllhalden hygienisch und klinisch rein.«

Kommissar Perfondo schüttelte sich. »Zum Glück müssen wir nicht oft in solche Wohnungen, obwohl wir das auch manchmal erleben. Aber Mord passiert halt in allen gesellschaftlichen Kreisen. Ich glaube, ich warte draußen.«

Damit verschwand er aus der Wohnung. Während Franz Xaver sich eine Zigarette anzündete, verabschiedete sich Felix von den beiden.

»Wir lassen euch jetzt alleine. Wenn ihr noch Fragen habt, wisst ihr ja, wo wir zu finden sind. Falls euch bei eurer Untersuchung der Name Uwe Kaptaijn oder die Chemikalie, Moment bitte...«

Er rief seinen Partner zurück.

»Kannst du unseren Kollegen bitte den Stoff nennen, mit dem Uwe Kaptaijn vergiftet wurde?«

Dieser schaute auf seinen Tablet-PC. »Es wurde Benzodiazepin-Chloralhydrat benutzt.«

»Wie schreibt man das denn?« Stefan Altmühl schaute verwirrt. Emilio buchstabierte es und konnte sich ein Grinsen nicht verkneifen.

»Ihr kennt ja Sachen, habe noch nie was davon gehört.« Franz schüttelte den Kopf.

»So etwas kennt nur unser Pathologe, ich kannte das vorher auch nicht; und schreiben kann ich das noch viel weniger«, versicherte ihm der Hauptkommissar, wobei er einen kritischen Blick auf seinen Partner warf.

»Ach, war das unser mürrischer Kevin, der das herausgefunden hat?«, fragte der Drogenermittler.

»Ihr arbeitet auch mit ihm zusammen?«

»Ja, manchmal. Wenn wir geringe Spuren von Drogen nachweisen müssen, dann hilft er uns. Ich glaube, dem entgeht nichts.«

»Da hast du recht.« Felix musste lachen. »So, nun wird es Zeit für uns. Wir hören von euch?«

Während sie gingen, bekam Emilio von seinem Chef einen leichten Rüffel.

»Beurteile die Leute doch nicht immer nach ihrem Äußeren.«

»Ich würde als Kommissar nie so rumlaufen wie dieser Stefan Altmühl.«

»Tja, und damit kann dich in diesem Milieu auch jeder augenblicklich als Bulle identifizieren.«

»Deswegen jage ich auch Mörder und nicht Dealer.«

Emilio strahlte über das ganze Gesicht. Er war sich sicher, dass dieser Punkt an ihn ging. Felix seufzte und gab sich geschlagen.

Er setzte seinen Partner im Revier ab, schloss den Stromos über Nacht an die Ladestation und fuhr anschließend mit seinem Wagen heim. Für heute hatte er genug erlebt.

Django kam ihm entgegen und strich um seine Beine. Felix hob ihn hoch und streichelte ihm über den Kopf. Sein verbliebenes Ohr zuckte und er schnurrte zufrieden. In der Küche bemerkte Felix, dass er vor dem verlängerten Wochenende unbedingt noch Futter für seine Katze einkaufen musste. Während der Kater fraß, ging er zur Nachbarstochter, um sie zu fragen, ob sie sich um Django kümmern würde. Sie war begeistert, genau wie Felix es erwartet hatte.

Er war noch nicht wieder in seiner Wohnung, als sein Handy klingelte.

»Ja«, meldete er sich kurz angebunden.

»Hi Felix, na, was ist los? Du bist wohl genervt?«

»Schön, dass du anrufst, Petra! Ich hatte heute einen richtig beschissenen Tag und habe nicht gesehen, dass du es bist.«

»Okay, dann ist es in Ordnung. Ich wollte mich eigentlich nur kurz melden und sagen, dass ich heute noch ganz viel zu erledigen habe. Wir können uns also leider nicht sehen.«

»Schade, heute hätte ich dich wirklich gerne bei mir gehabt.«

»Wieso, was ist denn passiert?«

»Wir wollten eigentlich einen Zeugen befragen, der dann aber vor uns geflohen ist und dabei von einem LKW erfasst und getötet wurde.«

»Oje, das tut mir leid. Aber wenn er geflohen ist, war er vielleicht auch schuldig, oder?«

»Nun, ganz ausschließen können wir das zwar noch nicht, aber mit dem Mord hatte er vermutlich nichts zu tun. Er war in Drogengeschäfte verwickelt und hatte wohl Angst, dass wir ihm auf die Schliche kommen.«

»Ach, Felix, das war bestimmt nicht deine Schuld! Wenn du willst, kann ich ja versuchen nachher noch vorbeizukommen, es wird aber bestimmt sehr spät.«

Er zwang sich zu einem Lächeln. »Ist schon gut. Sehen wir uns morgen?«

»Klar! Also bis dann! Versprich mir aber, dass du dich heute Nacht nicht betrinkst.«

»Versprochen, also bis dann.«

Nach dem Telefonat fühlte sich Felix ziemlich leer. Er holte seinen Mantel, ließ Django raus und ging einkaufen: Futter für den Kater, ein paar Flaschen Rotwein für sich. Auf dem Weg zurück hielt er bei Burger King an und bestellte sich den größten Whopper, den es gab. Davon ließ er aber die Hälfte auf seinem Tablett liegen, als er es abräumte. Zu Hause öffnete er die erste Flasche Rotwein und versank in seinen Gedanken. Er war gerade bei seinem zweiten Glas angekommen, als sein Kater zurückkam.

Felix lächelte.

»Na, dein Radar funktioniert ja immer noch! Schön, dass ich mich auf dich verlassen kann.«

Django legte sich neben ihn aufs Sofa und hörte zu, während er ihm alles erzählte, was ihn bewegte. Nachdem er die zweite Flasche geleert hatte, schlief Hauptkommissar Büschelberger auf dem Sofa ein und schreckte früh um drei Uhr auf. Er fluchte vor sich hin, nahm gleich zwei Kopfschmerztabletten und ging in sein Bett.

Kapitel 12

Trotz der Tabletten erwachte Felix am nächsten Morgen mit leichten Kopfschmerzen. Lustlos fuhr er ins Büro. Der Tag brachte nicht den geringsten Fortschritt in ihren Ermittlungen und er hatte das Gefühl, dass sie sich immer mehr im Kreis drehten. Seine Laune sank weiter.

Bemüht tat sein Partner alles, um ihn aufzuheitern, aber es half nichts. Am Nachmittag betrachteten sie ihre bisherigen Erkenntnisse nochmals von allen Seiten, kamen aber zu keinen neuen Einsichten.

»Dr. Zimmer. Es ist immer wieder dasselbe. Egal was wir für andere Spuren untersuchen, immer wieder kommen wir auf Dr. Zimmer und seine Firma. Das ist die einzige Spur, die mir vielversprechend erscheint. Aber wir wissen fast nichts und können uns jetzt nicht einmal mehr umhören, ohne Knüppel zwischen die Beine geschmissen bekommen. Es ist zum Verzweifeln!«

Felix warf seine Arme in die Luft und vergrub theatralisch sein Gesicht in ihnen.

»Keine Angst, wir kriegen ihn, wenn er etwas damit zu tun hat.«

Emilio legte seine Hand besänftigend auf die Schulter seines Freundes.

Sie diskutierten bis Dienstschluss, aber das Gefühl festzusitzen nahm bei Hauptkommissar Büschelberger noch weiter zu.

Als Petra abends vorbeikam, konnte sie ihn aufmuntern, verriet ihm jedoch nicht, welche Überraschung sie für ihn bereithielt. Das Einzige was er erfuhr war, dass sie am Donnerstagabend für ihn seinen Koffer packen und mit ihm dann Freitagfrüh zusammen zum Flughafen fahren würde. Er war gespannt, was auf ihn wartete; und er genoss das Spiel, das sie mit ihm trieb.

Am Morgen darauf war Felix wesentlich besser gelaunt und er war sich sicher, dass sie früher oder später wieder eine Spur finden würden. Seine gute Laune verflog schlagartig, als um zehn Uhr Dr. Brax in seinem Büro auftauchte. Der Anwalt kam gleich zur Sache:

»Meinem Mandanten ist zugetragen worden, dass Sie immer noch Erkundigungen über ihn einholen. Im Besonderen scheinen Sie sich für seine Finanzen zu interessieren.«

Brax lehnte sich zurück und seine Stimme klang gewollt gelangweilt.

»Ich dachte eigentlich, ich hätte mich klar ausgedrückt, als ich das letzte Mal hier war.« Seine Augen bohrten sich in die des Hauptkommissars.

»Sie werden ab sofort jede Untersuchung unterlassen oder persönlich die Konsequenzen tragen! Haben Sie mich jetzt verstanden?«

Der Polizist spürte, wie der Ärger über diesen aalglatten Winkeladvokaten in ihm hochstieg. Er beherrschte nur mühsam seine Stimme.

»Sie wollen mir drohen?«

Der Anwalt lachte. »Ich drohe niemals einem Polizisten. Glauben Sie, ich bin so dumm? Aber Sie dürfen sich gerne nach mir erkundigen und dann werden Sie feststellen, dass schon manche Karriere durch mich zu Ende ging, bevor sie richtig begann. Ich will doch nur, dass Ihre Gruppe nicht sinnlosen Spuren folgt und ihre Zeit vergeudet. Also, ich habe zu tun und hoffe, wir haben uns verstanden. Auf Wiedersehen.«

Mit diesen Worten war er aus dem Zimmer verschwunden.

»Oh ja, auf Wiedersehen, das verspreche ich Ihnen«, knurrte Felix vor sich hin.

Dr. Brax hatte eben einen neuen Freund gewonnen. Der Rest des Tages trug nicht dazu bei, ihn wieder aufzumuntern. Frauke, Arno und Emilio waren über den Besuch genau so empört wie er. Arno nahm es sogar als persönlichen Affront, dass seine Ermittlungen aufgeflogen waren. Hatte der Besuch des Anwalts sie eigentlich verunsichern oder von Dr. Zimmer fernhalten sollen, so bewirkte er das genaue Gegenteil. Alle waren nun umso mehr bereit, sich dahinterzuklemmen.

Abends war Felix wieder alleine mit Django, was ihn jedoch nicht störte, da er seine schlechte Laune nicht an Petra auslassen wollte. Der restliche Rotwein seines Einkaufs überlebte den Abend nicht.

Auch der Donnerstag brachte keine neuen Erkenntnisse. Hauptkommissar Büschelberger erhielt nur einen Anruf von Franz Xaver.

»Hallo Felix. Wir haben jetzt die ganze Wohnung untersucht, aber nirgends irgendeine Spur von eurem Gift oder einen Hinweis auf euer Mordopfer gefunden. Tut mir leid.«

»Ist schon okay, ich habe auch nicht wirklich damit gerechnet. Trotzdem danke. So können wir Martin Stritz von der Liste unserer Verdächtigen streichen. Hast du inzwischen ermitteln können, warum er vor uns geflohen ist?«

»Also ich denke, er war gerade dabei einen größeren Deal abzuschließen. Wir haben fast vierhundert Gramm reines Koks bei ihm in der Wohnung verteilt gefunden. Wahrscheinlich waren die anderen Leute, die ihr gesehen habt, seine Lieferanten. Eurer Beschreibung nach habe ich auch eine Vermutung, wer sie waren. Sobald wir sie haben und sich noch etwas für euch ergibt, informiere ich dich.«

Der Ermittlungsleiter bedankte sich und legte auf. Mittags war er mit Frauke und Arno wieder bei Fritten-Conny. Er staunte nicht schlecht, als Murr dort auftauchte.

»Kevin! Suchst du mich, hast du noch etwas rausgefunden?«, fragte er.

Der Rechtsmediziner schüttelte seinen Kopf.

»Nein, ich bin als Privatier hier. Ich habe gehört, dass es hier die besten Fritten der Stadt geben soll. Das wollte ich testen. Hätte ich gewusst, dass ihr hier seid, dann wäre ich natürlich nicht gekommen.«

Felix lachte.

»Na los, du alter Leichenschnibbler, setz dich zu uns. Aber ich hoffe, du hast nicht deine eigenen Messer mitgebracht.«

Dr. Murr drohte ihm brummend mit der Faust. Frauke rückte zur Seite und er setzte sich zu ihnen. Felix war wieder einmal erstaunt darüber, wie der Pathologe es fertigbrachte, seine Zigarette – auch während er seine Pommes aß – nicht verlöschen zu lassen. Trotzdem war ihr Gespräch unterhaltsam. Kevin gab Anekdoten aus seiner Jugendzeit und über seinen Lehrmeister zum Besten, der als noch schrulliger galt als er selbst. Allerdings konnte sich das kaum jemand vorstellen. Als sie gingen, wünschte Kevin dem Hauptkommissar noch einen schönen Urlaub.

»Woher weißt du das denn?« Dieser war sichtlich verwirrt.

Kevin Murr nahm sich etwas Zeit, bevor er antwortete.

»Na, du weißt doch, dass hier nichts lange geheim bleibt. Außerdem bin ich Dr. Allwissend.«

Alle lachten und Felix dachte nicht weiter darüber nach. Ein paar Stunden später versammelte sich das Team bei Tee und Kuchen im Besprechungszimmer, Felix hatte noch eine Runde spendiert. Danach verabschiedete er sich in den Urlaub.

»Also, ich habe mein Handy dabei. Wenn irgendetwas Wichtiges passiert, ruft ihr mich sofort an, ist das klar?«

»Sicher Chef, das machen wir bestimmt!«Frauke klopfte sich an die Stirn und zeigte ihm deutlich ihre Meinung.

Sie umarmte ihn. »Ich wünsche dir viel Spaß und denke, dass wir zwei Arbeitstage ohne deine Hilfe überstehen können.«

Der Hauptkommissar seufzte und gab sich geschlagen. Sie würden ihn in der Tat nicht anrufen, es sei denn das ganze Revier stände in Flammen. Emilio klopfte ihm auf die Schulter und signalisierte, dass alles in Ordnung sei. Auch Arno strahlte seinen Chef an.

Zuletzt erkundigte sich Felix bei seinem Freund, ob alles für die Technologietagung vorbereitet sei. Dieser nickte und zeigte stolz die Fernbedienung, die am Morgen in der Post gewesen war.

»Ich würde gerne mit dem Stromos nach Stuttgart fahren, wenn das für dich in Ordnung ist!«

»Ist das nicht zu weit entfernt? Das sind doch bestimmt knappe zweihundert Kilometer, oder?«

»Es sind sogar zweihundertundneun Kilometer, aber ich würde morgen am Nachmittag mit meiner Familie zu Freunden fahren, die in der Nähe von Heidelberg wohnen. Ich habe schon im Internet bei LEMnet.org die Tankstellen in der Umgebung rausgesucht, die eine Ladestation haben. Von hier bis dahin sind es knapp einhundert Kilometer und bis zum Ziel sind es dann noch einmal einhundertneun Kilometer, sagt Google Maps«, lautete die Antwort.

»Dabei könnte ich sogar einen Teil der Bertha-Benz-Memorial-Route abfahren und einen Stop in Wiesloch einlegen. Dort steht nämlich ein Denkmal vor der damals ersten Tankstelle, bei der Bertha-Benz das nötige Leichtbenzin Ligorin kaufte. Das wollte ich mir schon immer einmal ansehen.«

»Okay, aber nur wenn du mir versprichst, in Stuttgart bei der Tagung mit eingeschaltetem Blaulicht und Martinshorn vorzufahren«, schmunzelte Felix. »Was machst du solange mit deiner Familie?«

»Die macht mit den Freunden tagsüber einen Stadtbummel durch Heidelberg und schaut sich das Schloss an, ich komme am Samstag nach Konferenzende dann wieder dahin. Klar, ich verspreche dir, dass ich mit voller Beleuchtung auf den Hof fahren werde. Die Leute bekommen ihre Show!«

Kommissar Perfondo grinste breit.

»Na, dann wünsche ich dir viel Spaß mit dem Stromos und auf der Konferenz.«

Mit einem letzten Kopfnicken verließ der Hauptkommissar das Büro.

Gespannt wartete er zu Hause auf Petra. Um kurz nach acht fuhr sie mit einem Taxi vor. Zur Begrüßung küsste sie Felix stürmisch und warf ihn aus dem Schlafzimmer, damit sie ungestört seinen Koffer packen konnte.

»Hey, das ist das erste Mal, dass du mich aus meinem Schlafzimmer verjagst. Ich hoffe, das wird nicht zur Gewohnheit.«

»Dann sei immer schön lieb zu mir, damit du auch weiterhin das Bett mit mir teilen darfst.«

»Versprochen?«, fragte er. Als Antwort erhielt er einen temperamentvollen Kuss, dann schob Petra ihn wieder kurz aus dem Raum, bevor sie eine leidenschaftliche Nacht miteinander verbrachten.

Am nächsten Morgen trug Felix Django zur Nachbarstochter. Der Kater verschwand in ihre Wohnung ohne sich noch einmal umzusehen.

»Verräter!«, murmelte Felix. Petra lachte nur.

»Katzen und Frauen haben nun mal ihren eigenen Kopf. Also dann, wollen wir?«

Am Flughafen steuerte Petra den Schalter der Alitalia an und erntete ein erwartungsvolles Lächeln von Felix. Er hatte schon damit gerechnet, dass es nach Italien ging. An der Schalttafel las er ihren Zielort ab, konnte aber nicht einordnen, wo Lamezia Terme lag.

»Kalabrien, direkt an der Stiefelspitze von Italien«, klärte seine Geliebte ihn auf.

»Aha, direkt in dem Garten der Cosa Nostra. Das wird bestimmt interessant.« Er legte seinen Arm um sie.

»Wehe, du mischst dich in irgendetwas ein. Du hast Urlaub und bist mit mir dort. Ich hoffe, du vergisst das nicht.«

»Bestimmt nicht!«, versprach er.

Auf dem kurzen Flug gerieten sie über den Alpen in Turbulenzen und das Flugzeug sackte heftig durch. Felix fühlte, wie sein Magen verkrampfte, und erbleichte. Petra grinste ihn bloß an, was ihn wieder beruhigte. Der Rest des Fluges verlief sehr angenehm und ohne weitere Zwischenfälle.

Lamezia Terme war ein kleiner Flughafen mit nur einer Landebahn und einem einzigen Terminal. Neben dem Rollfeld standen noch ein paar kleine Flugzeuge. Die Luft war angenehm warm, mindestens zwanzig Grad, wie Felix beim Aussteigen schätzte, und es duftete nach Frühling.

Er umarmte Petra.

»Das war eine gute Idee, mal alles hinter sich zu lassen.«

Sie lächelte nur vor sich hin.

Mit dem Taxi fuhren sie nach Pizzo, das vierzig Kilometer südlich von Lamezia Terme direkt am Tyrrhenischen Meer lag. Hier hatte Petra für sie ein kleines Hotel gebucht, das gerade einmal zehn Zimmer hatte.

Der Chef des Hauses war Rezeptionist und Koch in einer Person und das Hotel wurde von seiner Familie schon in der dritten Generation geführt. Man merkte an der liebevollen Einrichtung, dass sein ganzes Herzblut darin steckte. Seine Ehefrau führte die beiden auf ihr Zimmer, das sie als die Hochzeitssuite bezeichnete. Auf Felix' fragenden Blick konnte Petra nur schmunzeln, sie versicherte jedoch glaubhaft, dass sie das vorher auch nicht gewusst hatte.

Kurz darauf schlenderten sie durch die Stadt. Der Hotelier hatte ihnen ans Herz gelegt, ja ihnen sogar das Versprechen abgenommen, auf der Piazza della Repubblica ein Tartufo zu essen, da dieses Eis hier erfunden worden und nirgends auf der Welt besser sei. Schnell fanden sie den Platz und Felix musste sich eingestehen, dass ihr Wirt nicht übertrieben hatte. Das Eis war wirklich fantastisch.

Sie saßen in der Nachmittagssonne draußen an der Piazza, betrachteten die vorbeischlendernden Leute und genossen das dolce far niente. Nach dem Eis genehmigten sie sich noch zwei Espresso Corretto Grappa und besichtigten dann das angrenzende Kastell. Hier wurde 1815 Joachim Murat, der von seinem Schwager Napoleon I. zum König von Neapel ernannt worden war, standrechtlich erschossen. Seine Uniform war ausgestellt und man konnte deutlich die Einschusslöcher erkennen.

Fasziniert betrachtete Felix den Frack und stellte sich vor, was Kevin Murr wohl dazu sagen und hier noch finden würde. Petra zog ihn schließlich weiter.

»Komm schon, mein Commissario, dieser Fall ist längst geklärt.«

Er lachte.

»Du hast ja recht. Aber einmal Bulle, immer Bulle – ich denke, das trifft auf mich bestimmt zu. Außerdem finde ich es sehr interessant, dass die Bürger dieser Stadt für den Verrat an Murat ein Jahr lang kostenlos Salz erhielten, sozusagen als Kopfprämie.«

Langsam bummelten sie durch die kleine Geschäftsstraße, wo Petra sich ein Paar Schuhe kaufte, die Felix zwar sündhaft teuer, aber auch ziemlich sexy fand. Sie ließ nicht locker bis auch er sich etwas ausgesucht hatte: einen leichten braunen Pullover für den Frühling und eine Krawatte aus Seide.

»Zu schade, dass du in deinem Beruf keine Anzüge tragen musst, du würdest bestimmt toll darin aussehen.«

Abends aßen sie im Restaurant, das zum Hotel gehörte. Auch dieses war sehr klein und sie waren die einzigen Nichtitaliener dort. Der Tag endete mit einer Flasche Champagner in der Badewanne.

Eine stürmische Umarmung weckte Felix am nächsten Morgen. Als er die Augen aufschlug, gratulierte Petra ihm zum Geburtstag und wollte ihn gar nicht mehr loslassen. Auf ihrem Frühstückstisch stand eine Kerze. Der Wirt und seine Ehefrau nebst ihren zwei Kindern gratulierten ebenfalls, sie sangen ihm sogar ein italienisches Geburtstagslied. Er war berührt, zugleich war es ihm etwas peinlich. Petra strahlte zufrieden.

»Na, wem hast du denn noch erzählt, dass ich heute Geburtstag habe?«

Er ahnte, dass da noch etwas kommen würde.

»Ach, nur noch deiner Geburtstagsüberraschung.«

»Was, noch eine Überraschung? Du hast mich doch schon so reich beschenkt.«

»Warte nur ab, wir werden nachher abgeholt; und du solltest ordentlich essen, hat man mir gesagt.«

Felix wusste, dass Nachfragen sowieso keinen Sinn hatten, also schwieg er. Eine Stunde später kam ein stämmiger Mann mit einem gewaltigen Schnauzbart auf sie zu und umarmte Petra.

»Hi Darling!«

»Hey Mad Dog! Lange her, dass wir uns gesehen haben.« Sie stellte die beiden einander vor.

»Felix, hier ist deine ultimative Geburtstagsüberraschung. Das ist Mad Dog, ich habe ihn vor drei Jahren auf Hawaii kennengelernt. Er wird mit dir einen Tandemsprung machen.«

Zu Mad Dog gewandt: »Das ist dein Tandemgast, mein Freund Felix.«

Die Männer schüttelten sich die Hand.

»Tandemsprung? Ist es das, was ich vermute?« Seine Stimme klang etwas unsicher.

»Ja, mein Schatz. Ich dachte, du liebst das Abenteuer. Mad Dog ist einen Monat lang hier unten und hatte mich angerufen. Als ich dann hörte, dass du Geburtstag hast, dachte ich mir, das sei eine gelungene Überraschung. Du brauchst keine Angst zu haben, er hat schon mehr als zwölftausend Sprünge hinter sich und ist außerdem Tandemsprunglehrer.«

Mad Dog hatte seinen Arm um Petra gelegt.

»She is right, ich habe inzwischen schon über fünfzehntausend Absprünge hinter mir; und runter kommen alle, sagen wir immer. Let's go.«

Felix fühlte das Adrenalin durch seine Adern schießen, aber er wollte auf keinen Fall kneifen. Sie fuhren zurück nach Lamezia Terme und gingen zu einem kleinen Schuppen ganz am Rande der Rollbahn.

»Ich werde dich jetzt einweisen und dir alles erklären. Pete wird inzwischen mit Petra zu unserem Absprungplatz fahren und uns dort nachher wieder einsammeln«, erklärte Mad Dog.

Petra umarmte und küsste ihn.

»Tschüss, mein Held. Wir sehen uns nachher. Viel Spaß!« Sie verschwand mit dem Fahrer aus der Halle.

Felix konnte noch hören, wie sie draußen lachte.

»Ein tolles Girl, unsere Petra, nicht wahr?«, fragte der Fallschirmspringer.

Die Antwort war nur ein stummes Nicken.

»Wir waren damals zusammen auf Hawaii. Sie hat einen Springerkurs gemacht und als sie wieder zurück nach Hause ging, war es leider aus. Hey, aber wir sind in Kontakt geblieben. So, nun werde ich dir alles zeigen.«

Mad Dog führte ihn zu einer kleinen Sportmaschine.

»Mit so einer werden wir nachher fliegen und dann raus springen. Komm, ich zeige es dir.«

Sie kletterten in die Maschine. Felix kam sie unendlich klein vor.

»Wir sitzen nachher hier, dann können wir als Letzte aussteigen. Ein anderer Springer wird mit uns kommen und ein Video von uns drehen. Tja, also wir legen dir eine Springerkluft, eine Kappe, eine Schutzbrille und das Tandemgeschirr an. Die andere Hälfte des Geschirrs trage ich. In der Maschine werde ich dich bei mir einhaken und festzurren. Wenn wir viertausend Meter erreicht haben, öffnen wir die Tür, lassen die anderen Springer alle zuerst springen und rutschen dann auf unseren Knien zur Tür vor. An der Tür stellst du einen Fuß hier auf das Brett, das sich direkt draußen an der Maschine befindet. Dort wird auch Eagle, unser Videomann, stehen und auf uns warten.«

Mad Dog klopfte mit der Hand auf das schmale Brett, das circa zehn Zentimeter breit und einen Meter lang war. Felix wollte nicht glauben, was er gehört hatte.

»Ich soll in viertausend Meter Höhe auf dieses Brett steigen und ein anderer steht schon hier?«, fragte er nervös.

»Yep, er hält sich hier fest, an diesem Griff.« Der Fallschirmspringer deutete auf ein paar Handgriffe an der Maschine.

»Was ganz wichtig ist: Du musst, bevor wir springen, deine Hände über Kreuz in das Geschirr verschränken. Sonst könntest du im Reflex versuchen, dich irgendwo festzuhalten – und glaube mir, das würdest du bereuen.«

Er ließ ein kehliges Lachen hören.

»Aber das ist noch keinem bei mir passiert. Wenn wir draußen sind, gehst du in die Sprunghaltung. Das heißt, du machst ein Hohlkreuz und winkelst Beine und Arme an, so wie die Jungs, die du verhaftest. Aber das üben wir gleich alles. Wir werden bis auf tausendfünfhundert Meter im freien Fall runtergehen. Wenn ich dann die Leine ziehe, gibt es einen Ruck und der Schirm geht auf. Falls der versagen sollte, haben wir noch einen zweiten, der sich automatisch bei achthundert Metern öffnet. Das ist mir aber erst dreimal passiert, du brauchst also keine Angst zu haben. Ich lasse dich ein bisschen den Schirm lenken und du kannst die Aussicht genießen. Kurz bevor wir landen, übernehme ich den Schirm und sorge dafür, dass wir sicher unten ankommen. Das war's dann auch schon.«

Felix schluckte vernehmlich. Mad Dog klopfte ihm auf die Schulter.

»Hey, don't worry! Danach wirst du begeistert sein. Das verspreche ich dir.«

Sie übten zweimal die Handgriffe und das Rutschen auf den Knien zur Tür.

»Alles klar jetzt?«, knurrte der schnauzbärtige Springer.

»Na ja, ich habe es begriffen. Aber wenn ich nachher auf dem Brett stehe, werde ich mich trotzdem fragen, warum ich springen soll. Die Maschine brennt nicht und ich bin gesund. Also warum?«

Mad Dog lachte wieder. »Boy, ich mag dich! Du hast Humor. Aber ich zeige dir einfach, warum du lieber springen wirst als im Flieger zu bleiben.«

Sie gingen an einen kleinen Holztisch, auf dem eine Mappe mit Fotografien lag. Eine davon zeigte zwei Springer in der Luft, senkrecht dazu sah man einen Flieger vor blauem Himmel. Der Kommissar drehte das Foto hin und her und wusste nicht recht, wie er interpretieren sollte, was er sah.

Hielt er das Foto so, dass der Flieger waagerecht flog, sausten die beiden Springer mit den Füßen voraus und nach hinten gelegtem Kopf nach unten. Hielt er es so, dass die beiden Springer waagerecht zu sehen waren, dann stand der Flieger auf dem Kopf und raste wie ein Sturzkampfbomber aus dem letzten Krieg senkrecht auf den Boden zu.

Mad Dog lächelte. »Jetzt hältst du es richtig, der Pilot will doch auch seinen Spaß. Wenn wir alle draußen sind, dann stellt er die Maschine auf den Kopf und ist schneller unten als wir.«

Trotz seiner Aufregung musste Felix unweigerlich grinsen. »Das ist wirklich ein überzeugendes Argument, zumal ich hier keine Anschnallgurte sehe.«

Der Amerikaner schlug ihm auf die Schulter.

»Sag ich doch, du hast Humor. Also komm, jetzt üben wir noch ein letztes Mal die Sprunghaltung und dann heißt es umziehen und los.«

Felix übte die korrekte Haltung auf dem Boden, bis sein Lehrer zufrieden war. Dieser führte ihn danach in einen anderen Raum, in dem schon sechs weitere Springer saßen und nur auf sie warteten. Einer stand auf und half ihm zusammen mit Mad Dog in die Sprungkombination.

»Das ist Eagle, unser Kameramann«, stellte der Fallschirmspringer ihn vor.

Als sie fertig waren, sprinteten sie über das Rollfeld zu einer kleinen Maschine, deren Motor schon lief.

»Das ist eine Pilatus Porter PC6, eine sehr zuverlässige Maschine«, erklärte Mad Dog.

Felix und er stiegen zuerst ein, dann kam Eagle und danach die übrigen Springer. Der Pilot erhielt die Freigabe vom Tower und startete sofort durch.

»Wir haben hier immer nur ein begrenztes Zeitfenster, in dem wir starten dürfen, wegen der großen Linienmaschinen. Das ist auch der Grund, weshalb wir nicht hier springen, sondern fünfzig Kilometer südlich.«

Sobald der Flieger den Erdboden verlassen hatte, rutschte Felix' Herz tief in die Hose. Erst jetzt begriff er wirklich, was gleich passieren würde. Bisher hatten Petra und Mad Dog so auf ihn eingeredet, dass er gar nicht richtig nachdenken konnte. Nun war er mit seiner Angst alleine. Sein Sprunglehrer zeigte ihm seinen Höhenmesser: Vierhundert Meter, aus der zehnfachen Höhe würden sie springen. Dann deutete er nach rechts, wo mitten im Meer ein hoher Berg zu sehen war, der rauchte.

»Das ist der Stromboli, ein aktiver Vulkan, der aber meistens nur raucht, so wie jetzt. Rechts siehst du übrigens das Tyrrhenische und links das Ionische Meer. Also genieße die Aussicht.«

Bei tausendfünfhundert Metern tippte er wieder auf Felix' Schulter.

»Ungefähr in dieser Höhe ziehen wir die Leine, wir sind dann über zweihundert Stundenkilometer schnell.«

Insgesamt dauerte der Flug achtundzwanzig Minuten, bis sie ihr Ziel und die richtige Höhe erreicht hatten. Kurz davor hatte Mad Dog noch Felix in sein eigenes Geschirr eingehakt, zwischen sie passte nun keine Hand mehr. Die Tür ging auf und Felix spürte plötzlich pure Angst. Er hoffte nur, dass es ihm niemand ansah. Der Lärm durch den Flugwind war so groß, dass man kein Wort mehr verstehen konnte.

Aufmunternd klopfte Mad Dog ihm auf die Schulter, was dieser dankend zur Kenntnis nahm. Dann sprang der Erste aus der Maschine. Im Abstand von jeweils dreißig Sekunden folgten die anderen Springer. Felix war sprachlos, wie natürlich es aussah. Keiner hatte Angst, im Gegenteil, sie sahen zum Teil fast gelangweilt aus. Dann ging Eagle zur Tür, stellte sich auf das Brett und hielt sich am Flieger fest. Am Helm hatte er eine Kamera befestigt, die per Auslöser am Handgelenk bedient werden konnte.

Mad Dog deutete auf die Tür und schob ihn vor sich her auf den Ausgang zu. Felix war wie in Trance. Sie erreichten die Tür und er stellte sein erstes Bein auf das Brett. Seine Hände waren verschränkt und er blickte nach rechts, wo sich Eagle festhielt und ihm zugrinste. Hektisch wanderte sein Blick nach unten zum Erdboden und es kam ihm plötzlich alles irreal vor. Mad Dog zeigte nach unten und schob

Felix sanft nach vorne. Auf einmal erhöhte er den Druck und ließ sich zusammen mit ihm nach unten fallen. Sie waren frei.

Eine Sekunde lang hatte er keine Ahnung mehr, wo er war, wo oben oder unten war. Sein Gehirn konnte die Eindrücke nicht verarbeiten. Nach zwei Sekunden befand er sich in der Sprunghaltung. Direkt vor sich sah er Eagle in der Luft auf ihn zu gleiten und ihm zuwinken. Felix winkte zurück und musste plötzlich lachen.

Das Gefühl war unbeschreiblich. Er schrie seine Anspannung heraus und jubelte laut, wobei der Flugwind seinen Mund so aufblies, dass es schmerzte. Er war völlig begeistert und konnte nicht mehr verstehen, wieso er solche Angst gehabt hatte. Nach kurzer Zeit tippte sein Tandempartner ihm wieder auf die Schulter, um ihn auf die Schirmöffnung vorzubereiten. Es gab einen Schlag, so dass Felix kurz die Luft wegblieb, danach herrschte völlige Ruhe. Weiter unten sah er, wie sich auch Eagles Schirm öffnete. Mad Dog gab ihm die Führungsschlaufen für den Schirm.

»Zieh nach rechts und wir fliegen nach rechts. Und wenn du nach links willst, ziehe nach links.«

Felix probierte es aus und konnte kaum glauben, dass es so einfach ging. Sie glitten fünf Minuten durch den Himmel, bis sein Hintermann wieder die Führung übernahm und sie sicher zum Landepunkt brachte. Genau einen Meter vor Petra berührte er den Boden. Der Amerikaner schnallte Felix los, der sich sofort von Petra umarmen und küssen ließ.

»Na, mein Held, wie war es?«, fragte sie.

Er jubelte. »Es war so irre, es war… Es war einfach unbeschreiblich. Ich will gleich noch einmal.«

Mad Dog lachte. »Habe ich dir zu viel versprochen? So, ich kümmere mich um den Schirm. Wir sehen uns nachher in der Hütte dahinten. Petra hat versprochen, dass eine Flasche Champagner auf uns wartet.«

Er stapfte davon. Felix zog Petra erneut an sich.

»Danke, das war ein wirklich tolles Geschenk. Ich bin so glücklich.«

Von einem Ohr zum anderen strahlend gingen sie zur Hütte, in der die anderen gerade einen kleinen Lunch zu sich nahmen. Mad Dog gab beiden ein Glas Champagner und erhob sein eigenes.

»Ein Hoch auf unseren edlen Spender und das Geburtstagskind.«

Alle prosteten Felix zu und sie stärkten sich, bevor Pete sie nach Pizzo zurückfuhr. Zum Abschied gab der Sprunglehrer Petra einen Kuss und ließ sie dann alleine.

Den Rest des Tages schlenderten sie durch das kleine Städtchen und am Strand entlang.

Kapitel 13

Am Sonntag fuhr das Paar nach Tropea, einem kleinen Ort zwanzig Kilometer südlich von Pizzo. Dort gab es die kleine, aber sehr berühmte Wallfahrtskirche Santa Maria dell'Isola. Nach der Besichtigung setzten sie sich in ein gemütliches Café direkt am Marktplatz.

Wie üblich beobachtete Felix seine Umgebung. Eine Kolonne von drei Mercedes Benz mit dunkel getönten Fenstern lenkte seine Blicke auf sich. Die Wagen hielten vor einem kleinen Restaurant direkt gegenüber. Der Kommissar fiel aus allen Wolken, als er Dr. Zimmer erkannte, der mit drei Männern in das Gebäude ging. Zwei davon sahen wie Bilderbuch-Mafiosi aus, der letzte Mann war ein groß gewachsener Schwarzer.

Drei weitere Männer postierten sich betont lässig vor dem Restaurant und behielten ihre Umgebung im Auge. Die Wagen verschwanden um die Ecke. Felix konnte nicht glauben was er sah, und überlegte fieberhaft, wie er diese Situation nutzen könnte.

Da fiel ihm ein kleiner roter Alfa Romeo auf, der an der äußersten Ecke des Marktplatzes hielt. In ihm saßen zwei Männer, die das Restaurant, in dem die Gruppe gerade verschwunden war, genau im Fokus zu haben schienen.

»Petra, lass uns bitte zahlen. Ich muss einmal zu dem roten Alfa da hinten.«

»Wieso, was gibt es denn?«

Seine Freundin rührte gerade ihren Latte Macchiato um.

»Du wirst es nicht glauben, aber gerade ist der Hauptverdächtige in meinem aktuellen Mordfall mit ein paar ziemlich dubiosen Typen in das Restaurant gegenüber gegangen. In dem Alfa sitzen, glaube ich, Polizisten und observieren sie. Ich muss mich mit ihnen unterhalten.«

»Felix, das wirst du doch nicht wirklich wollen, oder?«

»Petra, bitte, du bist doch auch über das normale Maß engagiert in deiner Arbeit, das verstehst du doch, oder?«

Sie zuckte die Schultern, aber er wusste, dass sie ihm zustimmen musste.

Sie schlenderten möglichst unauffällig am Restaurant vorbei. Petra konnte es sich nicht verkneifen, den Bodyguards eine Kusshand zuzuwerfen, was diese mit breitem Grinsen quittierten.

Felix ging am Alfa vorbei, dabei zog er ganz langsam sein Portemonnaie aus der Tasche und entnahm seinen Dienstausweis. Er wusste, dass die italienischen Carabinieri ziemlich nervös waren, besonders wenn sie die Mafia beschatteten. Die beiden Männer schienen ihnen keine Beachtung zu schenken. Noch nicht. Er presste seinen Dienstausweis an das Beifahrerfenster und klopfte sachte an.

Die Reaktion der Männer war prompt, aber professionell. Der Beifahrer warf sich nach vorne, der Fahrer riss seine Dienstwaffe hoch und zielte auf Felix. Das Ganze dauerte nur zwei Sekunden. Genauso schnell verschwand die Waffe wieder, als der Fahrer erkannte, dass keine Gefahrensituation vorlag. Der deutsche Kommissar bewegte sich langsam vom Wagen weg und deutete mit dem Finger in die Richtung, in die er ging. Der Fahrer nickte.

Gemächlich bogen sie um die nächste Ecke und warteten. Nach einer Minute kam der Beifahrer nach und schaute ihn fragend an. Er war ein beleibter Mann im hellgrauen Anzug, der eine dezente Krawatte und blank geputzte Schuhe trug. Die Fünfzig hatte er sicherlich schon hinter sich, sein kleiner Schnauzer und sein zurückgekämmtes Haar waren grau. Seine braunen Augen blitzten. Felix erkannte, dass sein Gegenüber ein Beamter war, der schon alles gesehen hatte und alle Tricks kannte. Er begrüßte ihn auf Italienisch und dankte in diesem Moment Emilios Familie dafür, dass sie es ihn etwas gelehrt hatten.

»Scusi, aber ich bin Polizist in Deutschland und habe ein paar Fragen an Sie die Männer betreffend, die Sie beobachten«, stellte er sich vor.

»Commissario, seien Sie in Italien herzlich begrüßt«, kam auf Deutsch die Antwort.

Der italienische Kommissar begrüßte zuerst Petra mit einem galanten Handkuss, danach schüttelte er Felix die Hand.

»Lassen Sie uns einen kleinen Spaziergang machen. Es gibt ein nettes Lokal in der Nähe, in dem zwei Brüder frischen Fisch zubereiten, den müssen Sie probieren.«

Ohne weitere Worte führte er sie zwei Ecken weiter in eine kleine Sackgasse. An deren Ende war ein kleines Restaurant, dessen Namensschild die Form eines Fischs hatte. Quietschend und knarrend bewegte es sich im Wind. Felix las den Namen des Lokals: Tropea Vecchia. Sie traten ein und setzten sich an einen Tisch.

»Sie erlauben?« Der Kommissar gab sogleich ihre Bestellung auf.
»Sie müssen die Fischsuppe hier probieren, mit einem Hauch von Trüffel und frischem Brot; dazu ein weißer Wein, dann weiß man, dass es einen Gott gibt.«

Der Italiener schnalzte mit der Zunge und stellte sich vor, nachdem der Wirt weg war.

»Ich bin Commissario Crotone und wer sind Sie?«

Felix legte noch einmal seinen Dienstausweis vor. Er erklärte in kurzen Worten, weshalb er an den Alfa geklopft hatte, schilderte den Hintergrund seines Falles in Deutschland und seine Überraschung, hier durch Zufall auf seinen Hauptverdächtigen zu stoßen.

Commissario Crotone nickte verständnisvoll.

»Das kann ich verstehen, da wäre ich auch überrascht. Welch ein Zufall, nicht wahr?«

Inzwischen kamen das Brot und der Wein.

»Bitte greifen Sie zu, wenn Sie schon im Urlaub sind. Ich muss nur kurz meinem Kollegen sagen, dass er alleine observieren soll.«

Crotone telefonierte. Das Gespräch nahm an Lautstärke zu, wurde dann aber wieder ruhig und der Commissario beendete es.

»So, er weiß Bescheid. Es ist aber auch ein Glück, dass Sie uns angesprochen haben. Wir kennen nämlich nur die Italiener, es sind Don Veschie und sein erster Adjutant; beides ziemlich bekannte Mafiosi hier in Süditalien. Der Schwarze und der Deutsche sind uns unbekannt.«

»Wie gesagt, es handelt sich um Dr. Heinrich Zimmer und er ist in der Müllbranche tätig«, antwortete Felix.

Crotone pfiff durch die Zähne. »Da lässt sich eine Menge Geld mit machen. Sie wissen nicht, wer der andere Mann sein könnte?«

»Nun, Zimmer war vor kurzem in Nairobi. Ich würde dort anfangen zu suchen, mehr weiß ich leider nicht.«

»Bene, das wird uns helfen.«

Die Suppe kam und duftete herrlich. Felix bemerkte plötzlich, dass er richtig Hunger hatte. Er und Petra langten ordentlich zu. Während des Essens erzählte Crotone Geschichten und Mythen aus Kalabrien und amüsierte damit seine Gäste sehr. Danach notierte er alle Daten, die er von seinem deutschen Kollegen bekommen hatte, auch dessen Dienstanschrift. Im Gegenzug überreichte er seine Visitenkarte.

»Wo haben Sie übrigens Italienisch gelernt? Es ist recht passabel«, fragte er Felix.

»Danke, aber ich weiß, dass es ziemlich schlecht ist. Gelernt habe ich es von meinem Freund und Kollegen Emilio, wir sind zusammen aufgewachsen. Und wo haben Sie Deutsch gelernt?«

»Ich bin in Deutschland geboren und zur Schule gegangen, dann sind meine Eltern zurück nach Italien und ich bin hier geblieben«, erklärte der italienische Kommissar.

Als Felix zahlen wollte, winkte sein Gegenüber ab.

»Sie haben Urlaub und sprechen trotzdem über Ihre Arbeit, außerdem haben wir Ihre Frau schrecklich gelangweilt. Das bezahle ich und damit basta.«

»Tante Grazie, sehr nett. Wir sind aber nicht verheiratet.«

»Was, das sagen Sie erst jetzt?« Crotone rollte mit den Augen. »Signora, lassen Sie diesen Stupido sausen und kommen Sie mit mir!« Er lachte über das ganze Gesicht.

»Was würden Sie denn machen, wenn ich auf Ihr Angebot einginge?« Petras Augen blitzten.

»Nun, dann wäre ich morgen wohl tot, weil meine Frau mich vergiften und danach im Meer versenken würde. Aber Sie wären es doch wohl wert«, feixte der Italiener.

Er küsste noch einmal galant ihre Hand und alle lachten. Auf dem Weg zum Alfa fragte er:

»Wie lange bleiben Sie denn in Kalabrien?«

»Wir reisen morgen ab.«

»Wenn Sie wollen, kann ich Sie zum Flughafen bringen. Wo wohnen Sie?«

Petra nannte ihre Adresse.

»Oh, ein gutes Hotel direkt in Pizzo, dort habe ich schon gegessen. Bene, dann hole ich Sie morgen ab.«

Felix bedankte sich.

»Könnten Sie bitte vorher checken, ob Zimmer auch auf der Maschine ist? Es wäre für unsere Ermittlung ziemlich hinderlich, wenn er zu früh erfährt, dass ich ihn hier gesehen habe.«

»Naturalmente, das prüfe ich vorher. Also bis morgen.«

Crotone stieg wieder zu seinem Kollegen in den Wagen und die beiden Urlauber fuhren zurück ins Hotel, um ihren letzten Abend zu genießen.

Wie versprochen trafen sie am nächsten Morgen Crotone an der Rezeption.

»Ich wollte mit Ihnen frühstücken, wenn Sie nichts dagegen haben.«

»Klar!« Felix wies zum Frühstücksraum.

Der Commissario legte ein paar Fotos und Akten auf den Tisch. »Hier für Sie, einige Abzüge und Fotokopien aus unseren Akten. Sie haben uns sehr geholfen, ich hoffe, Sie können hiermit etwas anfangen.«

Der deutsche Hauptkommissar blätterte kurz in den Unterlagen. Sie waren natürlich auf Italienisch, aber er hatte ja Emilio und die Fotos waren wirklich gut geworden.

»Schon rausbekommen, wer der Unbekannte hier ist?«

»Ja, das ist der erste Sekretär des kenianischen Botschafters in Italien und außerdem wohl so eine Art Handelsattaché. Dr. Mugambone ist erst seit kurzem hier im Land. Wir hatten noch nie mit ihm zu tun. Ein Vetter von mir ist beim Staatsschutz direkt in Rom, er hat mir die Information gegeben.«

Crotone strahlte vor Stolz.

»Ich bin beeindruckt, das gibt auch unserem Fall in Deutschland eine deutliche Wendung«, meinte Felix und fragte noch nach ein paar weiteren Kleinigkeiten.

Als sie schließlich zum Flughafen aufbrachen, meinte Crotone: »Unser Mann ist übrigens nicht an Bord Ihrer Maschine. Er ist noch in der Villa von Don Veschie und erst auf den Flug am Mittwoch gebucht.«

Während der Fahrt nach Lamezia Terme zeigte er ihnen noch einige Sehenswürdigkeiten, die auf dem Weg lagen. Sie verabschiedeten sich am Flughafen. Felix versprach seinem italienischen Kollegen ihn auf dem Laufenden zu halten.

Crotone versprach dasselbe.

Nach einem ruhigen und ereignislosen Flug verbrachte Petra noch den Nachmittag mit Felix, dann fuhr sie nach Hause.

Irgendwie fühlte er sich trotz des erlebnisreichen Wochenendes einsam; oder vielleicht gerade deshalb.

Kapitel 14

In der Nähe von Heidelberg ging Emilio am Samstagmorgen zur Tankstelle, wo er am Abend zuvor den Stromos zum Aufladen geparkt hatte. Er freute sich auf den Tag und die Konferenz. Trotz seiner anfänglichen Skepsis war er mittlerweile ein großer Befürworter des Elektroautos, obwohl er die Begrenzungen noch klar sah.

Die Tagung sollte um neun Uhr morgens starten, daher hatte er noch eineinhalb Stunden Zeit, das Haus der Wirtschaft in Stuttgart zu erreichen. Er streichelte über den Lack seines Dienstwagens, bevor er einstieg und sich auf den Weg mit kurzem Zwischenstopp in Wiesloch machte.

»Heute darfst du an einen historischen Ort«, sagte er und schmunzelte dabei. Gut, dass Felix ihn jetzt nicht hören konnte.

Die Fahrt verlief ohne Probleme. Als Emilio von Weitem den Tagungsort sah, lächelte er und schaltete Blaulicht und Martinshorn ein – versprochen war versprochen. Er drückte das Gaspedal durch und drehte eine enge Kurve vor dem Eingang zum Gebäude, wo er bei vollem Einsatz der Polizeisignale einen Moment stehenblieb.

Nach kurzem Blick in viele entsetzte und einige lachende Gesichter fuhr er zu der Reihe von Ladesäulen, die in der Nähe des Eingangs montiert waren. Er parkte in die erstbeste Lücke ein und schloss das Stromkabel an seinen Dienstwagen an. Dann ging Emilio gut gelaunt zum Eingang. Auf dem Weg heftete er sich das Namensschild an den Anzug, das ihn als Redner und Teilnehmer der Konferenz auswies. Fröhlich grüßend schritt er durch den Teilnehmerstrom und suchte den Raum, in dem die Konferenz stattfinden sollte.

Passenderweise war dafür der Bertha-Benz-Saal ausgesucht worden. Auf den Tischen standen schon einige Taschen. Zufrieden stellte Emilio fest, dass sein Portreplikator zu den Bildschirmkabeln passte, die darauf warteten, die jeweiligen Computer der Redner mit dem an der Decke hängenden Beamer zu verbinden. Er schien der Einzige zu sein, der mit einem Tablet-PC angereist war. Der Rest der Teilnehmer hatte Laptops dabei, eine Minderheit immerhin schon die kleineren Netbooks.

Emilio legte seine Tasche und den Samsung Galaxy Tab auf seinen Platz und ging in den hinteren Bereich des Raums, um sich mit

Wasser und Orangensaft zu versorgen. Dabei spürte er die Blicke der Leute, die seinen Auftritt vor dem Gebäude miterlebt hatten. Diejenigen, die es nicht live gesehen hatten, wurden tuschelnd von denen unterrichtet, die darüber Bescheid wussten. Ihm war so etwas egal, vielmehr genoss er die Rolle des Outlaws in dieser Runde: Er würde ihnen schon zeigen, dass er ihre Sprache verstand. Sein Vortrag war der Erste nach dem Mittagessen.

Als er zu seinem Platz zurückkehrte, stand dort ein älterer Mann, der knapp ein Meter und achtundsechzig Zentimeter groß war, einen weißen Haarkranz trug und ihn aus dunkelblauen Augen freundlich anblitzte.

»Junger Mann, ich muss schon sagen, Sie haben vorhin einen starken Auftritt hingelegt. Ich mag so etwas.«

Emilio musterte das Outfit seines Gesprächspartners, der ein weiß-blau-kariertes Flanellhemd, eine Bluejeans und dunkelrote, fast ins Schwarz gehende Cowboystiefel trug. Während er sich für das Kompliment bedankte, unterdrückte er ein Schmunzeln angesichts ihres unterschiedlichen Erscheinungsbilds. Denn er selbst trug einen schwarzen Maßanzug, ein enges weißes Hemd mit dünner schwarzer Krawatte, wie sie gerade in Mailand wieder in Mode kam, und schwarze, auf Hochglanz polierte Budapester.

»So, Sie sind also der Polizist, der als Erster in Deutschland ein Elektroauto als Dienstwagen fährt! Auf Ihren Vortrag freue ich mich ganz besonders!«

Emilio wusste immer noch nicht, wie er sein Gegenüber einschätzen sollte, als dieser plötzlich etwas spöttisch auf das Namensschild zu Emilios Rechten blickte. Dort sollte der stellvertretende Innenminister des Bundeslandes Hessen sitzen.

»Sie erlauben«, sagte der Mann, griff das Namensschild und ging damit fort.

Emilio wunderte sich immer mehr und dachte bei sich: »Wow, das ist ja mal ein echter Cowboy.« Obwohl er ihn kaum kannte, fand er den Mann sofort sympathisch; das sagte ihm sein Bauchgefühl. Er sah, wie sein Gesprächspartner, der sich ihm noch nicht vorgestellt hatte, am Ende des Tisches das Namensschild des stellvertretenden Innenministers aufstellte und mit einem anderen wieder zurückkam.

»Ich glaube, der Politiker ist dahinten bei den hohen Herren von Bund und Industrie besser aufgehoben. Da hätte ich mich unwohl gefühlt. Lieber sitze ich bei den Praktikern und Leuten, die wissen, wovon sie sprechen!«

Die Augen des Mannes funkelten, als er sein eigenes Namensschild neben das des Kommissars stellte.

»Entschuldigung, ich habe mich noch nicht vorgestellt. Mein Name ist Ulrich Held.«

Er schüttelte Emilio die Hand, der sich daraufhin ebenfalls vorstellte. Ein Blick auf das Namensschild des Cowboys, wie er sein Gegenüber in Gedanken nannte, verriet Emilio, dass er ein ‚Consultant‘ war. Obwohl der Polizist die meisten Berater als aufgeblasenen Wichtigtuer abtat, hatte er das Gefühl, dass Ulrich Held vornehmes Understatement an den Tag legte, da dieser auf weitere Titel oder ähnliche Angaben verzichtet hatte. Auf seinem eigenen Namensschild stand schließlich auch ‚Kriminalkommissar‘. Die beiden Männer unterhielten sich noch ein wenig, bis ein Assistent des Bundesumweltministers die Konferenz eröffnete.

Der Mann stand vor seinem Platz und hielt altmodisch einige Zettel vor seine Nase, von denen er anscheinend seine Rede ablas. Er begann mit einer Grußbotschaft der Bundeskanzlerin und verwies darauf, wie wichtig alternative Energie und Energiesparmaßnahmen der jetzigen Bundesregierung waren. Er führte weiter aus, dass der gerade fertiggestellte und überreichte zweite Bericht der Nationalen Plattform Elektromobilität auf großes Wohlwollen bei der Bundeskanzlerin gestoßen sei.

Bei diesen Worten schaltete Emilio ab, denn erfahrungsgemäß würde nichts Essenzielles mehr folgen. Ein Blick auf die Agenda verriet ihm, dass diese Rede fünfzehn Minuten dauern sollte. Er musterte die anderen Teilnehmer, die mit offener Begeisterung an den Lippen des Redners hingen. Während viele zustimmend nickten oder sogar mitschrieben, lehnte sich der Cowboy lässig zurück. Sein Kugelschreiber lag ungenutzt auf dem Notizblock und Emilio las den weißen Schriftzug darauf: White Stallion Ranch. Sein Sitznachbar hatte Chuzpe und seinen eigenen Stil, er schien sich nicht groß um die Meinung anderer zu scheren. Der Kommissar fand immer mehr Gefallen an ihm.

Direkt im Anschluss sprach der erste Fachredner, der vom Bundesverband eMobilität aus Berlin angereist war. Seine an die Wand projizierte Folie zeigte nur einen Satz: »Die neun Vorteile des Elektromobils«.

Nach seiner offiziellen Begrüßung blickte der Marketingleiter erwartungsvoll in die Menge der Teilnehmer.

»Meine Damen und Herren, ich würde gerne die neun Vorteile, die ein Elektroauto besitzt, mit Ihnen gemeinsam erarbeiten. Denn wenn wir als Experten diese Punkte nicht aus dem Effeff beherrschen, wie können wir sie dann der breiten Masse vermitteln?«

Der Redner des BEM stoppte an einer elektronischen Tafel und nahm einen Griffel in die Hand.

»Wow, ein Smartboard!«, entfuhr es Emilio leise. Er war wirklich beeindruckt von dieser Technik.

»Meine Damen und Herren, Sie brauchen nicht mitzuschreiben. Alles, was ich hier aufschreibe, wird automatisch gespeichert und Ihnen am Ende der Konferenz per E-Mail zugeschickt. Wenn möglichst viele der folgenden Sprecher von diesem Smartboard Gebrauch machen, dann können wir alle Gedanken und Informationen sammeln und Ihnen komplett zur Verfügung stellen.«

Emilio grinste. Er bezweifelte, dass die anwesenden Politiker diese Technik nutzen würden.

»Also, werte Damen und Herren, wer will den ersten Vorteil nennen, den ein Elektroauto zweifellos bietet?«

Der Mann vom Bundesverband schaute fragend in die Runde. Emilio spürte ein leichtes Knuffen in seiner Seite. Der Cowboy hatte ihn angestupst und nickte ihm aufmunternd zu.

»Nur zu, trauen Sie sich, das bringt Ihnen Pluspunkte!«

Er dachte nicht lange nach.

»Ich denke, der größte Vorteil ist, dass wir unser Klima schonen, da keine Verbrennung im Motor stattfindet und keine schädlichen CO_2-Emissionen freigesetzt werden!«

»Ich danke Ihnen für diesen guten Beitrag!«, antwortete der Marketingleiter. »Das Argument ist völlig richtig, dennoch würden Gegner der Elektromobilität jetzt einwenden, dass bei der Stromerzeugung auch CO_2 erzeugt wird oder schlimmer noch, radioaktiver Müll, wenn Kernkraft zur Energiegewinnung genutzt wird! Was würden Sie diesen Leuten entgegnen?«

Fragend sah er direkt Emilio an.

Dieser überlegte kurz und antwortete: »Wenn der Strom aber aus regenerativen Energiequellen erzeugt wird, wie etwa Windkraft oder Solarenergie, dann wird dabei kein CO_2 emittiert.«

»Stimmt genau! Wenn Sie jetzt noch die Wasserkraft erwähnt hätten, dann hätten Sie alles aufgezählt. Natürlich könnte man immer noch einwenden, dass beim Bau der Wind-, Wasserkraft- oder Photovoltaik-Anlagen CO_2 freigesetzt wird, aber das ist bei jeder Produktion der Fall und von daher ohne Bedeutung. Fakt ist, dass die Energiebilanz über die gesamte Herstellungskette in Sachen Nachhaltigkeit eindeutig besser ist. Kommen wir zu Punkt zwei, wer hat da eine Idee?«

Als sich erneut niemand meldete, wandte er sich an Emilio: »Ich will Sie nicht schon wieder in die Pflicht nehmen, vielleicht möchte jemand anderes etwas beisteuern?« Er blickte aufmunternd in die Runde.

»Da wir schon bei der Umweltbelastung sind, spielt natürlich auch die extrem geringe Lärmbelästigung eine Rolle. Denn Lärm kann als Umweltverschmutzung oder starke Belästigung aufgefasst werden, von daher passt dieser Punkt gut zum ersten Argument«, meldete sich der Geschäftsführer der German E-Cars zu Wort.

»Richtige Antwort! Aus diesem Grund wurde bei der UNO darüber diskutiert und letztendlich auch beschlossen, dass Elektroautos Fahrgeräusche erzeugen müssen. Damit sollen Fußgänger und andere Verkehrsteilnehmer gewarnt werden, denn wir sind es gewohnt, ein herannahendes Auto zu hören. Die Fahrgeräusche sollen allerdings nicht lauter sein als bei einem Auto mit Verbrennungsmotor, das zwanzig Kilometer pro Stunde fährt. Damit sind wir also immer noch wesentlich leiser«, sagte der Redner und schrieb den Punkt auf das Smartboard.

Bevor der Referent die Frage nach einem dritten Vorteil stellen konnte, meldete sich eine Frau, die für einen Energieerzeuger arbeitete.

»Ein weiterer Vorteil beim Elektroauto sind die geringeren Fahrtkosten. Wenn man den Preis von einem Liter Super oder Diesel mit dem einer Kilowattstunde Strom sowie die entsprechenden Reichweiten der Fahrzeuge vergleicht, dann sieht man schnell, dass die Fahrtkosten für ein Elektroauto bei nur circa zwanzig Prozent der Kosten beim Verbrennungsmotor liegen. Außerdem wird der Preis für Treibstoff in der Zukunft mit Sicherheit stärker steigen als die Strompreise, selbst wenn man die Kostensteigerung durch alternative Energieformen einkalkuliert.«

Der Referent nickte zustimmend, während er auch dieses Argument notierte.

»Ich sehe, so langsam kommt Fahrt in unsere Diskussion, das gefällt mir. Wer weiß den nächsten Vorteil, der für unsere Elektromobilität spricht?«

Der nächste Teilnehmer, der sich zu Wort meldete, war vom Batterietestzentrum des TÜVs in Bayern.

»Elektroautos müssen zukünftig dazu genutzt werden, Energiespitzen aufzufangen, und können so als kurzfristige Energiespeicher dienen. Das führt in Zukunft zur Unterstützung der nicht zu vernachlässigbaren Netzstabilität. Dazu hören wir heute Nachmittag während des Vortrages meiner Kollegin noch interessante Details!«

Der Marketingmann schrieb den Punkt ohne weiteren Kommentar auf das Smartboard.

Emilio, der immer mehr Spaß an der Diskussionsrunde hatte und dessen Respekt vor vielen Konferenzteilnehmern und deren Fachwissen zusehends stieg, sprach aus, was ihm gerade in den Sinn kam.

»Ich habe gemerkt, dass unser Stromos eine ziemlich starke Beschleunigung hat. Da können vor allem beim Anfahren viele sogenannte normale Autos nicht mithalten! Dieser Punkt hat mich zu Anfang unseres Testes besonders begeistert. Aber auch dazu von mir nachher mehr in meinem Vortrag über die Anwendung im täglichen Gebrauch.«

Er konnte sich die kleine Spitze nicht verkneifen, obwohl er sicher war, dass niemand sie bemerkt hatte. Der Cowboy zu seiner Rechten lächelte.

Ulrich Held fing an zu sprechen, kaum dass der Referent vom Bundesverband Emilios Aussage notiert hatte.

»Elektromotoren zeichnen sich durch einen besonders hohen Wirkungsgrad aus. Er liegt bei mindestens fünfundneunzig Prozent oder mehr. Ein Verbrennungsmotor, der mit Super betrieben wird, liegt dagegen bei optimaler Ausnutzung gerade einmal bei fünfunddreißig Prozent. Ein Dieselmotor mit Direkteinspritzung kommt auf maximal fünfundvierzig Prozent. Eine Brennstoffzelle schafft im hohen Leistungsbereich bis zu sechzig Prozent, diese sind aber mobil nicht zu erreichen, sondern nur stationär. Ein Elektromotor kann außerdem beim Bremsen Energie zurückgewinnen, die wieder in Beschleunigungsenergie umgewandelt wird; und ein Versuch mit dem Electric-Blue-Fahrzeug in der Salzwüste von Utah hat erst letztens gezeigt, dass auch Elektroautos deutlich über zweihundertfünfzig Stundenkilometer schnell sein können.«

Zustimmendes Nicken begleitete die Aussage des Beraters.

Der Referent nannte selbst den nächsten Punkt.

»Auch wenn die Ladesäulen inzwischen so optimiert wurden, dass wir hohe Leistungen in manchen Akku regelrecht pressen und eine volle Ladekapazität in zwei Stunden erreichen können, so muss dem Endverbraucher doch klargemacht werden, dass er sein Elektroauto auch zu Hause aufladen kann. Mit den Nachttarifen mancher Stromanbieter kann das sogar eine sehr günstige Alternative sein. Das heißt, dass man nicht mehr unbedingt auf Tankstellen im herkömmlichen Sinn angewiesen ist.«

Keiner widersprach ihm.

»Ein weiterer großer Vorteil bei Elektroautos ist, dass sie kaum mechanischen Verschleiß aufweisen. Im Gegensatz zum Verbrennungsmotor hat ein Elektromotor nur eine drehbare Achse. Es fallen keine Ölwechsel und kaum Instandhaltungskosten an. So braucht ein Elektroauto nur selten Wartungs- und Servicetermine in der Werkstatt. Das spart ebenfalls Kosten«, meldete sich ein Kfz-Meister der Firma German E-Cars zu Wort.

Auch dieser Vorteil wurde notiert.

Nach einer längeren Pause in der Diskussion, während der jeder über noch fehlende Vorteile grübelte, schaltete sich Ulrich Held wieder ein.

»Für Elektroautos spricht außerdem, dass sie völlig anders konzipiert werden können als herkömmliche Autos. Sie benötigen keinen Tank, keine Auspuffanlage und kein Getriebe. Dadurch ist ein völlig neues Design mit sehr futuristischen, flachen Karosserien möglich. Das bedeutet, dass sie weniger Strömungswiderstand und ein geringeres Gewicht haben, was wiederum zu geringerem Energieverbrauch führt.«

»Sehr gut!«, freute sich der Referent. »Damit haben wir alle Vorteile des Elektroautos genannt.«

Er beendete seinen Vortrag mit einer Zusammenfassung und wies noch einmal eindringlich auf den Einsatz alternativer Energiequellen sowie die Lösungsfindung für die zu erwartenden Probleme bei der Netzauslastung hin. Als Letztes endete er mit der Aufforderung, dass jeder, der dem Elektroauto zum Erfolg verhelfen wolle, diese Argumente verinnerlichen müsste.

Im Anschluss sprach der Geschäftsführer von German E-Cars, dem Hersteller des Stromos. Er kam ohne großes Manuskript aus und hielt seine Rede frei. Zunächst begrüßte er die Teilnehmer erneut und zählte die Punkte auf, die aus seiner Sicht besonders betrachtet werden sollten: Stärkung der Akzeptanz des Elektroautos in der Bevölkerung, Verbesserung der Motoren, Batterien und deren Probleme, Ladestationen und deren Effizienzsteigerung, Anwendungsbeispiele und Berichte aus der Praxis.

Beim letzten Punkt bedachte er Emilio mit einem Lächeln.

»Ich freue mich besonders darauf, von der Polizei in Frankfurt über die ersten Erfahrungswerte mit unserem Auto im Einsatz zu hören; sie hatte ja schon einen filmreifen Auftritt vor dem Tagungsgelände.«

Bei diesen Worten lachten viele der Teilnehmer und blickten zu Emilio.

Der nächste Redner war Marketingchef der Abteilung Elektromobilität von Siemens. Emilio war zuerst skeptisch, ob hier nicht auch das übliche Blabla und eine inhaltslose Powerpoint folgen würden, doch er wurde positiv überrascht. Auf der ersten Seite der Präsentation, die der Beamer an die Wand warf, waren ein Oldtimer und ein Name zu sehen: Elektrische Viktoria. Dahinter standen ein Fahrer und ein Mechaniker, beide trugen einen Kaiser Wilhelm-Schnurrbart.

Schon im Jahr 1905 hatte Siemens etwa fünfzig Elektrowagen unter dem Namen Elektrische Viktoria gebaut und verkauft. Die Leistungswerte waren nicht einmal schlecht: Er fuhr damals dreißig Stundenkilometer schnell und hatte eine Reichweite von achtzig Kilometern. Das erstaunte Emilio am meisten, denn sehr viel weiter war man in Sachen Reichweite heute auch noch nicht, vor allem wenn man das Gewicht in diese Gleichung einbezog.

In der kurzen Kaffeepause danach nutzte Emilio die Gelegenheit und wandte sich an seinen Sitznachbarn

»Wieso benötigen Elektroautos eigentlich kein Getriebe mehr? Das verstehe ich nicht. Es gibt doch noch Elektroautos mit Getriebe.«

»Das ist ganz einfach. Lassen Sie uns einen Kaffee holen, dann erkläre ich es Ihnen.«

Emilio nahm sich einen Tee, von dessen Qualität er nicht so ganz überzeugt war. Zurück an ihrem Platz nahm Ulrich Held seinen Kugelschreiber und fing an, Leistungskurven von einem Verbrennungsmotor und einem Elektromotor aufs Papier zu malen.

»Emilio – ich darf Sie doch Emilio nennen?«

Der Kommissar nickte.

»Gut, ich bin Ulrich. Wenn Sie sich diese Kurve des Elektromotors anschauen, dann sehen Sie, dass ein Elektromotor vom Start weg volles Drehmoment zur Verfügung stellt. Das bedeutet, Sie können einen Elektromotor auch unter Last von Drehzahl Null hochfahren ohne ihn abzuwürgen. Ein Verbrennungsmotor hingegen benötigt eine gewisse Umdrehungszahl, um sein maximales Drehmoment zur Verfügung zu stellen. Das sehen Sie hier genau.«

Ulrich deutete auf die zweite Kurve, die er gezeichnet hatte. Emilio nickte. Er konnte sich gut erinnern, wie oft er als Fahranfänger den Benziner seines Vaters abgewürgt hatte, weil er zu schnell losfahren wollte oder vor Aufregung den falschen Gang eingelegt hatte.

»Warum haben Elektroautos dann überhaupt noch ein Getriebe?«, fragte er.

»Das liegt daran, dass viele Elektroautos auf Modellen basieren, die als Verbrennungsmaschine konzipiert wurden. Man baut einfach den Motor aus und nutzt den Rest, so wie er ist. Außerdem erhöht ein Differenzial den Gleichlauf der Reifen bei Geradeausfahrt. Dafür muss an allen Rädern das gleiche Drehmoment anliegen, andernfalls würde das Auto eine Kurve fahren, wenn Sie das Lenkrad losließen. Ohne ein Differenzial müssten Sie bei einem Auto immer aktiv gegenlenken. Das heißt, Ihr Fahrkomfort würde leiden. Bei einer Kurve hingegen muss das Rad, das in der Innenkurve fährt, langsamer drehen als das Rad auf der Außenkurve, sonst radieren Sie die Reifen; das alles besorgt das Differenzial. Sie können auch Elektroautos problemlos ohne Differenzial und Kupplung bauen, denn man kann mehrere kleine Motoren direkt an die Räder anbauen. Dabei wird das Drehmoment an den Reifen elektronisch synchronisiert statt mechanisch über das Differenzial. Im Prinzip macht man das entweder mit einer Strom- oder mit einer Spannungsbegrenzung. Allerding ist der Regelalgorithmus für die elektronische Synchronisation nicht so einfach zu berechnen, da die Regelung auf jedem Punkt der Motorkennlinie gelten muss. Das bedeutet einen größeren Entwicklungsaufwand, der den Preis für ein Elektroauto wieder in die Höhe treibt. Da viele Leute zwar auf den Fahrkomfort nicht verzichten wollen, aber auch nicht bereit sind, deswegen mehr Geld für ein Auto zu bezahlen, ist bei den meisten Elektroautos noch die mechanische Variante im Einsatz. Sobald die Verkaufszahlen für Elektroautos steigen und die

Preise gesenkt werden können, werden die reinen Elektroautos ohne Getriebe, Differenzial und Kupplung auskommen können. Das nennt sich dann Economy of Scale.«

Der Kommissar schüttelte den Kopf angesichts der Fülle an Informationen.

»Also im Prinzip habe ich es verstanden, aber wie fährt ein Elektroauto dann rückwärts? Das leuchtet mir nicht ein. Wenn ich kein Getriebe habe und damit keinen Rückwärtsgang, dann kann das doch gar nicht gehen.«

»Das ist ganz einfach, wir Physiker haben da die sogenannte Drei-Finger-Regel! Kennen Sie die?«

Emilio verneinte.

»Okay«, sagte Ulrich, »machen Sie mir einfach alles nach. Als Erstes ballen Sie die Faust und strecken Ihren Arm nach vorne. Der Daumen liegt auf der Faust. Jetzt strecken Sie den Daumen hoch, die restliche Faust bleibt geballt. Ihr Daumen zeigt nun die Richtung an, in die der Strom fließt. Als Nächstes strecken Sie zusätzlich den Zeigefinger weg, die anderen Finger bleiben geballt. Wir wissen in der Physik seit Maxwell, dass ein Magnetfeld entsteht, wenn ein Strom seine Richtung oder seine Stärke ändert. Ihr Zeigefinger zeigt jetzt in die Richtung des entstehenden Magnetfeldes. Wie Sie sehen, steht Ihr Zeigefinger im rechten Winkel zum Daumen. Als Letztes strecken Sie jetzt bitte den Mittelfinger aus, so als ob Sie jemanden den Stinkefinger zeigen wollten. Ring- und kleiner Finger bleiben geballt. Durch das entstehende Magnetfeld wird nun eine Kraft ausgeübt und zwar in die Richtung, in die Ihr ,Du kannst mich mal gern haben'-Finger gerade zeigt. Nehmen wir weiter an, dass diese Kraft für die Fahrtrichtung Ihres Elektroautos steht, dann fahren Sie jetzt vorwärts. Nun drehen Sie Ihre Hand einmal um hundertachtzig Grad. Sie sehen, Ihr Daumen zeigt jetzt genau in die andere Richtung. Das bedeutet, der Strom fließt genau entgegengesetzt zu vorher. Magnetfeld und Kraftwirkung haben ebenfalls ihre Richtung umgekehrt und schon fahren Sie rückwärts. Bei einem Elektromotor erreicht man das Rückwärtsfahren also einfach durch Umpolen und Änderung der Stromrichtung. Das ist alles!«

Emilio spielte noch eine Weile mit seiner Hand und den Fingern, wobei er immer wieder die Worte »Stromrichtung, Magnetfeld, Kraft« murmelte. Nach kurzer Zeit breitete sich ein Grinsen auf seinem Gesicht aus.

»Oh Mann, Ulrich, Sie sind wirklich super. Ich wünschte in unserer Schule wäre der Physiklehrer auch so cool gewesen. Da haben wir so etwas nie gelernt!«

»Danke für das Kompliment, aber ich bezweifele, dass Ihr Lehrer nie versucht hat, es Ihnen zu erklären. Wahrscheinlich waren damals Mädchen und Sport für Sie wichtiger als die Physik.«

Dabei blitzten Ulrich Helds Augen verschwörerisch. Emilio kam nicht umhin, ihm recht zu geben, sagte aber nichts dazu.

Nach der Pause folgte ein Sprecher, der führender Entwicklungsleiter eines großen Batterieunternehmens war und sich als Hans-Dieter Schwärtz vorstellte. Sein Vortrag begann mit einem kurzen Abriss über die Geschichte der Batterien und Akkumulatoren.

Emilio war überrascht, über die folgende Aussage des Entwicklungsleiters.

»Leider ist es wohl eine traurige Tatsache, dass die Lithium-Ionen-Technik im Moment ziemlich ausgereift ist. Wir können zwar mehr Leistung in Akkumulatoren stopfen, aber das bedeutet heutzutage mehr Gewicht und mehr Gewicht heißt weniger Reichweite für das Elektroauto. Ein Teufelskreis, der mit der alten Technologie nicht zu durchbrechen ist. Daher verfolgen wir völlig neue Ansätze und arbeiten mit internationalen Forschungsinstituten zusammen. Wie Sie ja alle wissen, bestehen heutige Anoden in einer Batterie aus Graphit. Technisch vorteilhafter wären Anoden aus Silizium. Das Problem dabei ist, dass diese Anoden sich bei den Lade- und Entladevorgängen zu zersetzen beginnen und nach kurzer Zeit brechen können. Hierzu läuft gerade ein hochinteressantes Projekt in den USA. Aus den Braunalgen, die im Meer schwimmen und zum Teil riesige Algenteppiche bilden, kann man ein Bindemittel gewinnen, das Silizium-Anoden vor der Zerstörung schützt. Dieses Bindemittel wird auch in der Lebensmittelbranche verwendet. Sie sehen also, dass es sich immer lohnt, für den technischen Fortschritt auch über den eigenen Tellerrand zu blicken. Außerdem wissen Sie wahrscheinlich, dass der große Feind der Batterie die schwankende Temperatur ist. Batterien lieben eine gleichbleibende Temperatur. Ist es zu kalt, sinkt ihre Leistung und ist es zu warm, altert sie schneller.«

Der Referent räusperte sich und griff zu seinem Wasserglas.

»Was die Wärmeableitung angeht, gibt es ein neues Konzept, das auf einer Falttechnik von Aluminiumröhrchen basiert. Ähnlich wie beim japanischen Origami verändert das Falten des Aluminiums seine Kühleigenschaften drastisch, so wie auch eine einfach Seite Papier durch das Falten völlig neue Eigenschaften bekommt.«

Die Rede wurde jetzt so detailliert technisch, dass Emilio nicht mehr viel verstand, obwohl er sich Mühe gab zu folgen. Dennoch fand er dieses Thema hoch spannend. Der nächste Punkt, den Hans Dieter Schwärtz ansprach, klang für ihn noch unglaublicher.

»In Karlsruhe hat ein Forschungsinstitut jetzt ein Patent angemeldet, das auf sogenannte Nanomaterialien, also ganz kleine Strukturen, aufsetzt. Sie verwenden Eisen-Kohlenstoff-Verbindungen und erreichen damit heute schon die doppelte Kapazität der derzeitigen Batterietechnik. Diese Technologie hat noch großes Potenzial nach oben.«

Emilios Fantasie ging mit ihm durch: Nanomaterialien, das klang schon sehr nach Science Fiction. Er freute sich ungemein, dass er so viel Neues dazulernen durfte.

»Eine letzte und simple Lösung, um die Reichweite zu erhöhen oder die Ladezeit zu verkürzen, kennen Sie sicher, es ist das Konzept der Wechselbatterie. Hier wird einfach an einer Tankstelle oder an definierten Orten der leere Akku gegen einen voll aufgeladenen Akku ausgetauscht. Diese Idee stammt von der Firma Better Place und wird seit geraumer Zeit in Israel und weiteren Ländern von Renault getestet.«

Mit dieser durchaus provokanten Aussage beendete Hans Dieter Schwärtz seine Präsentation.

Als letzter Sprecher vor der Mittagspause referierte der Vertriebsleiter von Brose-SEW über induktive Ladestationen. Mobilität in urbanem Raum benötige keine eingebaute große Reichweite in Form von überdimensionierten Batterien, führte er aus.

»Strom tanken ohne Kabel« bezeichnete er als wesentliche Voraussetzung, um Elektrofahrzeuge im Massenmarkt zu etablieren.
Bei dieser berührungslosen Ladetechnologie wurde eine Platte, die mit einer Stromquelle verbunden war, in den Parkplatz integriert und über ein Modul im Fahrzeugboden die von ihr kommende Energie aufgenommen.

»Die Energie wird auf eine Distanz von bis zu zwanzig Zentimetern zwischen Platte und Fahrzeug durch das magnetische Feld induktiv, also berührungslos, übertragen«, erklärte der Redner und zeigte weitere Details auf.

»Die Energieübertragung erfolgt nach dem resonanten Transformatorprinzip: Wechselstrom erzeugt in der Primärspule – also in der Platte – ein Magnetfeld, das in der Sekundärspule im Fahrzeug wieder Wechselstrom induziert. Über Nahfeld-Kommunikation kann ein ankommendes Elektrofahrzeug diese Tankstelle aktivieren, so dass das Einspeisegerät vom Stand-by-Modus in den Ladebetrieb wechselt. Ist die Batterie des Elektrofahrzeugs aufgeladen, schaltet die Einspeisung wieder auf Stand-by. Auf Firmenparkplätzen, in Parkhäusern, an öffentlichen Tankstellen, Park&Ride-Plätzen und selbst an Ampeln, ja sogar in Autobahnen, könnte diese Technologie integriert werden und somit die elektrische Mobilität entscheidend voranbringen.«

Der Gedanke gefiel Emilio und er nickte zustimmend. Alles was automatisch passierte und einem das Leben erleichterte, fand seine Zustimmung. Doch irgendwie erschreckte es ihn auch, da der Stromfluss bei dieser Art des Ladens so gar nicht zu erkennen war.

Was passierte, wenn irgendetwas zwischen Fahrzeug und Ladeplatte gelangte? Urplötzlich stellten sich ihm die Nackenhaare auf und er dachte an Django. Was würde passieren, wenn es sich der Lieblingskamerad seines Kollegen nichts ahnend unter dem Auto nachts gemütlich machen wollte?

Der Vertriebsleiter beantwortete Emilios spontan eingeworfene Frage umgehend: »Aufgrund des geringen elektromagnetischen Feldes ist diese Technologie für Mensch und Tier unbedenklich. Hier sind wir konform zu der entsprechenden VDE-Richtlinie.«

Nicht ohne erkennbaren Stolz fügte er noch hinzu, dass dies ja immerhin eine Kernkompetenz sei, die seit Jahren in der Industrieautomation erprobt wurde.

Ulrich Held lehnte sich zu Emilio hinüber und raunte ihm ins Ohr: »Elektromagnetische Felder sind überall um uns herum zu finden, selbst in der Luft gibt es eins, das durch Strahlen aus dem Weltraum hervorgerufen wird. Bei Gewittern ist es deutlich erhöht und wenn es zu einer Entladung kommt, entstehen die Blitze. Aber auch im Haushalt sind diese Felder zu finden. Wenn Sie beispielsweise einen Induktionsherd besitzen und darauf Ihre Pasta kochen, könnte je nach Modell das elektromagnetische Feld sogar höher sein als bei dieser vorgestellten Ladetechnik.«

In der Mittagspause gesellte sich ein Ingenieur zu Emilio, der bei einem asiatischen Hersteller von Ladestationen arbeitete und seinem interessierten Tischnachbarn bereitwillig von seiner Arbeit berichtete.

Zusammengefasst lautete die Botschaft, dass die nächste Generation die Ladezeit je nach Batterie und Kapazität auf eine bis zwei Stunden verkürzen könnte. Eine Randnotiz des Entwicklers faszinierte und amüsierte Emilio besonders. Es gab ein japanisches Konsortium namens CHAdeMO, das sich mit der internationalen Standardisierung der Ladestationen beschäftigte.

Was Emilio fesselte, war der Name. Bedeutete er im Englischen »Charge and Move«, also »Lade auf und fahr weiter«, so lautete die japanische Lesart des Kunstwortes »O cha demo ikaga desuka«. Übersetzt ins Deutsche hieß das: »Lass uns beim Aufladen einen Tee trinken«. Das gefiel dem Kommissar ausgezeichnet. Die japanische Schnellladetechnik hatte seine Sympathie schon gewonnen.

Den Rest der Mittagspause nutzte er zur Entspannung, um sich mental auf seinen Vortrag vorzubereiten. Normalerweise war er nicht schüchtern und hatte keine Angst frei zu sprechen, aber dieses Publikum war ihm wichtig und er wollte hier Eindruck hinterlassen.

Kurz vor Ende der Pause ging er noch einmal auf die Toilette, um dort im Spiegel seine Krawatte zu überprüfen. Als er den Konferenzraum betrat, waren alle Teilnehmer schon vollständig versammelt. Der Marketingleiter des BEM nickte ihm freundlich zu.

Emilio schloss seinen Tablet-PC an den Beamer an und stellte sich nach vorne, da er seine Fernbedienung dabei hatte. Sein Blick ruhte auf den anderen Teilnehmern und er schwieg noch eine halbe Minute, ein Trick, den er auch gerne bei Verhören anwendete; so konnte er sicher sein, dass alle gespannt darauf warteten, was er zu sagen hatte.

»Guten Tag, meine Damen und Herren. Zuerst möchte ich mich bedanken, dass Sie mich zu dieser Konferenz eingeladen haben, bei der ich bisher schon viel Neues und Spannendes gelernt habe. Heute werde ich Ihnen berichten, welche praktischen Erfahrungen wir in den letzten vier Monaten mit einem Elektroauto als Dienstfahrzeug gesammelt haben. Ich bin Kriminalkommissar Perfondo von der Mordkommission in Frankfurt und der Stromos, der draußen auf dem Hof steht, ist unser Dienstwagen. Ich muss gestehen, als gebürtiger Italiener war ich zuerst sehr skeptisch, als mein Vorgesetzter mich davon unterrichtete, dass er zusammen mit unserer Bürgermeisterin ein Elektroauto als Dienstwagen bestellt hatte. Ja, als Italiener lernt man die Wörter Ferrari, Maserati und Lamborghini noch bevor man

‚Mama' sagen kann. Und viele behaupten, dass uns eher Benzin in den Adern fließt als Blut.«

Wohlwollendes Gelächter unterbrach seine Rede an dieser Stelle.

Er wartete, bis das Lachen abgeklungen war, bevor er weitersprach. Alle Augen waren gespannt auf ihn gerichtet.

»Nun, ich habe meine Meinung geändert. Heute bin ich ein großer Fan des Elektroautos. Ein Argument meines Vorgesetzten hat mich damals neugierig auf das Fahrzeug gemacht, das war die bessere Beschleunigung gegenüber Autos mit Verbrennungsmotoren. Diesen Punkt haben wir ja heute Morgen schon erörtert und ich kann das bestätigen. Die Beschleunigung ist klasse und es macht Spaß, damit zu fahren. Sie können mir glauben, dass ich meinen Ruf als rasanter Fahrer in der Frankfurter Polizei gefährdet sah, doch ich habe ihn verteidigt.«

Emilio schmunzelte, als er sah, dass seine Rede bisher gut ankam. Er wollte gerade fortfahren, als ihn Ulrich Held unterbrach.

»Emilio, zu Ihrer Information: Die FIA plant ab 2013 den Start einer Rennserie nur für Elektroautos. Die Rennen sind bisher auf innerstädtischen Rundkursen geplant und sollen Menschen von Elektroautos und ihrer Leistungsfähigkeit überzeugen. Bis jetzt ist über das Fahrerfeld noch nicht gesprochen worden. Doch ich könnte mir gut vorstellen, dass wir nicht nur Profis ranlassen, sondern auch routinierte Amateure, die schon länger einen Elektrowagen fahren. Vielleicht wäre das ja etwas für Sie!«

Bevor der Kommissar seine Sprache wiederfand, wandte sich Ulrich Held an den stellvertretenden Innenminister von Hessen: »Was meinen Sie, soll ich mit Ihrem Chef einmal darüber sprechen?«

Der Mann antwortete verdattert: »Oh, natürlich, Herr Dr. Held, Ihre Meinung ist in unserem Hause immer sehr geschätzt. Und, ja, ich halte das für ein fabelhafte Idee, die ich gerne unterstütze.«

Der Cowboy zwinkerte Emilio zu.

»Oh, … Wow! Ja, also, das würde mich wirklich freuen«, stotterte Emilio, der ein wenig aus dem Konzept geraten war. Es schien so, als hätte er seinen Sitznachbarn völlig unterschätzt. Er atmete zweimal tief ein, konzentrierte sich wieder auf seine Präsentation und zeigte Grafiken mit ihrer täglichen Kilometerleistung. In vier Monaten hatte das Ermittlungsteam nur sechsmal auf einen anderen Wagen mit Dieselmotor ausweichen müssen, da die Einsatzorte außerhalb der Reichweite ihres Stromos lagen.

Als Nächstes präsentierte Emilio die Zahlen, die er monatlich weiterschickte, für Stromverbrauch mit und ohne Blaulicht und Martinshorn. Die darauffolgende Diskussion endete mit dem Beschluss, dass für die nahe Zukunft ein Test auf dem Nürburgring gemacht werden sollte. Initiator dieser Idee war wieder Ulrich Held.

»Wie gesagt, alle von mir bisher präsentierten Zahlen zeigen, dass sich Elektroautos als behördlich genutzte Dienstfahrzeuge im täglichen Gebrauch zu über sechsundneunzig Prozent eignen. Das liegt sicherlich auch daran, dass man seinen Fahrstil unterbewusst an die Gegebenheiten anpasst, vorausschauender und auch energiebewusster fährt. Nicht jede unserer Fahrten ist eine wilde Verfolgungsjagd bei der es nur um Beschleunigung geht.«

Emilio schaute seine Zuhörer an, als wollte er noch ein »leider« hinzufügen.

»Dennoch möchte ich Ihnen einige Schwierigkeiten nicht verheimlichen, die mir in den letzten vier Monaten aufgefallen sind. Das fängt schon mit der Sprache an: Ich spreche immer noch vom Gaspedal, das ich durchtrete, auch wenn ich mit dem Stromos fahre. Ich habe zwar schon gehört, dass manche Leute vom Fahrpedal reden, aber das hat sich einfach noch nicht durchgesetzt. Genauso sage ich noch ‚auftanken' statt ‚aufladen'. Wenn Sie das Elektroauto in der breiten Masse wirklich erfolgreich machen wollen, dann muss es den Nimbus des Braven ablegen und hip und cool werden. Vielleicht sollten sich kluge Marketingexperten überlegen, wie man das Auto einerseits sexy und andererseits männlich-markant präsentieren kann. Sie glauben nicht, wie viel Spott ich immer noch von Kollegen ernte, wenn wir an einem Tatort vorfahren. Ganz zu schweigen von den Kriminellen, die oft mehr PS unter der Motorhaube haben als Hirn im Kopf. Es gibt alleine in Frankfurt mehr SUVs als wildes und freies Gelände in ganz Deutschland. Das ist wirklich noch ein großes Hindernis für den Erfolg der Elektromobile. Sie alle haben es bisher nicht verstanden, die Herzen der Menschen damit zu erreichen. Im Kopf wissen viele, dass die Ära der Verbrennungsmotoren zu Ende geht, aber das Herz schlägt noch im Takt der Diesel- und Supermotoren. Von daher bin ich gespannt, wie die Hersteller der Fahrzeuge den Hinweis auf die Freiheit beim Design von Elektroautos, der heute Morgen gefallen ist, in Zukunft aufgreifen und umsetzen werden.«

Das Publikum honorierte Emilios Bemerkung mit Applaus.

»Und in einem Punkt sind wir uns, glaube ich, alle einig: Egal ob dienstliche oder private Nutzung, die Reichweite pro Batterieladung muss erhöht werden und zeitgleich müssen die Anschaffungskosten sinken. Nur dann hat das Elektroauto eine reelle Chance den Massenmarkt zu erobern und von den Leuten als echte Alternative angesehen zu werden; nicht nur als Stadt- oder Zweitauto.«

Bevor er wieder Platz nahm, schrieb er sein Fazit noch auf das Smartboard, was ihm einen wohlwollenden Blick des Tagungsleiters einbrachte.

Der Marketingleiter des Bundesverbands eMobilität stimmte Emilio zu:»Sie haben völlig recht. Wenn es uns allen nicht gelingt, den Preis der Autos zu senken und den Leuten alle Kostenvorteile deutlich zu vermitteln, dann wird das Elektromobil es auch in Zukunft schwer haben. Viele Manager aus der herkömmlichen Automobilbranche sehen den Markt immer noch als Nische an, den sie nicht bedienen wollen und müssen. Die hohen Kosten werden heute durch die Batterien verursacht. Von daher bin ich sehr daran interessiert, über die neuen Forschungsergebnisse weiter informiert zu werden. Deshalb war auch der Vortrag von Herrn Schwärtz hochinteressant und Ihr Bericht aus der Praxis hat ihn hervorragend ergänzt.«

Die nächste Sprecherin war im Management eines Energieerzeugers und hatte sich bereits in der Diskussion über die Vorteile des Elektroautos aktiv beteiligt. Deshalb war Emilio gespannt, was sie mit ihrem Netbook präsentieren würde.

»Guten Tag, verehrte Teilnehmer. Ich hoffe, Sie sind noch fit genug für eine weitere technische Präsentation. Zunächst würde ich gerne mit ein paar Bemerkungen zu den Herausforderungen starten, denen sich Energiekonzerne heute und in Zukunft verstärkt stellen müssen. Die Energieversorger in Europa sind verpflichtet, die Last und die Erzeugung auf den europäischen Stromnetzen in einem Gleichgewicht bei fünfzig Hertz mit einer Toleranz von einhundert Millihertz zu halten. In der Vergangenheit wurden dazu Zeitabschnitte von jeweils einer Viertelstunde geplant und die Energieerzeugung daran ausgerichtet. Nach der Verabschiedung des Gesetzes für den Vorrang Erneuerbarer Energie, kurz EEG genannt, dürfen mittlerweile immer mehr private Energieerzeuger ihren Strom ins Netz speisen – egal, ob er im Moment gebraucht wird oder nicht. Windkraft- und Photovoltaik-Anlagen erzeugen Strom, wenn Wind weht oder die Sonne scheint. Gerade Windkraft erzeugt oft mitten in der Nacht

Strom, obwohl dann der europaweite Verbrauch minimal ist. Das kann wiederum zu lokalen Überströmen führen. Um die Infrastruktur inklusive Kabel und Transformatoren nicht zu beschädigen, werden in diesem Fall Versorgungsleitungen abgeschaltet und vom Netz genommen. Nun kann es gerade durch diese Abschaltungen immer wieder zu Stromkaskaden und Blackouts kommen. Das heißt, durch das gesamte europäische Stromnetz fließen ungewollte Spannungsspitzen und führen zu Transformatorschäden. Eine Abschaltung in Dänemark kann somit zum Beispiel einen großflächigen Stromausfall in Österreich zur Folge haben und umgekehrt. Die Stabilität des gesamten europäischen Stromnetzes ist gefährdet und ich bin mir sicher, dass es in Zukunft europaweit zu größeren Stromausfällen und den damit verbundenen Problemen kommen wird – bis hin zu Unruhen, sollten diese Stromausfälle länger dauern.«

Die Rednerin ließ die letzten Worte kurz in der Luft hängen.

»Um unsere Netze stabil zu halten, sind Investitionen in Milliardenhöhe nötig, speziell für neue Leitungstrassen, Umspannwerke und elektrische Energiespeicher. Sie alle wissen um die Problematik neuer Leitungstrassen: Jeder Bürger will Strom, doch wenn eine neue Überlandleitung geplant wird, entstehen sofort unzählige Bürgerinitiativen, die sich gegen genau diese Trasse aussprechen. Eine Idee, die zumindest geprüft wird, sieht Stromleitungen entlang Autobahnen oder Schienen vor. Ich bin da allerdings skeptisch. Eine andere Variante, die ich sehr positiv bewerte, wäre die Möglichkeit, die Batterien der Elektroautos als Energiespeicher zu verwenden. Es gibt Konzepte bei denen die Besitzer von Elektroautos ihre Wagen über Nacht zu Hause aufladen und so die Überkapazität von Strom abnehmen. Über eine Software im Auto kann der Besitzer dann am Tage einstellen, ob er die in seiner Batterie gespeicherte Energie zum Fahren benötigt oder sie den Stromkonzernen zurückverkauft. Der Gewinn für ihn wäre also die Preisdifferenz zwischen dem günstigen Nacht- und dem teureren Tagestarif des Stromes.«

Nun folgte eine Menge von Formeln, die berechneten, wie viele Elektroautos bei welcher Menge von erzeugter und überschüssiger Energie benötigt wurden. Emilio klinkte sich aus, auch wenn er fasziniert war, dass man mit einem Elektroauto auch noch Geld verdienen konnte. Als die Managerin des Energiekonzerns geendet hatte, wurden Kaffee und Kuchen gereicht.

In der kurzen Pause kam der Kommissar mit dem Vertriebsleiter eines amerikanischen Batterieherstellers ins Gespräch, dessen Firma aus einem Forscherteam des berühmten Massachusetts Institute of Technology hervorgegangen war. Beeindruckt ließ er sich deren patentierte Nanotechnologie für Batterien erklären, die bereits Anwendung in Bussen erfuhren und angeblich innerhalb von nur fünf Minuten Ladezeit wieder einen Großteil ihrer Leistung zur Verfügung stellten.

Zum Abschluss der Tagung fand eine offene Diskussion statt, an der Emilio sich aber kaum beteiligte. Ihm schwirrte einfach der Kopf von so vielen neuen Erkenntnissen.

»Vielleicht sehen wir uns ja auf der eCarTec in München oder Paris wieder?«, verabschiedete sich Ulrich Held von ihm. »Auf der internationalen Leitmesse zu dem Thema hätten Sie bestimmt Ihren Spaß und nicht nur, weil die neuesten Fahrzeuge und Technologien ausgestellt werden. Dort können Sie auch verschiedenste Modelle Probe fahren, inklusive Motorrädern.

»Klingt nicht schlecht, das muss ich gleich meinem Chef erzählen«, nahm sich Emilio vor, als er dem Berater die Hand reichte.

Mit voll aufgeladenem Wagen fuhr er wieder nach Heidelberg und von dort am Sonntag mit seiner Familie zurück nach Frankfurt.

Kapitel 15

Der gesamte Montag brachte das Team in ihren Ermittlungen nicht voran, doch am Abend meldete sich Felix bei seinem Partner, um ihm die Neuigkeiten aus Kalabrien zu erzählen.

Sichtlich beeindruckt beschloss Emilio gleich bei seinem Chef vorbeizukommen. Nachdem er die italienischen Akten über Don Veschie eine Weile studiert hatte, nahm er sie mit und versprach, die Übersetzung über Nacht fertig zu machen.

Am Dienstagmorgen wurde Felix im Büro herzlich begrüßt. Frauke gab eine Flasche Sekt aus und Arno hatte Kuchen besorgt. Die erste halbe Stunde berichtete der Hauptkommissar von seinem Kurztrip. Besonders seine Schilderung des Tandemsprungs faszinierte die anderen. Als er dann auf seine Begegnung mit Crotone und die Umstände, die dazu geführt hatten, zu sprechen kam, herrschte völlige Stille.

»Das ist ja unglaublich«, war Fraukes einziger Kommentar.

Felix stimmte ihr zu. »Ja, das habe ich mir auch gedacht. Gestern war Emilio noch bei mir und hat die Unterlagen, die Commissario Crotone mir gegeben hat, mitgenommen, um sie zu übersetzen. Emilio, wie weit bist du damit?«

»Fertig, wie versprochen.« Kommissar Perfondo verteilte die Unterlagen, die er ausgedruckt hatte, bevor sein Chef ins Büro gekommen war.

»Ich hoffe nur, du hast nicht die ganze Nacht durchgearbeitet, sonst bekomme ich Ärger mit Sylvia.«

»Na ja, begeistert war sie nicht, aber inzwischen hat sie es aufgegeben etwas dazu zu sagen«, beruhigte sein Freund ihn.

»Tja, da werde ich dich, wenn der Fall gelöst ist, wohl in den Zwangsurlaub schicken müssen. Sonst wirst du irgendwann noch ein Fall für uns.«

Emilio verdrehte die Augen, widersprach ihm jedoch nicht. Genau wie die anderen hatte er noch viel zu viel Resturlaub übrig, er führte sogar ihre Liste an und fühlte sich manchmal auch mehr als urlaubsreif.

»Gut, wenn das geklärt ist, dann wollen wir mal sehen, was wir hier haben«, sagte Felix.

Die nächsten Minuten hörte man nur das Blättern von Papier. Arno war als Erster fertig mit Lesen.

»Ein richtig harter Bursche, dieser Don Veschie, und mit so einem trifft sich unser Dr. Zimmer. Was seine Freunde wohl dazu sagen würden, wenn sie es wüssten?«

Sein Chef musste ihm recht geben. Der Mafiaboss war anscheinend zur Spitze aufgerückt, weil er seinen Vorgänger und dessen engsten Berater umgebracht hatte. Jeden weiteren Widerstand hatte er mit großer Brutalität gebrochen. Es konnte ihm nie etwas bewiesen werden, denn selbst bei internen Kämpfen galt bei der Mafia das Gesetz des Schweigens. Das Einzige, was fest stand war, dass einige alte Mafiosi spurlos verschwanden, seit Don Veschie auf der Bildfläche erschienen war. Es gab ein paar Brände, einige Unfälle und viele Gerüchte, aber nie Beweise. Die italienische Polizei vermutete außerdem, dass Don Veschie seine Hände bei Menschenschmuggel, Drogenhandel und sogar illegaler Müllentsorgung im Spiel hatte. Einmal war man ihm wegen Plutoniumschmuggels auf der Spur, dann verschwanden jedoch alle Zeugen und die Anklage musste fallen gelassen werden.

»Mafia, Müll, Dr. Zimmer und der erste Sekretär und Handelsattaché der kenianischen Botschaft – wenn das nicht gewaltig stinkt, dann weiß ich auch nicht«, fasste Emilio das Gelesene zusammen.

Der Ermittlungsleiter stimmte ihm zu. »Aber gibt das unserem Fall nun eine andere Richtung oder ist das nur ein Zufall, der mit dem Mord an Kaptaijn nichts zu tun hat?«

»Ist Gift bei der Mafia denn eine typische Methode? Und wenn die Italiener dahinterstecken, warum haben wir Kaptaijns Leiche dann gefunden? Ich denke, all die anderen Opfer von Don Veschie sind nie aufgetaucht?«, gab Frauke zu bedenken.

»Da hat Frauke recht. Und was wäre, wenn Kaptaijn Zimmer bei den Italienern reinreiten wollte und dieser ihn dann umbringen musste, um sich selbst zu schützen? Wenn ich das hier so lese, dann ist dieser Don kein Mann, mit dem man sich ungestraft anlegt.«

Arno kratzte sich am Kopf. »Aber das soll uns nicht hindern. Ich kann ja schauen, was ich so über ihn finde.«

»Gut, mach das. Frauke hilft dir. Fragt auch bei Europol an und seht zu, ob ihr was über diesen Mugambone rausbekommt. Ich gehe zu Fromm und informiere ihn über die neuesten Entwicklungen. Vielleicht gibt er uns jetzt die Erlaubnis, wieder tiefer bei Zimmer und seiner Firma einzusteigen.«

Der Hauptkommissar wollte gerade aufstehen, als Frauke loskicherte.

»Mir ist da gerade eine gute Idee gekommen! Dieser Dr. Zimmer ist doch ziemlich selbstgefällig und arrogant. Wie wäre es, wenn wir ihn ein bisschen aus der Reserve locken, um zu sehen wie er reagiert?«

»Was schwebt dir denn so vor?« Felix wurde neugierig.

»Du hast doch erzählt, dass er morgen zurückkommt. Was wäre, wenn wir rein zufällig in der Ankunftshalle warten, direkt vor dem Ausgang aus dem er kommt? Wir beachten ihn aber nicht und verhalten uns ruhig. Soll er doch denken, dass wir ihn immer noch beschatten. Vielleicht reagiert er ja falsch und verrät sich.«

Fraukes Augen blitzten frech und siegesbewusst und ihre Kollegen lachten los.

»Mensch, Frauke, ihr Frauen seid echt besser als wir Männer. Ziemlich genial, dich möchte ich nicht zur Feindin haben.«

Ihr Vorgesetzter gab ihr einen Kuss auf die Stirn, was sie leicht erröten, Emilio und Arno aber mit Pfiffen quittieren ließ.

Felix saß Fromm gegenüber, als dieser die Seiten mit der Übersetzung überflog und danach die Fotos von Heinrich Zimmer, den Mafiosi und dem Kenianer betrachtete. Der Staatsanwalt lehnte sich zurück, legte seine Zeigefinger an die Lippen und betrachtete den Hauptkommissar schweigend. Dieser wartete, bis er angesprochen wurde.

»Dadurch bekommt dieser Fall durchaus eine interessante Wendung. Sie sollten sich doch eigentlich ein paar Tage in Italien entspannen. Aber umso besser, sonst hätten wir das wohl nie erfahren.«

Fromm schüttelte ungläubig seinen Kopf und fuhr lächelnd fort.

»Damit werden wir wohl den einen oder anderen Richter, den ich kenne, überzeugen können, uns gewisse Aktionen zu sanktionieren. An was haben Sie gedacht?«

»Wir haben verschiedene Zahlungen auf dem Konto von Uwe Kaptaijn bisher nicht zuordnen können, es handelte sich immer um Bargeld. Wir würden gerne sehen, ob es ähnliche Abbuchungen bei einem der Konten von Dr. Zimmer gibt. Zudem möchte ich mir die Firma noch einmal genauer ansehen. Ich brauche Akteneinsicht über Geschäftsreisen von Kaptaijn und Zimmer, um nach Korrelationen oder Ähnlichem zu suchen. Der Geschäftsführer hat außerdem bei unserem ersten Treffen erwähnt, dass der Stoff, mit dem Kaptaijn vergiftet wurde, auch durch seine Firma bestellt werden kann. Vielleicht haben wir Glück und finden eine Bestellung mit der Unterschrift von Zimmer«, fasste der Hauptkommissar seine Gedanken zusammen.

»Glauben Sie wirklich, dass er so dumm ist und Sie dann noch darauf hinweist?«

»Nein, das nicht, aber er ist überheblich. Deshalb stolpert er vielleicht und macht Fehler, weil er uns für dumm und sich für unantastbar hält.«

»Ich sehe schon, er hat es Ihnen echt angetan. Aber gut, ich denke, in spätestens zwei Tagen haben Sie die Unterschriften. Dann können Sie mit richterlicher Deckung in den Angriff gehen«, antwortete Fromm.

Felix bedankte sich und ging. An der Tür hielt ihn der Staatsanwalt noch einmal zurück.

»Sie sollten vielleicht die Abteilung Wirtschaftskriminalität mit in Ihre Ermittlung einbinden.«

»Und wer hat dann die Führung?«

Der Staatsanwalt lächelte. »Mord ist immer noch das größte Kapitalverbrechen, jede andere Straftat muss dahinter zurücktreten. Sie werden die Leitung bei den Ermittlungen behalten.«

»Gut, dann werde ich Kommissar Werners anrufen und mich mit ihm treffen, wir haben sowieso schon über den Fall gesprochen.«

Zurück in seinem Büro, rief Felix gleich bei seinem alten Kollegen an.

»Hans, hast du heute Nachmittag Zeit für mich? Es geht immer noch um den Mordfall im Osthafen und die Verbindung zur Zimmer GmbH. Wir haben da etwas Interessantes rausgefunden und brauchen eure Hilfe.«

Sein Gesprächspartner war sofort hellwach und versprach, umgehend bei ihm zu sein.

Der Ermittlungsleiter klärte ihn über den neusten Stand und die nächsten geplanten Schritte auf. Kommissar Werners grinste von einem Ohr zum anderen.

»Mensch, endlich bekommen wir so einen Wirtschaftsbonzen wirklich zu fassen. Das ist echt zu schön, um wahr zu sein.«

»Noch haben wir nichts Handfestes, aber mit dem richterlichen Beschluss können wir das hoffentlich finden. Vielleicht haben wir Glück und du bemerkst etwas, das wir übersehen würden. Wenn du dich um die Müllconnection und die damit zusammenhängenden wirtschaftlichen Aspekte kümmern könntest, wäre ich dir sehr verbunden.«

Hans stimmte zu und so verabredeten sich die beiden für Donnerstag um zehn Uhr vor dem Eingang der Dr. Zimmer GmbH.

Felix hoffte, dass die Erlaubnis für die Hausdurchsuchung bis dahin vorliegen würde. Gedankenversunken schlenderte er mit einer Tasse Tee über den Flur, da hörte er Arno rufen:»Das ist ja interessant!«

Als Felix hinter ihm stand, deutete dieser auf seinen Bildschirm. Frauke sah ihn fragend an.

»Im Internet habe ich den Lebenslauf von diesem Dr. Mugambone gefunden. Er hat hier in Deutschland in Hannover studiert und vom Alter her könnte er unser Opfer gekannt haben, falls Kaptaijn sein Studium auch in Hannover absolviert hat. Chemie kann man dort jedenfalls studieren, das habe ich schon überprüft.«

Felix war wie elektrisiert, das Puzzle schien sich immer weiter zusammenzufügen. Er deutete auf seine Kollegin, die ohne auf eine Aufforderung zu warten zum Telefon griff.

»Ich rufe gleich bei Frau Harris an.«

Das Gespräch war kurz und als sie auflegte, war auch sie vom Jagdtrieb gepackt.

»Sie sagt, dass ihr Exmann in Hannover studiert hat, und zwar von 1982 bis 1990. Er hat die ganze Zeit in einem Studentenwohnheim gewohnt, irgendwo direkt an der Unibibliothek, den Namen wusste sie leider nicht mehr«, berichtete Frauke.

Wieder schaute Felix auf den Lebenslauf von Mugambone. Dieser hatte von 1985 bis 1991 in Hannover studiert, zwar BWL, aber diese Fährte konnten sie nicht außer Acht lassen.

»Ich spreche mit unseren Kollegen in Hannover, die sollen für uns ein paar Erkundigungen einholen.«

Damit verschwand er in sein Büro und kam zwanzig Minuten später zurück.

»Die Kollegen in Hannover kümmern sich gleich morgen darum, vielleicht haben wir bald ein Ergebnis. Ich habe ihnen die Fotos von Kaptaijn und Mugambone gefaxt.«

Den restlichen Nachmittag diskutierten die vier Beamten verschiedene Theorien und versuchten Ansätze für ihr weiteres Vorgehen zu entwickeln. Ihr Chef lud alle drei Kollegen nach Feierabend noch auf ein kleines Bier ein. Während Frauke ziemlich schnell ging und auch Emilio sich nach dem zweiten entschuldigte, zog Felix mit Arno noch durch Sachsenhausen. Als er nach Hause kam, strafte Django ihn mit Verachtung.

Die vier SMS von Petra fand Felix erst am nächsten Morgen im Büro, wo er sein Handy vergessen hatte. Mit einem ziemlich schlechten Gewissen rief er an. Sie reagierte kühl und wollte ihn erst am Wochenende wiedersehen. Er seufzte, wusste aber, dass es ihm recht geschah.

Die morgendliche Teerunde seines Teams verlief stiller als sonst, da nicht nur Felix in Gedanken war; auch Arno sah etwas mitgenommen aus, wie Emilio mit einigem Spott bemerkte. Hauptkommissar Büschelberger entschied, dass Frauke mit ihm zum Flughafen fahren sollte, was diese erstaunte. Er fand das jedoch gerecht, schließlich war es ihre Idee gewesen.

Die beiden Ermittler platzierten sich direkt vor dem Ausgang, durch den Dr. Zimmer kommen musste. Sie standen so, dass sie nicht zu übersehen waren. Felix bemerkte Fraukes Freude darüber, dass ihre Idee in die Tat umgesetzt wurde. Sein eigener Spaß an der Sache wurde allerdings durch den Gedanken getrübt, dass Petra sauer auf ihn war. Er dachte an ihre Zeit in Kalabrien, von wo aus die Maschine mit Dr. Zimmer erst am Morgen gestartet war. Seine Tagträume wurden durch einen Rippenstoß von Frauke jäh unterbrochen.

»Hey, aufwachen! Da hinten kommt er.«

Dr. Zimmer zog seinen Koffer hinter sich her und hielt in der anderen Hand sein Handy. Er schien zu telefonieren und kam geradewegs auf sie zu. In zehn Meter Entfernung entdeckte Dr. Zimmer sie beide und konnte sein Entsetzen darüber nicht schnell genug verbergen. Die Kommissare nahmen es mit einer gewissen Schadenfreude zur Kenntnis.

Der Geschäftsmann blieb kurz stehen, wendete sich gleich darauf ab und beendete abrupt sein Gespräch. Dann drehte er sich wieder zu den Polizisten um, funkelte sie finster an und ging direkt auf Felix zu.

»Verfolgen Sie mich immer noch? Das wird Ihnen sehr bald noch leidtun, haben Sie mich verstanden?«

Seine Stimme klang unbeherrscht und laut.

Der Hauptkommissar setzte sein liebenswürdigstes Lächeln auf.

»Dr. Zimmer, was für ein Zufall Sie hier zu sehen. Nein, wir wollen gar nichts von Ihnen und warten hier nur auf einen Kollegen.«

Felix drehte sich weg, betrachtete den Mann aus dem Augenwinkel und hatte große Mühe nicht zu grinsen. Dr. Zimmer war sichtlich verunsichert und wusste nicht, was er sagen sollte. Er wollte gerade weitergehen, als der Hauptkommissar ihn erneut ansprach: »Bestellen Sie Dr. Brax doch schöne Grüße von mir, ich bin sicher, dass wir uns bald wiedersehen.«

Damit deutete er nach vorne und sagte zu Frauke: »Schau mal, da ist er ja!«

Sie gingen auf einen Mann zu, der sich unschlüssig umsah und offensichtlich abgeholt werden sollte. Felix sprach ihn kurz an, wobei er sich nach Dr. Zimmer umsah, der jedoch die Halle eilig verließ. Der Hauptkommissar entschuldigte sich bei dem Unbekannten und strahlte seine Kollegin an.

»Na, wollen wir uns hier noch kurz in ein Cafe setzen?«

Während sie beide einen Tee schlürften, besprachen sie das eben Erlebte.

»Ich würde sagen, da haben wir einen dicken Stein in den See geworfen. Ich bin gespannt, was für Wellen es gibt«, stellte Felix fest.

»Du warst aber auch sehr überzeugend. Und dann noch die Idee mit dem Kollegen aus Italien, das wird ihn schon zum Nachdenken bringen.«

»Ich hoffe nur nicht zu sehr, aber die Spitze gegen diesen Rechtsverdreher konnte ich mir nicht verkneifen.«

Die beiden Kommissare lachten und seine Laune verbesserte sich zusehends. Er lehnte sich zurück und betrachtete Frauke, die verträumt in ihrem Tee rührte. Irgendwie hatte sie sich verändert, wirkte zufrieden und ausgeglichen; sie war eine schöne Frau. Der Hauptkommissar wunderte sich, dass ihm das gerade jetzt auffiel. Er war so in diesen Gedanken versunken, dass er nicht sofort merkte, wie Frauke ihm direkt in die Augen blickte.

»Was denkst du gerade? Du bist so weggetreten.«

»Du hast dich in letzter Zeit verändert«, bemerkte er lächelnd. »Du leuchtest so von innen heraus, wenn du verstehst, was ich meine.«

Sie errötete leicht und wandte den Blick nach draußen. »Danke für das Kompliment, ich fühle mich gerade auch richtig gut.«

»Kann es sein, dass es mit einem Mann zu tun hat?«

Sie grinste nur. »Schon möglich.«

Felix wartete, ob sie noch mehr erzählen wollte. Da sie aber schwieg, ging er nicht weiter auf das Thema ein.

Im Revier waren Arno und Emilio bereits ganz gespannt auf ihren Bericht. Alle fanden, dass es eine gelungene Aktion war. Emilio bemerkte bedauernd, dass sie noch keine Abhörerlaubnis für das Handy von Dr. Zimmer hatten. Es wäre sicherlich aufschlussreich zu hören, wem er etwas über diese zufällige Begegnung erzählen würde. Kurz vor Feierabend erhielt Felix eine Nachricht aus Hannover. Ein junger Kollege, gerade frisch von der Polizeischule, hatte sich ihrer Anfrage angenommen. Er bestätigte, dass beide Männer im selben Studentenwohnheim gewohnt hatten, sogar auf derselben Etage. Zudem hatte er es geschafft zwei Fotos aus dem Partykeller des Wohnheims aufzutreiben, auf denen Kaptaijn und Mugambone zusammen zu sehen waren. Auf einem davon hatten sie die Arme jeweils auf die Schulter des anderen gelegt und lächelten bierselig in die Kamera.

Vom Eifer seines Kollegen aus Hannover schwer beeindruckt bedankte sich Felix kurz per Fax, bevor er lange die Fotografien betrachtete, auf denen der junge Uwe Kaptaijn zu sehen war. Er brachte die ersten Bilder, die ihr Opfer lebendig zeigten zu Arno und Emilio, Frauke war schon gegangen. Sie hängten die Fotos an die Tafel zu all den anderen Aufnahmen von Kaptaijns Leiche sowie Zimmer, Mugambone und Don Veschie in Italien.

»Morgen sehen wir uns, dann bin ich gespannt, wie du reagierst«, sagte Felix an das Foto von Dr. Zimmer gerichtet. Dann wandte er sich an Emilio und Arno.

»Seht zu, dass ihr jetzt nach Hause kommt. Morgen wird ein langer Tag, also ab mit euch.«

Er selbst hatte keine Lust nach Hause zu gehen, es kam ihm dort irgendwie einsam vor. Als er dann fuhr, war es zu spät, um noch etwas einkaufen zu können. Er schnappte sich Django, legte ihm die Katzenleine an, die er für seltene Gelegenheiten gekauft hatte, und fuhr zu Fritten-Conny. Django schien der Geruch von Frittierfett nichts auszumachen – vielleicht lag es auch daran, dass der Besitzer ihm immer ein kleines Schüsselchen mit rohem Fleisch brachte, welches er vorher durch den Wolf gedreht hatte. Während Felix eher lustlos auf seinem Teller rumstocherte, saß sein Kater auf dem Tisch und ließ es sich schmecken.

Eine Frau mit desillusioniertem Blick, ansonsten aber durchaus attraktiv, wollte Felix schöne Augen machen. Für fünf Sekunden war er versucht darauf einzugehen, dann beendete er brüsk den Flirt. Die Frau zog sich sichtlich beleidigt in die äußerste Ecke des Lokals zurück. Sofort bedauerte er seine schroffe Abfuhr und ging kurz zu ihr, um sich zu entschuldigen.

»Tut mir leid, ich habe im Moment ziemlich viel um die Ohren und der Zeitpunkt war schlecht gewählt. Ich hoffe, Sie nehmen es nicht persönlich.«

Aber die Frau drehte ihren Kopf nur weg. Hauptkommissar Büschelberger zuckte die Schultern und machte sich auf den Heimweg.

Zu Hause genehmigte er sich noch eine halbe Flasche Rotwein und schickte Petra eine SMS.

»Gut Nacht und angenehme Träume. Ich vermisse Dich, Kuss Felix.«

Ihre Antwort war kurz. »Dir auch schöne Träume P.«

»Mist, sie ist wohl noch sauer!«, dachte Felix bei sich und ging deprimiert ins Bett.

Kapitel 16

Am nächsten Morgen waren alle etwas früher im Büro als sonst. Die Anspannung war ihnen anzumerken, denn sie waren überzeugt, dass heute ein Durchbruch gelingen würde. Kurz nach acht kam Fromm mit unterschriebenem Hausdurchsuchungsbefehl und einer Vollmacht zur Einsicht aller Privat- und Geschäftskonten von Dr. Zimmer. Die von Felix angebotene Tasse Tee nahm der Staatsanwalt ausnahmsweise an.

»Ich möchte, dass Sie mich ab sofort jeden Tag auf dem Laufenden halten. Mit meiner Argumentation, dass unser Fall mit dem organisierten Verbrechen in Zusammenhang stehen könnte, und der Nennung der Kontakte, die dieser Dr. Zimmer hat, haben wir ein kleines Erdbeben losgetreten. Mein Chef wünscht ebenfalls regelmäßig informiert zu werden.«

»Der Oberstaatsanwalt weiß von unserer heutigen Aktion?«

»Ja, wieso? Haben Sie ein Problem damit oder wollen gar etwas andeuten?«

»Nein, nein, ich bin nur überrascht, das ist alles.«

»Selbst wenn ich manchmal nicht einer Meinung mit Ihnen bin, wir beide stehen auf derselben Seite, das wissen Sie doch.«

»Das stimmt, Sie sind ein ziemlich angenehmer Typ für einen Juristen«, feixte der Hauptkommissar.

Fromm lachte und plauderte noch eine Weile über den neuesten Klatsch aus ihrer Behörde. Als er ging, wünschte der Staatsanwalt ihnen viel Erfolg. Kurz darauf klingelte das Handy von Hauptkommissar Büschelberger.

»Felix, hier ist Hans. Ich wollte nur fragen, ob wir alle nötigen Papiere haben?«

»Ja, der Staatsanwalt hat sie mir eben persönlich vorbeigebracht, es kann also losgehen.«

»Prima, wir treffen uns dann wie besprochen um zehn vor dem Eingang. Ich bringe noch zwei Beamte aus meinem Team mit.«

»Gut, dann sind wir insgesamt sieben Leute, das sollte fürs Erste reichen.«

Der Hauptkommissar forderte noch zwei Streifenwagen an, denn er fand, dass uniformierte Polizisten immer mehr Eindruck hinterließen als Beamte in Zivil. Emilio fuhr den voll aufgeladenen Stromos vor und das gesamte Team machte sich auf den Weg zum Treffpunkt. Dort sahen sie, wie Hans Werners und seine Leute sich bereits mit den Streifenpolizisten unterhielten. Der Wirtschaftsermittler musste schmunzeln, als er den Wagen sah.

»Demnächst kommt deine Ökotruppe noch auf Fahrrädern angeradelt. Nur schade, dass die bösen Jungs wohl immer die größeren Motoren haben werden als ihr!«

Emilios postwendende Antwort war ziemlich frostig.

»Gerade von den Jungs aus der Abteilung Wirtschaftskriminalität hätte ich mehr Sachverstand erwartet. Selbst Rolls Royce überlegt ein Elektroauto auf den Markt zu bringen! Deren Modell heißt Phantom EE und hat zweihundertneunzig Kilowatt. Die beschleunigen das Luxusauto in unter acht Sekunden auf Tempo einhundert und testen das Aufladen ohne Kabel. Das ist High Tech vom Feinsten. Hast du nichts davon gehört, dass im letzten Jahr bei der berühmten Rallye im Silvretta-Gebirge fünfundzwanzig Elektroautos gestartet sind? Die mussten da einhundertsechzig Kilometer durch extremes Gebirge fahren und haben alle ziemlich gut abgeschnitten.«

Nur kurz holte er Luft, bevor er umgehend fort fuhr.

»Und nur damit du es weißt, im September diesen Jahres wird zu Ehren von Bertha Benz und ihrer historischen Autofahrt von 1888 wieder die Bertha-Benz-Challenge von Mannheim nach Pforzheim stattfinden. Denn die wenigsten wissen, dass das von Dr. Carl Benz entwickelte, erste Automobil anfangs niemand kaufen wollte. Doch seine Frau bewies damals mit einer Fahrt auf eben dieser Route, dass das Fahrzeug auch für längere Strecken geeignet war. Ein Ehepaar aus der Nähe von Heidelberg fand vor einigen Jahren, dass die einflussreiche Unterstützung von Bertha Benz, ohne die ihr Mann sein Lebenswerk nicht hätte erbringen können, zu wenig gewürdigt werde. Daher beschlossen sie, ihr ein Denkmal zu setzen, das ihrer Persönlichkeit gerecht würde. So entstand diese dynamische Ehrung in Form der Memorial Route, die jedes Jahr Ziel unzähliger Fahrer ist. Zugelassen sind nur modernste Fahrzeuge mit alternativen Antrieben, wie eben Elektroautos. Damals wurden Bertha und ihre beiden Söhne auch belächelt und nun schau dich um, du siehst eine Welt voller Autos. Wach auf, die Zukunft heißt Elektromobilität!«

Er funkelte den Kollegen aus dem Wirtschaftsdezernat kampfeslustig an.

»Nein, das habe ich nicht gewusst«, schüttelte Hans Werners zerknirscht den Kopf. »Hey, wenn ich dich beleidigt habe, dann tut es mir leid. Ich wollte nur einen dummen Spruch machen.«

»Los, Emilio, lass es gut sein. Nun vertragt euch wieder!« Felix beendete den Streit, und beide Kommissare gaben sich die Hand.

»Du wirst schon sehen, irgendwann wirst du neidisch sein auf unser kleines Elektroauto!«, konnte sich Kommissar Perfondo die kleine Retourkutsche nicht verkneifen.

»Also, dann wollen wir mal!«, sagte der Ermittlungsleiter und betrat als Erster das Gebäude.

Ihr Auftreten hatte den gewünschten Effekt. Die Damen an der Rezeption waren so geschockt über die geballte Polizeipräsenz, dass sie nicht einmal ihren Chef informierten. Der Hauptkommissar nutzte diesen Moment aus und legte sofort den Durchsuchungsbefehl vor.

»Guten Tag, wir wollen in Ihre Buchhaltung, Personalabteilung und Ihren Einkauf, um dort Akten zu sichten und eventuell zu beschlagnahmen. Würden Sie uns bitte direkt dorthin bringen.«

Die Frau, die Felix bisher jedes Mal zugelächelt hatte, konnte jetzt nur stottern. »Also, ich weiß nicht, ob das geht, ich muss zuerst Dr. Zimmer anrufen.«

»Nein, das müssen Sie nicht. Das hier ist eine richterliche Erlaubnis und Sie bringen uns bitte sofort in die genannten Abteilungen. Dr. Zimmer dürfen Sie danach informieren.«

Er hatte seine Hand auf ihr Telefon gelegt, sodass sie nicht telefonieren konnte. Sichtlich verwirrt tat sie wie ihr geheißen. Felix ließ einen uniformierten Beamten am Empfang zurück.

»Bitte achten Sie darauf, dass diese Dame ihren Chef erst anruft, wenn wir auf dem Weg sind. Sollte Dr. Zimmer mit einem Koffer oder einer Aktentasche das Gebäude verlassen wollen, dann hindern Sie ihn daran. Die Dame wird Ihnen zeigen, wer das ist.«

Damit deutete er auf die zweite Dame vom Empfang.

»Nicht wahr, Sie sind so freundlich und unterstützen meinen Kollegen hier?«

Ein Nicken kam als Antwort.

»Gut. Und falls er hierher kommt, dann begleiten Sie ihn bitte zu uns in die genannten Abteilungen. Natürlich darf er seinen Anwalt anrufen.«

Mit diesen Worten machte sich die Truppe auf den Weg. Der Hauptkommissar war mit ihrem bisherigen Auftritt mehr als zufrieden.

Zuerst kamen sie durch die Einkaufsabteilung, um die sich Arno, Frauke, ein uniformierter Beamter und ein Kollege aus der Abteilung Wirtschaftskriminalität kümmerten. Das Personalbüro und die Buchhaltung waren im gleichen Großraumbüro eine Etage höher untergebracht, was Felix sehr gelegen kam. Er wies sich gerade aus, als Dr. Zimmer mit hochrotem Kopf in den Raum platzte. Da der Polizist, der unten warten sollte, nicht bei ihm war, hatte Zimmer wohl den direkten Weg genommen.

»Was erlauben Sie sich hier für einen Auftritt?! Für dieses rufschädigende Verhalten werde ich Sie verklagen!« Der Geschäftsführer konnte seine Stimme kaum beherrschen.

Felix zeigte ihm stumm die Erlaubnis, die er hatte, und wartete auf seine Reaktion.

Dr. Zimmers Hand zitterte, während er las.

»Sie sollten vielleicht Ihren Anwalt konsultieren«, erklärte er dem Geschäftsmann.

»Das werde ich sofort machen und ich kann Ihnen versprechen, dass Sie nicht so einfach mit Ihrem schändlichen Handeln weitermachen werden.«

»Im Moment darf ich das, wie Sie ja selbst gelesen haben.« Der Hauptkommissar winkte einen der Streifenpolizisten zu sich.

»Dieser Beamte wird Sie begleiten.«

»Wollen Sie mich etwa verhaften?« Dr. Zimmer verlor seine Beherrschung.

»Nein, nur sichergehen, dass Sie keine Unterlagen vernichten. Bitte, Sie können jetzt Dr. Brax oder sonst wen anrufen.«

Der Chef des Unternehmens verließ wortlos das Büro, gefolgt von einem Beamten.

Felix blickte sich um. Alle Angestellten der Dr. Zimmer Analyse und Beratungs GmbH starrten ihn mit offenem Mund an. Sie hatten anscheinend noch nie erlebt, dass jemand so mit ihrem Boss sprach. Jeder Widerstand, der vielleicht von ihrer Seite geplant gewesen war, brach zusammen und ihre Mitarbeit war nun garantiert.

Hauptkommissar Büschelberger lächelte still vor sich hin. Wenn er ehrlich zu sich war, liebte er an seiner Arbeit ganz besonders die geballte Staatsmacht ausspielen zu können. Zufrieden lehnte er sich zurück und beobachtete die anderen bei ihrer Arbeit. Er würde erst wieder gefragt sein, wenn der oder die Anwälte von Dr. Zimmer auftauchten; und das würde nicht lange dauern, wettete er mit sich.

Genau siebenunddreißig Minuten später erschien Dr. Zimmer in Begleitung von Dr. Brax und einem weiteren Mann, der wohl der Assistent des Juristen war. Felix bemerkte vergnügt, dass Brax ziemlich abgehetzt wirkte. Für eine gute Verteidigung hatte er wohl noch keine Zeit gehabt.

Der Anwalt kam jedoch gleich zur Sache.

»Herr Hauptkommissar, würden Sie mir den Durchsuchungsbefehl zeigen?«

Felix händigte ihn wortlos aus und Dr. Brax las ihn sehr sorgfältig durch.

»Eine ziemlich mächtige Erlaubnis, die Sie hier haben. Nicht sehr spezifisch, aber es ist alles in Ordnung.«

Dr. Brax klang enttäuscht. Hatte er etwa wirklich geglaubt, dass die Polizei so schlampig war?

»Ich fürchte, wir müssen ihn momentan gewähren lassen«, wandte sich der Anwalt an Heinrich Zimmer.

»Aber wir würden gerne erfahren, auf welcher Anschuldigung und auf welchen Beweisen diese richterliche Erlaubnis beruht.« Er blickte Felix direkt in die Augen und forderte einen Schlagabtausch zwischen ihnen heraus.

Dieser genoss die Chance, diesem aufgeblähten Anwalt seine Überheblichkeit zurückzuzahlen.

»Gerne, wollen wir das gleich hier erledigen?«

Er deutete auf einen Tisch, der neben ihnen stand, sich wohl bewusst, dass alle Anwesenden hofften, etwas mitzuhören. Jetzt war es Dr. Brax, der lächeln musste.

»Ich denke, das sollten wir in Ruhe besprechen. Vielleicht im Büro meines Mandanten?«

Felix nickte und bedeutete dem Beamten, der bisher bei Zimmer geblieben war, im Großraumbüro die Stellung zu halten. Zu viert gingen sie in das Büro von Heinrich Zimmer, in dem der Hauptkommissar das erste Mal war. Wenn der Rest des Gebäudes und der Einrichtung schon beeindruckend war, dann war es dieses Büro umso mehr.

Ein riesiger Schreibtisch stand direkt vor einer großen Fensterfront, dahinter thronte ein schwerer und ziemlich bequem aussehender Ledersessel.

Drei Telefone und zwei Flachbildschirme standen auf dem Schreibtisch. Es gab noch eine große Sitzecke mit englischen Clubsesseln aus teuerstem Leder und einem schweren, runden Holztisch in der Mitte. Über der Sitzecke hingen zwei moderne Gemälde, die nicht nach Drucken aussahen.

Felix glaubte, dass eines davon ein Dalí war, fragte aber nicht nach. Schließlich wollte er Dr. Zimmer nicht zurück zu seiner Selbstsicherheit verhelfen. Dieser schenkte sich eben einen Cognac aus einer Kristallkaraffe ein, die er aus einer Anrichte nahm und fragte dann Dr. Brax und dessen Assistenten, ob sie auch einen wollten. Hauptkommissar Büschelberger ignorierte er geflissentlich, was diesen jedoch nicht störte.

Heinrich Zimmer war der Einzige, der etwas trank. Den ersten Cognac nahm er in einem Schluck und schenkte sich nach, bevor Felix und Dr. Brax ihr Gespräch wieder aufnehmen konnten. Der Ermittler hielt es für ein gutes Zeichen, dass Zimmer nervös war.

»Nun, Herr Hauptkommissar, Sie wollten uns erzählen, warum Sie hier so massiv auftreten und was Sie meinem Mandanten vorwerfen.« Der Jurist lächelte Heinrich Zimmer zu, der sich langsam beruhigte.

»Wie Sie wissen, ermitteln wir immer noch im Mordfall Uwe Kaptaijn. Unsere Nachforschungen haben gewisse Verdachtsmomente ergeben, wobei es dabei Verbindungen zu organisierter Kriminalität gibt, die auch in diese Firma hineinreichen.« Der Hauptkommissar schwieg und wartete gespannt auf Reaktionen.

Es herrschte völlige Ruhe bis Heinrich Zimmer aufsprang und aufgeregt zu sprechen begann. Er wurde jedoch sofort von seinem Anwalt unterbrochen.

»Bitte, überlassen Sie das Reden mir.«

Er zwang Zimmer, sich wieder hinzusetzen, und lächelte Felix an.

»Das sind sehr schwere Anschuldigungen. Ich bin auf Ihre Beweise gespannt, die, da bin ich mir sicher, alle haltlos sind.«

»Sie wissen selbst, dass sich mit illegaler Müllentsorgung eine Menge Geld verdienen lässt. Wir haben bei Uwe Kaptaijn mehrere Bareinzahlungen gefunden, die wir nicht zuordnen können. Das hat natürlich unseren Verdacht geweckt«, sagte Felix.

»Das bedeutet doch noch gar nichts, oder?«, fragte Dr. Brax.

»Nein, natürlich nicht, aber wir haben weitere Anhaltspunkte. So hat Kaptaijn mit einem Kenianer im selben Wohnheim gelebt, der heute eine hohe Position in der Regierung seines Landes innehat. Dieser Dr. Mugambone hat Kontakte zur italienischen Mafia, wie Sie hier sehen können.«

Felix legte ein Foto auf den Tisch, das Mugambone mit Don Veschie vor dessen Haus zeigte. Erfreut stellte er fest, dass Heinrich Zimmer sichtlich erbleicht war; er schien auf einem guten Weg zu sein.

»Und was beweist das? Haben die beiden noch weiteren Kontakt gehabt?«, hakte der Anwalt nach.

»Das untersuchen wir gerade, aber Ihr Mandant war letztes Wochenende mit beiden Herren in Kalabrien verabredet. Das sehen Sie hier.« Felix legte ein weiteres Bild auf den Tisch.

Zimmer war jetzt kalkweiß. Dr. Brax nahm das Foto in die Hand und schwieg lange Zeit.

»Und dieser Italiener ist erwiesenermaßen ein Mitglied der Mafia?«

»Nun, er wurde nie verurteilt.«

»Also nichts Bewiesenes. Dann würde ich sagen, ist das immer noch ziemlich dünn.«

»Genau deswegen sind wir hier, um zu untersuchen, ob es weitere Beweise und Verbindungen gibt.«

Der Anwalt drehte sich zu seinem Mandanten.

»Machen Sie sich keine Sorgen, nach meinem Verständnis ist das nicht tragfähig. Ich werde sofort den Richter anrufen, der diesen Durchsuchungsbefehl unterschrieben hat, und ihn um ein Gespräch bitten. Wir werden innerhalb kürzester Zeit eine Aufhebung und die Rückgabe aller Akten erreichen, da bin ich sicher. Und nun, Herr Hauptkommissar, würde ich mich gerne alleine mit meinem Mandanten beraten.«

»Sicher, Herr Anwalt, ich wollte sowieso nachsehen, ob meine Kollegen schon etwas gefunden haben.«

Gut gelaunt verließ Felix das Büro und fand, dass er sich gut geschlagen hatte. Er befragte beide Ermittlungsteams, ob sie schon etwas entdeckt hatten, was verneint wurde. Sie hatten jedoch einige Akten gesammelt, die sie zur genaueren Einsicht mitnehmen wollten, Darunter waren Reisekostenabrechnungen von Kaptaijn und

Zimmer, Rechnungen von Chemikalienbestellungen und Unterlagen, die sich mit Beraterverträgen über Müllentsorgung im Ausland und Ähnlichem beschäftigten. Der Aktenberg wuchs ziemlich schnell.

Der Ermittlungsleiter unterhielt sich gerade mit Frauke, als Dr. Brax wütend auf ihn zukam.

»Das haben Sie ja fein gedeichselt, aber glauben Sie bloß nicht, dass Sie mit so einem Manöver bei mir durchkommen.«

Der Anwalt fuchtelte wütend mit einem Kugelschreiber vor Felix' Gesicht herum.

»Tut mir leid, Herr Anwalt, ich verstehe kein Wort. Wenn Sie mich bitte aufklären würden?«

»Ich habe versucht, mir einen Termin bei diesem Richter zu besorgen und musste erfahren, dass dieser in ein verlängertes Wochenende gefahren ist. Der Herr Richter ist erst am Dienstag wieder zu sprechen. So ein billiger Trick, aber ich werde einen anderen Richter finden, das dürfen Sie mir glauben.«

Dr. Brax rauschte davon.

»Was war das denn für ein Auftritt?«, schaute die Kommissarin verwundert hinter dem Anwalt her.

Felix lachte leise vor sich hin.

»Ich habe gar nicht gewusst, wie clever unser guter Fromm sein kann. Kein Richter wird ohne genaueste Prüfung der gesamten Sachlage einen Durchsuchungsbefehl oder irgendwelche Anordnungen eines anderen Richters zurücknehmen. Das ist so eine Art Ehrenkodex unter Richtern, ein ungeschriebenes Gesetz. Wir können also mindestens bis Dienstag schalten und walten, ohne dass Dr. Brax oder andere hohe Freunde von Zimmer etwas daran ändern können.«

Frauke kicherte. »Unser Staatsanwalt ist ja ein richtiger Fuchs!«

Ihr Chef rieb sich vergnügt die Hände. »Genau. Und nun wollen wir zusehen, dass wir unsere Zeit auch richtig nutzen.«

Gegen sechzehn Uhr verließen die Beamten das Firmengelände der Dr. Heinrich Zimmer Analyse und Beratungs GmbH. Zuvor hatte Dr. Brax noch eine schriftliche Empfangsbestätigung über die Akten von Felix unterschreiben lassen. Der Hauptkommissar bedankte sich bei den Kollegen von der Schutzpolizei. Sie hatten acht Kartons voller Akten, die sie mit auf ihr Revier nahmen.

Hans Werners und sein Team fuhren gleich mit zur Dienststelle. Es wurde zwar ein wenig eng im Besprechungszimmer, aber der Eifer, mit dem alle an ihre Aufgabe gingen, machte das wieder wett. Die

Unterlagen wurden in drei verschiedene Gruppen sortiert: Dienstreisen und Bewirtungen, Bestellungen, Sondermüll.

Gegen zwanzig Uhr waren sie mit dem Sortieren fertig. Felix teilte die Beamten entsprechend der Themen ein: Emilio und er übernahmen die Dienstreisen und Auslandsaufenthalte von Zimmer und Kaptaijn, Frauke und Peter Rauchnagel vom Dezernat Wirtschaft kümmerten sich um die gesamten Bestellungen und Arno sichtete mit Hans Werners und Günther Vogel die Beraterverträge und Sondermüllgeschäfte. Anschließend entließ Felix die Ermittler in den Feierabend und bestellte alle für halb neun morgens wieder ein.

Zu Hause angekommen stellte er fest, dass er nur noch eine Dose Futter für Django hatte, der ausgehungert um seine Beine strich. Für sich selbst hatte er gar nichts mehr. Also bestellte er beim Lieferservice einmal Ente süßsauer und eine Flasche Rotwein.

Wie zu erwarten war, schmeckte der Wein nicht. Trotzdem trank er die ganze Flasche, während er in Gedanken den Fall immer wieder durchging. Er überlegte kurz, ob er sich bei Petra melden sollte, ließ es aber bleiben, weil sie vermutlich noch sauer war. Da er am nächsten Morgen unbedingt einkaufen wollte, stellte er den Wecker eine halbe Stunde eher als sonst.

Kapitel 17

Trotzdem kam Felix am nächsten Morgen zehn Minuten zu spät ins Büro. Im Supermarkt an der Kasse hatte eine Rentnerin, die er auf mindestens achtzig schätzte, eine ewig lange Diskussion mit der Kassiererin geführt, ob die Ware denn auch wirklich frisch sei.

Der Polizist hatte nur die Augen verdreht. Er hatte es nie verstanden, warum alle Rentner immer direkt nach Öffnung oder kurz vor Ladenschluss einzukaufen schienen. Er fragte sich jedes Mal, was sie den Rest des Tages machten. Irgendwie hatte er den Verdacht, dass er, wenn er in diesem Alter wäre, die Antwort darauf zwar kennen würde, die Frage aber vergessen hätte.

In ihrem Besprechungszimmer herrschte bereits reges Treiben. Ein ungewohnter Duft schlug ihm entgegen und es dauerte eine Weile bis ihm klar wurde, was das war: Kaffee. Na klar, sie hatten jetzt drei Kollegen hier, die keine Teetrinker waren. Er grinste. Wenn sich ihr Ruf bis noch nicht zur Abteilung Wirtschaftskriminalität herumgesprochen hatte, dann würde sich das jetzt ändern. Frauke erriet seine Gedanken, sie deutete auf die glucksende Kaffeemaschine.

»Habe ich von unserem Pförtner ausgeliehen, Kaffee habe ich heute extra gekauft.«

Hans Werners schüttelte den Kopf. »Hab ich ja noch nie gehört, dass es in einer Ermittlungsgruppe nur Teetrinker gibt.«

Emilio und Felix erstellten einen großen Übersichtsplan mit den Auslandsreisen von Zimmer und Kaptaijn, dabei ließen sie auf dem DIN-A0-Bogen mehrere Spalten frei. Dort sollte das Team um Arno seine Erkenntnisse zusammenfassen.

In einer kleinen Pause, die alle dazu nutzten ihre Glieder zu strecken, äußerte Emilio sein Bedauern.

»Zu schade, dass wir nicht auch an ähnliche Daten von diesem Dr. Mugambone kommen. Es wäre doch bestimmt interessant zu sehen, ob wir Überschneidungen finden.«

Arno schnaufte kurz.

»Weißt du, was das für einen Aufwand bedeuten würde? Wir müssten eine offizielle Anfrage bei der kenianischen Botschaft in Berlin stellen. Die müsste sehr gut begründet sein, damit sie nicht schon hier bei uns abgelehnt wird. Dann fragen die bei ihrer Regierung daheim an und die wenden sich, wenn sie wollen, zum Abgleich an ihre Botschaft in Rom. Danach geht das alles den gleichen Weg zurück und wir warten mindestens ein halbes Jahr. Wenn wir Pech haben, lautet die Antwort dann, dass es uns nichts angeht, was deren Botschafter mache – von wegen Immunität und so.«

Kommissar Perfondo knurrte. »Ich weiß ja, dass du recht hast, aber es wäre doch zu schön, wenn man uns endlich richtig arbeiten lassen und nicht immer nur Steine in den Weg legen würde.«

Mit wachsendem Interesse hatte Felix dem Gespräch zugehört.

»Vielleicht kenne ich ja einen inoffiziellen Weg, damit wir schnell und unbürokratisch an diese Informationen kommen.«

Er fischte die Visitenkarte von Commissario Crotone aus seinem Portemonnaie. »Hier, dieser Mann hat einen Vetter beim italienischen Staatsschutz. Ich denke, ich bitte ihn um Hilfe auf dem kleinen Dienstweg.«

Emilio schlug seinem Chef anerkennend auf die Schulter. »Mama hat schon immer gesagt, dass wir aus dir noch einen richtigen Italiener machen.«

Der Hauptkommissar ging in sein Büro und wählte die Nummer von Crotone. Nach dem dritten Klingeln wurde der Hörer abgenommen.

»Pronto.«

»Commissario Crotone, hier ist Hauptkommissar Büschelberger aus Deutschland.«

»Ah, wie geht es Ihnen und Ihrer bezaubernden Begleitung?«

»Danke uns geht es sehr gut, wir denken gerne an Kalabrien zurück.«

»Das ist schön. Ich hoffe, wir sehen uns mal wieder. Aber was kann ich für Sie tun?«

»Ich wollte Ihnen nur sagen, dass unser Treffen in Tropea die Ermittlungen sehr vorangebracht hat. Wir erstellen gerade ein Bewegungsprofil von Dr. Zimmer und dem Mordopfer. Natürlich würden wir sehr gerne ein ähnliches Profil von Mugambone haben, aber der offizielle Dienstweg erscheint uns ziemlich aussichtslos. Meinen Sie, dass uns Ihr Vetter vielleicht helfen könnte?«

Felix hörte, wie sein Gesprächspartner herzlich lachte.

»Oh Commissario, sind Sie sicher, dass Sie mit Ihrem italienischen Kollegen nicht doch verwandt sind? Sie denken schon wie einer von uns, das gefällt mir.«

»Mein Kollege Emilio meinte auch schon, dass ich irgendwann noch ein richtiger Italiener werde.«

Am anderen Ende der Leitung war erneutes Lachen zu hören.

»Doch, ich muss sagen, das gefällt mir außerordentlich. Ich werde mich bei Ihnen melden und grüßen Sie mir Ihren Freund.«

Crotone hatte aufgelegt, bevor der deutsche Hauptkommissar sich bedanken konnte. Höchst zufrieden ging er zu seinem Partner zurück.

»Der kleine Dienstweg arbeitet schon und ich soll dir Grüße aus Kalabrien bestellen.«

Zum Mittagessen gingen sie alle zu Fritten-Conny und selbst Emilio kam mit, zum großen Erstaunen seiner Kollegen.

»Wenn alle gehen, will ich mich heute nicht ausgrenzen. Aber bildet euch bloß nicht ein, dass ich jetzt öfter mitkomme«, brummelte er, als er deswegen von Frauke aufgezogen wurde. Er bestellte nur einen Krautsalat mit zwei Frikadellen.

Nach einer etwas längeren Mittagspause als gewöhnlich zahlte der Hauptkommissar für alle. Zügig arbeiteten alle Teams weiter und bereits am Nachmittag waren er und Emilio mit dem Bewegungsprofil fertig.

Während seine Kollegen noch Akten wälzten, zog Felix sich in sein Büro zurück, um mit Petra zu telefonieren.

»Hallo Felix.« Ihre Stimme klang immer noch eisig.

»Hey Petra. Ich hoffe, du bist nicht mehr sauer mich. Es tut mir leid und ich vermisse dich.«

»Dafür hast du dich aber ziemlich rar gemacht. Ich dachte ja, du meldest dich oder schickst mir wenigstens eine Rose. Aber nein, der Herr Kommissar schweigt.«

Er hörte die Bitternis in ihrer Stimme.

»Ich wollte mich auch bei dir melden. Aber ich habe geglaubt, du willst nicht mit mir sprechen und deswegen habe ich es dann gelassen.«

»Ich hätte auch nicht mit dir gesprochen!«, sagte sie.

»Wieso bist du dann sauer, dass ich mich nicht gemeldet habe?«

Er war verwirrt. Petra schaffte es immer wieder, ihn mit ihren widersprüchlichen Signalen durcheinanderzubringen.

»Du hättest es wenigstens versuchen können. Damit hättest du mir gezeigt, was ich dir bedeute, aber das scheint ja nicht viel zu sein.«

»Nein, Petra, das ist nicht wahr. Du bedeutest mir sehr viel, wirklich!«

Felix merkte, wie ihm das Gespräch entglitt. Es nahm ganz und gar nicht den Verlauf, den er sich gewünscht hatte.

Schweigen am anderen Ende.

»Können wir uns heute sehen? Dann können wir in Ruhe darüber reden, okay?«

»Nein, heute Abend gehe ich mit einer Freundin auf eine Kneipentour. Ich weiß nicht, wann ich zurückkomme. Du brauchst also auch nicht anzurufen oder auf mich zu warten. Hast du das verstanden?«, wies Petra ihn schroff ab.

»Ja.«

In seine Stimme mischte sich eine große Portion Trauer. Er spürte, dass er sie verlieren würde und doch wusste er nicht, was er noch sagen sollte. Schweigend warteten beide darauf, dass einer von ihnen weitersprechen würde.

»Felix?«

»Ja?«

»Wenn du willst, kannst du morgen gegen elf zu mir zum Frühstück kommen. Du kannst Django mitbringen, der weiß wenigstens, was sich gehört.«

»Danke. Ja, ich komme und ich freue mich. Ich liebe dich.«

»Das werden wir ja sehen. Also bis morgen.«

»Ja, und dir viel Spaß heute Abend.«

Die Leitung war tot, Petra hatte bereits aufgelegt.

Geknickt ging er zurück in den Besprechungsraum.

Der Rest des Tages zog sich wie Kaugummi und Felix war froh, als Feierabend war und er sofort nach Hause gehen konnte. Den Abend verbrachte er vor dem Fernseher mit Django auf seinem Schoß und einer Flasche Mineralwasser. Er schaute einen Krimi an, aber anstatt sich über das dumme Drehbuch aufzuregen, was er sonst gerne und häufig tat, verfolgte er die Geschichte, ohne wirklich daran teilzunehmen. Seine Gedanken waren ganz woanders.

Am nächsten Morgen stand er früh auf, kaufte eine Flasche von Petras Lieblingschampagner und drei Dutzend rote Rosen. Als er wieder zu Hause war, striegelte er Djangos Fell ganz seidig. Dann zog er sich sein bestes Hemd und die Krawatte an, die er mit ihr zusammen in Pizzo gekauft hatte. Er wartete nervös darauf, endlich losfahren zu können und war fast eine Viertelstunde zu früh vor Petras Wohnblock.

Rastlos wartete er bis Punkt elf Uhr im Auto und klingelte mit dem letzten Glockenschlag an ihrer Wohnungstür. Django maunzte auf seinem Arm und sah sich neugierig die Umgebung an. In der Hand hielt er die Rosen, den Champagner hatte er sich unter den Arm geklemmt. Petra öffnete die Tür, nahm Django in ihre Arme und gab dem Kater einen Kuss auf den Kopf

»Hallo, mein Süßer.« Sie drehte sich um und brachte das Tier hinein.

»Kommst du und machst die Tür bitte hinter dir zu?«

Felix folgte ihr, unsicher was er von diesem Auftritt halten sollte. Er gab ihr die Blumen.

»Oh, wie nett. Aber ihr Männer habt nie das rechte Maß, oder? Eine Rose wäre jetzt ausreichend gewesen, nach der Versöhnung dann der ganze Strauß. Trotzdem danke!«

Sie stellte die Blumen in eine Vase.

»Setz dich bitte.«

Petra deutete auf den Esstisch, der mit Kerzen und Sektgläsern dekoriert war. Es standen frische Brötchen, Croissants, Marmelade, Wurst, Käse und Lachs darauf.

»Na, das passt, ich habe uns was zu trinken mitgebracht.«

»Das war mir klar.« Petras Stimme kam aus der Küche, wo sie Wasser in die Vase füllte.

»Soll ich die Flasche schon aufmachen?«

»Nein, erst sollten wir reden.« Sie stellte die Vase auf einen Tisch im Flur und setzte sich Felix gegenüber.

»Du solltest wissen, dass ich stark bin und keinen Lebenspartner brauche, um glücklich zu werden, okay? Ich bin keine dieser Frauen, die ihr Glück nur in einer festen Beziehung suchen. Wenn ich Lust auf körperliche Nähe habe, dann suche ich mir einen Mann oder manchmal auch eine Frau und habe meinen Spaß – ohne Bindung und ohne Komplikationen. Bei dir habe ich zwar das Gefühl, es könnte etwas anderes sein, doch mache ich nie wieder den Fehler, meine eigenen Bedürfnisse hinten anzustellen. Ich brauche dich nicht! Hast du mich verstanden?«

Felix nickte nur und schwieg betroffen.

Petra blickte ihn lange an, dann lächelte sie

»Kein Grund traurig zu sein, so schlimm war es auch nicht. Ich wollte das nur klarstellen. So, nun kannst du bitte die Flasche öffnen.«

Für sie schien die Sache in der Tat vergessen, doch er wurde das Gefühl nicht los, dass etwas verloren gegangen war. Am Samstagabend gingen sie zusammen in eine Travestie-Show. Petra amüsierte sich sehr, er dagegen kämpfte weiterhin mit seinen Zweifeln und Schuldgefühlen.

Am Montag kam Bewegung in ihre Untersuchung. Genau um vierzehn Minuten nach zehn schlug Frauke die Hände vor ihrem Gesicht zusammen.

»Ich glaube es nicht, jetzt haben wir ihn!« Sie sprang auf und hielt eine Rechnung in der Hand.

»Felix, das musst du dir anschauen.«

Alle Beamten im Raum ließen die Arbeit liegen und starrten auf ihre Kollegin, die aufgeregt mit einem Blatt Papier wedelte. Hauptkommissar Büschelberger nahm es ihr aus der Hand und überflog es.

Da es sich um eine Rechnung von mehreren tausend Euro mit über dreißig Positionen handelte, fand er es nicht sofort. Die Kommissarin wies mit dem Finger auf eine Zeile. Hundert Gramm reinstes Benzodiazepin-Chloralhydrat wurden mit zwölf Euro und fünf Cent in Rechnung gestellt. Er reichte das Blatt wortlos weiter.

Arno ballte die Faust. »Jetzt haben wir den Drecksack!«

Emilio nickte nur. Die anderen Beamten gaben das Papier von Hand zu Hand und alle gratulierten Frauke zu ihrem Fund.

»Das heißt allerdings noch nicht, dass Dr. Zimmer unser Täter ist. Es bedeutet nur, dass wir auf der richtigen Spur sind. Ich gehe gleich zu Staatsanwalt Fromm und benachrichtige ihn, denn ich habe sowieso vergessen, ihm am Freitag seinen Bericht zu geben.«

Felix verließ den Raum. Auch wenn er als Chef vor seiner Ermittlungsgruppe eine gewisse Professionalität zu wahren hatte, konnte er sich auf dem Flur einen kleinen Jubelschrei nicht verkneifen.

»Sieh an, der Herr Hauptkommissar Büschelberger beehrt mich. Wir hatten doch einen täglichen Bericht vereinbart, egal wie kurz, oder irre ich mich da?«, begrüßte Fromm Felix eisig.

»Doch, das hatten wir, ich bin bloß am Freitag irgendwie nicht dazu gekommen. Aber heute haben wir etwas entdeckt, was ich Sie gleich wissen lassen wollte.«

»Na, dann raus damit.«

»Wir haben eine Rechnung aus der Woche vor dem Mord gefunden, auf der unser gesuchter Stoff aufgelistet ist.«

Der Staatsanwalt lehnte sich zurück, sein Ärger war verflogen. Er pfiff durch die Zähne.

»Nicht schlecht. Gute Arbeit! Wir scheinen ja auf dem richtigen Weg zu sein. Was haben Sie als nächstes vor? Wollen Sie Zimmer gleich vernehmen?«

»Ich denke, wir lassen ihn noch etwas im Unklaren. Es wäre gut, wenn er den nächsten Zug tut. Außerdem fehlt bisher die zur Rechnung passende Bestellung, bei der mich am meisten interessieren würde, wer sie unterschrieben hat. Zudem erstellen wir ein Bewegungsprofil von Zimmer und dem Opfer. Hans Werners und seine Männer sollen sich verstärkt auf Verbindungen mit illegaler Müllentsorgung konzentrieren. Vielleicht finden wir da noch etwas Brauchbares. Parallel versuchen wir gerade an mehr Informationen über den Kenianer zu kommen.«

»Der ist doch Botschaftsangestellter in Rom, oder?«

Der Hauptkommissar nickte.

»Will ich wissen, welche Wege Ihre Informationen nehmen? Schließlich kann ich mich nicht entsinnen, dass Sie mir einen Antrag zur Befragung eines Botschaftsangehörigen eines befreundeten Landes vorgelegt haben«, sagte Fromm.

»Ich vermute, dass Sie es nicht wissen wollen. Sagen wir es so, ich nutze kollegiale Verbindungen in die weite Welt.«

»Gut, lassen wir das Thema. Bitte halten Sie mich weiter auf dem Laufenden, es kann auch per E-Mail sein.«

Felix versprach es und ging.

Nach der Mittagspause wollte er einen Überblick über alle neuen Ergebnisse bekommen. Der wichtigste Fund war die Rechnung, die Frauke entdeckt hatte. Trotz intensiver Suche hatten sie aber keine Bestellung gefunden.

»Das hat Priorität. Wenn wir die Bestellung finden und die Unterschrift von Zimmer darauf ist, haben wir ihn festgenagelt. Da hilft ihm kein Anwalt mehr raus«, knurrte Hauptkommissar Büschelberger.

Die Bewegungsprofile wurden durch Notizen von Hans vervollständigt. Es zeigte sich klar, dass Uwe Kaptaijn die meisten Auslandsreisen unternommen hatte. Er war ziemlich häufig nach Afrika geflogen, unter anderem allein im letzten Jahr insgesamt elf Mal nach Nairobi. Vor drei Monaten hatten dann seine Besuche in Kenia aufgehört, dafür war er zweimal nach Rom geflogen.

Alle waren davon überzeugt, dass sich Kaptaijn mit Mugambone getroffen hatte. Zimmer hatte ihn einmal nach Kenia und einmal nach Italien begleitet. An dessen Reisen war ansonsten nichts Auffälliges zu entdecken, er war in die USA, nach Indien, China, Südafrika und Japan geflogen. Eine Häufung wie beim Mordopfer war nicht zu erkennen.

»Tja, was sagt uns das? Wenn es hier wirklich um illegale Müllentsorgung ging, dann war das Opfer auf jeden Fall beteiligt. Die Einzahlungen waren kein Schweigegeld von Zimmer an Kaptaijn.«

Felix blickte in die Runde.

»Wenn dieser Kaptaijn seinen Chef erpresst hätte, wäre es dann nicht viel einfacher für Zimmer gewesen, die Erpressungsgelder als Gehaltszahlung zu tarnen? Beide hätten zwar Abgaben gezahlt, aber Zimmer hätte das erhöhte Gehalt doch gewinnschmälernd abschreiben können. Also, ich kann mir das nicht vorstellen«, sagte Hans Werners.

Das Argument war nicht von der Hand zu weisen, logisch klang es allemal.

»Haben wir schon Abbuchungen bei den Firmenkonten gefunden?«, fragte der Hauptkommissar.

»Nein, wir haben uns bisher auch nicht um sie gekümmert«, schüttelte seine Kollegin den Kopf.

»Okay, Frauke, dann fängst du gleich damit an. Peter kann sich alleine um die Bestellungen kümmern, die Rechnung haben wir ja schon. Emilio, du fährst zur Bank von Zimmer und lässt seine Privatkonten überprüfen. Auch wenn Hans recht hat, will ich die Möglichkeit noch nicht ausschließen«, wies der Ermittlungsleiter an.

»Was mir nicht klar ist: Wenn er es selber war, warum hat uns Zimmer bei unserem ersten Gespräch darauf hingewiesen, dass seine Firma dieses Benzodiazepin-Chloralhydrat beauftragen kann und dass es dann darüber auch eine schriftliche Bestellung geben würde?«, fragte Emilio.

»Vielleicht finden wir deshalb keine Bestellung, weil er sie vorher entsorgt, aber die Rechnung übersehen hat. Vielleicht hat er sich zu sicher gefühlt«, antwortete sein Chef.

»Trotzdem«, entgegnete Kommissar Perfondo, »das passt nicht. Aber das wird sich schon noch klären.«

Hauptkommissar Büschelberger wandte sich an die Kollegen von der Abteilung Wirtschaft:

»Schon irgendetwas gefunden, was in Richtung illegale Müllentsorgung geht?«

»Nein, ich fürchte, da werden wir auch so schnell nichts finden. Sie scheinen alle sehr vorsichtig zu agieren. Ich weiß nicht, ob wir da überhaupt Beweise finden.«

Hans Werners klang leicht deprimiert.

»Es ist immer dasselbe, die dicken Fische fängt man nicht mit dieser Methode. Wir müssen noch sehr viel tiefer graben. Ich schlage vor, dass wir die Unterlagen über die gesamten Beraterverträge mitnehmen und bei uns mit anderen Informationen vergleichen. Hier können wir im Moment nichts mehr tun.«

»Wenn du meinst, dass ihr bei euch besser arbeiten könnt, machen wir das so. Dann kümmert sich Arno um die Bestellungen und ihr informiert uns, sobald ihr was rausbekommt.«

Hans versprach es.

Während Emilio zur Bank fuhr, sortierten die anderen die Unterlagen, sodass Kommissar Werners und sein Team alles Wichtige für ihre weiteren Nachforschungen mitnehmen konnten. Kurz vor Feierabend kam Emilio von der Bank zurück.

»Bis jetzt haben sie nichts entdeckt, sie suchen aber weiter und informieren uns, wenn sie was finden.«

Kapitel 18

Früh am nächsten Vormittag klingelte Felix' Telefon. Fromm war am Apparat.

»Heute um vierzehn Uhr ist Dr. Brax beim Richter und will durchsetzen, dass der Durchsuchungsbefehl zurückgenommen wird und alle Unterlagen unverzüglich wieder ausgehändigt werden. Es wäre hilfreich, wenn Sie auch dort wären und Ihre neuesten Ermittlungsergebnisse mitbrächten. Wenn es hart auf hart kommt, müssen wir wohl nur die Rechnung vorlegen. Damit können wir beweisen, dass die Chemikalie, mit der das Opfer vergiftet wurde, von Dr. Zimmers Firma geordert wurde. Das sollte ausreichen, um weiter ermitteln zu dürfen. Vielleicht gelingt es mir jedoch den Richter zu überzeugen, ohne dass wir unseren Trumpf zücken müssen«, sagte der Staatsanwalt.

»Klar, wenn es Ihnen hilft, dann komme ich. Ich habe gesehen, dass Richter Kortz die Papiere unterzeichnet hat. Ist das Treffen in seinem Büro?«, fragte Felix.

»Genau, er hat das Zimmer dreihundertvierzig im Gebäude des Landgerichts. Also bis nachher, oder haben Sie mir noch etwas Neues zu berichten?«

Felix verneinte. Dann ordnete er alle Unterlagen und versuchte eine Kausalkette aufzubauen, um bei Richter Kortz schlüssig argumentieren zu können. Er musste zugeben, dass es noch viele Lücken gab, die ein geschickter Anwalt nutzen konnte – und geschickt war Dr. Brax bestimmt. Kurz bevor sie zum Mittagessen gehen wollten, kam ein Fax aus Italien.

Crotone schickte ihnen die Ergebnisse seiner Ermittlung. Ein kurzer Vergleich mit den Daten von Zimmer und Kaptaijn ergab einige Übereinstimmungen. Mugambone war vorletzte Woche zeitgleich mit Zimmer in Nairobi gewesen und in der folgenden Woche hatten sie sich auch noch in Kalabrien getroffen. Das war kein Zufall. Zudem hatten sie jetzt die Bestätigung, dass der Kenianer seit drei Monaten in Rom tätig war, was genau dem Zeitraum entsprach, in dem Kaptaijn nicht mehr nach Nairobi geflogen war.

»Es sieht so aus, als hätte unser Opfer für seinen Chef die Schmutzarbeit erledigt und jetzt, wo er tot ist, musste Zimmer selbst in die Bresche springen. Er kann wahrscheinlich niemand anderem trauen«, fasste Emilio das Fax zusammen.

»Aber wie passt das in unser Konzept, dass Kaptaijn eventuell seinen Chef erpresst hat und deswegen sterben musste?« Frauke schaute in die Runde. »Das ergibt keinen Sinn für mich.«

»Vielleicht hat das Geld doch nichts mit dem Mord zu tun? Das werden wir ja noch sehen. Fakt ist jedoch, dass jemand aus der Firma von Dr. Zimmer das Gift bestellt hat und das Motiv werden wir auch noch finden«, antwortete ihr Chef.

Nach dem Essen fuhr Felix zum Landgericht und traf den Staatsanwalt vor dem Eingang. Gemeinsam gingen sie zum Büro von Richter Kortz, vor dem bereits Zimmers Anwalt wartete. Als sie am Tisch des Richters saßen, ging Dr. Brax gleich in die Offensive:

»Mein Mandant ist ein hoch angesehener Bürger mit vielen Kontakten und ist noch nie straffällig geworden. Die Polizei hat in unseren Augen diesen Durchsuchungsbefehl mit Indizien erwirkt, die nicht stichhaltig sind. Euer Ehren, wenn die Polizei oder der Staatsanwalt nicht schlüssig begründen können, womit sie meinen Klienten beschuldigen, dann beantrage ich hiermit, dass die richterliche Verfügung zurückgezogen wird. Ich habe Ihnen ein paar Informationen über den Werdegang von Dr. Heinrich Zimmer zusammengestellt; in welchen Vereinen er ist, welchen wohltätigen Verbänden er nahesteht und wo er sich sonst noch engagiert.«

Er überreichte dem Richter eine Sammlung von Presseberichten und Mitgliedsausweisen, die belegen sollten, welch sozialer Mensch Dr. Zimmer war. Auf vielen Fotos waren auch hohe Beamte zu sehen, einmal sogar der hessische Innenminister, wie er Zimmer gerade die Hand gab. Beide lächelten in die Kamera.

Der Hauptkommissar war etwas beunruhigt, ob sich der Richter davon beeindrucken lassen würde. Er blickte zu Fromm, der ganz ruhig dasaß und völlig entspannt zu sein schien. Richter Kortz legte die Unterlagen zur Seite.

»Das ist eine nette Sammlung. Aber auch ein Mensch, der sich sozial gibt und hohe Kontakte hat kann kriminell sein. Zudem kann ich mich an ein Foto erinnern, auf dem Ihr Mandant mit Männern zu sehen ist, die der Mafia zugerechnet werden. Können Sie mir das erklären?«, fragte der Richter den Anwalt.

»Das ist es ja gerade. Dieser italienische Geschäftsmann wird lediglich verdächtigt, es ist ihm aber nie etwas nachgewiesen worden.

Im Zweifel gilt doch immer noch für den Angeklagten. Zudem hatte mein Mandant diesen Mann noch nie zuvor gesehen und wurde durch Dr. Mugambone mit ihm bekannt gemacht. Herr Mugambone ist der Vermittler gewesen, der mit dem ermordeten Dr. Kaptaijn zusammengearbeitet hat. Er hat die Beraterverträge zwischen der Dr. Heinrich Zimmer Analyse und Beratungs GmbH, der kenianischen Regierung und weiteren Firmen aus Kenia und den Nachbarländern ermöglicht. Ich habe hier eine eidesstattliche Erklärung, dass Dr. Zimmer nie zuvor Kontakt zu diesem Italiener hatte und ihn auch nie aufgesucht hätte, wenn er vorher über dessen zweifelhaften Ruf informiert gewesen wäre.«

Dr. Brax übergab ein weiteres Dokument. Während der Richter es überflog, vibrierte Felix' Handy. Er blickte kurz darauf und sah, dass Frauke ihn erreichen wollte. Er drückte auf ‚Abweisen'. Das Handy vibrierte sofort wieder. Der Hauptkommissar wollte sein Handy gerade ausschalten.

»Wenn Sie jemand so dringend erreichen will, dann sollten Sie ruhig drangehen. Mich stört es nicht.« Richter Kortz nickte ihm zu.

»Danke. Ja, hallo Frauke, was gibt es denn? Du weißt doch, wo ich bin.« Felix hörte aufmerksam zu.

Er nickte nur ein paarmal und schaute Staatsanwalt Fromm bedeutsam an.

»Danke! Es war richtig, dass du mich angerufen hast.«

Er schaute zum Richter.

»Euer Ehren, ich würde gerne eine Verschiebung beantragen. Es sind gerade ein paar wichtige Informationen aufgetaucht, die den ganzen Fall lösen könnten.«

»Sie können hier gar nichts beantragen!« Dr. Brax fuchtelte drohend mit seiner Hand vor Felix' Gesicht.

»Nun wollen wir mal nicht so aufgeregt sein, Herr Anwalt. Was sind das für Informationen?« Richter Kortz forderte den Kommissar auf fortzufahren.

»Anscheinend haben unsere Kollegen von der Schutzpolizei einen Einbrecher auf frischer Tat geschnappt. Der Mann hat ein ziemlich langes Vorstrafenregister und hat meinen Kollegen erzählt, dass er etwas über den Mord weiß. Dabei hat er ein Detail, das wir nicht an die Presse weitergegeben hatten, erwähnt und Andeutungen gemacht, die auf den Mandanten von Dr. Brax hinweisen. Genauer wollte er sich noch nicht äußern, sondern erst mit dem zuständigen Staatsanwalt reden. Wahrscheinlich will er einen Deal machen.«

»Was sind das für Andeutungen und was für ein Detail ist das?« Dr. Brax war sichtlich aus der Fassung geraten.

»Tut mir leid, dazu kann ich im Moment nichts sagen. Euer Ehren, darf ich jetzt gehen?«

Richter Kortz nickte.

»Gut, dann lassen wir den Durchsuchungsbefehl auch noch weiter bestehen. Im Moment besteht keinen Anlass, ihn außer Kraft zu setzen. Ich schlage vor, Sie informieren mich am Freitag über die neuesten Ergebnisse, und dann können Sie, Herr Dr. Brax, noch einmal ihren Antrag stellen.«

Mit diesen Worten beendete der Richter die Unterredung.

»Felix, warten Sie auf mich, ich komme mit. Ich möchte mir diese Geschichte sofort anhören«, sagte Fromm, als sie den Raum verließen.

»Ich komme auch mit, ich würde diesen Zeugen ebenfalls gerne befragen«, kam es von weiter hinten.

Über das Gesicht des Staatsanwalts legte sich ein wölfisches Grinsen.

»Herr Dr. Brax, Sie wissen doch, dass Sie im Falle einer Gerichtsverhandlung mit unserem Zeugen reden und ihn ins Kreuzverhör nehmen dürfen. Vorher haben Sie volle Akteneinsicht, mehr nicht.«

Dr. Brax gab sich geschlagen.

»Der gute Anwalt war am Ende richtig geknickt, von seiner aufgeblasenen Art ist nicht mehr viel übrig«, grinste Felix seinen Begleiter triumphierend an.

Er hatte das Gefühl, dass dieser Tag noch besser werden würde.

Auf dem Revier fanden sie seine Kollegen in einer gespannt abwartenden Stimmung vor.

Frauke kam ihnen entgegen. »Der Zeuge müsste gleich hier sein. Sie bringen ihn gerade her.«

»Weißt du schon mehr als vorhin?«, fragte Felix.

»Nein, aber ich denke, das könnte unser Durchbruch werden«, antwortete sie.

»Klar, vor allem mit dem Fund der Rechnung, von der bisher weder Dr. Zimmer noch sein Anwalt etwas wissen.« Er wandte sich zufrieden an Staatsanwalt Fromm.

»Die wird Dr. Brax noch mehr Kopfschmerzen bereiten«, sagte dieser.

Sie gingen in Felix' Büro und stellten noch ein paar weitere Stühle hinein, sein ganzes Team sollte hören können, was dieser ominöse Zeuge zu erzählen hatte. Fromm setzte sich direkt neben den Ermittlungsleiter, die anderen Kommissare nahmen an der Wand Platz. Gegenüber von Felix stand ein leerer Stuhl, auf dem der Zeuge sitzen sollte.

Emilios Tablet-PC lag vor ihm und seine Finger ruhten auf der Tastatur, um ein Protokoll aufzunehmen. Er war der schnellste Tipper von ihnen. Arno hatte ihn deswegen vor Monaten schon ‚Fingers' genannt und gemeint, er könne in einem Spaghetti-Western auftreten. Der sich daraus entwickelnde Schlagabtausch war überaus unterhaltsam gewesen.

Zwei Beamte der Schutzpolizei brachten den Zeugen herein, nahmen ihm die Handschellen ab und übergaben Felix eine Mappe mit Informationen. Er bedeutete ihnen, dass sie sich eine Pause in der Cafeteria gönnen sollten; Emilio würde sie wieder rufen, sobald sie mit der Befragung des Zeugen fertig wären. Hauptkommissar Büschelberger überflog die Unterlagen.

Ihr Zeuge war ein alter Bekannter der deutschen Justiz. Er war nur einundvierzig Jahre alt und hatte insgesamt schon fünfzehn Jahre in verschiedenen Gefängnissen verbracht.

»Also entweder ziemlich kriminell oder ganz schön dumm, aber wahrscheinlich ein Mischung aus beidem«, dachte Felix bei sich.

Er musterte Angelos Zapas, der äußerlich ruhig vor ihm saß. Dann reichte er die Unterlagen an Staatsanwalt Fromm weiter und wartete, bis dieser mit dem Lesen fertig war. Währenddessen schenkte er dem Zeugen einen Kaffee ein, den Frauke zuvor gebraut hatte. Sie hatten extra einen kleinen Vorrat für Besucher und Zeugen angelegt.

Angelos Zapas war eine schmächtige Erscheinung, circa einhundertachtundsechzig Zentimeter groß, mit schütterem schwarzem Haar, das er sich über die Halbglatze gekämmt hatte. Sein Teint war leicht olivbraun und das Gesicht lief spitz zu. Er sah sich mit seinen dunkelbraunen Augen aufmerksam um, es lag aber keine Spur von Angst oder Hektik in seinem Blick. Fromm räusperte sich und Felix begann mit der Befragung.

»Guten Tag, Herr Zapas, mein Name ist Hauptkommissar Büschelberger und neben mir sitzt Staatsanwalt Fromm. Unseren

Kollegen von der Schutzpolizei gegenüber haben Sie angedeutet, dass Sie Informationen im Zusammenhang mit dem Mord im Osthafen besitzen. Würden Sie sich bitte dazu äußern.«

»Das ist richtig. Ich weiß, wer den Mord beauftragt oder ihn vielleicht sogar selbst durchgeführt hat.«

Der Zeuge nahm einen Schluck aus der Kaffeetasse und mied den direkten Blickkontakt. Im Raum war es totenstill, alle hielten die Luft an und warteten auf weitere Aussagen. Doch Zapas schwieg, anscheinend war er ein guter Rhetoriker und kannte alle Tricks, die die Polizei in Vernehmungen anwendete. Er würde sich nicht aus der Reserve locken lassen.

»Das ist natürlich eine sehr wichtige und interessante Information für uns. Ich darf Sie bitten fortzufahren.«

Der Kriminelle lächelte ihn an. »Aber Herr Hauptkommissar, Sie wissen ja, es ist nichts umsonst auf dieser Welt. Ich helfe Ihnen und Sie helfen mir, so läuft es doch immer.«

Er blickte direkt in die Augen des Staatsanwalts. »Oder was sagen Sie dazu?«

Fromm wartete mit seiner Antwort eine ganze Minute, während der er und Angelos Zapas sich mit Blicken maßen.

»Nun, ich weiß, was Sie meinen. Aber welche Hilfe erwarten Sie denn von uns?«

»Tja.«Angelos kratzte sich am Kinn. »Sie haben ja gerade meine Akte gelesen. Ich bin schon zu oft im Knast gewesen. Wenn ich jetzt noch einmal einfahre, dann für eine sehr lange Zeit, eventuell danach mit Sicherungsverwahrung wegen Unbelehrbarkeit. Sie kennen die Gesetze doch viel besser als ich. Darauf habe ich, wie Sie sich vorstellen können, keine große Lust. Sorgen Sie dafür, dass ich nur Bewährung bekomme oder höchstens Freigänger werde.«

»Sie wissen, dass ich Ihnen nichts versprechen kann. Aber ich werde mich für Sie einsetzen und sehen, was ich tun kann.«

»So ein Bullshit! Wenn Sie mir nichts Konkretes bieten können, dann leide ich ab sofort an akuter Amnesie!« Der Berufsverbrecher lehnte sich zurück, verschränkte demonstrativ die Arme vor der Brust und schwieg.

Felix und Fromm sahen sich kurz an. Der Staatsanwalt rollte die Augen, dann blickte er wieder zu ihrem Zeugen.

»Gut, hiermit verspreche ich Ihnen vor Zeugen, dass ich den Richter überzeugen werde, Sie zum Freigänger zu machen. Eine Strafe auf Bewährung ist nicht möglich, weil Sie schon auf Bewährung draußen sind und jetzt dagegen verstoßen haben. Mehr kann ich nicht tun. Nehmen Sie mein Angebot an oder hören Sie auf, meine Zeit zu verschwenden.«

Er stand betont langsam auf und reichte Herrn Zapas die Hand, um sich zu verabschieden.

Dieser zögerte. »Ich würde das gerne schriftlich haben.«

Der Staatsanwalt schaute zu Emilio. »Können Sie kurz mitschreiben?«

Emilio nickte und seine Hände legten sich auf die Tastatur, während Fromm diktierte.

»Hiermit versichert Staatsanwalt Fromm dem anwesenden Zeugen Herrn Angelos Zapas, dass er ihn bei seinem anstehenden Prozess unterstützt. Er wird dafür sorgen, dass Zapas' Mitarbeit bei der Aufklärung des Mordfalls Kaptaijn vor Gericht entsprechend gewürdigt und berücksichtigt wird. Er wird sich weiterhin dafür einsetzen, dass Zapas als Freigänger eingestuft wird, wenn er erstens eine geregelte Arbeit aufweisen kann und zweitens seine Hinweise zur Ergreifung des Täters und zur Aufklärung des Mordfalls geführt haben. Datum, Ort, Zeugen und Unterschrift.«

Nach nicht einmal einer Minute schickte Emilio den Text an den Drucker und reichte das Papier dem Staatsanwalt. Dieser überflog den Text, nickte zufrieden und unterschrieb. Dann gab er es Felix, ließ diesen ebenfalls unterschreiben und händigte die Erklärung an Herrn Zapas aus.

»Sind Sie zufrieden?«

Dieser las das Schreiben, nickte und wollte es schon einstecken.

»So geht das allerdings nicht. Wir werden das Dokument zu Ihren Akten legen, dort ist es am sichersten aufgehoben. Es wird dann in Ihrem Prozess zum Tragen kommen.«

Angelos Zapas wollte protestieren, wurde jedoch scharf von Fromm zurechtgewiesen.

»Sie sollten der deutschen Justiz schon vertrauen. Wenn Sie das nicht wollen oder können, dann ist unser Deal hier und jetzt geplatzt.«

Er funkelte den Zeugen, der das Schreiben zurückreichte, an und heftete es in der Mappe mit den gesammelten Unterlagen von Angelos Zapas ab.

»So, das nehmen die Kollegen von der Schutzpolizei nachher wieder mit und alles hat seine Ordnung. Jetzt ist es an Ihnen, Ihren Teil unserer Abmachung zu erfüllen.«

»Also gut. Ich habe von einer gewissen Person den Auftrag erhalten, in die Wohnung von Uwe Kaptaijn einzubrechen und Unterlagen sowie ein ganz bestimmtes Foto zu entwenden.«

»Sie sollten aufhören in Rätseln zu sprechen. Wer hat Ihnen den Auftrag gegeben? Was genau sollten Sie entwenden und wann? Ich brauche keine Andeutungen, ist das klar?«, unterbrach ihn Fromm.

»Ja, ist ja schon gut. Also, den Auftrag hat mir der Doc gegeben, ich meine den Chef von dieser Zimmer GmbH. Ich habe da mal ein halbes Jahr als Pförtner gearbeitet und bin rausgeflogen, weil ich in die Kasse gegriffen habe. Aus der Zeit kannte er mich.«

»Sie meinen also Dr. Heinrich Zimmer, wenn Sie Doc sagen, ist das korrekt?«, hakte Hauptkommissar Büschelberger nach.

»Ja genau, den bezeichne ich immer als den Doc. Er war eigentlich immer freundlich zu mir, hat manchmal, wenn ich Nachtdienst hatte, mit mir geschwatzt oder mich mit was zu essen und zu trinken versorgt.«

Felix bemerkte die verdutzten Blicke von Emilio und Frauke. Er nahm an, dass er ebenfalls ein ungläubiges Gesicht machte.

»Fanden Sie dieses Verhalten nicht ungewöhnlich für den Chef einer großen Firma?«, fragte er.

»Na ja, ich hatte zumindest davor und danach nie wieder so einen Chef, da haben Sie sicher recht.«

Der Staatsanwalt hatte in der Zwischenzeit in den Unterlagen geblättert.

»Ich kann hier allerdings keine Anzeige finden, nach der Sie eines Diebstahls bei der Dr. Heinrich Zimmer GmbH bezichtigt wurden. Eine Verurteilung gab es auch nicht.«

»Nö, der Doc war damals so großzügig und hat ein Auge zugedrückt. Meinte zwar, er könne mich nicht behalten, aber er wollte mich auch nicht anzeigen.«

Felix und Fromm wechselten einen vielsagenden Blick. Der Hauptkommissar nickte Angelos zu und bedeutete ihm weiterzureden.

»Also, vor knapp fünf Wochen bekomme ich einen Anruf vom Doc. Er fragt, wie es mir geht und ob ich nicht mal Zeit für ihn habe. Ich habe natürlich sofort zugesagt.«

»Wann genau kam der Anruf? Wie Staatsanwalt Fromm eben schon gesagt hat, wir brauchen genaue Fakten und Aussagen.«

Felix wies den Zeugen noch einmal zurecht.

»Okay, ich hab es verstanden. Der Anruf kam am Sonntag, genau eine Woche bevor dieser Kaptaijn ermordet wurde. Ich hatte gerade ausgeschlafen, da klingelte mein Telefon und der Doc war dran. Wir haben uns dann für den Montagvormittag verabredet, in einem Bistro, dem La Mirage. Dort hat er mir genau erklärt, was er wollte. Ich sollte in eine Wohnung in der Beethovenstraße sechzehn einbrechen, genauer in die Wohnung von diesem Kaptaijn, und sollte ein Foto suchen, auf dem dieser, der Doc und ein Südländer mit ein paar Blackies zu sehen sind. Der Doc wusste nicht genau, wie viele Fotos vorhanden sind und meinte, ich solle alle mitbringen. Er hat mir zehntausend Euro angeboten, wenn ich das mache und keine weiteren Fragen stelle. Ich habe gesagt: ‚Zwanzigtausend und ich mache es.' Wir haben ein wenig verhandelt und uns bei siebzehn geeinigt. Das war alles. Dann haben wir uns getrennt und ich habe angefangen, die Wohnung zu observieren und auf eine günstige Gelegenheit zu warten.«

»Wurden Sie sofort bezahlt oder wie lief es ab?«, unterbrach Staatsanwalt Fromm den Dieb.

»Ich merke, Sie kennen sich aus. Ich habe tatsächlich dreitausend als Anzahlung bekommen, den Rest gab es bei Lieferung. Er hat mir übrigens noch ein Bild gegeben, auf dem der Typ zu sehen war, damit konnte ich ihn erkennen. Ich sollte den Auftrag so schnell wie möglich ausführen, aber kein Risiko eingehen. Kaptaijn durfte auf keinen Fall merken, dass er von mir beschattet wurde, darauf hat mich der Doc ausdrücklich hingewiesen. Ich fing also, an die Wohnung zu beobachten. Habe ziemlich schnell gemerkt, dass es am Tag nicht geht. Die Nachbarin schien ziemlich helle zu sein und auch sonst war das Haus zu belebt. Außerdem war die Haustür so gut gesichert, dass ich es tagsüber nicht unbemerkt hinein geschafft hätte. Abends war dieser Kaptaijn nicht so lange weg, dass ich es hingekriegt hätte. Wenn er aus dem Haus gegangen ist, bin ich ihm immer gefolgt um zu sehen, ob er irgendwohin fährt und vielleicht die ganze Nacht wegbleibt, aber er ist nie lange genug unterwegs gewesen.«

»Also haben Sie genau vor fünf Wochen Kaptaijn auch verfolgt?«, fragte Felix.

»Bingo!« Der Zeuge grinste ihn an.

»Ja, ich habe gesehen, wie er zwei Stricher beim Bahnhof abgeholt hat. Die sind erst am nächsten Morgen wieder gegangen. Ansonsten ist die ganze Zeit nichts gewesen. Ich habe dort jede Nacht gestanden. Am Sonntagabend ist er dann in seinen Wagen gestiegen und weggefahren. Ich bin ihm bis zur Stadtgrenze gefolgt und habe dort umgedreht. Ich dachte mir, jetzt oder nie. Aber im Haus war zu viel los und so musste ich noch ziemlich lange warten, bis ich mir sicher war, dass mich keiner mehr stören würde.«

»Wann genau hat Uwe Kaptaijn seine Wohnung verlassen und in welche Richtung ist er gefahren?«, wollte Felix wissen.

»Also, verlassen hat er seine Wohnung gegen halb zehn und ist dann in Richtung Taunus gefahren. Er hatte eine Reisetasche dabei und ich habe vermutet, dass er nicht wiederkommt. Dass ich damit allerdings so recht haben würde, konnte ich nicht ahnen.«

Felix dachte bei sich, dass das Opfer wohl direkt in ihre Richtung gefahren war, die Uhrzeit und die Strecke stimmten jedenfalls.

»Gegen halb eins bin ich dann langsam in die Wohnung rein und habe gesucht. Ich habe alle Fotos, die ich gefunden habe, in eine große Tüte getan. Es waren allerdings ziemlich wenige und die gesuchten waren nicht dabei. Also musste ich die ganze Wohnung auf den Kopf stellen, habe mich aber bemüht, keine Spuren zu hinterlassen. Es wurde ziemlich spät und ich bin langsam doch nervös geworden, deshalb habe ich eine Schublade runterfallen lassen. War aber auch mein Glück, denn darunter waren die Fotos und ein paar Negative versteckt. Ich habe noch kurz alles wieder zurechtgerückt und mich schleunigst aus dem Staub gemacht. Zu Hause habe ich wie verabredet eine SMS an den Doc geschickt, dass ich die Bilder habe. Gegen acht Uhr hat er mich angerufen und wollte sich sofort mit mir treffen. Wir haben uns um elf in der Fußgängerzone verabredet. Er hat mir einen Umschlag mit Geld gegeben und ich ihm die Tüte mit den Fotos. Dann bin ich ins Bett und habe mich ausgeschlafen. Tja, das war es, bis ich am nächsten Tag den Bericht in der Zeitung gelesen und gemerkt habe, dass mehr dahinterstecken musste. Habe erst überlegt, ob der Doc mich in irgendetwas reinreiten wollte. Da ich es aber nicht geglaubt habe, bin ich nicht aus der Stadt abgehauen.«

»Und Sie sind bereit, diese Aussage zu beeiden und vor Gericht zu wiederholen?«, fragte der Staatsanwalt.

Angelos Zapas nickte. »Wenn es mir selber hilft, na klar! Jeder muss zusehen, wie er zurechtkommt, und der Doc hat bestimmt gute

Anwälte, die ihm helfen. Solche Leute kann ich mir leider nicht leisten.«

»Da werden Sie wohl recht haben«, sagte Hauptkommissar Büschelberger.

Er ließ das Protokoll ausdrucken, überflog es und gab es dann an den Zeugen weiter, damit er es unterschrieb. Dieser las das Protokoll sehr genau durch und setzte schließlich zögerlich seinen Namen darunter.

»Eigentlich mache ich das nicht gerne, ich gebe damit ja weitere Straftaten zu.«

Staatsanwalt Fromm lächelte ihn bloß an.

»Da machen Sie sich mal keine Sorgen. Wenn Sie uns hiermit geholfen haben den Mord aufzuklären, dann war es nicht zu Ihrem Schaden, dafür werde ich sorgen.«

Angelos Zapas zündete sich eine Zigarette an und schwieg. Emilio hatte inzwischen die Kollegen aus der Kantine geholt. Sie nahmen den Zeugen wieder in Gewahrsam und führten ihn ab.

Felix lehnte sich zurück und blickte in die Runde.

»Was haltet ihr von diesem Zeugen?«

Fromm meldete sich als Erster zu Wort. »Wenn wir alles beweisen können, was er uns erzählt hat, dann wäre das ein echter Durchbruch.«

»Ja, damit schlagen wir diesen Dr. Zimmer ans Kreuz. Ich denke, wir haben ihn«, schloss sich Emilio an.

»Schade nur, dass nicht auch der aufgeblasene Anwalt beteiligt war, den hätte ich zu gerne hochgehen lassen«, stimmte Arno seinem Kollegen zu.

Frauke war die Einzige, die sie zur Vorsicht mahnte. »Noch sind es nur Indizien. Wir müssen das alles beweisen und uns fehlt immer noch das Motiv.«

Felix kratzte sich am Kopf, eine Geste, die er ziemlich selten machte. Wer ihn kannte, wusste, dass er das nur tat, wenn er peinlich berührt war oder sich ertappt fühlte, weil er vorschnelle Schlussfolgerungen gezogen hatte.

»Ja, ich muss Frauke da unterstützen. Wir müssen beweisen, dass die Aussage glaubwürdig ist, und mehr Fakten sammeln. Bis jetzt haben wir nur Indizien und wir brauchen in der Tat mehr als die Aussage eines Gewohnheitstäters. Dr. Brax wird kurzen Prozess mit ihm machen, wenn wir nicht mehr haben. Oder wie sehen Sie das, Herr Fromm?«

»Bevor ich Anklage erheben kann, brauche ich mehr Munition. Brax ist nämlich ein ziemlich gewiefter Gegner. Ich kann mir vorstellen, dass er gerade zusammen mit seinem Klienten an Gegenmaßnahmen tüftelt. Falls unser Hauptverdächtiger diesen Herrn Zapas wirklich engagiert hat, dann wird er sofort wissen, wen wir haben und ganz sicher Beweismaterial vernichten und weitere Verteidigungslinien errichten.«

»Sollten wir ihn dann nicht sofort vorladen und seine Wohnung durchsuchen?« Emilio brannte geradezu vor Tatendrang.

Alle Blicke ruhten auf Staatsanwalt Fromm, der die Möglichkeiten und ihre Konsequenzen für die weiteren Ermittlungen durchdachte. Es schien den Beamten wie eine Ewigkeit, bis er antwortete.

»Obwohl ich die Gefahr der Verdunklung durchaus sehe, sollten wir noch etwas warten, bevor wir Dr. Zimmer vorladen. Der Mann ist damals bestimmt so schlau gewesen die Fotos direkt zu vernichten. Außerdem hat ihn sein Anwalt längst informiert und er hatte alle Zeit der Welt sie spätestens jetzt zu beseitigen. Lassen wir ihn jedoch warten und unternehmen scheinbar nichts, macht ihn das bestimmt nervös. Dann begeht er Fehler, die wir ausnutzen können. Nein, wir sollten ihn zappeln lassen. Das ist eine starke Waffe, die man nicht unterschätzen sollte.«

»Gut, dann kümmern wir uns gleich um das Bistro und schauen, ob uns da jemand helfen kann und die beiden gesehen hat. Emilio und Frauke, ihr zwei besorgt euch ein Bild von Angelos Zapas und eins von Dr. Zimmer und fahrt zum Bistro. Seht zu, ob ihr etwas findet. Arno, du siehst noch einmal in den Unterlagen der Bank nach, ob dir Abbuchungen von vierzehntausend Euro oder Teilen davon auffallen. Sie müssen ja am Montag, als wir das Opfer gefunden haben, oder kurz davor stattgefunden haben«, fasste Felix die nächsten Schritte zusammen.

Alle begaben sich an die Arbeit und Felix begleitete Staatsanwalt Fromm nach draußen, wo er ihn verabschiedete. Dort überlegte er kurz, was er noch zu tun hatte. Da er aber davon überzeugt war, dass der Fall so gut wie gelöst war, beschloss er nach Hause zu fahren und sich schick zu machen.

Er wollte Petra damit überraschen, dass er sie von der Arbeit abholte und anschließend für sie kochte. Ihm schwebte eine selbstgemachte Pizza mit braunen Champignons, Rucola, Speck und etwas Büffelmozzarella vor, dazu ein guter Rotwein. Der Abend versprach angenehm zu werden.

Knappe zwei Stunden später stand er vor der Firma, in der Petra arbeitete. Er trug einen Anzug und ein weißes Hemd, dazu die Krawatte, die er mit ihr in Kalabrien gekauft hatte. Er fühlte sich rundherum wohl und hatte gute Laune. Deswegen schritt er forsch zur Rezeption und zeigte seinen Dienstausweis.

»Guten Tag, mein Name ist Felix Büschelberger und ich bin Hauptkommissar der Mordkommission. Bringen Sie mich bitte sofort zu Frau Petra Marshall. Ich will nicht, dass sie vorgewarnt wird, haben wir uns verstanden?«

Der Mann hinter dem Empfangstresen erbleichte zusehends, nickte aber bloß und sah ihn nicht direkt an. Seine dunkelblaue Uniform, die ihm normalerweise Autorität verleihen sollte, wirkte schäbig neben Felix' Anzug. Er führte den Polizisten zum Fahrstuhl und drückte auf die Taste für den zwölften Stock.

»Wenn Sie den Fahrstuhl verlassen, dann brauchen Sie nur geradeaus gehen und die dritte Tür rechts ist ihr Büro. Sie können es nicht verfehlen.«

Die Fahrstuhltüren schlossen sich und ließen einen verwirrten und verschüchterten Portier zurück. Felix dagegen freute sich diebisch und dachte bei sich, dass es vielleicht keine schlechte Idee war, öfter im Anzug aufzutreten. Die Leute nahmen einen auf einmal noch ernster. Petra hatte schon recht, man wirkte wichtiger und seriöser. Er verwarf die Idee jedoch, bevor der Fahrstuhl sein Ziel erreicht hatte, dafür mochte er sein Jeansoutfit zu gern.

Petras Büro war wie das bei der Dr. Zimmer Analyse und Beratungs GmbH sehr modern und hatte Trennwände aus Glas. Sie war alleine und blickte auf den Bildschirm ihres PCs. Felix betrachtete sie und wartete ab, ob sie ihn bemerken würde. Nach einer Weile trat er ohne zu klopfen ein und grinste sie frech an.

»Tut mir leid, Frau Marshall, ich muss Sie leider festnehmen! Sie werden beschuldigt, Männerherzen zu stehlen und sie von Zeit zu Zeit zu brechen.«

Mit diesen Worten zog er seine Handschellen aus der Jackentasche und legte sie bedeutungsschwer auf ihren Schreibtisch.

»Felix, du bist ja verrückt!«, kreischte Petra lauthals, während sie mit glänzenden Augen auf die Handschellen blickte und dann seinen Anzug musterte.

»Bei so einem gut aussehenden Kommissar habe ich wohl keine andere Wahl, oder?«

Felix zwinkerte dem Portier zu, als er mit Petra, die sich bei ihm eingehakt hatte, durch die Halle zum Ausgang ging.

Kapitel 19

Der Mittwoch fing ruhig an. Frauke und Emilio hatten im Bistro nur den Namen der Bedienung herausbekommen, die an dem fraglichen Tag Dienst gehabt hatte: Maike Behnke, eine Studentin, die aber erst am Donnerstag wieder arbeiten würde.

Während ihrer morgendlichen Teestunde überlegten die Kommissare zwar, ob sie die Zeugin schon heute aufsuchen sollten, verwarfen die Idee dann jedoch. Dieses Detail war zwar wichtig, konnte aber durchaus warten.

Felix führte ein längeres Telefonat mit Hans Werners und diskutierte mit ihm ihre bisherigen Resultate, aber das Team der Abteilung für Wirtschaftskriminalität hatte noch keine neuen Erkenntnisse gewonnen. Hans erklärte, dass die Bücher sauber wären, fast zu sauber um wahr zu sein. Ob sich noch etwas finden ließe, konnte er nicht versprechen. Hauptkommissar Büschelberger dachte nach diesem Gespräch lange nach, kam aber zu keinem greifbaren Ergebnis. Arno holte ihn zur Mittagspause bei Fritten-Conny ab. Frauke hatte einen anderen Termin und Emilio wollte nicht mit.

Nachmittags schrieb er im Büro einige Memos, hauptsächlich um seine Gedanken zu ordnen, und schickte ein paar SMS an Petra. Ihre Antworten waren nur kurz, da sie ihre liegen gebliebene Arbeit aufholen musste. Sie hatte ihm aber durchaus zu verstehen gegeben, dass sie gegen weitere Verhaftungen mit anschließendem Verhör und Einzelhaft nichts einzuwenden hätte.

Der Arbeitstag endete ohne weitere Vorkommnisse. Bei einem guten Whiskey genehmigte sich Felix ein heißes Bad am Abend, dazu drehte er Carl Orffs Carmina Burana auf volle Lautstärke. Django zog es vor, diese Nacht seinem eigenen Vergnügen nachzugehen.

In allerbester Laune besuchte Staatsanwalt Fromm die Kommissare am nächsten Morgen bei ihrer Teerunde.

»Ich glaube, wir sollten Herrn Dr. Zimmer bald davon unterrichten, dass wir ihn zu sprechen wünschen – und zwar noch bevor wir Richter Kortz einen weiteren Bericht erstatten. Lassen wir ihn bis morgen früh noch ein wenig weichkochen, das sollte uns Vorteile verschaffen.«

Felix bot ihm eine Tasse seines grünen Tees an und bemühte sich seine Stimme ehrlich entrüstet klingen zu lassen.

»Wenn ich es nicht besser wüsste, würde ich denken, Sie quälen ab und zu ganz gerne ein paar Verdächtige.«

Fromm seufzte nur und verdrehte die Augen, dann beäugte er kritisch den ihm angebotenen Becher.

»Also ich weiß nicht, was für eine seltsame Truppe ihr seid. Wie könnt ihr bloß ohne Kaffee leben? Ich glaube, ihr seid von einem anderen Stern.«

Mit diesem Scherz entschuldigte sich Fromm.

»Ich muss jetzt ins Gericht. Wir sehen uns morgen und bis dahin haben Sie die Zeugenaussagen gebündelt und eine schlüssige Kausalkette gebildet.«

Der Hauptkommissar nickte. »Darauf können Sie sich verlassen.«

Danach blickte er in die Runde. »Wer hat Lust, diese frohe Botschaft Dr. Zimmer zu überbringen?«

Emilio meldete sich sofort.

»Okay, dann mach das gleich. Am besten sagst du es ihm persönlich und beantworte keine weiteren Fragen von ihm«, ordnete sein Chef an.

»Schon klar, ich lasse mich weder abwimmeln noch ausquetschen. Mensch, Boss, ich bin doch kein Anfänger mehr.« Emilio machte sich gleich auf den Weg.

»Tja, Frauke, dann werden wir beide diese Maike aufsuchen. Und du, Arno, strukturierst unsere Unterlagen. Heute Nachmittag gehen wir sie alle gemeinsam noch einmal durch und bereiten das morgige Verhör vor.«

Das La Mirage war ein modern eingerichtetes Bistro, in dem für Felix' Geschmack die Musik zu laut und die Dekoration zu übertrieben hip war. Es war allerdings übersichtlich aufgebaut und im Moment wenig besucht.

Sein Blick ruhte auf der weiblichen Bedienung, von der er annahm, dass es sich um Maike Behnke handelte. Er musste sich eingestehen, dass sie wirklich hübsch war: Dunkelblondes Haar mit hellblonden Strähnen durchzogen, Mittelscheitel, eine Frisur, die Felix in Ermangelung einer besseren Beschreibung als fransigen Prinz Eisenherz-Putz bezeichnen würde.

Ihre azurblauen Augen strahlten ihn an, als er sich mit Frauke an die Theke setzte.

»Hallo, ich bin gleich für euch da«, sagte sie und reichte ihnen schon einmal die Karte.

Aus reiner Neugier blätterte Felix darin und fand unter den Teeofferten eine Sorte, die ihm nichts sagte: Hilba, eine Kleeblattmischung. Er beschloss, sie zu bestellen. Gerade als er die Bedienung ansprechen wollte, rief eine Stimme von einem der Tische ihr etwas zu.

»Hey Maike, kannst du mir die Rechnung bringen?«

»Was ist denn heute mit dir los, Jochen? Willst du mich etwa schon alleine lassen? Ist doch gar nicht deine Art – oder wirst du mir untreu?«

Sie erhielt ein heiseres Lachen zur Antwort. »Wer kann dir schon untreu werden? Nein, ich habe ein Vorstellungsgespräch. Drück mir die Daumen.«

»Klar doch, Jochen, dieses Mal klappt es bestimmt.«

Maike strahlte warme Anteilnahme und echtes Mitgefühl aus. Während sie zu ihrem Kunden ging um zu kassieren, konnte Felix sie noch einmal ganz in Ruhe betrachten. Sie hatte sehr weibliche Proportionen und mit ihrer offenen Art sicherlich viele Verehrer in diesem Bistro.

Frauke knuffte ihn in die Seite. »Vergiss vor lauter Träumen mit offenem Mund nicht, warum wir hier sind.«

»Bestimmt nicht, aber wir können doch das Angenehme mit dem Nützlichen verbinden und deswegen lade ich dich zu einer Tasse Tee ein. Hier gibt es eine Mischung, die ich noch nicht kenne. Oder hast du schon einmal Hilba getrunken?«

Frauke verneinte und ihr Vorgesetzter bestellte zwei Tassen, als Maike wieder bei ihnen war.

»Na, ihr habt ja einen ausgefallenen Geschmack. Der wird ziemlich selten bestellt, meistens von Türken, Arabern oder Altökos, die noch auf ihrem Weltverbesserungstrip sind. Aber ihr passt in keine dieser Gruppen«, sagte die Bedienung.

»Und in welche Gruppe passen wir?« Der Hauptkommissar hatte sofort Spaß an dieser Unterhaltung.

»Na, ihr seht mir ziemlich nach Polizei oder ähnlichem aus.«

Er war wirklich erstaunt. »Da haben Sie recht, aber wie haben Sie das so schnell erkannt? Normalerweise werden wir nicht gleich als Polizisten identifiziert.«

Er warf einen verwunderten Blick zu seiner Kollegin, aber sie sah genauso verwirrt aus wie er selbst.

Maike grinste beide breit an. »Hey, ganz einfach. Die Kollegin von gestern, die Sie nach mir befragt haben, ist meine Mitbewohnerin und hat Sie ziemlich gut beschrieben.« Damit deutete sie auf Frauke und schaute dann Felix an. »Allerdings hat sie bei Ihnen total versagt.«

»Sie sollten nicht zu streng mit ihr sein, gestern war auch ein Kollege von mir dabei. Sie scheinen ja eine gute Beobachtungsgabe zu haben. Ich hoffe, Sie können uns auch weiterhelfen.«

Er legte Fotos von Angelos Zapas und Dr. Zimmer auf die Theke.

»Haben Sie diese beiden schon einmal hier gesehen, alleine, zusammen oder mit jemand anderem?«

Maike servierte den Tee in zwei großen Gläsern und betrachtete die Fotos genau.

»Ja, die waren an einem Montagmorgen hier, das muss so ungefähr fünf Wochen her sein.«

»Sie können sich so genau daran erinnern. Warum, wenn ich fragen darf?« Frauke klinkte sich in das Gespräch ein.

»Nun, es war mein erster Arbeitstag nach bestandenem Examen und das ist jetzt genau sechs Wochen her. Danach war ich das Wochenende mit Freunden in Frankreich und am Montag habe ich dann hier gearbeitet. Dieser da ist mir durch seine besondere Arroganz aufgefallen.«

Sie legte einen Finger auf das Foto von Dr. Zimmer.

»Die beiden haben dahinten am Tisch gesessen und geredet. Als sie bezahlen wollten, hatte der eine nur Fünfhundert-Euro-Scheine im Portemonnaie und ich konnte nicht wechseln. Da hat der andere die Platinkarte von American Express auf den Tisch gelegt und ziemlich herablassend gefragt, ob wir solche Karten akzeptieren. Unsere Kunden zahlen meistens bar und haben nicht solche Angeberkarten.«

Felix zeigte auf das Bild von Herrn Zapas. »Also dieser hier hatte nur Fünfhundert-Euro-Scheine dabei und der andere hat anschließend mit seiner Kreditkarte gezahlt?«

Maike nickte und der Hauptkommissar konnte ihr Glück kaum fassen.

»Haben Sie noch die Belege von seiner Rechnung?«

»Mein Chef ist ziemlich genau mit solchen Sachen, er hat sie bestimmt aufgehoben.«

Die Ermittler blickten sich sprachlos an.

»Können Sie vielleicht nachsehen, ob Sie den Beleg finden? Es wäre wirklich wichtig für uns«, erklärte Hauptkommissar Büschelberger.

»Klar.«

Die Bedienung warf einen prüfenden Blick in die Runde und verschwand dann durch eine Tür in einem Bürozimmer.

»Ich hätte nicht gedacht, dass Dr. Zimmer so dumm ist und mit seiner Kreditkarte bezahlt, wenn er sich hier verabredet, um einen Einbruch zu ordern.« Felix schüttelte den Kopf.

»Du weißt doch, dass sie alle irgendwann einen Fehler machen und dann haben wir sie!« Seine Kollegin lächelte ihn an.

»Aber hier freut es mich ganz besonders«, fügte sie hinzu.

Es dauerte ungefähr fünf Minuten, bis Maike wieder vor ihnen stand. Sie legte eine Fotokopie auf den Tresen.

»Hier, die habe ich Ihnen gleich kopiert, Sie können sie mitnehmen.«

Der Hauptkommissar war beeindruckt.

»Besten Dank, Sie haben uns wirklich geholfen. Würden Sie diese Aussage demnächst bei uns bitte noch zu Protokoll geben? Einfach vorbeikommen, wenn Sie Zeit haben, okay?« Er legte seine Visitenkarte auf die Bar.

»Gerne, Sie können sich darauf verlassen.« Maike lächelte ihn an.

Felix bezahlte die Tees, gab ihr ein sehr gutes Trinkgeld und fuhr mit seiner Kollegin zurück.

»Na, diese Maike hat dir wohl gefallen, oder täusche ich mich etwa?«, versuchte Frauke ihren Chef aufzuziehen, der aber auf ihre Neckereien nicht einging.

Er war zu gespannt, was Emilio zu berichten hatte.

Sein italienischer Kollege strahlte von einem Ohr zum anderen.

»Ich sage euch, das war eine echte Genugtuung, diesen aufgeblasenen Doktor noch einmal zu schocken.«

Er nahm einen Schluck aus seiner Teetasse und wartete darauf, dass seine Kollegen, die an seinen Lippen hingen, ihn aufforderten weiterzureden.

Arno war der Erste, der es vor Spannung nicht mehr aushielt.

»Hey Emilio, das ist kein Familiengeheimnis, das du nicht ausplaudern sollst. Hier gilt nicht die Omertà, wir sind deine famiglia, capisce?« Er schüttelte in gespielter Erregung die Fäuste vor Kommissar Perfondos Gesicht.

Dieser lachte nur.

»Ach Arno, es fehlt dir einfach an Übung, um einen echten Italiener zu geben. Aber das bekommen wir schon noch hin, bevor du pensionierst wirst. Na gut, ich will euch nicht länger auf die Folter spannen! Also, ich bin in das Gebäude und gleich an der Empfangsdame vorbeigestürmt. Habe ihr nur zugerufen ‚Ich muss sofort zum Big Boss' und schon war ich im Fahrstuhl. Dr. Zimmer stand direkt vor dem Schreibtisch von dieser Anita Peisker. Ich sage euch, der hat ganz schön dumm geschaut, als er mich sah. Er ist von den Mädels am Empfang wohl nicht vorgewarnt worden und wollte gleich laut werden; hat seine Sekretärin angewiesen, Dr. Brax anzurufen. Da habe ich ihm die Vorladung in die Hand gedrückt und gemeint, er solle seinen Anwalt gleich instruieren, alle anderen Termine für den nächsten Morgen abzusagen, da er zu Dr. Zimmers Vernehmung bei uns im Revier um zehn Uhr besser mitkommen soll. Dieser Unternehmerfatzke war ziemlich fassungslos. Danach habe ich auf dem Absatz kehrtgemacht und bin wieder in Richtung Fahrstuhl verschwunden. Kurz bevor ich ihn erreicht hatte, habe ich mich nochmal umgedreht und Dr. Zimmer zugerufen, dass er besser eine Zahnbürste und ein paar persönliche Dinge einpacken solle. Es könne sein, dass es länger dauern würde. Da hättet ihr seine Augen sehen sollen, die sind ihm fast rausgefallen, so gestiert hat der. Der kam auf mich zugeschossen, hat ganz aufgeregt mit der Vorladung rumgefuchtelt und wollte von mir wissen, was das alles zu bedeuten habe. Ich bin wortlos in den Fahrstuhl und habe nur gemurmelt, dass es mir leid tue, ich dürfe ohne seinen Anwalt nicht weiter mit ihm reden. Dann haben sich die Fahrstuhltüren geschlossen und ich bin so schnell wieder raus, wie ich rein bin. Im Auto habe ich erstmal losgebrüllt vor Lachen. Ach, manchmal liebe ich unseren Beruf.«

Der Kommissar lehnte sich entspannt zurück und grinste in die Runde. Seine Kollegen hatten sich köstlich über den Bericht amüsiert und es gab keinen, der nicht gerne dabei gewesen wäre. Dr. Zimmer hatte sich wirklich keine Freunde in diesem Ermittlungsteam gemacht.

»Gut, wir wollen jetzt noch einmal alle Beweise, die wir haben, sichten und ordnen, damit wir morgen die Schlinge zuziehen können. Ich will den Fall morgen geklärt haben«, wies Felix seine Mitarbeiter an.

Nach über zwei Stunden Diskussion über den Fall waren sie sich ziemlich sicher, dass sie eine gute Beweiskette konstruiert hatten.

»Eins verstehe ich allerdings nicht. Wenn Zimmer diesen Kaptaijn umbringen wollte, warum bestellt er den Profieinbrecher und sucht nicht selber nach den Fotos? Hatte er den Mord noch nicht geplant, als er diesen Angelos Zapas beauftragt hat, oder wollte er das Risiko nicht eingehen, dass ihn jemand in der Nähe der Wohnung sieht?« Frauke blickte in die Runde.

Die Antwort war Schweigen.

»Das verstehe ich auch noch nicht, aber wir werden Zimmer nicht auf diese Schwäche in unserer Argumentation hinweisen. Vielleicht bricht er ja zusammen und gesteht alles, wenn er unsere anderen Beweise sieht.« Felix kratzte sich am Kopf. »Was soll's, wir werden es morgen sehen und ich habe eigentlich ein gutes Gefühl.« Er strahlte Optimismus aus.

Abschließend rief er noch beim Staatsanwalt und teilte ihm mit, dass alles vorbereitet sei und ihr Hauptverdächtiger morgen um zehn bei ihnen sein würde. Fromm versprach pünktlich zu ihnen zu kommen, er wollte auf jeden Fall dabei sein. Dann schickte Felix eine SMS an Petra.

»Lust auf Griechisch heute Abend?«

Ihre Antwort ließ nicht lange auf sich warten.

»Meinst Du essen oder Liebe? P.«

Er schüttelte den Kopf, eine Frau wie Petra hatte er noch nie getroffen.

»Ich meinte eigentlich essen, aber Du darfst mich gerne auch von der Alternative überzeugen.«

»Gut, ich bin um 20.00 bei Dir. P.«

Felix war in bester Stimmung. Er würde sie zu seinem Stammgriechen führen, der nicht weit von seiner Wohnung weg war. Der große Vorteil war, dass er Django mitbringen konnte. Der Wirt war vernarrt in Katzen und servierte ihnen immer einen kleinen Teller mit rohem Fisch oder Fleisch, je nachdem was er gerade übrig hatte.

Zudem erheiterte ihn die Vorstellung, dass er Dr. Zimmer am nächsten Morgen mit einer starken Knoblauchfahne gegenübersitzen würde. Damit würde er zwar auch seine Kollegen treffen, aber Emilio war dagegen immun. Blieb nur zu hoffen, dass Petra am Abend auch Knoblauch essen und damit ebenfalls nichts merken würde.

Kapitel 20

Staatsanwalt Fromm war um halb zehn bei ihnen und fiel fast rückwärts aus dem Büro.

»Meine Güte, wer stinkt denn hier so penetrant nach Knoblauch? Das ist ja widerlich!«

»Das bin ich. Tut mir leid, aber ich konnte mich gestern beim Griechen nicht beherrschen«, antwortete Felix.

»Und nicht nur da, wie ich sehe.« Fromm deutete auf einen Kratzer am Hals des Hauptkommissars. Arno, Emilio und Frauke prusteten vor Lachen.

»Mensch, Büschelberger, wenn Brax wirklich so gut ist, dann wird er uns noch wegen Verletzung der Genfer Konvention dran kriegen. Das ist ja fast schon Folter«, sagte der Staatsanwalt.

»Nehmen Sie sich einen Gewürztee von Emilio und halten Sie sich den immer vor das Gesicht, wenn Sie nicht reden müssen. Das hilft!« Frauke reichte Fromm einen dampfenden Becher.

»Oh ja, das hilft in der Tat«, bedankte sich dieser. »Ich nehme nicht an, dass Sie dieses Rezept auch den Herren Zimmer und Brax verraten werden?«

»Die bekommen Kaffee serviert, der steht schon im Vernehmungszimmer«, antwortete sie.

»Emilio, führen Sie wieder Protokoll, während Felix die Befragung übernimmt?«, fragte Fromm.

Der zuletzt Angesprochene nickte kurz.

»Gut, dann halte ich mich erst einmal im Hintergrund und höre nur zu. Ich bin wirklich gespannt, was wir heute erreichen.«

Dr. Brax betrat als Erster den Vernehmungsraum, dicht gefolgt von Dr. Zimmer, der angewidert sein Gesicht verzog, als er den durchdringenden Knoblauchgestank bemerkte. Er wollte sich gerade dazu äußern, als ihn sein Anwalt mit einem Kopfschütteln davon abhielt. Brax selbst ließ sich nichts anmerken, er war durch und durch Profi.

Felix lächelte in sich hinein, als er sah, wie der Staatsanwalt sein Gesicht ziemlich dicht über dem Becher hielt. Er bildete sich trotzdem ein, dass er die Spur eines Zwinkerns in Fromms Gesicht ausmachen konnte. Dann begrüßte er die Neuankömmlinge und bot ihnen Platz und Kaffee an.

»Also, Herr Hauptkommissar«, ging Dr. Brax gleich in die Offensive. »So langsam langweilen uns Ihre Spielchen. Ich habe vor, heute Nachmittag bei Richter Kortz diesem ganzen Treiben ein für alle Mal ein Ende zu setzen. Sie haben keine Beweise gegen meinen Mandanten und er möchte endlich in Ruhe gelassen werden. Zudem werde ich Beschwerde über Sie und Ihre Mitarbeiter wegen Amtsmissbrauch und Schikane meines hoch angesehenen Mandanten einlegen. Ihr Verhalten ihm gegenüber ist ganz eindeutig geschäfts- und rufschädigend.«

Felix hörte sich den Auftakt ohne wirkliches Interesse an. Er wusste zu gut, wie solche Gespräche abliefen und versuchte keine Angriffsfläche zu bieten, sondern bereitete sich auf seine Eröffnung vor.

»Das glaube ich Ihnen gerne, Dr. Brax, und dieses Recht steht Ihnen und Ihrem Mandanten ohne Zweifel zu. Aber glauben Sie mir, ohne guten Grund würden wir nicht in Richtung Dr. Zimmer ermitteln. Wenn Sie erlauben, werde ich Ihnen kurz schildern, wie wir die Sache sehen und dann können wir Ihren Mandanten direkt befragen.«

Dabei schaute er die ganze Zeit nur Dr. Brax an und überließ es Fromm und Emilio die gesamte Szene zu beobachten und die richtigen Schlüsse daraus zu ziehen. Ohne weitere Einleitung entschloss er sich zum direkten Angriff.

»Wir wissen, dass Sie und Ihre Firma, Herr Dr. Zimmer, in illegale Müllverschiebung verwickelt sind. Die Connection mit der italienischen Mafia und kenianischen Regierungsbeamten ist offensichtlich und auch das Mordopfer Dr. Kaptaijn war in diese Angelegenheit verstrickt. Wir nehmen an, dass er entweder zu gierig wurde oder aussteigen wollte. Jedenfalls hat er Sie unter Druck gesetzt. Daraufhin haben Sie ihn ermordet, indem Sie ihm Benzodiazepin-Chloralhydrat zu trinken gaben, gemischt in ihren gemeinsamen Lieblingswein der Marke Romitorio di Santedame. Sie haben ihn dann in den Osthafen gefahren, dort Kaptaijns Selbstmord vorgetäuscht und sich anschließend entfernt.«

Dr. Zimmer schnaubte unwirsch. »Das ist doch total lächerlich! Muss ich mir das anhören? Sie haben doch gar keine Beweise.«

Dr. Brax legte seine Hand auf den Arm des Geschäftsmanns, um ihn am Weitersprechen zu hindern.

»Ich stimme meinem Mandanten zu. Sie haben keine Beweise und im Übrigen wird Herr Dr. Zimmer bis auf Weiteres von seinem

Aussageverweigerungsrecht Gebrauch machen. Ich werde für ihn antworten.«

Schade, dachte Felix bei sich. Er hatte das sichere Gefühl gehabt, dass er gerade die Selbstsicherheit von Dr. Zimmer durchbrochen hatte.

»Nun denn, kommen wir zu den Beweisen, die Sie ja berechtigterweise fordern. Wie Herr Dr. Zimmer weiß, habe ich ihn in Kalabrien bei einem Treffen mit Dr. Mugambone, der Beamter der kenianischen Botschaft in Rom ist, und einem bekannten Mafiaboss beobachtet. Dr. Mugambone ist im Übrigen ein alter Studienfreund unseres Opfers, das können Sie hier sehen.«

Felix legte die Fotos aus Italien und Hannover auf den Tisch. Er freute sich, dass ihr Verdächtiger wieder etwas blasser geworden war.

»Damit hätten wir den ersten Kreis geschlossen. Kommen wir zu meiner Behauptung, dass die Beziehung zwischen Dr. Zimmer und dem Mordopfer nicht mehr so vertrauensvoll war, wie man es zwischen dem Direktor und einem leitenden Angestellten erwarten kann. Wir haben hier die Aussage eines Angelos Zapas, der gestanden hat, im Auftrag von Dr. Zimmer in die Wohnung des Opfers eingebrochen zu sein. Dort hat er Fotos gestohlen, auf denen Dr. Zimmer, das Opfer und die anderen Mittäter bei den Müllverschiebungen zu sehen sind.«

Jetzt war Zimmers steigende Nervosität deutlich zu erkennen. Zudem schien er jedes Mal innerlich zusammenzuzucken, als würde er geohrfeigt, wenn Felix seinen Namen mit Betonung aussprach. Der Hauptkommissar begann Spaß an dem Verhör zu finden – bisher lief es wirklich vielversprechend.

»Haben Sie mehr Beweise als die Aussage eines Einbrechers, der sich vielleicht nur wichtigmachen und meinen Mandanten, der nicht vorbestraft ist, belasten will?« Dr. Brax bemühte sich um einen sachlichen Tonfall.

»Sicher!« Felix lehnte sich entspannt zurück.

»Wir haben die Aussage der Bedienung des Bistros, in dem sich Dr. Zimmer und Angelos Zapas getroffen haben. Sie bestätigt, dass die beiden zusammen dort waren. Sie hat außerdem gesehen, wie Dr. Zimmer Geld an Herrn Zapas übergeben hat; und wir haben hier den Beleg der Kreditkarte, mit der Ihr Mandant die Rechnung bezahlt hat.«

Felix lächelte und schwieg, um diese Bemerkung wirken zu lassen. Er fand, dass er einen guten Job machte; dass er gerade gelogen hatte, war weder Dr. Brax noch dessen Mandanten aufgefallen. Maike Behnke hatte die Geldübergabe nicht gesehen, sondern nur die großen Scheine bei Angelos Zapas bemerkt, aber das musste er den beiden ja nicht auf die Nase binden. Wenn dieses Verhör ein Boxkampf wäre, dann war Dr. Zimmer schon ziemlich angeschlagen und es konnte nicht mehr lange dauern, bis er auch angezählt sein würde.

»Darf ich fortfahren?« Felix blickte Dr. Brax ganz unschuldig in die Augen.

Der Anwalt nickte stumm. Er schien im Moment nicht zu wissen, wie er reagieren sollte. Das war Felix nur recht.

»Dann kommen wir zu meiner Behauptung, dass Dr. Zimmer den Mord begangen hat. Das Gift ist in der reinen Form nicht so leicht zu besorgen. Man kann nicht einfach Schlaftabletten in Wasser auflösen, um das Konzentrat herzustellen, das man braucht. Nein, man muss es entweder selbst synthetisieren oder bestellen.«

Er machte eine Kunstpause von fast einer Minute, um die Spannung bis zum Zerreißen zu steigern.

»Das haben wir in den Büchern von der Dr. Zimmer Analyse und Beratungs GmbH gefunden: Eine Bestellung über genau einhundert Gramm Benzodiazepin-Chloralhydrat. Können Sie mir erklären, wozu Sie diese Chemikalie brauchen? Was für Analysen macht man damit? Unseren Chemikern sind keine eingefallen.«

Felix starrte dem Geschäftsmann direkt in die Augen, der völlig fassungslos auf die Bestellung schaute.

»Aber das verstehe ich nicht, das ergibt doch gar keinen Sinn. Ich habe damit nichts zu tun«, stammelte Dr. Zimmer.

Dr. Brax hatte Mühe, seinen Mandanten am Reden zu hindern. »Bitte, Dr. Zimmer, schweigen Sie. Ich bin sicher, wir bekommen das hin. Es wird ja auch andere Gründe für eine solche Bestellung geben können, sehen Sie das nicht auch so, Herr Hauptkommissar?«

»Das könnte vielleicht sein, aber hinzu kommt noch, dass Herrn Kaptaijn das Gift in einem ziemlich teuren Rotwein verabreicht wurde. Es gibt in Frankfurt nur einen Händler, der diesen Wein besorgen kann. Seine Kundenliste haben wir hier und nun raten Sie, wer dort Stammkunde ist!«

Felix blickte starr auf den Anwalt.

»Was sagen Sie zu dieser Häufung von Beweisen, die alle auf Ihren Klienten als Täter hinweisen?«

»Zugegebenermaßen ist das ziemlich ungewöhnlich. Ich würde mich gerne mit meinem Mandanten beraten«, antwortete dieser.

»Das steht Ihnen natürlich zu, aber ich werde aufgrund dieser Beweise und in Anbetracht von Verdunkelungsgefahr einen Haftbefehl beantragen«, schaltete sich Staatsanwalt Fromm in das Verhör ein.

»Herr Büschelberger, lassen Sie den Verdächtigen bitte in Untersuchungshaft bringen. Ich werde mich gleich um die Formalitäten kümmern. Und Sie, Herr Dr. Brax, können sich dort mit Ihrem Mandanten so lange beraten wie Sie wollen. Wir werden das Verhör am Montagmorgen weiterführen.«

Dr. Zimmer wollte protestieren, aber sein Anwalt riet ihm dazu, sich erst einmal in das Unvermeidliche zu fügen, und so wurden die beiden hinausgeführt. Felix bestellte zwei Schutzpolizisten, die sie in die Haftanstalt fahren würden, und wandte sich dann enttäuscht zu Fromm.

»Warum geben Sie ihm Gelegenheit sich zu sammeln und seine Gegenoffensive vorzubereiten? Ich hatte ihn doch schon fast. Nur noch ein wenig schubsen und er wäre direkt in unsere Arme gefallen!«

»Sie waren sehr gut, aber Dr. Brax ist zu clever. Die Unterbrechung konnten wir nicht verhindern und nun hat er zumindest keinen Einspruch gegen die U-Haft eingelegt. Es war also ein Geben und ein Nehmen. Außerdem hatte ich den Eindruck, dass Dr. Zimmer seinem Anwalt längst nicht alles erzählt hat. So ein Staranwalt wie dieser Dr. Brax hat vielleicht kein Gefühl mehr für Gerechtigkeit, aber er nimmt es persönlich, wenn man ihn belügt. Ich kann mir vorstellen, dass uns das nützen wird. Lassen wir den beiden die Zeit und unserem Dr. Zimmer ein schönes Wochenende im Gefängnis. Das wird ihn noch mehr zermürben, vertrauen Sie mir.«

Fromm verließ den Raum und begab sich zu Richter Kortz, um ihn um die Ausstellung des Haftbefehls zu ersuchen.

»Also manchmal habe selbst ich Angst vor dir. Du warst echt gut heute, dieser Anwalt und unser Verdächtiger waren am Ende. Du hast sie richtig im Griff gehabt. Ich hätte sie übrigens auch nicht gehen lassen, aber was soll's«, bemerkte Emilio.

Felix blickte ihn dankbar an.

»Ich denke auch, wir haben gut gepunktet. Jetzt warten wir auf den Montag und dann haben wir ihn hoffentlich. Wie sieht's aus, gehen wir alle zur Feier des Tages essen?«, fragte er sein Ermittler-Team.

»Aber nicht zu Fritten-Conny. Es gibt hier in der Nähe einen neuen Italiener, zu dem lade ich euch alle ein«, sagte Emilio.

»Klingt gut!«

Sie dehnten die Mittagspause zu einer Dienstbesprechung aus und tranken eine Flasche Wein zu viel, sodass sie ins Büro zurück laufen mussten.

Nach einem ausgiebigen Frühstück samstagmorgens, überredete Petra ihn zu einem Einkaufsbummel in Mainz und abends besuchten sie eine Vernissage. Petras Firma hatte den Künstler, der seine Werke ausstellte, gefördert und deshalb hatte sie zwei VIP-Karten bekommen.

Es war ein gemischtes Publikum und eine äußerst gewagte Ausstellung, die ihnen aber sehr gut gefiel. Am meisten amüsierte sich Felix, wenn irgendwelche Kunstfreunde und Kritiker ihm ein Fachgespräch aufs Auge drückten. Er erzählte einfach, was ihm gerade einfiel und erntete für seinen hohen Sachverstand viel Lob. Seine Begleiterin boxte ihn irgendwann in die Seite und verhinderte so, dass er sich völlig in fremden Welten verlor.

»Manchmal benimmst du dich unmöglich«, sagte sie mit einer Grimasse, die Felix als Kompliment aufnahm.

Am nächsten Morgen wurde er vom Sonnenschein auf seinem Gesicht geweckt. Petra hatte sich an ihn gekuschelt, sein Kater lag schnurrend auf ihrer Bettdecke und auf einmal verspürte Felix einen tiefen Frieden. Er gab ihr einen Kuss auf ihre Stirn, der sie strahlen ließ.

»So könnte das immer sein. Du, ich und Django, und den Rest der Welt einfach vergessen.«

»Ach, Felix, du bist und bleibst ein hoffnungsloser Romantiker. Ich bin nicht für dauerhafte Beziehungen geschaffen. Ich war einmal mit einem Mann zusammen, der alles für mich getan hat und trotzdem musste ich ihn nach sieben Jahren verlassen. Also bitte tu mir den Gefallen und träum keine unmöglichen Träume. Ich meine, vielleicht klappt es ja auch mit uns, aber ich will und kann dir nichts versprechen.«

»Was hat er denn damals falsch gemacht?«, wollte Felix wissen.

Petra stützte sich auf ihren Ellenbogen und blickte ihm lange in die Augen, bevor sie antwortete.

»Er hat gar nichts falsch gemacht, ich hatte nur Angst, dass ich vielleicht etwas verpasse oder meine Freiheit verliere. Manchmal denke ich, dass ich beziehungsunfähig bin, was weiß ich. Außerdem hasse ich solche Gespräche. Ich habe jetzt viel mehr Lust auf deinen Körper als auf deinen Intellekt.«

Damit stürzte sie sich auf ihn und sie liebten sich leidenschaftlich. Django verließ das Schlafzimmer, er wollte seine Ruhe.

Später kuschelte Petra sich wieder an Felix und knabberte an seinem Ohr.

»Alles klar bei dir?«

»Ja klar, mir geht es gut.« Er vermied es, Petra anzusehen.

»Hey, leg meine Worte nicht immer auf die Goldwaage, okay? Es kann mit uns auch klappen. Also komm, wir wollen doch einen schönen Sonntag haben, oder?«

Er lächelte ihr zu. »Klar, und den werden wir uns auch machen.«

Aber in diesem Moment begriff Felix, dass es keine gemeinsame Zukunft mit Petra geben würde. Diese Erkenntnis tat weh. Trotzdem beschloss er, so lange wie möglich im Hier und Jetzt mit ihr glücklich zu sein, auch wenn er bezweifelte, dass es von Dauer sein würde.

»Wir duschen jetzt gemeinsam. Du darfst mich einseifen und danach auch trocken reiben und ich tue das gleiche bei dir, was hältst du davon?«, fragte sie ihn strahlend.

»Aber wer zuletzt unter der Dusche ist, hat verloren und muss Frühstück machen.«

Mit diesem Satz sprang Felix aus dem Bett und rannte dicht gefolgt von einer lachenden Petra ins Badezimmer.

Kapitel 21

Punkt neun Uhr am Wochenbeginn waren Dr. Brax und Dr. Zimmer wieder im Vernehmungsraum und saßen Staatsanwalt Fromm, Felix und Emilio gegenüber. Es war an Dr. Brax, das Gespräch zu eröffnen.

»Herr Staatsanwalt, mein Mandant und ich haben uns das ganze Wochenende beraten, wir wollen Ihnen ein Geschäft anbieten.«

Fromm blinzelte Felix zu, als wollte er sagen ‚Ich habe es doch gewusst.'

»Lassen Sie hören, Herr Anwalt, was Sie vorzuschlagen haben.«

»Nun, mein Klient ist bereit gewisse Geständnisse zu machen und möchte dafür die Kronzeugenregelung in Anspruch nehmen.«

»Sie wissen doch genau, dass die Kronzeugenregelung bei Mord nicht gilt, sondern nur bei Aussteigern aus der Terroristenszene oder bei organisierter Kriminalität. Also, was soll das Ganze?«

»Darf ich kurz inoffiziell etwas erklären?«, fragte der Staranwalt.

Der Staatsanwalt tauschte einen verwunderten Blick mit dem Hauptkommissar, der ebenfalls ziemlich erstaunt war, dann aber nickte.

»Gut, ohne Protokoll. Kommissar Perfondo, hören Sie bitte auf mitzuschreiben«, ordnete Fromm an.

Emilio verharrte regungslos mit den Fingern auf der Tastatur.

»Nur einmal angenommen, mein Mandant wäre, wie Sie vermuten, in illegale Müllentsorgung verstrickt und auch bereit darüber auszusagen, welche Firmen ihren Müll loswerden, wo der Müll hingebracht wird, wer auf italienischer Seite beteiligt ist und welche Beamten in Kenia und sogar hier in Deutschland damit zu tun haben. Nehmen wir weiter an, er könnte Ihnen beweisen, dass er mit dem Mord nichts zu tun hat. Würden Sie in so einem Fall auf eine Anklage gegen meinen Mandanten verzichten und ihn dann in das Kronzeugenprogramm aufnehmen? Er bräuchte lediglich eine neue Identität, da er genügend eigene finanzielle Mittel hat, um sich zur Ruhe zu setzen.«

Dr. Brax schwieg und ließ seine Worte wirken, die wie eine Bombe eingeschlagen hatten.

Hauptkommissar Büschelberger war sprachlos. Er hatte mit vielem gerechnet, aber nicht mit dieser Entwicklung. Ein Blick in die Gesichter seiner Kollegen zeigte ihm, dass die zwei genauso überrascht waren wie er selbst.

Staatsanwalt Fromm fand als Erster seine Fassung wieder.

»Und Ihr Mandant würde diese Aussagen sofort machen?«

»Gleich nachdem er die Bestätigung hat, dass die Kronzeugenregelung auf ihn angewandt wird.« Dr. Brax nickte.

»Kann er eindeutig beweisen, dass er nichts mit dem Mord zu tun hat?« Felix' Stimme klang misstrauisch.

»Ich kann Ihre Enttäuschung verstehen, aber ich denke, wir können Ihnen glaubhaft versichern, dass Dr. Zimmer nichts mit der Sache zu tun hat. Das heißt, Sie müssen wieder von vorne anfangen, aber das bekommen Sie schon hin.« Spöttisch blickte der Anwalt den Hauptkommissar an.

»Also gut, ich werde mich mit den anwesenden Beamten besprechen und wenn wir uns einig werden, kommen wir wieder hierher. Wenn Sie uns jetzt kurz entschuldigen wollen?«, sagte der Staatsanwalt.

»Sicher, wir werden hier auf Sie warten«, antwortete der Staranwalt.

Fromm verließ den Raum mit den beiden Kommissaren im Schlepptau, die angesichts der plötzlichen Wendung immer noch etwas benommen waren.

Sie saßen im Büro des Hauptkommissars.

»Glauben Sie den beiden etwa?«

Der Staatsanwalt zuckte mit den Schultern. »Ich weiß es nicht, aber wenn es stimmt, was er uns anbietet, dann können wir nicht ablehnen. Zudem wissen wir nicht, ob er den Mord wirklich begangen hat.«

»Richtig, das können wir noch nicht unumstößlich beweisen. Aber wenn er es nicht war, warum macht er uns dann so ein Angebot?« Felix' Stimme klang erregt.

»Das weiß ich auch nicht, aber ich werde nicht fragen. Vielleicht war er es doch und Dr. Brax weiß ganz genau, dass der Verdächtige für uns tabu ist, sobald er erst einmal im Zeugenschutzprogramm aufgenommen wurde. Dann kommt er damit durch, das ist natürlich ein Risiko. Auf der anderen Seite können wir eine ganze Menge Ganoven schnappen, dazu ein paar bestechliche Regierungsbeamte und einen italienischen Mafiaboss. Denken Sie nach. Wenn er den Mord doch begangen hat und nun aussagt, dann wird er sofort zur Zielscheibe für die Mafia. Er mag zwar Geld haben, aber von nun an hieße es für ihn mit Angst zu leben. Eines Tages wacht er auf und neben seinem Bett steht ein Killer mit Pistole, der ihn nur noch so lange leben lässt, bis er begreift, dass es zu Ende ist. Ich für meinen Teil halte das für einen guten Tausch.«

Der Hauptkommissar murrte. »Was denkst du, Emilio?«

»Wir bekommen ein paar dicke Fische geliefert und müssen diesen aufgeblasenen Kerl laufen lassen, der aber wahrscheinlich nicht weiß, worauf er sich wirklich einlässt. Vielleicht finden wir den Mörder doch woanders. Ich denke, wir sollten uns auf den Handel einlassen.«

Felix wusste, wann er sich geschlagen geben musste.

»Dann gehen wir darauf ein.«

Zurück im Vernehmungszimmer informierte der Staatsanwalt den Anwalt und seinen Klienten.

»Gut, wir nehmen Ihr Angebot an. Ich werde sofort in Kontakt mit Oberstaatsanwalt Schürfel und Richter Kortz treten. Sobald die beiden einwilligen, bekommen Sie die erforderlichen Schriftstücke. Das kann allerdings etwas dauern. Wenn Sie solange mit Ihrem Mandanten in der Kantine warten wollen?«

»Wir würden es vorziehen, woanders zu warten. Können wir nicht ins Hilton zum frühstücken fahren, wenn uns Ihre beiden Beamten dorthin begleiten?« Der Anwalt deutete auf Felix und Emilio.

Fromm überlegte einen Moment. »Wenn das nur ein billiger Trick ist, dann haben Sie jede Menge Ärger am Hals, das ist Ihnen hoffentlich klar! Felix, sind Sie dazu bereit?«

Die beiden Kommissare schauten sich schweigend an, es herrschte stumme Übereinstimmung zwischen ihnen. Beide waren empört über die Unverschämtheit und Arroganz dieser Männer, aber sie hatten sich für diesen Weg entschieden, also mussten sie ihn auch zu Ende gehen. Felix signalisierte ihre Zustimmung.

»Sollte Ihr Mandant versuchen zu fliehen, dann platzt der Deal, und er darf keine Telefonate führen. Er redet nur mit Ihnen und unsere Beamten bleiben in direkter Nähe«, ordnete der Staatsanwalt an.

Hauptkommissar Büschelberger ging auf Dr. Zimmer zu und wollte ihm wieder Handschellen anlegen.

»Herr Hauptkommissar, ich denke nicht, dass die jetzt noch nötig sind. Ich bitte Sie, Herr Staatsanwalt, muss das sein?«, fragte Brax.

Fromm bedeutete Felix die Handschellen wieder einzustecken. »Dafür werden aber zwei uniformierte Beamte direkt vor dem Hilton warten, nur für alle Fälle.«

Dr. Brax nickte. »Ich verstehe. Quid pro quo, sozusagen.« Staatsanwalt Fromm versprach sich zu beeilen und sicherte Felix zu, dass er auf Staatskosten im Hilton frühstücken dürfte.

So brachen die sechs Männer auf, um in dem Hotel der Dinge zu harren, die noch kommen sollten.

Der Hauptkommissar war richtig sauer, als Dr. Zimmer und Dr. Brax voller Selbstzufriedenheit vor ihnen her gingen und direkt auf das Büfett im Hilton zusteuerten. Die Auswahl dort versöhnte ihn ein Stück weit. Er wurde sich bewusst, dass er zumindest das bessere Los gezogen hatte, denn seine zwei uniformierten Kollegen mussten draußen warten.

Das Büfett reichte über zwei lange Tische und bot Krusten- und Schalentiere, Lachs, Forellen, eine große Auswahl von kaltem Braten, Krabbensalat, selbstgemachte Marmelade, jede Art von Brötchen und Croissants, Rührei mit Speck, Würstchen, Käse, Obst, frisch gepresste Säfte, Champagner und eine Riesenauswahl von Teesorten. Die Kommissare bedienten sich ausgiebig und setzten sich unweit von Dr. Brax und Dr. Zimmer.

»Also, du kannst sagen, was du willst, wir haben wenigstens ein richtig gutes Frühstück dabei bekommen. Ich war noch nie im Hilton«, meinte Emilio.

»Stimmt, aber die beiden scheinen hier bekannt zu sein. Die Ober grüßen sie ziemlich untertänig, während sie für uns nur mitleidsvolle Blicke übrig haben.«

»Mir ist das egal. Wenn sie uns brauchen, sind wir wieder gut genug. Und jetzt greife ich zu.«

Das schätzte Hauptkommissar Büschelberger an seinem Kollegen, er machte wenigstens immer das Beste aus jeder Situation. Nach fast vier Stunden klingelte endlich Felix' Handy.

Es war Fromm, der ihm mitteilte, dass der Deal perfekt war. Sie sollten Dr. Zimmer und seinen Anwalt wieder aufs Revier bringen, er würde dort mit den nötigen Papieren auf sie warten.

»Der Staatsanwalt hat alle notwendigen Dokumente beisammen. Lassen Sie uns wieder zurückfahren«, forderte der Kommissar die beiden Personen unter seiner Beobachtung auf.

»Können wir diese Befragung nicht an einem angenehmeren Ort durchführen, hier zum Beispiel?«, fragte Dr. Zimmer, der inzwischen seine Selbstsicherheit zurückgewonnen hatte.

»Treiben Sie es nicht auf die Spitze, noch liegt ein Haftbefehl gegen Sie vor. Also kommen Sie jetzt freiwillig mit oder nicht?« Felix ließ seinen Ärger deutlich mitklingen.

»Ist ja schon gut, ich habe auch nur Ihretwegen gefragt. Ich dachte, es gefällt Ihnen hier ganz gut«, antwortete der Unternehmer kleinlaut.

Der Hauptkommissar wies auf die Tür und so setzten sie sich wieder in Bewegung zurück zum Revier.

»Da haben Sie alle nötigen Unterlagen, signiert vom Oberstaatsanwalt und vom zuständigen Richter. Wenn Ihr Mandant jetzt auch noch unterschreibt, dann ist er Kronzeuge und wir gewähren Straffreiheit«, begrüßte sie der Staatsanwalt.

Dr. Brax las die Unterlagen sehr genau und ließ sie dann von Dr. Zimmer unterschreiben.

»Herzlichen Glückwunsch, Sie sind wieder ein freier Mann«, schüttelte der Anwalt die Hand seines Mandanten.

»Jetzt wird es aber Zeit, dass wir die Gegenleistung für unseren Deal bekommen«, unterbrach Felix die Jubelarien.

»Selbstverständlich, Herr Hauptkommissar.« Die Stimme von Dr. Zimmer klang wieder souverän und beherrscht.

»Wie Sie ja vielleicht wissen, ging es meiner Firma vor ein paar Jahren ziemlich schlecht und da kam Uwe Kaptaijn auf mich zu. Er hatte Beziehungen zu einem kenianischen Beamten, sie hatten zusammen studiert. Es war dieser Dr. Mugambone. Jedenfalls hatte der ihm angeboten, in stillgelegten Bergwerksstollen in Kenia Giftmüll billig einzulagern. Wir hatten in der Richtung schon ein paar Anfragen von europäischen Unternehmen, natürlich nie direkt sondern verklausuliert, trotzdem so deutlich, dass man verstand, was sie wollten. Mein Mitarbeiter hat dann die Kontakte hergestellt und ein halbes Jahr später haben wir den ersten Auftrag durchgeführt. Die Transporte wurden von den Italienern übernommen, die den Giftmüll direkt hier bei uns abholten. Wie sie ihn außer Landes schafften, weiß ich nicht, aber in Kenia trafen die Fässer und Container mit dem Schiff in Kilifi ein - Chef der Hafenpolizei dort ist ein Vetter von Dr. Mugambone. Von da aus ging die Fracht per LKW ins Landesinnere und verschwand dann in den stillgelegten Bergwerken in den Ndoto Mountains.«

Nach einer kurzen Pause fuhr der Geschäftsführer fort.

»Wir haben für die erste Lieferung drei Millionen Euro bekommen: Eine Million für die Kenianer, eine für die Italiener und eine für uns. Danach wuchs von allen Seiten der Druck auf uns, weitere Deals durchzuführen. Die Italiener und die Kenianer wollten die profitablen Geschäfte fortsetzen. Andere Unternehmen wollten ihren Müll über uns loswerden und auch die finanzielle Seite bewog mich damals dazu weiterzumachen. Wir haben dann Kontakte zu einem Stadtrat in Frankfurt und einem Ministerialbeamten im hessischen Umweltamt aufgenommen. Die Namen erhielten wir von Don Veschies Organisation, die Italiener hatten wohl schon in der Vergangenheit mit ihnen zu tun.«

»Wer sind diese Herren?«, unterbrach Fromm Dr. Zimmers Redefluss.

»Der Stadtrat auf unserer Gehaltsliste ist Wolfgang Stumpf, der Ministerialbeamte aus Wiesbaden ist Günther Krulle«, antwortete der Befragte freimütig.

»Ein ziemlich hoher Herr, den Sie hier nennen. Er ist dem Umweltminister direkt unterstellt. Haben Sie Beweise für Ihre Behauptungen?«, fragte der Staatsanwalt.

»Ich kann Ihnen Daten und Summe der Beträge geben, wer wann wie viel bekommen hat. Damit sollten Sie ziemlich einfach nachweisen können, dass die betroffenen Herren Geld von uns erhalten haben.«

»Und wann bekommen wir die Liste?«, hakte er nach.

»Lassen Sie mir ein wenig Zeit. Ich habe Kopien der Unterlagen in einem Bankfach in Luxemburg, die ich mir per Fernanweisung schicken lassen kann.«

Fromm nickte zustimmend. »Wofür haben Sie denn überhaupt die beiden deutschen Beamten gebraucht?«, erkundigte er sich.

»Sie haben uns gewarnt, wenn Kontrollen geplant waren, oder uns mit Formularen und Stempeln versorgt, wenn wir Unbedenklichkeitsbescheinigungen gebraucht haben.«

»Wie viel haben Sie seit dem ersten Mal mit Giftmüllverschiebung verdient?«

»Ich schätze, wir haben insgesamt um die zweihundertfünfzig Millionen Euro verdient.«

»Insgesamt?« Fassungslosigkeit schwang in der Stimme des Staatsanwalts mit.

»Nein, jede der drei Parteien.«

Fromm und Felix tauschten entgeisterte Blicke aus. Keiner von beiden hatte bisher geahnt, dass sie so einen dicken Fisch an der Angel hatten.

»Wie viel hat Uwe Kaptaijn für seine Mitarbeit bekommen?«

»Der hat ein Schweizer Nummernkonto mit ungefähr fünfzig Millionen Euro darauf.«

Der Hauptkommissar war sprachlos. Er konnte nicht begreifen, dass ein Mensch in so kurzer Zeit so viel Geld bekam.

»Und wieso haben Sie diesen Angelos Zapas beauftragt bei ihm einzubrechen?«, schaltete er sich in die Befragung mit ein.

»Ach, Angelos Zapas ist eine lange und alte Geschichte. Er hat sich bei mir als Pförtner beworben und seine Vorstrafen verschwiegen. Ich lasse aber jeden Angestellten von einer Detektei überprüfen und die haben ziemlich schnell herausgefunden, was für ein Vorstrafenregister er hatte. Der hatte sogar sein polizeiliches Führungszeugnis gefälscht und das gar nicht einmal schlecht. Also habe ich ihn dann immer in die Schichten einteilen lassen, in denen ein LKW mit Giftmüll kam oder abgeholt wurde. Bei ihm war ich mir sicher, dass er nicht so genau hinschaute. Außerdem bin ich ab und zu bei ihm vorbeigekommen, habe ihm was zu essen oder zu trinken mitgebracht. In ganz kritischen Momenten habe ich mich mit ihm unterhalten, zum Beispiel wenn eine besonders große Lieferung eintraf. Er hat nie Verdacht geschöpft. Leider hat der Idiot dann in die Kasse gegriffen und ich musste ihn entlassen.«

Nachdem niemand Anzeichen machte, um eine Zwischenfrage zu stellen, fuhr er fort.

»Nun aber zurück zu Ihrer Frage, Herr Hauptkommissar. Uwe Kaptaijn wurde in der Tat zu gierig und hat darüber vergessen, wo er herkam und hingehörte. Er wollte mein Teilhaber werden und beanspruchte die Hälfte der Firma. Die größte Frechheit allerdings war, dass er keine Einlage tätigen wollte. Als ich ihn nur ausgelacht habe, versuchte er mich zu erpressen und wollte mich auffliegen lassen. Ich entgegnete ihm, dass er dann selber im Gefängnis landen würde, aber er meinte nur, dass er die Kronzeugenregelung für sich in Anspruch nehmen würde. Das hat mich überhaupt auf diese Idee gebracht. Wie dem auch sei, er drohte, gewisse Fotos von mir, Don Veschie und Dr. Mugambone an interessierte Journalisten zu schicken. Das war ungefähr zwei Wochen vor seinem Tod. Daraufhin habe ich Angelos Zapas angerufen und ihn beauftragt, die Bilder zu entwenden. Es war gleichfalls als Warnung an Kaptaijn gedacht, er sollte endlich wieder zur Besinnung kommen. Ob es geklappt hätte, werden wir nun leider nie erfahren«, schloss Dr. Zimmer seine Ausführungen.

Felix trommelte gedankenverloren mit seinen Fingern auf dem Tisch. »Herr Dr. Zimmer, Sie wissen, dass Sie uns gerade ein perfektes Motiv für den Mord an Uwe Kaptaijn geliefert haben?«

»Ja, und allein die Tatsache, dass ich es Ihnen hier erzähle und nachher das Protokoll unterschreibe, sollte Sie davon überzeugen, dass ich nichts damit zu tun habe«, antwortete dieser.

»Wie erklären Sie sich dann die Bestellung des Benzodiazepin-Chloralhydrats aus Ihrer Firma heraus?«

»Da kann ich Ihnen beim besten Willen nicht weiterhelfen. Ich weiß es wirklich nicht, aber bei so geringen Beträgen wie diesem braucht man keine Unterschrift. Vielleicht finden Sie heraus, wer es aus dem Lager geholt hat, aber selbst das ist nicht garantiert. Chemikalien, die nicht als sicherheitsrelevant eingestuft sind und für die vom Gesetzgeber kein Audit-Trail gefordert wird, verfolgen wir nicht. Zudem hat unser System gewisse Lücken, sonst hätten zu viele Leute in unsere anderen Geschäfte eingeweiht werden müssen«, erklärte der Zeuge.

»Sie werden zugeben, dass diese Geschichte nicht sehr glaubwürdig ist.« Felix blieb misstrauisch.

»Stimmt, Herr Hauptkommissar, aber für die Tatnacht habe ich ein Alibi und das dürfte Sie insofern auch interessieren, da die Herren Krulle und Stumpf dabei waren.«

»Okay, und wo waren Sie?«

»Kennen Sie das Waldschlösschen hier in Frankfurt?«, fragte der Kronzeuge.

Felix und Staatsanwalt Fromm verneinten.

»Das hätte mich auch überrascht. Es ist das beste und teuerste Etablissement in der Stadt. Ein sehr edler Nachtclub, der keine Werbung macht. Man erfährt davon nur durch Mundpropaganda und muss einen Paten benennen können, der bereits Stammgast ist. Nur dann darf man hinein. Wenn man sich dort daneben benimmt, bekommt man nicht nur selbst Hausverbot, sondern auch der Pate. Glauben Sie mir, die machen so gute Geschäfte, dass sie es sich leisten können, so mit ihren Kunden umzugehen. Jedenfalls war ich an dem betreffenden Sonntag von zehn Uhr abends bis zum nächsten Morgen um vier Uhr mit den beiden Herren dort zu Gast. Das Waldschlösschen hat übrigens eine Videoüberwachung. Wenn Sie dort vorbeifahren, werden Sie weitere Beweise für die Bestechlichkeit der Beamten finden. Die haben sich nämlich nicht nur mit Geld bezahlen lassen, sondern auch ganz gerne die dort angebotenen Dienstleistungen in Anspruch genommen. Ich selbst habe übrigens die ganze Nacht mit Celine verbracht. Sie wird Ihnen meine Geschichte bestätigen«, beendete Zimmer seine Aussage.

»Wir werden das überprüfen«, sagte Felix.

»Fürs Erste haben wir genug gehört. Ich denke, dass wir Sie demnächst noch sehr viel genauer verhören werden. Sie sollten sich jetzt einige Sachen holen, die Sie brauchen. Sie können weder in Ihr Haus noch in Ihre Firma zurück«, schaltete sich Fromm wieder in die Unterredung ein.

Dr. Zimmer schaute verständnislos.

»Nun, Sie haben uns etwas über die organisierte Kriminalität verraten und Don Veschie hat einen legendären Ruf, Zeugen zum Schweigen zu bringen. Wir werden Sie natürlich schützen. Das geht allerdings nur, wenn Sie uns vertrauen und unsere Anweisungen befolgen. Aber keine Angst, wenn Don Veschie erst einmal sitzt, können Sie wieder auftauchen«, klärte der Staatsanwalt ihn auf.

Man sah Heinrich Zimmer an, dass er diesen Aspekt der Kronzeugenregelung vorher nicht bedacht hatte. Aber jetzt war es zu spät, um seine Aussage zurückzuziehen.

»Wer garantiert mir denn, dass die Beamten, die mich beschützen, nicht von ihm gekauft werden?«, fragte er bestürzt.

»Da machen Sie sich nur keine Sorgen. Um das zu verhindern, werden Kronzeugen aus Hessen nie von hessischen Beamten beschützt. Es gibt ein rotierendes System, bei dem jede Woche ein anderes Team zuständig ist. Diese Woche sind die bayrischen Kollegen für uns eingeteilt und die werden Sie bis zum Prozess beschützen. Wir wechseln mittendrin nicht das Team. Der Chef von denen war früher bei der GSG 9 und die Bayern sind sowieso harte Hunde. Das sind die Besten, die man kriegen kann. Mit diesem rollenden System gehen wir sicher, dass die Beamten nicht gekauft werden. Ansonsten müsste man alle kaufen und glauben Sie mir, das ist nun wirklich sehr unwahrscheinlich.«

Der Staatsanwalt legte seine Hand beruhigend auf die Schulter des Kronzeugen.

»Heute Nacht werden wir Sie noch unter Polizeischutz in einem normalen Hotel unterbringen, ab morgen sind Sie dann in der Obhut der Spezialeinheit«, ergänzte er.

Dr. Zimmer ergab sich in sein Schicksal und verließ mit seinem Anwalt das Büro.

»Mann, wer hätte das gedacht! Dass wir so viele Informationen von ihm bekommen, ist unglaublich.« Fromm rieb sich vergnügt die Hände.

»Das war ziemlich überraschend. Ich denke, ich nehme ihm seine Geschichte ab. Das heißt, ich bin noch nicht ganz überzeugt, ob er nicht doch der Mörder ist, aber das überprüfen wir bei dieser Celine. Emilio und ich werden dort ermitteln. Wenn er allerdings als Täter oder Auftraggeber ausfällt, dann müssen wir wieder von vorne beginnen«, seufzte Felix.

»Sie und Ihr Team haben noch eine Menge Arbeit vor sich, außerdem wird man Ihre Hilfe bei der weiteren Auswertung von Dr. Zimmers Angaben anfordern. Ich denke, dieser Fall wird sich äußerst positiv auf all Ihre Personalakten auswirken.«

»Ich würde gerne Commissario Crotone von unseren neuen Erkenntnissen unterrichten, wir werden sowieso seine Hilfe benötigen. Je eher er davon erfährt, desto schneller kann er handeln.«

Der Staatsanwalt erteilte seine Zustimmung und verließ den Raum, er wollte so schnell wie möglich seine Vorgesetzten von diesen brisanten Entwicklungen unterrichten.

»Emilio, erzähl bitte Arno und Frauke von dem Ergebnis dieser Befragung. Ich rufe in Italien an. Wir treffen uns danach, um unser weiteres Vorgehen zu besprechen.«

Crotone meldete sich beim vierten Klingeln.

»Si.«

»Hallo Commissario Crotone, hier ist Hauptkommissar Büschelberger aus Frankfurt.«

»Ah, Commissario! Wie geht es Ihnen und Ihrer bezaubernden Freundin?«

»Danke, uns geht es gut. Und bei Ihnen alles in Ordnung?«

»Va bene, hier läuft alles im alten Trott. Sie wissen ja, wie das bei uns in Süditalien ist, es ändert sich nur ganz selten etwas.«

»Deshalb rufe ich an. Ich habe Informationen, die gewaltige Veränderungen mit sich bringen werden.«

»Uno momento, Commissario, geht es um unser Treffen neulich in dem kleinen Lokal?«

»Ja genau, ich habe…«

»Commissario, unsere Leitung hier ist sehr schlecht. Erlauben Sie mir, dass ich Sie in einer halben Stunde zurückrufe?«, unterbrach der Italiener Felix.

»Sicher, aber ich höre Sie gut.«

»Und andere auch, vertrauen Sie mir. Ich melde mich bei Ihnen. Sie sind im Büro?«

»Ja.«

»Gut, bis gleich.« Crotone hatte aufgelegt.

Felix dachte über das seltsame Gespräch nach. Wenn er den italienischen Kommissar richtig verstanden hatte, bestand die Gefahr, dass dessen Leitung abgehört wurde. So etwas war für ihn undenkbar. Es dauerte achtzehn Minuten, dann schellte sein Telefon.

»Hauptkommissar Büschelberger, was kann ich für Sie tun?«

»Commissario, ich bin es. Es tut mir leid, aber wir hatten erst vor kurzem den Fall, dass unsere Gespräche mitgehört wurden. Bei brisanten Themen gehe ich jetzt immer in ein Bistro oder zu einem Freund.«

»Verstehe, kein Problem. Ich melde mich bei Ihnen, weil der Hauptverdächtige in meinem Mordfall als Kronzeuge gegen die Müllmafia aussagen wird. Er hat heute Ihren Don Veschie schwer belastet. Ich dachte, das interessiert Sie bestimmt.«

»Naturalmente! Was können Sie mir erzählen?«

Der Hauptkommissar gab ihm eine Kurzfassung des Geständnisses.

Der Italiener hörte schweigend zu. »Wenn wir das beweisen können, dann haben wir ihn endlich festgenagelt. Das wäre zu schön. Haben Sie etwas dagegen, wenn ich zu Ihnen nach Deutschland komme?«

»Nein, ganz im Gegenteil, dann kann ich mich für Ihre Hilfe in Italien revanchieren.«

»Gut, ich werde sofort meine Reisevorbereitungen treffen. Sobald ich weiß, wann ich ankomme, gebe ich Ihnen Bescheid.«

»In Ordnung, ich werde Sie dann am Flughafen abholen.«

»Grazie, wir sehen uns.«

Felix ging zu seinen Kollegen, die sich bei einer Tasse Tee leise miteinander unterhielten.

»Wir bekommen bald Besuch aus Italien. Der Kommissar, den ich dort kennengelernt habe, kommt hierher. Er ist sehr an unseren Ergebnissen interessiert. Wenn wir diese organisierten Strukturen aufbrechen wollen, dann müssen wir wohl schnell handeln«, unterrichtete er sein Team.

»Emilio hat uns schon alles erzählt. Ist das nicht unglaublich?« Frauke blickte ihren Chef perplex an.

»Ja, ich kann es auch noch nicht fassen, aber wir stehen wahrscheinlich wieder ziemlich am Anfang unserer Ermittlungen. Ich mache für heute Schluss, wir sehen uns morgen wieder. Dann fahren Emilio und ich in dieses Edeletablissement und werden das Alibi unseres Kronzeugen überprüfen«, verabschiedete sich ihr Chef.

Auf dem Weg nach Hause bekam er Kopfschmerzen und seine Laune, die morgens noch so gut gewesen war, verschlechterte sich zunehmend.

Am Abend rief ihn der italienische Kommissar auf seinem Handy an und teilte ihm mit, dass er am Mittwochmittag um dreizehn Uhr dreißig in Frankfurt landen würde. Felix versprach ihn abzuholen. Dann legte er sich mit seinem Schicksal hadernd ins Bett.

Kapitel 22

Felix erwachte und hatte immer noch Kopfschmerzen. Leise vor sich hin fluchend trottete er ins Badezimmer, um eine Aspirin zu nehmen.

Wenn er gestern wenigstens zu viel getrunken hätte, würde er den Schmerz verstehen. Es musste wohl der verdammte Stress sein. Nach der Dusche ging es ihm besser. Er zog das Frühstück in die Länge, da er nicht die geringste Lust verspürte, ins Büro zu fahren. Doch schließlich brach er auf, nicht jedoch ohne vorher Django noch einmal neidisch den Kopf zu tätscheln.

»Du hast es gut, brauchst nicht zu arbeiten, kennst keinen Stress und wenn dir eine Maus entwischt, nimmst du es nicht persönlich.«

Der Kater schnurrte behaglich. Es kam Felix so vor, als wolle er ihm beipflichten.

»Danke für deine Zustimmung, nur manchmal wünschte ich, du würdest mir widersprechen und sagen: ,Hey, du hast es auch gut.'«

Djangos Ohr zuckte im Rhythmus seiner Stimme.

Im Auto nahm der Hauptkommissar sich vor, es genau wie sein Kater zu machen. Er würde es nicht mehr persönlich nehmen, dass Dr. Zimmer ihm durch die Lappen gegangen war. Vielleicht war er sogar wirklich die falsche Maus.

Sein Team schien sich ebenfalls wieder gefangen zu haben. Sie saßen bei ihrer morgendlichen Teerunde und blickten ihn entschlossen und zuversichtlich an.

Er klatschte in die Hände.

»Okay, wir haben anscheinend in die falsche Richtung ermittelt, doch das Ergebnis ist absolut fantastisch. Wir haben eine mafiaähnliche Struktur aufgedeckt und wir werden alle noch eine Menge davon hören. Jetzt gilt es zurückzugehen und andere Spuren zu verfolgen. Allerdings werden Emilio und ich zunächst noch das Alibi von Zimmer überprüfen. Erst wenn wir sicher sind, dass er es nicht war, schauen wir in andere Richtungen.«

»Was ist, wenn er es nicht persönlich war, sondern nur den Auftrag gegeben hat?«, fragte Arno.

»Das glaube ich nicht. Wir wissen, dass sein Wein vergiftet wurde. Da es sein Lieblingswein war, der zudem noch richtig teuer ist, können wir wohl ausschließen, dass es einen Mister oder eine Miss Unbekannt gibt. Nein, der Täter muss sein Opfer so gut gekannt haben, dass sie zusammen diesen edlen Tropfen trinken. Das machst du nicht mit jedem. Wir müssen uns also noch einmal mit dem persönlichen Umfeld des Opfers befassen«, sagte sein Chef.

»Was ich aber nicht verstehe ist, wieso wir bisher so wenig von dem vielen Geld gefunden haben, das er irgendwo versteckt haben muss.«

Felix musste ein Lächeln unterdrücken. Er wusste, dass Arno diesen Punkt persönlich nahm und meinte, er hätte das Geld finden müssen. Darin war er normalerweise unübertrefflich.

»Er war wohl sehr geschickt, aber das ist jetzt ein Problem der Sonderkommission, die bestimmt gerade gebildet wird.«

»Sie nehmen mir die Worte aus dem Mund. Wir haben in einer Stunde eine erste Versammlung, um die neue Kommission zu bilden. Ich hätte Sie gerne dabei, schließlich haben Sie und Ihr Team diesen Stein ins Rollen gebracht.« Fromm war gerade durch die Tür getreten.

»Ich komme gerne mit und erstatte Bericht, aber ob ich in der Kommission voll mitarbeiten möchte, weiß ich nicht. Wir haben hier immer noch einen Mord aufzuklären. Hans Werners ist zusammen mit seinem Team dafür doch viel besser geeignet. Außerdem hat er die meisten Unterlagen sowieso schon bei sich im Revier«, antwortete Felix.

»Deshalb wird die neue Kommission auch bei ihm untergebracht, Hans Werners ist auf jeden Fall mit an Bord. Sie können es sich ja noch überlegen. Wir sehen uns dann dort«, erwiderte der Staatsanwalt.

»Klar. Übrigens, bevor ich es vergesse. Morgen kommt unser italienischer Kollege, der denen bestimmt besser helfen kann. Er kennt und jagt Don Veschie schon seit Langem.«

»Prima, das fängt gut an«, segnete Fromm, der lieber Ergebnisse erzielte als immer jede Regel und Vorschrift buchstabengetreu befolgt zu sehen, den Vorschlag ab und verschwand.

»Leute, das heißt wohl, dass ich heute nichts anderes mehr machen werde, als bei dieser Kommission zu sein und endlose Kompetenzstreitigkeiten zu ertragen. Emilio, ich will, dass du dir heute Nachmittag freinimmst, denn heute Abend werden wir ins Waldschlösschen gehen.«

Hastig trank er seinen Tee aus und verabschiedete sich.

Im provisorischen Besprechungszimmer der neuen Kommission ‚Sondermüll Kenia Connection' – oder kurz ‚SoMüKe' – war es brechend voll. Überall standen aufgeklappte Laptops und Beamte, die Felix noch nie gesehen hatte, tippten schon eifrig irgendwelche Berichte ein. Wusste der Himmel, was die jungen Kollegen, die wie aus einer Klonfabrik entsprungen aussahen, jetzt schon alles zu schreiben hatten.

Hans Werners kam auf ihn zu. »Mensch, da hast du ja einen ganz dicken Fang gemacht. Ich bin jetzt auch in diesem Team, endlich bekommen wir einen Fuß in die Tür.«

»Ja, es scheint, als wären wir auf etwas Großes gestoßen. Aber wer sind die denn alle?« Der Hauptkommissar deutete in den Raum.

»Das sind Beamte aus Wiesbaden, zum größten Teil LKA, aber auch andere Abteilungen wie Steuerfahndung und Umweltamt, wobei die besonders gesiebt wurden, damit nichts zu diesem Krulle durchdringt. Man ist wohl gerade dabei, sein Telefon anzuzapfen. Das Gleiche passiert hier in Frankfurt, unser Stadtrat Stumpf wird auch seit heute früh observiert.«

»Ich muss schon sagen, wie schnell und effektiv wir sein können, wenn's drauf ankommt, ist beeindruckend.«

»Das stimmt, das sollte man nicht vergessen, wenn man wieder einmal desillusioniert ist. Wir sehen uns noch.« Der Wirtschaftsermittler verschwand.

Der Nächste, der gratulierte, war der Oberstaatsanwalt.

»Guten Morgen, Herr Hauptkommissar. Meinen Glückwunsch zu diesem spektakulären Erfolg! Leider sind die viel zu selten.«

Bevor Felix etwas entgegnen konnte, war Schürfel schon mit einem Schulterklopfen weitergezogen.

Sein Blick fiel auf eine Gruppe von sechs Männern, die in einer Ecke des Raumes beieinander standen und ebenfalls kritisch auf die Versammlung blickten. Sie alle machten einen sportlichen Eindruck und waren leger gekleidet. Er fragte sich, ob es das bayrische Bewachungsteam für Dr. Zimmer war. Als er ihre Turnschuhe mit geräuscharmen Spezialsohlen und die obligatorischen Sonnenbrillen musterte, die entweder in der Hand oder lässig an der Jackentasche baumelten, war er sich sicher, dass er mit seiner Vermutung richtiglag. Einer der Männer kam auf ihn zu und reichte ihm die Hand.

»Gestatten, Polizeirat Freiherr von Weinhammer. Ich bin der Leiter des Bewachungsteams. Ich gehe mal davon aus, dass Sie uns diese Suppe eingebrockt haben.«

Hauptkommissar Büschelberger bemerkte, dass sein Gegenüber das nicht als Frage formuliert hatte. Er schüttelte die angebotene Hand und grinste.

»Da haben Sie allerdings recht.«

»Wie ich sehe, ist Ihnen diese Veranstaltung zuwider; Sie mögen das ganze Brimborium nicht!«, bemerkte der Polizeirat.

Felix musterte seinen Gesprächspartner. »Wie kommen Sie darauf?«

»Das sehe ich in Ihren Augen, die verraten Sie.«

»Ich bin beeindruckt. Sie haben anscheinend eine sehr gute Beobachtungsgabe.«

»Das ist mein Job und sichert mir und meinen Kunden das Überleben. Ist dieser Dr. Zimmer nun schuldig oder ist er unschuldig in Bezug auf den Mord?«

Der Hauptkommissar überlegte einen langen Augenblick. Sein Blick ruhte in dem von Polizeirat von Weinhammer.

»Das ist eine schwierige Frage. Hätten Sie mich vor einer Woche gefragt, dann hätte ich darauf gewettet, dass er der Mörder ist. Jetzt denke ich, dass es eher unwahrscheinlich ist, aber wir überprüfen heute Abend sein Alibi. Ist das denn wichtig für Sie?«

»Wir werden ihn so gut wie möglich beschützen, egal ob er ein Mörder oder nur ein Umweltvergifter und großer Steuerhinterzieher ist. Aber es ist für mich persönlich wichtig, für mein Gerechtigkeitsempfinden, wenn Sie verstehen, was ich meine.«

Felix nickte, dieser Polizeirat war ihm sehr sympathisch.

»Ich hoffe trotzdem, dass Sie in diesem Team mit dabei sind!«, unterbrach von Weinhammer seine Gedanken.

»Wie meinen Sie das?«

Hauptkommissar Büschelberger war jetzt wirklich verwundert. Konnte dieser Mann auch noch Gedanken lesen?

»Wie ich bereits sagte: Sie wirken sehr ablehnend, aber gerade das macht Sie in meinen Augen zur idealen Ergänzung. Die Beamten vom LKA sind mir manchmal einfach zu glatt. Also, wir sehen uns.«

Während der Hauptkommissar noch über das Gespräch nachdachte, eröffnete Oberstaatsanwalt Schürfel die Sitzung.

»Guten Morgen, meine Herren, ich bitte Sie Platz zu nehmen und heiße Sie alle herzlich willkommen bei unserer neu gebildeten Sonderkommission SoMüKe.«

Es folgte das übliche Gerede und alle Teilnehmer wurden vorgestellt. Danach präsentierte Staatsanwalt Fromm eine kurze Übersicht der Fakten. Felix wurde aufgefordert, eine genauere Tatbeschreibung zu geben und die Erkenntnisse ihrer Ermittlungen vorzustellen. Als er über die Mafiaverbindungen referierte, wurde er von Polizeirat von Weinhammer unterbrochen.

»Wie hoch schätzen Sie das Risiko ein, das von diesen Leuten ausgeht?«

Er zuckte mit den Schultern. »Da kann ich Ihnen leider nichts Genaues sagen. Don Veschie hat den Ruf, mit Zeugen nicht zimperlich umzugehen. Mehr Informationen könnte Ihnen mein Kollege aus Italien, Commissario Crotone, geben, der morgen in Frankfurt landen wird. Ich dachte sowieso, dass er eine gute Ergänzung für unser Team wäre.«

Nach einer kurzen Diskussion über Zuständigkeiten und wer denn autorisiert hatte, dass der italienische Kommissar nach Deutschland kam, wurde sein Vorschlag akzeptiert. Im Anschluss an seinen zweistündigen Vortrag wurden die Aufgaben verteilt. Dem Hauptkommissar wurde die Leitung der Sonderkommission angeboten. Er wandte sich an den Oberstaatsanwalt.

»Es ehrt mich natürlich, dass Sie mir diese Aufgabe zuteilen wollen. Aber ich habe immer noch einen Mord aufzuklären und die Aufgaben dieser Kommission haben nichts mit Mord zu tun. Ich denke nicht, dass ich diese Position annehmen kann.«

Sein Blick fiel auf Polizeirat von Weinhammer, der ihn durchdringend ansah.

»Aber ich will mich natürlich auch nicht völlig verweigern. Ich werde so oft wie möglich an Ihren Sitzungen teilnehmen und Sie ständig über unsere neusten Ergebnisse informieren. Vielleicht ergeben sich noch Querverbindungen, die uns allen nützen.«

Er sah, dass ihm der Polizeirat freundlich zunickte. Die Leitung übernahm Hans Werners und seine Stellvertretung ein Beamter des LKA. Die Kommission beschloss, am Nachmittag Dr. Zimmer einer weiteren Befragung zu unterziehen und sich jeden Morgen um acht Uhr zur Lagebesprechung zu treffen.

»Da werden Sie die nächsten Tage wohl auf Ihre vertraute Teerunde verzichten müssen. Aber sicherlich werden wir Ihnen hier auch einen Tee anbieten können. Ich werde mich persönlich darum kümmern«, zog Staatsanwalt Fromm lachend Felix auf, als er an ihm vorüberging.

Zurück auf dem Revier berichtete der Hauptkommissar seinen Kollegen von dem Treffen. Frauke meinte als Einzige, dass er die Leitung des Ermittlungsteams besser angenommen hätte. Danach befahl Felix seinem italienischen Freund, endlich nach Hause zu gehen, was dieser aber nur befolgen wollte, wenn auch er selbst sich bereit erklärte den Nachmittag freizunehmen.

So erledigte er mehrere Einkäufe, die er immer auf die lange Bank geschoben hatte und telefonierte lange mit Petra. Sie war ebenfalls der Meinung, dass er die Leitung hätte annehmen sollen. Um sie von diesem Thema abzulenken, erzählte Felix ihr, dass er am Abend noch in ein Edelbordell gehen musste. Sie zog ihn damit auf und meinte, dass er sich ruhig heißmachen lassen dürfe, sie würde ihm dann schon die nötige Abkühlung verschaffen.

Gegen halb neun holte Emilio ihn mit dem Stromos von zu Hause ab. Beim Waldschlösschen angekommen, klingelten sie an der Tür. Von außen wirkte die Villa, die auf einem großen Grundstück lag, sehr gepflegt. Drei ziemlich teure Wagen parkten an der Auffahrt.

»Ja bitte, wie können wir Ihnen helfen?«, meldete sich eine angenehm klingende Frauenstimme.

»Guten Abend, wir sind auf Empfehlung von Dr. Zimmer hier. Wir würden gerne Celine treffen.«

Der Hauptkommissar zwinkerte seinem Kollegen zu, als der Türsummer betätigt wurde. Sie wurden von einer gut aussehenden und wohlproportionierten Blondine empfangen, die eine schwarze Wickelbluse, eine schwarze eng anliegende Hüftlederjeans mit großem Schlag und elegante Pumps trug. Ihr Lächeln wirkte echt und sehr freundlich, als sie beiden Kommissaren die Hand gab.

»Guten Abend und herzlich willkommen im Waldschlösschen. Sie werden sehen, dass Ihre Zufriedenheit unser oberstes Gebot ist. Ich bin Nina und leite diesen bescheidenen Club.«

Sie führte die Ermittler in den Clubraum, der von einer Theke aus dunklem Mahagoni mit lederbezogenen Barhockern beherrscht wurde. Die Flaschenauswahl, die fein säuberlich auf Regalen an der

Wand dahinter platziert war, brauchte keinen Vergleich mit irgendeiner Cocktailbar in Frankfurt zu scheuen. Ein sehr elegant und teuer gekleideter Mann, unterhielt sich mit einer jungen Frau, die nur einen Bikini und High Heels trug. Sie tranken und lachten miteinander. Es gab mehrere Sitzgruppen, die aussahen, als wären sie direkt aus einem feinen altenglischen Club hierher gebracht worden. Auf den Tischen brannten Kerzen und ein paar Frauen, die allesamt sehr hübsch waren, saßen auf den Ledersesseln und lächelten den beiden Ermittlern zu. Jede von ihnen trug außer einem Bikini, der mehr zeigte als verdeckte, nur noch ziemlich hochhackige Schuhe.

In eine Wand waren zwei Separees eingebaut, die aber im Moment nicht besetzt waren. Auf einem Tisch in einer Ecke standen kleine Häppchen appetitlich angerichtet. Felix sah, dass es im Nebenraum einen Swimmingpool gab. Auch von dort war ein Herr mit weiblicher Begleitung zu hören. Die Kommissare setzten sich an die Bar.

»Was möchten Sie trinken? Bier und alle nicht alkoholischen Getränke sind frei. Cocktails kosten fünfundzwanzig Euro, ein Piccolo für die Damen kostet fünfzig, die Flasche Hausmarke Sekt kostet achtzig, eine Flasche Metternich zweihundert und Champagner beginnt bei fünfhundert Euro.«

Nina lächelte den beiden zu.

»Ich denke, zwei Bier sind in Ordnung. Oder was meinst du?«

Felix schaute zu seinem Kollegen, der mit den Schultern zuckte.

»Klar, warum denn nicht.«

Als sie das Bier servierte, deutete Nina auf eine Frau in einem ockerfarbenen Bikini. Ihr langes schwarzes Haar fiel ihr bis über die Schultern und sie hatte dunkelbraune Augen.

»Das dort drüben ist Celine. Soll ich sie für euch hierher bitten?«

Der Hauptkommissar musterte sie. Er schätzte Celine auf einundzwanzig Jahre und Konfektionsgröße vierunddreißig. Sie wirkte lolitahaft und warf ihm ein umwerfendes Lächeln und einen gekonnt unschuldigen Augenaufschlag zu.

»Nein, einen Moment, wir müssen vorher noch etwas klären.«

Er zeigte seinen Dienstausweis vor.

»Wir sind keine Kunden, sondern ermitteln in einem Mordfall und müssen Celine befragen. Tut mir leid.«

Ninas Miene versteinerte. »Ihr seid Cops? Aber du hast doch gesagt, dass Heinrich euch empfohlen hat. Dafür wird er mir Rede und Antwort stehen müssen.«

»Wir bemühen uns unauffällig zu sein, weil ich mir denken kann, dass deinen Gästen die Anwesenheit von Polizisten nicht gefallen würde. Also solltest du uns behilflich sein, aber wenn es dir lieber ist, können wir auch hoch offiziell erscheinen und mit der ganz großen Kavallerie vorreiten.«

Sie bemühte sich ihren Ärger runterzuschlucken.

»Ist schon okay so. Was ist denn passiert? Du hast was von Mord gesagt, ist Heinrich was passiert?«

»Nein, ihm geht es gut. Wir müssen nur sein Alibi überprüfen.«

Sie zeigte auf ein leeres Separee.

»Setzt euch da rein. Ich bringe noch etwas zu trinken und schicke dann Celine zu euch.«

Die beiden Polizisten warteten im Separee. Die Clubchefin brachte ihnen eine Flasche Veuve Clicquot und drei Gläser.

»Das haben wir nicht bestellt und bezahlen werden wir es auch nicht.« Der Hauptkommissar wollte sie gleich zurückschicken.

»Das braucht ihr nicht zu bezahlen und auch nicht zu trinken, wenn ihr nicht wollt. Aber glaubt mir, so seid ihr am unauffälligsten. Die Kosten für die Flasche bekomme ich durch die anderen Gäste schon wieder rein, darüber macht euch keinen Kopf.«

Nina winkte Celine an den Tisch, goss dann die drei Gläser voll und verschwand wieder an die Bar.

»Hi, ich bin Celine. Schön euch hier zu sehen.«

Sie reichte ihnen die Hand. Die Kommissare nannten ebenfalls ihre Namen. Sobald Celine saß, zeigte Felix seinen Dienstausweis. Er wollte von Anfang an klare Verhältnisse schaffen. Celine zeigte äußerlich keine Regung.

»Das heißt, der Champagner ist nicht von euch bezahlt?« Sie deutete auf die Flasche.

Er schüttelte den Kopf. »Nein, aber macht das einen Unterschied?«

»Finanziell schon, denn wir Mädchen sind zu fünfzig Prozent an dem Getränkeumsatz beteiligt, den wir mit den Gästen verkonsumieren. Aber was soll's, er schmeckt auch so.« Sie nahm ein Glas und stieß damit an die beiden anderen Gläser an.

»Nun stellt euch nicht so an, ein kleiner Schluck wird euch nicht umbringen, sonst sage ich nichts.« Sie kicherte.

Felix dachte bei sich, dass es jetzt wirklich egal wäre. Er nahm sein Glas und nickte seinem Kollegen zu, denn außerdem war er nach

Feierabend nur halb dienstlich unterwegs. Sie stießen an und nahmen einen Schluck, wobei Emilio an seinem Glas nur nippte.

»Schade, dass ihr Bullen, äh, ich meine, Polizisten seid. Ihr seid richtig süß, besonders du würdest mir gefallen.«

Celine blickte Kommissar Perfondo neckisch an.

»Aber auch mit dir hätte ich bestimmt meinen Spaß.«

Ihre Augen wanderten zum Hauptkommissar, während sie noch einen Schluck von ihrem Champagner trank.

Felix wurde langsam etwas unbehaglich zumute.

»Daraus wird aber nun ganz bestimmt nichts. Wir sind hier, weil wir dir ein paar Fragen zu Dr. Zimmer stellen müssen.«

Die Animierdame warf gespielt dramatisch die Hand an ihre Stirn.

»Heinrich! Mir graut's vor dir!«

Felix schaute sie verwundert an, aber sie bedachte ihn nur mit einem spöttischen Lächeln.

»Ja, Herr Hauptkommissar, es gibt auch Prostituierte, die Abitur haben. Ich hatte Deutsch Leistungskurs und war in der Theater AG meiner Schule, da haben wir öfter den Faust gegeben.«

»In der Tat, ich bin beeindruckt. Und wieso sind Sie dann hier gelandet?«, fragte er interessiert.

»Warum nicht? Es gibt jede Menge Kohle und in einem gehobenen Bordell gibt es nicht so asoziale Freier wie auf der Straße. Zumindest habe ich das gedacht, als ich anfing, aber die Asozialen hier sind nur besser gekleidet und zahlen gut.«

Nach einem Moment des Schweigens schaute Celine ihm direkt in die Augen.

»Also, was wollen Sie wissen?«

Felix bemerkte sofort, dass sie vom vertraulichen Du zum offiziellen Sie gewechselt hatte. Er erklärte es ihr und fragte dann, ob Dr. Zimmer in der betreffenden Sonntagnacht hier gewesen sei.

»Das könnte schon hinkommen. Er war das letzte Mal Sonntagnacht vor ungefähr fünf Wochen hier und kam mit zwei anderen Männern, sie alle blieben bis zum Montagmorgen. Wir schließen erst um vier Uhr früh und da sind sie alle drei gegangen«, sagte sie.

»Kannten Sie die anderen Männer, die mit Heinrich Zimmer hier waren?«

»Nein, ich habe sie nie zuvor gesehen, aber unsere Chefin weiß bestimmt, wer sie sind. Außerdem filmen wir den Eingangsbereich und heben die Videos ziemlich lange auf. Man weiß nie, wozu es gut ist.«

Felix' prüfender Blick entging ihr nicht.

»Es ist nicht so, wie Sie jetzt vielleicht denken. Wir filmen nicht in den oberen Etagen, um unsere Kunden zu erpressen. Ganz bestimmt nicht, das könnten wir uns gar nicht leisten.«

Damit lehnte sie sich zurück und nahm einen weiteren Schluck. Ihr Blick wanderte durch die Bar und fiel dabei auf einen Neuankömmling, der sie freundlich grüßte. Sie winkte zurück.

»Hören Sie, Herr Hauptkommissar, da ist gerade einer meiner Stammfreier gekommen, der ist immer ziemlich spendabel und bucht mich für die ganze Nacht. Der ist in mich verliebt und ich würde den ungern warten lassen. Wenn Sie also fertig sind, würde ich dann jetzt zu ihm gehen.«

Felix musterte den Mann, der etwa Ende vierzig und sehr gut gekleidet war.

»Und sind Sie auch in ihn verliebt?«

»Machen Sie Witze?«

Die Animierdame schnaufte verächtlich.

»Sehen Sie sich den Typen doch an, der ist als Mann völlig unattraktiv und dazu noch ein lausiger Liebhaber. Nein, aber sein Geld törnt mich an.«

»Ja, Sie können gehen, aber schicken Sie Ihre Chefin doch bitte noch einmal her.«

Sie verschwand und begrüßte ihren Freier mit Küsschen links und rechts. Danach schmiegte sie sich an ihn und der Mann bestellte gleich einen Grande Cuvée von Krug. Felix wollte gar nicht erst wissen, was der Champagner hier kostete.

Nachdem Nina die Flasche serviert hatte, kam sie missmutig an ihren Tisch.

»Was wollen Sie noch von mir?«

»Wir hätten gerne die Videoaufzeichnung von dem Abend, an dem Dr. Zimmer das letzte Mal hier war. Es war der Sonntag vor fünf Wochen«, antwortete er.

»Sie wissen, dass ich Ihnen die DVD ohne richterliche Verfügung nicht geben muss.«

»Das stimmt, aber wir würden Ihre Kooperation sehr begrüßen.«

»Gut, aber danach verschwinden Sie?«, fragte sie hoffnungsfroh.

Der Hauptkommissar nickte.

Dreißig Minuten später verließen sie das Bordell mit der Videoaufzeichnung.

Emilio schüttelte den Kopf.

»Ich werde nie verstehen, warum Männer zu so kalten Frauen gehen und Geld dafür ausgeben. Das sind in meinen Augen alles Versager.«

»Vielleicht hast du tiefenpsychologisch sogar recht. Vielleicht gehen wirklich nur Männer ins Bordell, die sich ganz tief in ihrem Inneren als Versager fühlen, aber das kann ich nicht beurteilen. Allerdings stimme ich dir zu, für mich wäre das auch nichts. Du wirst nur abgezockt und ausgenommen wie eine Weihnachtsgans. Zudem können wir uns solche Clubs hier gar nicht leisten.«

Felix' Antwort ließ ihn selbst nachdenklich werden.

Schweigend gingen sie zum Wagen und Emilio fuhr seinen Chef heim.

Auf seinem Anrufbeantworter fand Felix eine Nachricht von Petra vor, dass er doch noch zu ihr kommen solle, sie erwarte ihn schon sehnsüchtig.

Kapitel 23

Nach der letzten Nacht war es nicht verwunderlich, dass Felix zehn Minuten zu spät zur morgendlichen Besprechung der SoMüKe kam. Hans Werners winkte ihn zu einem Platz an seiner Seite, der noch frei war.

»Guten Morgen, ich habe schon geglaubt, du hast es dir anders überlegt, aber du hast noch nichts verpasst.«

Der Hauptkommissar nickte nur kurz und hörte dann dem Referenten des Umweltamtes zu, der von den neuesten Erkenntnissen über den Ministerialbeamten Krulle berichtete. Inzwischen wurde er lückenlos überwacht und seine Finanzen kontrolliert. Felix unterbrach ihn und legte die DVD auf den Tisch.

»Entschuldigen Sie, aber ich denke, diese Videoaufzeichnung könnte interessant sein. Darauf soll zu sehen sein, wie Dr. Zimmer mit den Herren Krulle und Stumpf in den Nobelclub Waldschlösschen geht. Ich habe es noch nicht genauer überprüft, aber ich denke es beweist die engeren Beziehungen, die diese beiden mit Zimmer unterhalten haben.«

Hans Werners nickte anerkennend. Er war der Nächste, der seinen Vortrag hielt und berichtete von den Scheinfirmen, die Dr. Zimmer im Ausland gegründet hatte, um die illegalen Geldtransfers zu bewerkstelligen und die Einnahmen zu verschleiern. Es gab insgesamt sieben Tarnfirmen, die alle dem Kronzeugen gehörten. Der Wirtschaftsermittler zeigte auch anhand von Buchhaltungsbelegen, wie geschickt die Gelder verschoben wurden. Hauptkommissar Büschelberger war fasziniert. Ihr Zeuge musste ziemlich viel erzählt haben, seitdem er sich zur Zusammenarbeit entschieden hatte.

Der dritte Referent war Polizeirat von Weinhammer, der ihnen erklärte, wie er die Sicherheit des Kronzeugen garantieren wollte. Nur das Bewachungsteam würde den Aufenthalt von Dr. Zimmer kennen und zwischen fünf sicheren Wohnungen hin und her springen, um kein Muster zu erzeugen. Wenn jemand eine weitere Befragung des Zeugen wünsche, müsse er das vorher anmelden. Das Bewachungsteam würde dann Treff- und Zeitpunkt der Vernehmung bestimmen.

Felix meldete sich wieder zu Wort.

»Ich bin mir sicher, dass unser italienischer Kollege Commissario Crotone entweder heute oder morgen mit Dr. Zimmer sprechen will.«

Freiherr von Weinhammer nickte.

»Dann werde ich Sie heute Nachmittag auf Ihrem Handy anrufen und Ihnen mitteilen, wo wir uns treffen. Ich denke, das Treffen kann morgen früh stattfinden.«

Hauptkommissar Büschelberger erläuterte die im Waldschlösschen gewonnenen Erkenntnisse und verwies noch einmal auf die DVD, bevor er in sein Revier zurück fuhr, um gemeinsam mit Emilio den Kollegen aus Italien vom Flughafen abzuholen.

Crotone freute sich aufrichtig über das Wiedersehen und begrüßte auch Emilio sehr herzlich.

Im Auto wandte Crotone sich an Felix.

»Sie werden es nicht für möglich halten, aber selbst Alitalia serviert kein vernünftiges Essen mehr. Wollen wir nicht irgendwo etwas essen gehen? Chinesisch wäre mir recht.«

Im Restaurant gab Felix eine umfangreiche Zusammenfassung der Ermittlungen ab. Der italienische Polizist unterbrach nur selten, er war ein guter Zuhörer.

»Wo wollen Sie heute Nachmittag hin? Sollen wir Sie erst zur Ermittlungsgruppe fahren, damit Sie sich vorstellen können, oder sollen wir zuerst ein Hotel suchen? Wir werden Dr. Zimmer nicht vor morgen früh befragen können«, fragte der Deutsche beim Espresso.

Crotone wandte sich an Emilio.

»Sie kennen bestimmt ein gutes und gastlich geführtes Haus, das von Italienern geleitet wird?«

Dieser dachte kurz nach. »Da fällt mir nur die Villa Roma ein, sie liegt auch recht nett und ist nicht weit vom Polizeipräsidium entfernt.«

»Bene. Sind das Verwandte von Ihnen?«

Kommissar Perfondo verneinte.

»Nun, man kann nicht alles haben. Wenn Sie erlauben, würde ich gerne erst einchecken und dann mit Ihnen zu dieser Sonderkommission fahren – wie heißt sie nochmal?«, beschloss Crotone.

»SoMüKe ist der Name der Sonderkommission. Okay, dann bringen wir Sie jetzt in Ihr Hotel«, sagte Felix.

Die drei Polizisten kamen gerade rechtzeitig zur nachmittäglichen Besprechung. Der Hauptkommissar stellte seine beiden Begleiter vor. Der erste Teil der Besprechung war wirtschaftlichen Aspekten gewidmet, die weder Felix noch Emilio interessierten. Crotone jedoch hörte mit größter Aufmerksamkeit zu. Nach einer Stunde wurde der italienische Ermittler gebeten Hintergrundinformationen über Don Veschie zu geben. Er räusperte sich.

»Geehrte Kollegen, ich danke Ihnen, dass Sie mir die Gelegenheit geben, an Ihren Ermittlungen teilzunehmen. Zuerst möchte ich mich jedoch für mein schlechtes Deutsch entschuldigen. Ich hoffe, Sie verstehen mich trotzdem.«

Ihm wurde daraufhin von allen Seiten versichert, dass sein Deutsch ganz hervorragend sei. Besonders gespannt hörte der Chef des Bewachungsteams Polizeirat von Weinhammer zu.

»Geboren wurde Don Veschie in Sizilien nördlich des Städtchens Caltabellotta auf einem einsamen Berghof. Sein Vater war ein einfacher Schafhirte und seit seiner frühsten Jugend hat Don Veschie ihm bei der Arbeit geholfen; er hat gerade einmal sechs Jahre in der Schule verbracht. Er war elf, als sein Vater bei einem Absturz in einer Schlucht ums Leben kam. Der Junge trug seinen schwer verwundeten Vater über sieben Kilometer zur nächsten Straße, sie konnten ihn aber nicht mehr retten. Von da an verarmte die Familie total. Nun wurde der Junge das Familienoberhaupt und musste für sich, seine Mutter und seine drei Geschwister sorgen. Es gibt Gerüchte, nach denen er damals anfing, als Botenjunge für die Mozarras zu arbeiten – die damals herrschende Mafiafamilie in der Region. Zudem begann wohl ein Nachbar seine Mutter zu umwerben, was diese aber vollkommen ablehnte. Man erzählt sich außerdem, dass dieser Nachbar ein Auftragskiller der Mozarras war. Wie auch immer, in den Augen des jungen Don Veschie entehrte der Nachbar seine Mutter und die Familie. Er besorgte sich eine Lupara, ein abgesägtes Schrotgewehr, und brachte den Mann um. Der Junge war damals dreizehn Jahre alt.«

Crotone seufzte.

»Die örtliche Polizei konnte ihm nichts beweisen und man ging damals davon aus, dass es sich um die Tat einer konkurrierenden Familie handelte. Erst zehn Jahre später gab es die ersten Vermutungen, dass Don Veschie der Täter sein könnte. Aber wie gesagt, beweisen konnte man es ihm nie. Die Mozarras bestraften ihn jedoch nicht, sondern waren von seiner Kaltblütigkeit so angetan, dass sie ihn endgültig in ihre Organisation aufnahmen. Einige Jahre später begann in Sizilien die Ära der Bandenkriege. Es ging um die Vorherrschaft im Drogenhandel. Insgesamt gab es auf beiden Seiten einhundertsiebenunddreißig Tote. Don Veschie hat diese Zeit genutzt und sich in der

Organisation ziemlich weit nach oben gemordet. Wir gehen davon aus, dass er damals ungefähr zehn Menschen umgebracht hat. Die Mozarras waren für die nächsten acht Jahre die mächtigste Familie auf Sizilien. Don Veschie wohnte in Palermo und stieg zur Nummer drei der Familie auf. Als er achtundzwanzig wurde, kamen der Pate der Mozarras und seine zwei Söhne bei einer Explosion ihrer Jacht ums Leben. Offiziell ermittelte die Polizei gegen kurdische Banden, die damals versuchten auf Sizilien Fuß zu fassen. Ich könnte mir aber vorstellen, dass Don Veschie dabei im Hintergrund die Fäden gezogen hat. Er nahm jedoch blutige Rache und die Kurden verschwanden spurlos. Es wurde nie eine Leiche gefunden, aber nach nur drei Wochen war unser Mann das gewählte Oberhaupt der Mozarras. Kein anderer wagte es, sich gegen ihn zu stellen. Entschuldigen Sie bitte.«

Crotone hustete ein paarmal, räusperte sich und griff zu einem Glas Wasser, das er in einem Schwung leerte.

»So, nun geht es besser. Wo war ich? Ach ja. Don Veschie war damit Chef der mächtigsten Mafiafamilie auf Sizilien. Er dehnte seinen Einfluss auf Kalabrien aus und arbeitete weiter nördlich mit der Camorra zusammen. Er verlegte seinen Wohnsitz aufs Festland und wechselte dort ständig zwischen seinen insgesamt sieben Wohnungen hin und her. Dreimal bekamen wir interne Details von Informanten, die gegen ihn und seine Organisation aussagen wollten. Bevor wir sie jedoch vernehmen und schützen konnten, verschwanden sie. Einer kam bei einem Verkehrsunfall um, ein zweiter Zeuge ertrank und der Dritte hatte sich in sein Auto gesetzt und Abgase eingeatmet.«

Felix unterbrach den Italiener.

»Sie wissen, dass unser Opfer ebenfalls in seinem Auto mit laufendem Motor und Abgasen in der Fahrerkabine aufgefunden wurde. Der Selbstmord war allerdings gestellt, Uwe Kaptaijn wurde vergiftet. Können Sie sich vorstellen, dass die Italiener auch hier ihre Hände im Spiel hatten?«

Crotone zuckte mit den Achseln.

»Das kann ich Ihnen leider nicht beantworten, glaube es persönlich aber nicht. Don Veschie mordet normalerweise ziemlich blutig, nur die Zeugen, die gegen ihn aussagen wollten, wurden so unspektakulär ins Jenseits befördert. Wollte Ihr Opfer gegen ihn aussagen? Soweit ich weiß, ist doch unser jetziger Zeuge damals nach Italien geflogen um ihm zu versichern, dass die Geschäfte durch den plötzlichen Tod von Uwe Kaptaijn nicht gestört werden und problemlos weiter laufen. Wir können natürlich Herrn Zimmer befragen, ob er es sich vorstellen kann. Ich halte es aber für eine zufällige Übereinstimmung«, antwortete er.

»Für wie viele Morde machen Sie den Mafiaboss persönlich verantwortlich? Haben Sie da eine ungefähre Ahnung?«

Von Weinhammer trommelte nervös mit seinen Fingern auf der Tischplatte, während der Commissario überlegte und an seinen Fingern nachrechnete.

»Ich denke, er persönlich hat mindestens achtzehn Menschen umgebracht. Heute überlässt er das Töten seinen Auftragskillern, doch seine Entschlossenheit würde ich nie unterschätzen. Wenn es nötig ist, würde er auch selbst ohne zu zögern wieder zur Waffe greifen. Zudem ist sein Einfluss innerhalb der Polizei in unserer Region und bis nach Rom in der Politik spürbar. Das ist auch der Grund, weshalb ich inoffiziell hier bin. Innerhalb meiner Behörde weiß niemand von meinem Besuch bei Ihnen. Alle glauben, dass ich im Urlaub bin.«

Crotone lehnte sich entspannt und mehr als zufrieden über seinen Vortrag zurück.

Als nächstes sprach ein Beamter über die Erkenntnisse, die sich aus dem Video ergeben hatten. Die Herren Krulle und Stumpf waren eindeutig zu erkennen. Das Sahnehäubchen an dem Film war eine Szene, in der Dr. Zimmer dem Ministerialbeamten Krulle beim Verlassen des Waldschlösschens einen verdächtigen Umschlag übergeben hatte.

Felix sinnierte darüber, ob das von Zimmer nicht sogar als Absicherung in beide Richtungen geplant gewesen war. Für eine davon hatte er sich ja jetzt entschieden. Die Gruppe beschloss, dass am Montag die beiden Staatsdiener zum Verhör abgeholt werden sollten – mit gleichzeitiger Wohnungs- und Bürodurchsuchung. Damit endete der offizielle Teil der Besprechung.

Polizeirat von Weinhammer bat Commissario Crotone noch für zehn Minuten in ein Extrabüro. Er wollte seine Sicherheitsmaßnahmen mit ihm besprechen und die Meinung des italienischen Kollegen hören. Felix wartete solange mit Emilio im nun verlassenen Raum.

»Jetzt kommt richtig Schwung in die Ermittlung. Schade nur, dass unser eigener Fall im Moment nicht recht vorankommt«, sagte er.

Emilio nickte zustimmend. »Vielleicht ergibt sich noch etwas für uns. Die Frage nach der Verbindung zu Don Veschie war nicht schlecht, daran haben wir bisher nicht gedacht.«

Er sprach nicht weiter, aber Felix kannte seinen Freund schon zu lange, um nicht zu bemerken, dass diesem noch etwas anderes auf der Seele brannte.

»Los, rück schon raus mit der Sprache. Du machst dir noch Gedanken über etwas anderes. Worüber grübelst du nach?«

Zögerlich kam die Antwort.

»Ich weiß nicht wie ich es sagen soll, aber vertraust du diesem Commissario Crotone voll und ganz? Was machen wir, wenn er zu Don Veschie gehört? Dann nähren wir die Viper an unserer Brust und jetzt erfährt er auch noch alles, was wir zur Sicherung unseres Zeugen unternehmen. Ich weiß, gerade ich als Italiener sollte keine Vorurteile haben, aber besonders bei der Polizei im Süden ist es manchmal sehr schwer auf der richtigen Seite des Gesetzes zu bleiben.«

Er blickte seinen Chef direkt an, der lange überlegte, bevor er antwortete.

»Das ist natürlich eine sehr beunruhigende Vorstellung. Wir sollten das nicht völlig außer Acht lassen, aber mein Gefühl sagt mir, dass er in Ordnung ist; und seine bisherige Handlungsweise spricht auch für ihn. Du hättest sehen sollen, wie er in Tropea reagiert hat, als ich an das Fenster seines Dienstwagens geklopft habe. Er wäre sicherlich cooler geblieben, wenn er zu Don Veschie gehören würde. Sie haben mich wohl anfangs für einen von denen gehalten. Außerdem hat er uns bisher immer schnell und unbürokratisch geholfen. Wenn ich das alles zusammenzähle, dann denke ich, er ist einer von den Guten. Zu guter Letzt soll dieser Polizeirat von Weinhammer auch richtig fit in seinem Job sein, vielleicht fühlt er Crotone gerade auf den Zahn. Also, ich habe im Moment keine Bedenken in dieser Richtung.«

Felix grinste seinen Freund an und klopfte ihm auf die Schulter.

Kurze Zeit später erschien der italienische Polizist im Raum.

»Mamma mia, dieser Baron ist ein harter und gerissener Hund. Der hat ein paar gute Tricks auf Lager. Wenn wir das nächste Mal einen Zeugen schützen, dann hätte ich ihn gerne auf meiner Seite. Er wird uns morgen früh zu Dr. Zimmer führen, damit ich ihn verhören kann. Es wäre sehr schön, wenn Sie mich jetzt in mein Hotel bringen würden.«

Während der Fahrt bat Crotone seine deutschen Kollegen, eine Weile mit Martinshorn durch die Stadt zu fahren. In so einem Verkehrsgewühl sei das bestimmt lustiger als in der ländlichen Gegend, in der er unterwegs war. Emilio schaute zu Felix, der nach einem kurzen

Blick auf den Bordcomputer und den Ladezustand des Stromos nickte. Wie der Blitz schoss der Kommissar davon. Sein italienischer Kollege sollte etwas zu erzählen haben, wenn er wieder nach Hause kam.

Crotone deutete auf die Anzeige des Bordcomputers. »Was bedeuten diese Zahlen?«

Felix zeigte auf die obere der beiden Zahlen. »Das hier zeigt die Ladung unserer Batterie an, wir sind gerade bei fünfundfünfzig Prozent Kapazität. Und die untere Zahl zeigt an, dass wir jetzt noch circa sechzig Kilometer weit fahren können.«

»Und wie beeinflussen das Blaulicht und die Sirene die Reichweite?«, erkundigte sich der Commissario interessiert.

»Das haben wir noch nicht richtig getestet, aber wir planen mit dem Hersteller des Autos, den Leuten, die die Batterien produzieren und dem Hersteller der Ladestation bald eine Testfahrt auf dem Nürburgring. Da wollen wir den Stromos voll aufgeladen so lange fahren bis er stehen bleibt. Einmal mit Blaulicht und Martinshorn und einmal ganz normal ohne. Dann wissen wir es genau«, antwortete Emilio.

»Davon wusste ich ja noch gar nichts, wann wurde das denn entschieden?«, fragte sein Chef verwundert.

»Das haben wir so nebenbei auf der Konferenz beschlossen, auf die du mich geschickt hast«, sagte sein Partner verschmitzt.

Als sie kurz vor dem Hotel beinahe in einen Unfall verwickelt wurden, brach der Hauptkommissar den Einsatz ab. Commissario Crotone hatte sichtlich Gefallen an Emilios Fahrstil.

»Geben Sie mir die Ehre, morgen Abend mit mir zu essen? Felix, bringen Sie doch Ihre hübsche Freundin mit, und Sie Ihre Frau. Suchen Sie einen guten Italiener, wir haben genug Grund um zu feiern.«

Die Kommissare stimmten zu.

Felix versprach Crotone, ihn am nächsten Morgen um halb neun abzuholen, dann fuhren die zwei zurück aufs Revier.

»Meinst du, wir sollten mit ihm ins DaClaudia gehen?«

Kommissar Perfondo lächelte. »Warum nicht. Ich wette, er holt sich die Spesen zurück, wenn er wieder in Italien ist und diesen Don Veschie festnageln kann. Da wird man ihm das bestimmt durchgehen lassen.«

»Okay, dann frage ich Petra, ob sie die Reservierung veranlasst. Sie hat Beziehungen zum Wirt.«

Eine halbe Stunde später rief sie zurück, dass alles erledigt war. Mehr sagte sie nicht, also verbrachte er den Abend vor dem Fernseher und grübelte über vieles nach. Schließlich schlief er auf seinem Sofa ein, Django lag zusammengerollt neben ihm.

Völlig verspannt erwachte Felix um fünf Uhr früh. Nachdem er sich in seinem Bett noch eine ganze Stunde hin und her gewälzt hatte, beschloss er aufzustehen. Während einer heißen Dusche entschied er, dass sich sein Leben ändern musste. Wenn er so wie bisher weitermachte, würde er entweder als Alkoholiker oder als einsamer und seniler komischer Kauz enden. Beide Alternativen klangen nicht gerade verlockend. Er nahm sich vor, so bald wie möglich mit Petra darüber zu sprechen – vielleicht würde es doch noch was Langfristigeres werden mit ihnen.

Auf der Fahrt zum Hotel wurde er von Polizeirat von Weinhammer angerufen, der ihm mitteilte, dass er Dr. Zimmer um neun zur Befragung ins Revier bringen würde. Dort angekommen, stellte er dem italienischen Kommissar Arno und Frauke vor. Sie tranken Tee, während ihr Gast einen Espresso bekam, den Frauke von der Nachbarabteilung geschnorrt hatte. Gespannt lauschten sie den Geschichten aus Kalabrien, die der begnadete Erzähler zum Besten gab und genossen die Ablenkung von ihrem aktuellen Fall.

Pünktlich kam Dr. Zimmer in Begleitung seiner Bewacher auf das Revier und wurde in den Raum geführt, in dem er schon das letzte Mal vernommen worden war. Felix, Emilio und Crotone setzten sich zu ihrem Kronzeugen, der jetzt sehr aufgeschlossen war.

»Guten Morgen, Herr Dr. Zimmer. Das hier ist ein Kollege von der italienischen Polizei, der schon lange Ermittlungen gegen Don Veschie und seine Organisation führt. Er möchte Ihnen ein paar Fragen stellen. Wir hoffen, dass Sie auch in dieser Hinsicht mit uns zusammenarbeiten«, begann der Hauptkommissar.

Dr. Zimmer zuckte mit den Schultern. »Ich habe Ihnen doch schon alles erzählt. Ich weiß nicht, ob ich Ihnen noch weiterhelfen kann.«

»Guten Morgen, Dottore. Das werden wir ja sehen, nicht wahr? Ich denke, dass Sie mir bestimmt noch helfen können und es wird auch in Ihrem eigenen Interesse sein. Je gründlicher wir die Organisation von Don Veschie zerschlagen, desto sicherer werden Sie in Zukunft leben können. Gelingt es uns, sie komplett zu vernichten, dann können Sie vielleicht sogar hier bleiben und brauchen noch nicht einmal Ihren Namen zu ändern.«

Der italienische Kommissar ließ seine Worte wirken.

Auf den Zeugen hatten sie den gewünschten Effekt und er nickte schließlich.

»Nun, das würde mir schon gefallen. Ich gebe zu, dass die ganze Kronzeugenregelung von mir nicht komplett durchdacht worden ist. Daher werde ich Ihnen alles sagen, was ich weiß.«

Die ersten zwei Stunden wiederholte Dr. Zimmer seine Aussage, die er schon am Montag zu Protokoll gegeben hatte. Commissario Crotone unterbrach ihn nur selten, wenn er die eine oder andere Aussage genauer hinterfragte. Ihn interessierte vor allem die Route, die der Müll nahm, sobald er Frankfurt verlassen hatte.

»Wie ich schon Ihren deutschen Kollegen erklärt habe, weiß ich nicht, wie es von Frankfurt aus weitergeht. Einzig der Zielhafen in Kenia ist mir bekannt.«

»Das habe ich verstanden, Dottore, aber vielleicht fällt Ihnen doch noch etwas ein. Hat Don Veschie einmal irgendwelche Hafenstädte genannt? Livorno, Pescara, Molfetta oder Bari? Neapel ist auch sehr beliebt bei der Mafia. Ist irgendeiner dieser Namen schon einmal gefallen?«, hakte der italienische Kommissar nach.

Der Kronzeuge ließ sich Zeit und überlegte sehr genau.

»Wenn ich mich recht erinnere, ist die Stadt Bari ein- oder zweimal gefallen. Ja genau, jetzt erinnere ich mich. Ich kannte sie bisher nur als Fährenhafen nach Griechenland«, beantwortete er die Frage.

Crotone nickte zufrieden und bat Felix eine Karte zu holen. Fünf Minuten später beugten sich die beiden über einen Atlas.

»Das würde bedeuten, sie fahren auf der E55. Bleibt nur die Frage, ob sie über die Schweiz und Mailand fahren oder die Route über den Brenner nehmen und dann über Verona kommen. Letzten Endes ist das egal, wir wissen jetzt, wo sie einschiffen. Von dort geht es wahrscheinlich durch den Sueskanal in Richtung Horn von Afrika und direkt nach Kilifi.«

Crotone blickte zu Dr. Zimmer. »Wann ist die nächste Fuhre geplant?«

»Wir haben bisher drei weitere Anfragen, aber unsere Preisverhandlungen wurden auf Eis gelegt. Don Veschie, Dr. Mugambone und ich waren uns einig, dass wir erst die Ermittlungen über den Mord an Kaptaijn abwarten wollten. Ich wollte meine Firma soweit wie möglich raushalten und unsere Aktionen nicht gefährden«, sagte der Firmeninhaber.

»Das ist Ihnen nicht wirklich gelungen«, konnte sich Felix ein Grinsen nicht verkneifen.

»Und wissen Sie, was das Beste daran ist, Herr Hauptkommissar? Ich bin Ihnen sogar irgendwie dankbar, dass es so gekommen ist. Jetzt kann ich wieder ein ehrlicher Mann werden. Ob Sie es mir glauben oder nicht, ich war früher ein grundsolider Mensch mit festen Prinzipien«, konterte der Kronzeuge.

»Hat Don Veschie irgendeine Bemerkung über den Tod von Dottore Kaptaijn gemacht oder sich besonders dafür interessiert?«, brachte Crotone das Gespräch zurück zum Thema.

»Nein, nicht wirklich. Er hat dazu nur bemerkt, dass sich seiner Meinung nach daraus keine Störung unserer gemeinsamen Geschäfte ergebe. Doch glücklich war er nicht, als ich gesagt habe, dass wir erst die Ermittlungen abwarten sollen. Nachdem unser kenianischer Geschäftspartner das aber genauso sah, hat er sich geschlagen gegeben. Nein, der Tod von Uwe Kaptaijn hat ihn persönlich nicht berührt oder weiter interessiert. Dr. Mugambone dagegen war betroffen, die beiden waren ja Freunde aus früheren Tagen.«

»Sie kannten sich aus Studienzeiten, das haben wir auch schon herausgefunden«, sagte Hauptkommissar Büschelberger.

Crotone zwinkerte diesem zu. Ihm schien die Art zu gefallen, wie sein deutscher Kollege und er sich beim Verhör ergänzten. Das Gespräch wirkte locker, war aber zielgerichtet.

»Wollen wir eine kleine Pause einlegen, etwas trinken und vielleicht einen kleinen Imbiss nehmen?«, fragte er.

Dr. Zimmer nahm dankend an und Felix organisierte ein paar Sandwiches, Kaffee und Tee. Während der Pause sagte niemand etwas. Als sie fertig waren, wandte sich der Hauptkommissar zurück an ihren Zeugen.

»Was glauben Sie, wie lange können Sie noch von der Bildfläche verschwunden sein, bevor Don Veschie oder andere Sie vermissen und Verdacht schöpfen?«

»Das kann ich Ihnen nicht sagen, aber da ich telefonisch Anweisungen in meiner Firma geben kann, schätze ich, dass sie noch nichts ahnen. In spätestens einer Woche aber werden sie bestimmt misstrauisch sein.«

»Ich denke, dass wir Don Veschie mit Ihrer Hilfe schon Anfang nächster Woche festsetzen werden. Mich würde zudem noch interessieren, wie Sie Kontakt zu ihm aufgenommen haben, nachdem Ihr

Partner Kaptaijn tot war. Ist das von ihm ausgegangen oder haben Sie die Initiative übernommen?«, fragte Crotone.

»Die Idee ist von Dr. Mugambone ausgegangen. Kurz nach Uwe Kaptaijns Ermordung hatte er bei mir in der Firma angerufen und vorgeschlagen, dass wir uns alle so schnell wie möglich treffen sollten, um das weitere Vorgehen zu besprechen. Er hat den Kontakt hergestellt und das Treffen organisiert. Zuerst haben wir uns in der Lobby des Flughafens von Lamezia Terme getroffen und sind dann von einem Fahrer abgeholt worden, der uns in die Villa von Don Veschie in der Nähe von Briatico fuhr.«

»Haben Sie dort irgendwelche Sicherheitsmaßnahmen bemerkt? Leute, die ganz offensichtlich Waffen trugen? Lag ein Boot direkt vor der Villa? Panzerglasscheiben? Alles, was Ihnen einfällt, könnte uns sehr bald helfen Don Veschie schnell und sicher zu verhaften.«

Die Fragen des italienischen Ermittlers waren sehr detailliert.

Dr. Zimmer lachte auf.

»Ich komme mir immer mehr wie in einem billigen Abklatsch von ‚Der Pate' vor. Mir ist lediglich aufgefallen, dass seine Bodyguards die ganze Zeit über Sonnenbrillen auf hatten, selbst wenn sie im Haus waren. Ich bin mir jedoch sicher, dass sie ständig Waffen bei sich tragen und bestimmt ein beachtliches Arsenal im Haus haben. Boote oder Fluchtwagen außer dem normalen Mercedes 500 S und einem SLK habe ich nicht gesehen.«

»Wie viele Leibwächter sind Ihnen aufgefallen?«, bohrte der Commissario nach.

»Also, um ihn herum waren immer vier Leute. Manche davon kamen mir eher wie ein Adjutant, Sekretär oder Ähnliches vor. Insgesamt habe ich so um die zehn Leute auf dem Anwesen gesehen.«

Crotone wirkte zufrieden. »Eigentlich habe ich keine weiteren Fragen an Sie.« Er zögerte, eher er weitersprach.

»Aber eine Bitte, die Sie hoffentlich nicht abschlagen.«

»Was denn noch?« Dr. Zimmer wirkte inzwischen ziemlich geschafft.

»In Italien ist gerade ein Grundsatzurteil gefällt worden, nach dem bei besonders gefährdeten Zeugen gegen die Mafia oder ähnliche Banden eine Videoaufnahme vor Gericht genauso gewertet werden kann wie eine persönliche Aussage. Ich denke, es wäre sicherer für Sie, wenn wir Ihre Aussage heute Nachmittag aufnehmen und von einem

Staatsanwalt beglaubigen lassen. Dann brauchen Sie nicht nach Italien zu kommen.«

Ihr Zeuge schien genervt. »Das hätte Ihnen auch früher einfallen können!«

»Scusi, manchmal bin ich ein wenig vergesslich«, entschuldigte sich der Italiener. »Aber würden Sie Ihre Aussage noch einmal wiederholen und filmen lassen, wenn der Staatsanwalt Sie befragt?«

»Wenn es unbedingt sein muss. Dafür möchte ich aber morgen gerne in Ruhe gelassen werden«, sagte Dr. Zimmer.

Während Felix die nötigen Vorbereitungen für die Videoaufzeichnung traf, organisierte Frauke das Mittagessen. Das Bewachungsteam wollte kein Risiko eingehen und deswegen durften sie in kein Lokal gehen, wie es Commissario Crotone gehofft hatte. Da ihn seine Mutter wieder reichlich versorgt hatte, gab Emilio dem italienischen Kollegen dafür etwas von seinem Essen ab, was dieser mit Begeisterung annahm.

Am Nachmittag wurde ihr Kronzeuge ein drittes Mal verhört. Sie hatten sich darauf geeinigt, dass Fromm die Fragen des Protokolls ablas und Dr. Zimmer seine Antworten ebenfalls einfach wiederholte. Danach wurden die drei Polizisten als Zeugen gefilmt und nach drei Stunden verließ ein müder Dr. Zimmer mit der Ablösung seines Bewachungsteams das Gebäude.

Commissario Crotone rieb sich vergnügt die Hände. »Das war wirklich ergiebig. Ich hatte nicht zu hoffen gewagt, dass er ein so guter Zeuge ist. Danke.«

Er klopfte Felix auf die Schulter.

»Ich heiße übrigens Sante Maria, aber meine Freunde sagen Sante zu mir.«

Hauptkommissar Büschelberger konnte sein Grinsen nicht ganz unterdrücken, als er die angebotene Hand schüttelte.

Der italienische Polizist musste ebenfalls lachen.

»Ich weiß, hier in Deutschland ist dieser Name zum Totlachen. Du kannst mir glauben, in der Schule war es die Hölle für mich und ich habe meine Eltern oft verflucht. Aber in Italien hat keiner mehr über meinen Namen gelacht, das war auch einer der vielen Gründe dort unten zu bleiben.«

Crotone bot Emilio ebenfalls das Du an.

»Ich habe noch nie davon gehört, dass eine Videoaussage vor Gericht gewertet wird wie eine Aussage vor dem Richter. Ist das tatsächlich so in Italien?«, fragte Felix auf der Fahrt zum Hotel.

»Nein, das ist auch bei uns die Ausnahme, aber ich will kein Risiko eingehen. Das Team, das Dottore Zimmer bewacht, scheint mir wirklich kompetent zu sein, aber wenn ihm doch etwas passiert, will ich irgendetwas in der Hand haben. Deswegen bitte ich dich darum, auch eine Kopie hier in Deutschland zu verwahren. Falls mir oder der Aufzeichnung etwas passiert, dann soll Don Veschie trotzdem nicht ungestraft davonkommen.«

Der Hauptkommissar versprach es und vereinbarte, ihn um halb acht zum Abendessen abzuholen.

Zu Hause duschte er und machte sich fein, bevor er auf dem Weg zum Hotel eine umwerfend aussehende Petra abholte. Ihr italienisches Kostüm war von einem Designer, von dem Felix noch nie gehört hatte.

Sante erkannte die Marke dagegen sofort und umarmte Petra zur Begrüßung mit den obligatorischen Küssen auf die Wange. Dann hielt er Petra die Wagentür auf und setzte sich neben seinen deutschen Kollegen auf den Beifahrersitz.

Emilio und Sylvia warteten bereits am reservierten Tisch und hatten ein Glas Prosecco vor sich stehen. Auch der Wirt des DaClaudia war erfreut Petra wiederzusehen und begrüßte die gesamte Gruppe herzlich. Als er erfuhr, dass einer seiner Gäste direkt aus Kalabrien war, wurde er noch freundlicher: Seine Frau stammte auch aus der Gegend.

Crotone und der Wirt schwatzten fünf Minuten sehr schnell und aufgeregt auf Italienisch. Felix verstand nur die Hälfte, es ging um Verwandte, eventuelle gemeinsame Bekannte und Tratsch aus Kalabrien. Der italienische Polizist kannte aber niemand aus der Familie des Wirtes. Trotzdem winkte dieser eine Bedienung heran und ließ noch weitere Gläser Prosecco bringen.

»Das ist ein kleiner Willkommensgruß, ein Geschenk des Hauses. Wenn ihr mir gestattet, würde ich gerne ein Menü für euch zusammenstellen. Wie sieht es aus, vertraut ihr mir?«

Ohne lange zu überlegen stimmten alle fünf sofort zu.

Der Wirt klatschte erfreut in die Hände.

»Va bene! Es wird euch gefallen.«

Damit hatte er nicht übertrieben.

Das Essen begann mit einer Melonensuppe mit Flusskrebsen, Venusmuscheln und Scampi. Es folgten ein kalter Bohnensalat mit Gorgonzolasauce sowie selbstgemachte Nudeln mit frischen Tomatenstückchen und Büffelmozzarella vermischt. Der nächste Gang bestand aus Schwertfisch auf einem Beet von Auberginen. Beim Lamm wollte Petra streiken, doch Sante und der Wirt konnten sie überzeugen, sich diesen Genuss nicht entgehen zu lassen. Als Abschluss wurde ein Sorbet aus Goldkiwis serviert, gefolgt von einen Espresso und Grappa.

Nach dem fantastischen Essen waren alle völlig gesättigt und lehnten sich zufrieden, aber auch etwas müde zurück. Das Festmahl hatte fast drei Stunden gedauert. Felix bemerkte, dass sich das Bild der Gäste geändert hatte. Waren zu Anfang noch überwiegend Deutsche in dem Lokal gewesen, so sah er jetzt hauptsächlich Italiener. Als der Wirt, der sich zwischenzeitlich um die anderen Gäste gekümmert hatte, wieder zu ihnen an den Tisch kam, strahlte er über das ganze Gesicht.

»Na, habe ich euch zu viel versprochen?«

Alle waren voll des Lobes. Doch als Crotone ihn auch noch umarmte und einen Meister der italienischen Küche nannte, kam er aus dem Lachen nicht mehr heraus.

»Ihr müsst noch bleiben, in einer halben Stunde machen wir hier eine kleine Feier.«

Felix' Einwand, dass sie morgen alle arbeiten müssten, wurde kurzerhand vom Tisch gefegt.

»Papperlapapp, wir alle müssen morgen arbeiten. Jetzt bekommt ihr erst einmal einen Muntermacher von mir serviert, einen Cocktail Calabrese. Er besteht nur aus Zutaten aus der Heimat meiner Frau, Limoncello, einem Hauch von Pfeffer und vielen anderen Zutaten. Ist ein uraltes Familiengeheimnis, der macht euch wach. Allerdings solltet ihr danach ein Taxi nehmen.«

Da jeder Widerstand zwecklos war, nahmen die fünf an. Der Cocktail, fruchtig und scharf, weckte in der Tat ihre Lebensgeister. Um halb zwölf wurden einige Tische zur Seite geräumt.

Die letzten Deutschen hatten das Lokal verlassen und der Wirt spielte Gitarre und sang, während seine Frau zusammen mit Crotone einen uralten kalabresischen Volkstanz aufführte. Petra tanzte abwechselnd mit Sante, dem Wirt und zwei Bediensteten, alle anderen genossen die Stimmung voller Lebenslust und -freude.

Drei Stunden später verabschiedete sich die Gruppe von der Party. Im Taxi warf Felix Petra vor, dass sie nicht mit ihm getanzt hatte.

»Oh, mein Kommissar ist eifersüchtig, wie süß.«

Er reagierte immer gereizter auf ihre Sticheleien und so übernachtete am Ende jeder allein.

Kapitel 24

Am nächsten Morgen war Felix nicht der Einzige, der völlig verkatert und zu spät zur Arbeit kam. Emilio hatte ebenfalls Schwierigkeiten gehabt aus dem Bett zu kommen und Frauke traf sogar noch später ein. Sie murmelte nur eine kurze Entschuldigung und wollte nicht weiter darüber sprechen. Ihre beiden Kollegen ließen sich nach einer ziemlich schweigsamen Teerunde von Arno zum DaClaudia fahren, um ihre Wagen zu holen.

Von dort aus fuhr der Hauptkommissar zum Hotel, um Commissario Crotone abzuholen, der gerade beim Frühstück saß.

»Felix, setz dich zu mir. Ich muss sagen, es war eine sehr schöne Feier gestern Abend, aber heute Morgen merke ich, dass ich alt werde. Das Aufstehen fällt mir nach solchen Abenden immer schwerer.«

Der Hauptkommissar setzte sich und war ganz froh, dass er dem Büro und der SoMüKe noch ein wenig länger entkommen konnte.

»Magst du einen Kaffee oder ein Brötchen?«

Er verneinte.

»Tee gibt es hier auch.«

Sante winkte der Bedienung zu.

»Bringen Sie meinem Freund hier einen Tee, einen starken und nur kurz gezogen, damit er wach wird.«

Er blickte seinen Kollegen an. »Ärger mit deiner Freundin?«

Felix nickte.

»Wir haben uns gestern im Taxi noch gestritten. Ich glaube, ich war eifersüchtig und habe mich völlig dumm benommen.«

Sante klopfte ihm väterlich auf die Schulter.

»Ach, mein Freund, die Frauen sind schwer zu verstehen. Aber so wie ich Petra einschätze, sollte man sie nie in ihrer Freiheit einschränken, sonst ist sie weg. In Italien sagen wir immer: Sperre einen schönen Vogel in einen Käfig, dann wird er aufhören zu singen und am Kummer sterben.«

Felix dachte über diese Bemerkung lange nach und so verbrachten sie den Rest des Frühstücks schweigend. Nachdem Crotone bezahlt hatte, fuhren sie zur Sonderkommission, von der sich der italienische Kommissar verabschieden wollte. Er bedankte sich für die unbürokratische Hilfe und versprach, die Ermittlungsgruppe über seine Fortschritte auf dem Laufenden zu halten.

Auf Felix' Revier nahm der Commissario die Aufzeichnung des Verhörs von Dr. Zimmer entgegen. Emilio gab ihm die Originalkassette sowie eine Kopie auf DVD. Er hatte zudem noch zwei weitere Kopien auf DVD erstellt. Eine würde zu Staatsanwalt Fromm gehen und dort verwahrt werden, die andere würde in ihrem Revier bleiben.

»Ich denke, das sollte genug Sicherheit bieten«, sagte Emilio.

Crotone bedankte sich noch einmal bei ihm und dem Rest des Teams. Anschließend brachte Hauptkommissar Büschelberger ihn zum Flughafen und reichte ihm zum Abschied die Hand.

»Sante, ich wünsche dir viel Erfolg und hoffe, dass Don Veschie dieses Mal nicht mehr entkommt.«

Crotone zog Felix an sich und umarmte ihn.

»Ich danke dir, es war ein richtiger Glücksfall, dass wir uns damals in Tropea getroffen haben. Ich hoffe, du besuchst mich wieder einmal.«

Dann ging er durch die Kontrolle, drehte sich jedoch noch einmal zu seinem deutschen Kollegen um.

»Amico – und denk an die Vögel und die Käfige, dann wird alles gut.«

Felix saß nachdenklich in der Abflughalle bis der Flieger abgehoben hatte und fuhr dann langsam ins Büro zurück. Auf seinem Schreibtisch fand er eine Nachricht von SoMüKe, der Handschrift nach hatte Arno sie notiert. Sie besagte, dass Stadtrat Stumpf und der Ministerialbeamte Krulle am Montagmorgen um sechs Uhr verhaftet werden sollten und es um ein Uhr Mittag eine Pressekonferenz geben würde, zu der auch Felix erscheinen müsse. Der Hauptkommissar rief sein Team zusammen.

»Also bei mir ist für heute die Luft raus, ich gehe nach Hause. Ihr bekommt von mir jetzt auch frei. Wir sehen uns am Montag wieder und versuchen dann unseren Fall noch einmal neu aufzurollen. Ich will keinen Widerspruch hören und erst recht nicht von dir, Emilio. Ab mit euch.«

Die Gruppe trennte sich und ein halbe Stunde später hatten alle das Büro verlassen. Zu Hause wollte Felix Petra anrufen, entschied sich aber dagegen und legte sich hin. Mit einem schnurrenden Django auf dem Bauch schlief er sofort ein. Nachdem er aufgewacht war, duschte er und machte sich zurecht, dann kämmte er Djangos Fell bis es glänzte und legte ihm sein Halsband an. Sein Plan war ohne Vorwarnung zu Petra zu fahren und sie um Verzeihung zu bitten.

Django sollte den Eisbrecher spielen. Auf dem Weg kaufte er eine rote Rose und wartete dann im Treppenhaus vor ihrer Wohnungstür auf sie.

Kurz vor sieben kam sie nach Hause. Sie nahm Django auf den Arm und hauchte ihm einen Kuss auf den Kopf.

»Na, mein Schöner, was machst du denn hier? Und wen hast du da an deiner Leine?«

Sie blickte fragend auf Felix, der sich ziemlich dämlich vorkam. Petra öffnete die Tür.

»Na los, kommt schon rein, dann können wir besser reden«, sagte sie.

Felix setzte sich an ihren Esstisch, Django erkundete derweil die Küche und bekam eine Schüssel Milch. Petra stellte zwei Gläser auf den Tisch und gab ihm eine Flasche Wein zum Öffnen, dann ging sie duschen. Ziemlich leger gekleidet und ungeschminkt kam sie nach kurzer Zeit zurück. Ohne mit Felix anzustoßen trank sie einen Schluck und sah ihm dann lange in die Augen, bevor sie zu sprechen begann.

»Ach, ich weiß auch nicht, aber vielleicht klappt es doch nicht mit uns. Ich bin im Moment jedenfalls sehr unzufrieden mit unserer Beziehung.«

Er wusste nicht, was er darauf antworten sollte und stotterte fast.

»Es tut mir ja auch leid. Ich weiß nicht, was gestern in mich gefahren ist. Irgendwie hast du dich gar nicht um mich gekümmert und das hat mich einfach gestört!«

»Ich kann keinen Mann gebrauchen, der mir meine Freiheit nimmt, der mir nicht vertraut. Ich brauche solche Abende wie den gestrigen. Ich muss einfach einmal tanzen und mich treiben lassen können.«

»Es tut mir leid, was soll ich sonst noch sagen? Ich werde es nie wieder tun, okay?«

Er blickte verlegen auf die Rose, die Petra in einer leeren Flasche auf den Tisch gestellt hatte.

»Es geht mir auch nicht nur um gestern Abend, Felix. Manchmal bist du ungeheuer lieb und aufmerksam, dann wiederum kümmerst du dich überhaupt nicht um mich. Was ist das für eine Beziehung?«

»Jetzt verstehe ich gar nichts mehr. Auf der einen Seite soll ich dir deine Freiheit lassen, weil du eine starke und unabhängige Frau bist, doch dann kümmere ich mich wieder zu wenig um dich? Das ist für mich ein ganz klarer Widerspruch!«

Sie nippte an ihrem Glas.

»Ich hoffe, das wird jetzt kein Verhör, Herr Hauptkommissar. Aber du hast recht, ich bin voller Widersprüche und, ja, vielleicht erwarte ich das Unmögliche, aber so bin ich einfach. Meine beste Freundin wirft mir sogar Beziehungsunfähigkeit vor, vielleicht ist das auch die ganze Wahrheit. Wenn eine Beziehung anfängt schwierig zu werden, dann ziehe ich es vor zu gehen. Ich habe gehofft, dass es mit dir anders wird, aber jetzt habe ich wieder den Punkt erreicht, an dem ich gehen will, gehen muss.«

Sie blickte hilflos in Felix' Augen, der wie erstarrt dasaß. Das Gespräch hatte eine Wendung genommen, die er nicht gewollt, aber in seinem Innersten schon länger befürchtet hatte.

»Verdammt, Petra, ich liebe dich! Ich will diese Beziehung mit dir! Was soll ich denn machen?«

»Ich weiß es auch nicht.«

Er kniete sich vor ihr hin und nahm sie in den Arm, sie streichelte sein Haar. Beide schwiegen eine lange Zeit.

»Ich brauche einfach Zeit, um mit mir selber klarzukommen. Vielleicht habe ich dich ja von Anfang an gar nicht geliebt.«

Felix spürte, wie etwas in ihm zerbrach. Er stand auf und trank sein Glas mit einem Zug aus.

»Ich denke, ich sollte gehen«, sagte er verbittert.

»Nein, das will ich auch nicht. Bleib doch hier. Aber ich möchte dich bitten, dass du auf dem Sofa schläfst. Ich kann dich heute Nacht nicht in meinen Armen halten, aber vielleicht ist es morgen früh anders.«

Der Hauptkommissar lachte kurz und trocken auf.

»Nein, danke, ich spiele doch nicht den Affen.«

Er leinte Django an und ging ohne sich zu verabschieden. Er drehte sich nicht einmal um.

Zu Hause öffnete er eine Flasche Whiskey aus seinem Geburtsjahrgang, die er eigentlich für besondere Anlässe aufgehoben hatte. Er hatte die Flasche von seinen Kollegen zum vierzigsten Geburtstag bekommen.

Zügig trank er zwei große Gläser und fiel dann in einen traumlosen und unruhigen Schlaf. Gegen elf Uhr vormittags wurde er von

Django geweckt, der gefüttert werden wollte. Felix ging einkaufen und wunderte sich, dass die Leute ihn seltsam anschauten. Er schob es auf sein verschlafenes, unrasiertes Aussehen. Seine Einkäufe beschränkten sich auf Katzenfutter, zwei Fertiggerichte sowie einen gehörigen Vorrat an Rotwein aus Chile. Er kam sich vor wie ein Penner. Wieder zurück in seiner Wohnung bemerkte er, dass er zwei verschiedene Schuhe trug, einen braunen und einen schwarzen. Jetzt verstand er die komischen Blicke der Leute im Supermarkt und er schwor sich, dass er sich nicht mehr so gehen lassen würde. Petra und der Schmerz über das Ende ihrer Beziehung würden ihn nicht kleinkriegen. Eine SMS zeigte ihm, dass eine Nachricht auf seiner Mailbox war. Wie erwartet stammte sie von Petra.

»Es tut mir leid, wenn ich dich verletzt habe. Ich habe nachgedacht und es sind keine Gefühle mehr da für dich. Glaub mir, es ist besser so, wie es jetzt ist. Du bist vielleicht auch zu gut für mich. Ich möchte dich noch um einen Gefallen bitten: Lass mir meine Ruhe, die brauche ich jetzt. Ich wünsche dir alles Gute.«

In seiner Wut hätte Felix beinahe das Handy an die Wand geschmettert, doch er konnte sich gerade noch beherrschen. Er hörte die Nachricht insgesamt vierzehnmal an – bis er es nicht mehr aushielt. Dann löschte er sie und öffnete eine Flasche Wein. Den Rest des Wochenendes durchlebte er im Vollrausch.

Am Montagmorgen fühlte sich Felix wie ausgekotzt. Langsam duschte und rasierte er sich, wobei er bemerkte, dass seine Hand zitterte. Er verfluchte sich und die Tatsache, dass er sich so hatte gehen lassen.

Beim Frühstück rebellierte sein Magen. Völlig verkatert machte er sich auf den Weg ins Revier, obwohl er erst überlegt hatte, einfach zu Hause zu bleiben. Jetzt war es Zeit sein Leben wieder selbst zu bestimmen. Seine Kollegen schauten ihn entsetzt an. Kevin Murr blickte in die blutunterlaufenen Augen des Hauptkommissars und schüttelte den Kopf.

»Du kannst mir glauben, Alkohol ist in zu großer Menge ein sehr effektives Gift. Pass damit lieber auf, ich habe mich gerade an dich gewöhnt und möchte dich noch nicht als Kunden haben.«

Felix winkte ärgerlich ab.

»Wenn ich einen medizinischen Rat brauche, dann gehe ich zum Hausarzt und frage keinen Leichenfledderer.«

Kevin holte tief Luft und schaute ihn verächtlich an.

»Dann sauf dich doch zu Tode!«

Hauptkommissar Büschelberger merkte, dass er sich total im Ton vergriffen und seine Wut und seinen Schmerz am Falschen ausgelassen hatte.

»Es tut mir leid, aber meine Freundin hat sich völlig überraschend am Freitag von mir getrennt. Mein Wochenende war total beschissen und es geht mir nicht gut. Ich wollte dich nicht beleidigen.«

Kevin Murr schlug in die angebotene Hand ein.

»Ist schon vergessen. Aber du solltest eine Aspirin nehmen und deinen Mineralhaushalt wieder ausgleichen, dann geht es dir gleich besser. Meine Mutter hat mir immer eine Scheibe Graubrot mit Salz bestreut und ein wenig Brühe verordnet, wenn ich als Teenager über die Stränge geschlagen habe. Glaub mir, das ist scheußlich, aber wirksam«, sagte der Pathologe.

Frauke stand auf und organisierte die Zutaten. Kevin ging inzwischen wieder in die Rechtsmedizinische Abteilung. Eine halbe Stunde später musste Felix seine Katermahlzeit unter der Aufsicht seiner Kollegen essen. Es schmeckte wirklich widerlich, doch danach ging es ihm ein wenig besser.

»Was wollte Kevin eigentlich hier? Haben wir einen neuen Fall?«

Arno verneinte. »Er hat nur behauptet, dass ihm unsere morgendliche Teerunde so gut gefiele und er wieder vorbeischauen wollte.«

»Seltsam… Aber warum sollte er nicht, er kann ja ein ganz netter Kerl sein.«

»Wollen wir jetzt unseren Fall und unsere weitere Vorgehensweise durchsprechen?« Emilio brachte ihnen wieder ihre Aufgabe ins Bewusstsein.

Zum ersten Mal seit Freitag musste Felix lächeln, auf seinen Partner war Verlass. Er würde, wenn die Zeit reif war, Trost und ein gutes Gespräch unter Freunden anbieten, aber erst einmal sollte die Arbeit den Hauptkommissar von seinem Gefühlschaos ablenken.

»Nein, jetzt nicht, ich muss nachher noch auf die Pressekonferenz. Da ich nicht weiß, wie lange sie dauert, sollten wir morgen früh wieder richtig in unseren Fall einsteigen. Wir werden auch nicht mehr viel Zeit haben, bevor uns die Staatsanwaltschaft einen neuen Fall übergibt. Dann müssen wir diesen Fall ruhen lassen, das würde mir gehörig stinken. Also bereitet einfach alles noch einmal auf und diskutiert ohne mich. Morgen beschließen wir dann unser weiteres Vorgehen.«

Felix ging in sein Büro, um sich noch ein wenig zu erholen, wurde aber durch das Klingeln seines Telefons daran gehindert.

»Hallo Felix, hier spricht Sante. Ich wollte dir nur mitteilen, dass wir gleich gegen unseren gemeinsamen Freund vorgehen. Es wird eine große Aktion mit über hundert Beamten. Wir haben das ganze Wochenende geplant und werden an fünf Orten gleichzeitig zuschlagen. Ich werde dich informieren, sobald wir ihn haben.«

»Das sind doch gute Nachrichten. Ich wünsche dir viel Erfolg! Wir haben in knapp zwei Stunden unsere Pressekonferenz bei der wir die Öffentlichkeit informieren.«

»Si, wir müssen los. Bis dann.«

Bevor Crotone die Leitung unterbrach, hörte Felix, wie im Hintergrund Einsatzbefehle gegeben wurden, dann war es still. Er schloss die Augen und lehnte sich zurück. Wenigstens diese Seite seines Falles schien gut zu laufen. Er dachte an den letzten Abend mit Sante zurück. Dann überwältigte ihn der Schmerz über seinen Verlust. Er öffnete den Mund und wollte ihn hinausschreien, stattdessen krallte er seine Finger in die Schreibtischplatte. Nach zwei Minuten hatte er sich wieder im Griff.

»Blick nach vorne und konzentriere dich auf deinen Fall«, ermahnte er sich selbst.

Als Kinder hatten er und Emilio immer Krieg der Sterne nachgespielt. Felix hatte den Part des Jedimeisters Yoda übernommen und so sprach er es noch einmal mit der Stimme des alten Jedi laut aus:

»Nach vorne dein Blick soll gehen, die Zukunft wird trösten dich und helfen bei der Lösung deiner Aufgaben.«

Plötzlich lachte er und das war ein gutes Gefühl. Er hatte den Finger ermahnend gehoben, vermutete aber, dass es gerade eher wie eine schlechte Kopie von E.T. ausgesehen hatte. Im selben Moment wurde ihm bewusst, dass er die Trennung überwinden würde. Seine Arbeit, seine Kollegen und seine Freunde würden ihn tragen.

Ermutigt stand er auf und holte sich noch eine Tasse heißen Tee. Eine Stunde später machte er sich wieder erfrischt auf den Weg zu Fromm. Sie besprachen kurz den Ablauf der Pressekonferenz und Felix informierte den Staatsanwalt, dass die Italiener gerade gegen Don Veschie losschlugen.

Der Raum im Polizeipräsidium fasste ungefähr fünfzig Leute und knapp vierzig Reporter waren erschienen, als Oberstaatsanwalt Schürfel die Pressekonferenz eröffnete.

»Guten Tag, meine Damen und Herren. Es freut mich, dass Sie meiner Einladung gefolgt sind. Ich kann Ihnen versichern, dass wir hoch interessante Informationen haben, die bestimmt die eine oder andere Schlagzeile und Titelstory bringen werden. Es geht um illegale Müllentsorgung im großen Stil und Verbindungen zur internationalen organisierten Kriminalität. Ich möchte, bevor ich alles verrate, das Wort an Hauptkommissar Felix Büschelberger geben, der mit seinen Ermittlungen zum Mordfall Osthafen den Stein ins Rollen gebracht hat.«

Mit einer einladenden Geste übergab er an Felix. Dieser räusperte sich und machte eine Kunstpause, bevor er anfing zu sprechen. Alle Augen und Kameras waren auf ihn gerichtet.

»Guten Tag. Auch ich freue mich, dass wir Ihnen heute die Ergebnisse unserer erfolgreichen Ermittlungen der letzten Wochen mitteilen können.«

Kurz umriss er die Ausgangslage und kam dann ziemlich schnell auf die Müllverschiebung zu sprechen. Er hob die gute Zusammenarbeit mit der italienischen Polizei hervor, beschrieb die Gefährlichkeit von Don Veschie recht plastisch und gab bekannt, dass gerade in diesem Moment eine Polizeiaktion gegen den Mafiaboss lief. Nach diesen Enthüllungen brach eine Lawine von Fragen über ihn herein. Er bemühte sich, sie alle präzise und in der richtigen Reihenfolge zu beantworten.

»Ist Dr. Heinrich Zimmer nun in diesen Mordfall verwickelt?«

»Definitiv nicht. Nein, was diesen Punkt betrifft ist er unschuldig.«

»Wo ist er jetzt?«

Felix blickte zum Oberstaatsanwalt, der kurz das Wort ergriff.

»Dr. Heinrich Zimmer hat sich auf die Seite der Staatsanwaltschaft gestellt und befindet sich zurzeit im Zeugenschutzprogramm, mehr werden wir Ihnen dazu nicht sagen.«

Er nickte dem Hauptkommissar zu.

»Haben Sie andere Verdächtige im Mordfall Osthafen?«

»Nein, hier müssen wir wieder zurück zum Anfang gehen«, sagte dieser.

»Kann die Mafia hinter dem Mord stehen?«

»Diese Möglichkeit haben wir geprüft und keine Beweise gefunden, ausschließen können wir es jedoch noch nicht. Unsere italienischen Kollegen werden nach der Festnahme von Don Veschie nach entsprechenden Hinweisen suchen.«

Felix erwähnte nicht, dass das Gift, mit dem Uwe Kaptaijn umgebracht wurde, über die Firma von Dr. Zimmer besorgt worden war. Er hoffte, dass dieses Indiz ihn doch noch auf die Spur des Mörders bringen würde.

»Wie arbeiten Sie mit der kenianischen Polizei zusammen?«

Die Antwort gab wieder der Oberstaatsanwalt.

»Unser Botschafter in Kenia wurde von dem Fall unterrichtet und hat gerade einen Termin bei der kenianischen Regierung. Soweit ich es verstanden habe, bietet die Bundesregierung ihre Hilfe für die Beseitigung des Mülls an, soweit er von deutschen Firmen stammt. Außerdem übergibt unser Botschafter Fotokopien aller Beweise, die wir haben. Weitere Schritte sowie Ermittlungen in Kenia sind dann Aufgabe der dortigen Behörden.«

»Sind auch deutsche Beamte in die Müllverschiebung verwickelt?«

Felix deutete auf seinen Kollegen, der neben ihm saß.

»Ich darf diese Frage an meinen Kollegen aus der Abteilung Wirtschaftskriminalität, Kommissar Hans Werners, weitergeben. Er leitet die Sonderkommission, die sich mit diesem Fall beschäftigt.«

Damit war er froh, der Reportermeute entkommen zu können.

»Guten Tag. Ja, es sind auch zwei deutsche Beamte in diesen Fall verwickelt. Ein Stadtrat aus Frankfurt und ein Ministerialbeamter aus dem hessischen Umweltamt sind heute Morgen verhaftet worden. Sie werden derzeit vernommen«, erklärte der Wirtschaftsermittler den Reportern.

»Können Sie uns Namen nennen?«

»Zu diesem Zeitpunkt der Ermittlung kann ich Ihnen keine Namen nennen, tut mir leid.«

Die Fragen der Reporter wurden bohrender. Kommissar Werners Antworten waren sehr nüchtern, wenn auch für die Journalisten meist nicht detailliert genug. Er ließ sich jedoch zu keiner reißerischen Aussage verleiten. Nach einer Stunde endete die Pressekonferenz. Felix ging im Anschluss noch mit Staatsanwalt Fromm und Hans Werners zum Essen und fuhr danach ins Büro, wo eine Notiz auf seinem Schreibtisch lag.

Commissario Crotone hatte versucht, ihn zu erreichen. Er rief sofort in Italien an.

»Sante, wie ist es gelaufen?«

»Wir haben ihn! Ich kann es kaum glauben, aber wir haben ihn!«

Die Begeisterung am anderen Ende der Leitung war deutlich zu hören.

»Don Veschie war so dumm und hat bei seiner Festnahme Widerstand geleistet. Wir hatten seine Villa mit mehr als zwanzig schwerbewaffneten Carabinieri umstellt und als wir mit unserem Auto vorgefahren sind, wurden wir beschossen. Kannst du das glauben, diese Idioten haben auf uns geschossen! Mein Fahrer hat sofort den Rückwärtsgang eingelegt und wir sind raus aus der Schusslinie. Dann haben wir es ihnen aber richtig gegeben. Alle meine Carabinieri haben auf die Villa gefeuert und nach zwanzig Minuten gab es keine Gegenwehr mehr von ihnen. Wir haben das Haus dann gestürmt und vier Tote sowie sieben Verletzte gefunden. Don Veschie hatte sich versteckt und zuerst haben wir ihn gar nicht gefunden. Er hatte so eine Art Panic Room, wie in dem Kinofilm. Eine Stunde haben wir gebraucht, bis wir endlich drin waren. Da saß er, verletzt und nicht mehr arrogant. Es sah übrigens so aus, als habe er vorgehabt unterzutauchen. Er muss von irgendwoher eine Warnung bekommen haben, doch anscheinend hatte er nicht mehr genügend Zeit, um zu verschwinden. Da seine Männer auf meine Beamten geschossen haben und zwei von uns verletzt wurden, helfen ihm jetzt auch seine ganzen Kontakte und Anwälte nicht mehr. Felix, ich danke dir!«

Der Adrenalinrausch, den Crotone noch immer empfinden musste, war nahezu spürbar durch den Hörer.

»Mensch, Sante, da hast du es anscheinend richtig geschafft, meinen Glückwunsch!«

»Ja, nach all den Jahren haben wir ihn endlich! Ich will wieder zurück ins Verhör. Sobald unsere Ergebnisse alle vorliegen, melde ich mich und schicke sie. Grüß deine Kollegen und ganz besonders Petra von mir.«

»Klar, mach ich.«

Mit einem Seufzer legte der Hauptkommissar auf, unterrichtete sein Team von dem italienischen Erfolg und ging nach Hause.

Am Abend sah Felix sich in den Lokalnachrichten, deren Bericht fast sieben Minuten dauerte.

In der Tagesschau hingegen war nur ein Foto von Dr. Zimmers Firma und ein kurzes Statement von Oberstaatsanwalt Schürfel zu sehen. Danach folgte eine Einspielung des italienischen Fernsehens, in der eine zerschossene Villa mit brennenden Fahrzeugen davor gezeigt wurde.

Felix kraulte Django.

»Na, mein alter Freund, wenigstens hat heute einmal die Gerechtigkeit gesiegt.«

Er verspürte den Wunsch eine weitere Flasche Wein aufzumachen, konnte den Drang aber bekämpfen. Bis zum Abschluss des Falls Kaptaijn würde er keinen Alkohol mehr anrühren. Damit entließ er seinen Kater in die Nacht und legte sich früh ins Bett.

Kapitel 25

Seit langem einmal wieder schaffte es Felix, der Erste im Büro zu sein, und bereitete alles für ihre morgendliche Teerunde und die nachfolgende Besprechung vor.

Emilio klopfte ihm kurze Zeit später aufmunternd auf die Schulter und zwinkerte ihm zu, Frauke grinste nur und Arno konnte sich einen Spruch nicht verkneifen.

»Der Lotse ist wieder an Bord, dann wird ja alles gut.«

Kevin Murr schaute ebenfalls vorbei, worauf der Hauptkommissar sogar gewettet und daher schon einen Aschenbecher und eine weitere Tasse auf den Tisch gestellt hatte.

»Guten Morgen, schön, dass du uns wieder besuchst«, sagte er an den Arzt gewandt.

»Ich kann halt nicht anders, die Froschtruppe ist mir irgendwie ans Herz gewachsen. Daher bringe ich euch auch etwas zu essen mit.«

Der Pathologe wedelte mit einer Tüte voll Gebäck.

»Ich hoffe nur, dass es kein Fliegenkuchen ist, wenn wir schon die Froschtruppe sind.«

Fraukes Spruch brachte alle zum Lachen, selbst Murr konnte sich kaum halten. Als alle saßen, schaute Arno den Rechtsmediziner länger schweigsam an, bis dieser den Blick registrierte.

»Ist irgendwas an mir oder warum starrst du mich so an?«

»Nun, ich bin mir nicht sicher, ob du wirklich der alte Kevin Murr bist, das Schreckgespenst aus der Leichenkammer. Du wirkst verändert und bist nicht mehr der alte Brummelkopp, der du immer warst«, sagte Arno.

»Brummelkopp? Ich glaube, ich muss unserem ostfriesischen Plattschädel hier mal ein Abführmittel in den Tee tun, damit der Nebel aus seinem Hirn verschwindet.«

»Ich muss Arno aber recht geben, Kevin. Du bist sehr viel relaxter als sonst«, fiel Felix ein.

Daraufhin griff sich Emilio an die Brust und meinte: »Da steckt bestimmt eine Frau dahinter, nur die holde Weiblichkeit verleiht dem Mann Kultur.«

Dr. Murr trommelte mit den Fingern auf dem Tisch.

»Das ist also der Dank für meinen Kuchen. Ich glaube, meine Kunden haben mich lieber als ihr. Außerdem, welche Frau sollte mich schon nehmen?«

Arno schmunzelte.

»Da hat unser Professor recht, es kann doch nur eine seiner Kundinnen sein. Wir sollten checken, ob er vielleicht eine seiner Leichen heimlich für sich präpariert hat und statt ihrer nur einen Sack Kartoffeln ausgeliefert wurde.«

Der Pathologe tippte mit seinen Fingern an Arnos Stirn.

»Auf so eine verquere Idee kann man auch nur kommen, wenn man aus einer Gegend stammt, in der es mehrere hundert Jahre Inzest gegeben hat. Ist da oben auch noch ein vernünftiger Gedanke drin?«

Amüsiert hatte der Rest den Schlagabtausch zwischen den beiden verfolgt und schallendes Gelächter erfüllte den Raum. In diese ausgelassene Stimmung platzte Staatsanwalt Fromm herein.

»Hier ist ja gute Laune angesagt. Haben Sie den Mörder von Uwe Kaptaijn ermittelt?«

»Guten Morgen, Herr Staatsanwalt. Nein, wir muntern uns nur ein wenig auf«, erklärte Hauptkommissar Büschelberger.

»Gut, das muss auch sein. Wir sind von so viel Leid umgeben, da darf der Humor nicht zu kurz kommen. Ich wollte Ihnen auch nur kurz mitteilen, dass unsere korrupten Beamten gestern noch ein umfassendes Geständnis abgelegt haben. Der Fall geht jetzt in die nächste Runde. Wir müssen die Firmen durchsuchen, die von Dr. Zimmer als seine Auftraggeber genannt wurden. Da das nun nicht mehr in Ihre Zuständigkeit fällt, brauchen Sie auch nicht mehr an den Sitzungen der SoMüKe teilnehmen, es sein denn, Sie wünschen es ausdrücklich«, klärte Fromm den Hauptkommissar auf.

Dieser schüttelte den Kopf.

»Nein, danke, es reicht mir. Ich will mich wieder in unseren ursprünglichen Fall vertiefen.«

»Mal ehrlich, wie hoch schätzen Sie die Wahrscheinlichkeit ein, dass Sie den Täter noch ermitteln?«, fragte der Staatsanwalt.

»Ich bin mir sicher, dass wir ihn bekommen. Wir müssen ganz am Anfang etwas übersehen haben und das werden wir finden.«

»Gut, aber Sie wissen, dass es noch weitere Mordfälle gibt, die wir aufklären müssen. Ich gebe Ihnen noch eine Woche, dann muss ich Leute aus Ihrer Truppe abziehen und auf andere Fälle ansetzen.«

»Geben Sie mir zwei Wochen. Wenn wir danach immer noch keine brauchbaren Ergebnisse haben, können wir darüber reden, welche anderen Ermittlungen meine Leute unterstützen können«, versuchte der Hauptkommissar zu verhandeln.

»Das Äußerste, was ich Ihnen zugestehen kann, sind zehn Tage. Sehen Sie zu, dass Sie bis dahin etwas Greifbares erreichen. Fassen Sie es als Bonus auf, da Sie so großartige Ergebnisse bei der Aufklärung der Müllverschiebung erzielt haben. Also, in zehn Tagen will ich den Mörder vor mir sehen.«

Mit diesen Worten verschwand der Staatsanwalt durch die Tür, bevor Felix noch einen weiteren Einwand vorbringen konnte.

»Sieht so aus, als ob ihr ganz schön unter Druck steht. Jetzt verstehe ich, warum ihr es bei mir mit Ergebnissen immer so eilig habt.«

Kevin Murr kratzte sich am Kinn.

»Trotzdem jagst du uns immer wieder zum Teufel, wenn wir dich bedrängen.«

»Das wird auch weiterhin so bleiben, darauf kannst du dich verlassen«, knurrte der Pathologe.

»Das war mir klar.« Felix schwieg eine Minute, bevor er seufzend fortfuhr.

»Also manchmal habe ich so meine Zweifel, ob wir das wirklich noch schaffen. Ich fürchte, dass dieser Fall ungeklärt bleiben könnte.«

»Sieh es nicht so pessimistisch. Wir geben nicht auf und Selbstzweifel sind nur menschlich, das zeichnet dich aus!«

Felix lächelte Arno dankbar an.

Kevin räusperte sich.

»Auch auf die Gefahr hin, dass ich als Klugscheißer verschrien werde, so muss ich Arno doch widersprechen. Fast alle höher entwickelten Primaten können Selbstzweifel empfinden. Bei einigen Affenarten ist das bereits nachgewiesen worden. Ich habe gerade einen Fachartikel darüber gelesen.«

»Ach, Kevin, dass so etwas von dir kommt, war ja klar. Erst vor kurzem hatte ich eine Diskussion darüber, ob Tiere denken können oder nicht. Bitte erzähl mir jetzt nicht, dass sie es doch können«, erwiderte der Hauptkommissar.

»Vielleicht nicht so, wie wir es uns vorstellen, aber einige Arten haben sehr wohl eine Art Bewusstsein. Egal, ich würde ja gerne weiter mit euch schwätzen, aber es warten ein paar interessante Fälle in meinem Keller auf mich.«

Der Rechtsmediziner drückte seine Zigarette aus und stand auf. Mit einem Gruß in die Runde machte er sich auf den Weg.

Nach einer kurzen Pause, in der jeder der Kommissare seinen Gedanken nachhing, brachte der Ermittlungsleiter sie wieder auf den Fall zurück.

»Tja, Leute, ihr habt unseren Staatsanwalt gehört, es bleiben uns noch zehn Tage. Habt ihr irgendwelche Ideen oder Vorschläge?«

Frauke ergriff das Wort.

»Wir haben gestern noch lange darüber diskutiert und uns sind nur zwei Erfolg versprechende Richtungen eingefallen, in die wir ermitteln sollten. Die erste und bestimmt heißeste Spur ist immer noch die Bestellung des Giftes über die Firma von Dr. Zimmer. Wenn er es nicht selbst war, dann muss der Mörder trotzdem aus der Firma kommen oder dort einen Komplizen haben. Wir sollten das Umfeld noch einmal genauer unter die Lupe nehmen.«

»Also doch eine Beziehungstat. Auf wen tippt ihr? Heike und Harald Rubin?«, fragte der Hauptkommissar sein Team.

»Ist möglich. Vielleicht ist es ja ein Kuckucksei, das Heike Rubin ihrem Gatten ins Nest legt, und er hat es rausgefunden«, fuhr Frauke fort.

»Schon denkbar, wir sollten das noch einmal überprüfen. Aber ich möchte mich nicht nur auf die Rubins beschränken. Wir sollten noch tiefer graben, was für Geschichten es sonst so über Kaptaijn in der Firma gab. Zudem muss es doch möglich sein herauszubekommen, von wem die Bestellung ins Computersystem eingegeben wurde. Was ist die zweite Richtung, in die wir verstärkt ermitteln werden?«, wollte Felix wissen.

»Was hat Uwe Kaptaijn in seiner letzten Nacht gemacht, wo wollte er so eilig hin? Das haben wir auch nie geklärt.«

Er nickte der Kommissarin anerkennend zu.

»Ich bin genau wie ihr zu diesen zwei Ansätzen gekommen, eine andere Möglichkeit sehe ich auch nicht. Das habt ihr sehr gut gemacht. Also dann auf! Arno, ich möchte dass du Zettel mit Fotos von Uwe Kaptaijn und seinem BMW drucken lässt. Wir werden diese Zettel dann in Eppstein und den benachbarten Orten verteilen lassen, mit der Bitte uns zu kontaktieren, wenn jemand unser Opfer kennt oder gesehen hat, besonders in der Tatnacht. Frauke und Emilio, ihr werdet zurück in die Firma von Zimmer fahren. Dort nehmt ihr erst Harald Rubin noch einmal in die Mangel und dann geht ihr in die IT-Abteilung. Emilio, du wirst dir erklären lassen, warum es nicht möglich ist, den Besteller des Giftes zu ermitteln. Überleg zusammen mit deren Systemadministrator, ob es doch eine Möglichkeit gibt, den Weg der Bestellung zu ihrem Auftraggeber zurückzuverfolgen. Ich werde mir in der Zwischenzeit die Personalakten der Zimmer GmbH anschauen, vielleicht fällt mir noch etwas auf«, gab der Hauptkommissar seine Anweisungen.

Die drei Kollegen machten sich sofort an die Arbeit.

»Einen Moment noch«, hielt der Teamleiter Arno zurück. »Ich frage mich, wo die Millionen von Uwe Kaptaijn geblieben sind. Kann man das irgendwie herausbekommen?«

»Ich fürchte nein. Wenn er es in die sogenannten Steuerparadiese gebracht und ein Nummernkonto eröffnet hat, dann werden wir das nie erfahren. Der Bank ist es natürlich auch recht, wenn niemand Anspruch auf das Geld erhebt. Dann arbeiten sie damit bis zum Jüngsten Tag und verdienen ordentlich an den Zinsen. Das wird wahrscheinlich auf ewig verschwunden bleiben.«

Der Hauptkommissar nickte betrübt, so etwas Ähnliches hatte er befürchtet.

Auf der Fahrt zur Dr. Heinrich Zimmer Analyse und Beratungs GmbH besprachen Frauke und Emilio ihr Vorgehen. Sie einigten sich auf einen direkten Angriff, um mit Hilfe eines Bluffs die Reaktion von Harald Rubin zu testen und ihn eventuell aus der Reserve zu locken. Frauke sollte die Befragung führen.

Die Empfangsdamen zeigten deutlich ihre Abneigung und begrüßten die Kommissare sehr kühl und formell. Harald Rubin hatte inzwischen auf Anweisung von Dr. Zimmer die Geschäftsführung übernommen und wenig Zeit. Trotzdem empfing er sie, wenn auch genauso reserviert wie die Rezeptionistinnen.

»Guten Tag, bitte setzen Sie sich.«

Er deutete auf eine Sitzgruppe neben seinem Schreibtisch. Harald Rubin hatte mit seiner gestiegenen Verantwortung auch ein größeres Büro bekommen. Als alle Platz genommen hatten, fuhr er sichtlich gereizter fort.

»Was wollen Sie denn jetzt noch? Die Polizei hat dieser Firma doch schon genug Schaden zugefügt.«

»Guten Tag, Herr Rubin, und erst einmal Glückwunsch zur Beförderung. Nicht die Polizei hat dieser Firma Schaden zugefügt, sondern

Zimmer und Kaptaijn haben mit ihren illegalen Machenschaften für die schlechte Publicity gesorgt«, widersprach Frauke.

»Entschuldigen Sie, Frau Kommissar, Sie haben natürlich recht. Ich weiß im Moment nur nicht, wo mir der Kopf steht. Viele Kunden kündigen gerade die Verträge mit uns, weil sie nicht ihren guten Ruf riskieren wollen. Die Firmen, die illegale Geschäfte mit uns getätigt haben, wollen natürlich auch keinen Kontakt mehr haben. Das kann ich gut verstehen, doch nun sind hier leider fast alle Arbeitsplätze gefährdet. Die Leute haben Angst und geben zum Teil auch Ihnen die Schuld. Aber ich bin mir sicher, Sie wollen nicht meine Sorgen hören. Also, was kann ich für Sie tun?«

Frauke zögerte. Ihr waren Harald Rubin und sein Versuch, die Firma und alle Arbeitsplätze zu retten, sympathisch.

»Herr Rubin, ein paar der Fakten weisen darauf hin, dass der Mörder von Uwe Kaptaijn mit hoher Wahrscheinlichkeit aus dieser Firma kommt.«

»Was sagen Sie da? Das kann ich einfach nicht glauben, die Menschen hier sind alle ehrlich. Nein, das kann nicht sein«, brauste dieser auf.

»Leider doch. Wir haben in dieser Firma die Bestellung des Giftes gefunden, mit dem das Opfer ermordet wurde.«

»Sie wollen mir erzählen, dass diese Firma Benzodiazepin-Chloralhydrat bestellt hat?«

Ihr Gesprächspartner wirkte sichtlich erschüttert.

»Ja, und zwar in einer Menge, die ausreichte, um Herrn Kaptaijn zu vergiften, aber nicht, um sie für irgendetwas anderes zu benutzen. Wobei unser Chemiker auch nicht wusste, wozu man den Stoff sonst noch benutzen könnte.«

Der neue Geschäftsführer schwieg und wartete darauf, dass Frauke weitersprach.

»Wir haben weiterhin Gerüchte gehört, dass Ihre Frau eventuell doch etwas mit Uwe Kaptaijn hatte. Sind Sie sicher, dass das Baby von Ihnen ist?«

Der Befragte erbleichte und öffnete den Mund, sagte jedoch kein Wort. Er starrte Frauke nur völlig entgeistert an. Es dauerte über eine Minute, bevor er stotternd reagierte.

»Was wollen Sie damit sagen? Ich verstehe nicht, was Sie von mir wollen.«

Frauke blickte hilflos zu ihrem Kollegen, ihr tat Rubin einfach leid. Emilio wich ihrem Blick aus und suchte den direkten Augenkontakt mit ihrem Gesprächspartner.

»Herr Rubin, wir suchen immer noch nach einem Motiv und falls die Gerüchte stimmen, dann...« Er ließ den Satz unvollendet.

Ihr Gegenüber verstand es immer noch nicht.

»Wer erzählt denn so böse Gerüchte? Das habe ich noch nie gehört. Warum lassen Sie mich und meine Familie nicht in Ruhe?«

Frauke und Emilio schwiegen, dann begriff Harald Rubin, was die Kommissare andeuteten.

Sein Gesicht lief rot an und er brüllte los.

»Sie wagen es, mich mit dieser Ungeheuerlichkeit zu belästigen? Verschwinden Sie! Was bilden Sie sich ein? Ich habe mit dem Mord an Kaptaijn nichts zu tun und diese bösen Gerüchte glaube ich ebenfalls nicht.«

Frauke bemühte sich, ihre Stimme ruhig und besänftigend klingen zu lassen.

»Wir glauben es auch nicht wirklich, aber wir mussten das fragen, verstehen Sie; und was das Gerücht um Ihr Baby angeht, so haben wir nur einmal davon gehört. Die Quelle war nicht sehr glaubwürdig, also vergessen Sie es am besten sofort.«

Der Geschäftsführer funkelte die beiden Polizisten zornig an, beruhigte sich jedoch langsam wieder.

»Ich glaube es sowieso nicht. Also gut, vergessen wir es. Ich möchte Sie jetzt trotzdem bitten zu gehen, ich habe noch zu viel zu tun.«

Die Ermittler standen auf.

»Falls Sie irgendetwas hören, was die Bestellung des Giftes betrifft, dann rufen Sie uns bitte umgehend an. Wenn Sie erlauben, dann würden wir jetzt gerne noch mit der Einkaufsabteilung und Ihrem IT-Spezialisten sprechen.«

Herr Rubin nickte. »Ja, ist in Ordnung, nur gehen Sie jetzt bitte.«

Als sie das Büro verlassen hatten, schaute Frauke Emilio an.

»Ich hoffe, wir haben keine Beziehung zerstört. Er hat mir richtig leidgetan. Ich glaube nicht, dass er was damit zu tun hat.«

Ihr Kollege musste ihr zustimmen.

»Ich glaube auch nicht, dass er es war. Außerdem hast du recht, wir waren wohl zu hart zu ihm. Aber so wissen wir wenigstens, dass er es mit hoher Wahrscheinlichkeit nicht war. Du hast selbst gesagt, dass seine Frau eine Schlange ist, vielleicht haben wir ihm auf diese Art ja nur die Augen geöffnet.«

Das Gespräch in der Einkaufsabteilung war sehr kurz, denn es wurde bislang keine Spur zum Besteller entdeckt und es gab eigentlich keine Hoffnung mehr noch irgendetwas zu finden. So begaben sie sich zum Netzwerkadministrator und Datenbeauftragten der Firma. Emilio erklärte sein Anliegen und der IT-Spezialist Herr Zassar überlegte lange, bevor er antwortete.

»Wenn die Einkaufsabteilung keine Aufzeichnung hat und der Bestellwert so klein beziehungsweise die Chemikalie so ungefährlich war, dass ihr Verlauf im Unternehmen nicht protokolliert werden musste, dann glaube ich nicht, dass wir noch fündig werden.«

»Gibt es keine Protokolle von Zugriffen eines Rechners auf den anderen? Anhand der IP-Adresse sollte das doch möglich sein«, hakte Emilio nach.

»Eigentlich schon, aber wir vergeben unsere IPs dynamisch, das heißt, sie ändern sich. Wir vergeben sie jeden Montagmorgen neu. Damit wollen wir es Hackern schwerer machen, unsere Firewall zu tunneln.«

Der Kommissar überlegte, ob es noch eine andere Möglichkeit gab, die Bestellung zu ihrem Ursprungsort zurückzuverfolgen.

»Sendet Ihre Software eine Bestätigung an den Besteller, dass die Bestellung ordnungsgemäß eingegeben wurde? Wenn ja, kann man diese Datei eventuell noch finden?«

Herr Zassar kratzte sich am Kopf.

»Unser System schickt in der Tat eine Bestätigung zurück, in der sogar der Klartext der Bestellung steht. Aber das wird nur in einer temporären Datei abgespeichert. Diese Datei löscht unser System immer am Monatsersten. Wenn Ihre Bestellung also im letzten Monat oder davor gemacht wurde, dann ist die Bestätigung weg. Tut mir leid.«

Kommissar Perfondo fluchte leise vor sich hin, auch wenn er damit schon gerechnet hatte.

Zurück auf dem Revier berichteten sie, was sie erreicht hatten. Arno legte den Aufruf vor, den er gedruckt und an die örtlichen Polizeidienststellen zur Verteilung geschickt hatte. Sie berieten, was sie eventuell noch tun konnten, gingen aber nach zwei frustrierenden Stunden, in denen sich ihre Gedanken immer wieder im Kreis gedreht hatten, auseinander.

Der Mittwoch zog sich in die Länge wie Kaugummi. Stundenlang diskutierten die vier Beamten und durchforsteten die Akten. Sie verglichen Namen und hofften, dass irgendeiner ihnen etwas sagte.

So sehr sie sich auch bemühten, kein Durchbruch, keine neue Idee wollte sich einstellen. Nach einer Ewigkeit gingen Emilio, Arno und Frauke schließlich unverrichteter Dinge nach Hause. Felix blieb noch zwei weitere Stunden im Büro, wo er verbissen die Akten sichtete und Notizen durchging.

Die einzig neue Nachricht am Donnerstag war die Mitteilung der Kollegen aus Eppstein, dass der Aufruf verteilt und öffentlich aufgehängt worden war. Hauptkommissar Büschelberger, der inzwischen über ihre stockenden Ermittlungen völlig genervt war, setzte seine ganze Hoffnung auf diese Aktion.

In stillen Momenten gestand er sich immer öfter die Möglichkeit ein, dass sie letzten Endes den Mord nicht mehr aufklären könnten. In seinem Beruf zu versagen hasste er noch mehr als im privaten Bereich. Seine schlechte Laune steckte auch die Kollegen an. Wie wenig sie noch an einen Erfolg glaubten, zeigte sich daran, dass sie nicht einmal mehr versuchten einander aufzuheitern oder zu motivieren. So endete dieser Tag für Felix noch bitterer als der davor. Abends ging er mit Django zu seinem Griechen, hielt sich aber daran, weder seinen Kummer noch seinen Frust in Alkohol zu ertränken. Auch der vom Wirt ausgegebene Ouzo blieb stehen.

Am Freitag war ihre Motivation auf dem absoluten Tiefpunkt. Während ihrer morgendlichen Teerunde sprach Arno als Erster aus, dass er nur noch wenig Hoffnung hatte, diesen Fall zu knacken. Niemand widersprach ihm und das zeigte Felix, dass Staatsanwalt Fromm recht gehabt hatte, als er ihnen nur noch zehn Tage zugestand.

Gegen Mittag brachte ein Kurier ein Paket aus Italien. Commissario Crotone hatte ihnen seine Ergebnisse und weitere Beweise für die SoMüKe geschickt. Mehr um sich abzulenken, als in der Hoffnung etwas Interessantes für ihren Fall zu finden, blätterte Felix sie durch. Bevor er sich mit den Unterlagen auf den Weg zu Hans Werners machte, nahm ihn Emilio zur Seite.

»Mama lädt dich am Samstag zum Mittagessen ein, wir sind auch da. Es wäre schön, wenn du kommst, dann können wir auch in Ruhe reden.«

Felix sagte zu und verabschiedete sich ins Wochenende. Nach der Übergabe der Akten wollte er direkt nach Hause und seine Wohnung auf Vordermann bringen, dringend einkaufen musste er auch. Django war da sehr eigen und maunzte ihn immer ärgerlich an, wenn die Wohnung zu verlottert aussah. Der Hauptkommissar lächelte bei dem Gedanken, der ihm durch den Kopf schoss: Wer braucht eine Frau, wenn er so einen Kater hat.

Im Gegensatz zu seiner Abteilung war die SoMüKe hoch zufrieden, ihre Untersuchungen waren bereits fast abgeschlossen. Die Dokumente aus Italien wurden freudig entgegengenommen. Auf die Frage von Kommissar Werners wie weit seine Ermittlungen waren, erklärte Felix, dass sie feststeckten und schilderte kurz die neuesten Schritte, die sie unternommen hatten.

Hans legte ihm seine Hand auf die Schulter.

»Das tut mir leid, aber manchmal kann man alles richtig machen und trotzdem nichts erreichen. Da hilft nur warten und hoffen, dass Kommissar Zufall einem zur Hilfe kommt. Vielleicht meldet sich noch ein Zeuge, der etwas gesehen hat.«

»Ja, das ist auch meine letzte Hoffnung. Ich hasse es, wenn mir ein Mörder durch die Lappen geht«, brummelte Felix.

»Nur nicht aufgeben. Ich habe gerade gestern gehört, dass sie in München einen Mörder nach über neunzehn Jahren überführt haben. Irgendwann kriegen wir sie alle«, munterte ihn der Kollege aus dem Wirtschaftsdezernat auf.

Kapitel 26

Nachdem er am Abend zuvor einkaufen gewesen war und wie wild seine Wohnung geputzt hatte, um nicht in Trübsal zu versinken oder gar an Petra zu denken, fiel Felix samstagmorgens die Decke auf den Kopf. Er hatte den Telefonhörer schon in der Hand, um seine Ex-Freundin anzurufen und noch einmal mit ihr zu reden.

Doch er zwang sich, den Hörer wieder hinzulegen und ging stattdessen mit Django ins Büro. Dort blätterte er lustlos in den Akten und starrte auf die Fotos, die Uwe Kaptaijns Leiche am Tatort zeigten.

»Wo habe ich etwas übersehen? Was hast du in den letzten Stunden deines Lebens gemacht?«, sprach er laut vor sich hin und schlug frustriert mit der Faust gegen die Wand.

Er ging auf und ab und schaute nur auf die Fotos, aber eine Eingebung hatte er nicht. Das Klingeln seines Handys riss ihn aus seinen Gedanken.

»Ja?«, meldete er sich.

»Mama wartet schon seit einer halben Stunde mit dem Essen auf dich! Wo bist du, was ist los mit dir?«, fragte ihn sein Freund.

Der Hauptkommissar schlug sich mit der Hand an die Stirn.

»Emilio, Mann, das tut mir leid! Ich bin im Büro und denke über unseren Fall nach, da habe ich die Zeit völlig vergessen. Ich mache mich sofort auf dem Weg und bin in zwanzig Minuten da. Ciao!«

Mit Django unter dem Arm rannte er zu seinem Wagen und nach vierzehn Minuten stürmte er die Treppe hoch. Luccesa nahm ihn in die Arme, während sie schimpfte.

»Man lässt mich nicht so lange mit dem Essen warten! Die Pasta ist jetzt fast hin und auch der Fisch wird schon trocken.«

Dann gab sie ihm eine gespielte Ohrfeige und herzte ihn danach gleich wieder. Felix ging ins Esszimmer, wo Emilio schon mit Sylvia und seinen Kinder saß.

Die Kleinen stürmten gleich auf Django zu und wollten mit ihm spielen, doch Sylvia beorderte sie an den Tisch zurück. Das Essen war hervorragend wie immer und Felix vergaß alles andere um ihn herum, hier war das Leben noch in Ordnung.

Luccesa zwickte ihn in die Wange.

»Du hättest damals doch meine Carmelita heiraten sollen, als sie so unsterblich in dich verliebt war. Dann wärst du bestimmt nie unglücklich geworden.«

Er rollte die Augen. Emilios jüngste Schwester hatte einmal für ihn geschwärmt, doch das war lange her.

»Du hast mal wieder nicht dichthalten können! Dann ist es ja besser, dass du bei uns bist und nicht auf der anderen Seite des Gesetzes stehst, sonst wäre deine Karriere sicher sehr kurz gewesen«, scherzte er an seinen Freund gewandt.

»Si, dafür hättest du schon gesorgt.«

Emilio boxte ihn freundschaftlich in die Seite. Sie stellten sich auf Luccesas Balkon in die Sonne und sein Freund erzählte ihm alles.

»Wenn Petra wirklich beziehungsunfähig ist, dann sei froh, dass es jetzt auseinandergegangen ist und nicht erst sehr viel später.«

»Aber vielleicht war das auch nur eine Schutzbehauptung von ihr und sie wollte mich nicht noch mehr kränken«, seufzte Felix.

»Was es auch ist, nimm es hin! Du weißt, du wirst hier immer Freunde haben, und es kommt auch wieder eine neue Liebe. Jetzt ist es gerade erst Mitte Mai und der Frühling steht vor der Tür, da wird kein Trübsal mehr geblasen.«

Emilio zeigte auf die Straße, wo gerade zwei junge Frauen vorbeigingen.

Felix verstand die Botschaft.

»Du hast recht. Komm lass uns über etwas anderes reden. Was gibt es denn Neues bei Dir? Hast du in letzter Zeit irgendein neues Spielzeug gefunden?«

»Also ein Spielzeug ist es nicht gerade, aber ich habe da letztens in dem Magazin 'Neue Mobilität' etwas gesehen, was total hip ist. Das wäre nicht nur ein moderner Ersatz für unsere jetzige Stromladesäule, das wäre auch noch richtig was fürs Auge. Damit könnten wir das Revier ganz schön aufwerten, würden jede Menge Aufmerksamkeit bekommen und wären in Sachen Ökologie endgültig die Vorreiter«, begann sein Freund mit glänzenden Augen.

»Jetzt spann mich nicht so auf die Folter. Was ist das denn?«

»Das ist richtig cool! Es nennt sich 'Point.One' und ist eine Solarladestation mit absolut futuristischer Architektur, die sogar schon den Bundeswettbewerb zu Visionen der elektromobilen Stadt der Zukunft gewonnen hat«, funkelte Emilio ihn begeistert an.

»Das Design ist an die Tankstellen aus den 50er Jahren des letzten Jahrhunderts angelehnt. Damals haben die maßgeblich zu dem Erfolg des Automobils beigetragen, weil sie sich auch abends zum Treffpunkt für die jungen Leute entwickelt haben. Du weißt schon, so ähnlich wie in den James Dean Filmen. Das war damals mega-in. Die Leute von Eight, die diese Ladestation entwickelt haben, glauben, dass wir heute auch wieder solche Emotionen in den Leuten wecken müssen, um dem Elektroauto zum Erfolg zu verhelfen. Ladestationen, die zwar ihren Job erfüllen, aber designtechnisch nicht viel hergeben, reichen deren Meinung nach nicht aus.«

Zum Beweis holte Emilio das Magazin, in dem ein großes Foto abgebildet war.

»Das sieht wirklich nicht schlecht aus. Aber ich bezweifle, dass wir die hohen Herren im Stadtrat davon überzeugen können. Schließlich sind wir immer noch die Polizei und keine Vergnügungsanstalt«, entgegnete Felix.

»Aber gerade dieser Widerspruch könnte unseren oftmals angestaubten Beamtenruf doch aufpolieren«, gab sein Freund zu bedenken. »Damit würden sich die knöchrigen Chefs da oben einmal einen echten Gefallen tun. Der überschüssige Solarstrom kann direkt in das Netz eingespeist oder – was bald geplant ist – in einem integrierten Batteriespeicher zwischengepuffert werden. Wenn das Ganze dann auch noch mit induktiver Ladetechnik gekoppelt wird, so wie das die eine Firma auf der Tagung vorgestellt hat....«

Emilio schwärmte so ausführlich von seiner neuesten Entdeckung und lenkte Felix von seinen eigenen Gedanken ab, sodass dieser noch bis zum Abendessen blieb und erst dann in seine Wohnung fuhr, um gemeinsam mit Django fernzusehen.

Den halben Sonntag verbrachte Felix im Bett und dachte über sein Leben nach. Er dachte an Christine und Petra und merkte, dass der Schmerz über die Trennung bereits nachließ.

Das war ein gutes Zeichen. Während er heiß duschte, sang er aus voller Kehle und seine Laune stieg. Er überlegte, ob er noch einmal ins Büro fahren sollte, entschied sich dann aber dafür, in die Wohnung des Opfers zu fahren. Der Staatsanwalt würde sie bald freigeben und dann würde sie geräumt werden. Vielleicht bekam er dort eine Inspiration.

Gegen halb vier öffnete er die Tür, setzte sich auf das Sofa in Kaptaijns Wohnzimmer und ließ seinen Blick durch die Wohnung schweifen.

»Wer bist du und wo ist dein Geheimnis? Wir beide wollen doch deinen Mörder vor Gericht bringen, also los, hilf mir!«

Felix sprach seine Gedanken laut aus.

Eine halbe Stunde blieb er so sitzen und ließ die Wohnung auf sich wirken, danach ging er von Zimmer zu Zimmer und betrachtete die Räume, die Möbel und das Design. Er öffnete Schränke, aber der Tote blieb ihm ein Rätsel. Gerade als er die Wohnung verließ und die Tür hinter sich zuzog, kam ihm ein Mann auf der Treppe entgegen, der ihn verwundert ansah.

»Darf ich fragen, was Sie in dieser Wohnung zu suchen haben?«

Felix zog seinen Dienstausweis und stellte sich vor.

»Und wer sind Sie? Ich habe Sie auch noch nie gesehen.«

»Ich bin Herr Rosen und hier der Hausmeister.«

»Ah, ich erinnere mich, Frau Schumm hat Sie ganz zu Anfang unserer Untersuchung erwähnt. Sie waren damals im Urlaub.«

»Stimmt. Und Sie leiten die Ermittlung im Fall Uwe Kaptaijn? Haben Sie auch mit diesem Aufruf zu tun?«

Herr Rosen zog einen zusammengefalteten Zettel aus seiner Hosentasche. Es war der Aushang, den sie in der Umgebung von Eppstein aufgehängt hatten.

»Wo haben Sie diesen Zettel her?«

Der Polizist spürte, wie seine Jagdinstinkte erwachten. Konnte das die Spur sein, hinter der sie so lange her waren?

»Meine Schwester wohnt mit ihrer Familie in Eppstein und einmal im Monat besuche ich sie, so wie heute. Da habe ich diesen Zettel gesehen. Ich wollte mich eigentlich erst morgen bei Ihnen melden, aber wenn ich Sie nun schon treffe, kann ich es Ihnen auch gleich erzählen.«

»Sie wohnen hier unter dem Dach, wenn ich mich recht erinnere? Lassen Sie uns doch zu Ihnen gehen.«

Der Hausmeister nickte und ging voran. Seine Wohnung war um einiges kleiner als die anderen im Haus und für eine Junggesellenwohnung – denn Anzeichen für eine weibliche Bewohnerin konnte Felix nicht entdecken – war sie sehr pedantisch aufgeräumt. Es fehlte ihr ein wenig an Leben und Charme.

»Möchten Sie etwas trinken?« Herr Rosen führte den Kommissar zu seinem Küchentisch.

»Eine Tasse Tee, wenn Sie haben.«

»Ich kann Ihnen nur Früchtetee anbieten.«

»Das ist in Ordnung.«

Während Herr Rosen Wasser aufsetzte, wartete der Hauptkommissar gespannt auf dessen Erzählung und die Erklärung, warum er sich bei der Polizei melden wollte.

Endlich setzte sich dieser zu ihm und schlürfte seinen Kaffee.

»Also, ich wollte mich bei Ihnen melden, weil ich Herrn Kaptaijn vor knapp einem Jahr einmal in Eppstein gesehen habe. Das heißt, das stimmt nicht ganz. Eigentlich habe ich in einer Parallelstraße zu der, in der meine Schwester wohnt, seinen BMW in einer offenen Garage gesehen. Ein Mann, den ich nicht kannte, hat die Garage gerade geschlossen und ist dann im Haus verschwunden. Ich war mir damals aber sicher, dass es der Wagen von Kaptaijn war. Ich habe ihn, als ich ihn das nächste Mal im Treppenhaus traf, darauf angesprochen. Er hat es geleugnet und gesagt, dass er noch nie in Eppstein gewesen wäre und dort auch niemanden kennen würde. Wie gesagt, ich war mir sicher. Herr Kaptaijn war aber so bestimmend und am Ende auch noch ärgerlich, dass ich nur sagte, ich hätte mich wohl geirrt. Wir haben nie wieder über das Thema gesprochen und ich habe ihn dort auch nie wieder gesehen. Trotzdem dachte ich mir, es würde Sie vielleicht interessieren.«

Hauptkommissar Büschelberger hatte wie elektrisiert der Geschichte zugehört.

»Haben Sie die Adresse für mich?«

»Klar, es war in der Taunusgasse Nummer neun.«

»Wissen Sie auch, wer dort wohnt?«

»Nein. Meine Schwester meinte nur, dass der Mann etwas seltsam ist. Er lebt alleine und niemand hat dort je eine Frau gesehen. Er soll irgendwas mit Bankgeschäften zu tun haben, mehr weiß meine Schwester auch nicht.«

Vor Felix' innerem Auge fügte sich das Puzzle schlagartig zusammen. Ein Bankier und das Schmiergeld, das sie bisher nicht auftreiben konnten. Die Fahrt nach Eppstein in der Tatnacht, das musste die Spur sein.

Aufgewühlt sprang er auf.

»Vielen Dank, Sie haben mir sehr geholfen! Wenn Sie einfach in den nächsten Tagen zu uns ins Büro kommen und Ihre Aussage ganz kurz zu Protokoll geben könnten? Ich muss jetzt leider los.«

Er überreichte seine Visitenkarte und stürmte die Treppe hinunter. Das Handy hatte er bereits in der Hand und die Kurzwahltaste von Emilios Nummer schon gedrückt. Dann besann Felix sich eines Besseren und unterbrach die Verbindung, er wollte seinem Partner nicht das Wochenende verderben. Wie er ihn kannte, wäre dieser sofort mit ihm nach Eppstein gefahren. Doch warten auf den nächsten Tag konnte der Hauptkommissar auch nicht, also fuhr er alleine.

Das Haus in der Taunusgasse neun sah sehr gepflegt aus. Davor war ein trendiger japanischer Steingarten angelegt, durch den Felix auf die Haustür zuging. Constantin Levin lautete der Name auf dem Klingelschild. Der Hauptkommissar drückte den Knopf, woraufhin im Haus ein Big Ben-Läuten erklang, die Tür sich öffnete und ein sportlich gekleideter Mann Mitte bis Ende dreißig ihm gegenüber stand.

Er hatte sehr kurz geschorenes blondes Haar und braune Augen, die den Ermittler kritisch musterten.

»Ich nehme an, Sie sind von der Polizei. Kommen Sie herein, ich habe Sie erwartet.«

Erstaunt folgte Felix dem Mann durch eine große Eingangshalle in einen sehr geschmackvoll eingerichteten Wohnraum, der aussah, als wäre er direkt von einer spanischen Finca nach Deutschland importiert worden.

Constantin Levin setzte sich in eine hellbraune Ledergarnitur und bat den Kommissar, ebenfalls Platz zu nehmen.

»Wollen Sie etwas trinken? Ich brauche jetzt einen guten Cognac, bevor wir reden.«

Hauptkommissar Büschelberger verneinte, konnte seine Neugier jedoch kaum noch zügeln.

»Herr Levin, wieso haben Sie erwartet, dass die Polizei Sie besuchen kommt?«

»Ich habe den Aushang gelesen und gewusst, dass früher oder später jemand zu mir kommt und mich über Uwe befragt.«

»Sie kannten ihn also besser?«

Dem Hauptkommissar war nicht entgangen, dass sein Gegenüber das Opfer duzte.

Constantin Levin trank den Cognac in einem Zug aus und schenkte sich noch einmal nach.

»Ja, wir waren ein Liebespaar. Sie wissen, dass Uwe schwul war?«

»Das wissen wir, ja. Aber warum haben Sie sich nicht von sich aus bei uns gemeldet? Wenn mein Partner umgebracht wird, dann gehe ich doch zur Polizei und helfe mit allen Informationen, die ich habe?!«

»Dafür gibt es zwei Gründe. Erstens war es kein Mord und zweitens ist Uwe hier gestorben, hier in diesem Zimmer«, antwortete Levin.

»Wie meinen Sie das, es war kein Mord? Natürlich ist er ermordet worden. Jemand hat ein starkes Gift in seinen Rotwein gemischt«, belehrte ihn Felix.

»Nein, nicht jemand, sondern er selber hat das Gift besorgt und in das Glas getan, das er dann getrunken hat.«

»Sie wollen mir erzählen, dass es Selbstmord war? Das glaube ich nicht, dann hätten Sie erst recht zu uns kommen müssen.«

»Nein!«

Constantin Levin schüttelte traurig den Kopf, dann nahm er einen weiteren großen Schluck aus seinem Cognacschwenker.

»Ich behaupte auch nicht, dass es Selbstmord war. Es sollte schon jemand ermordet werden, aber nicht er war das ausersehene Opfer, sondern ich.«

Felix schwirrte der Kopf. Er verstand nicht, was sein Gegenüber ihm sagen wollte.

»Also, ich begreife überhaupt nicht, was Sie mir da erzählen. Vielleicht sollten wir das Gespräch auf einer Polizeiwache fortsetzen!«, sagte er mit energischer Stimme.

»Bitte, Herr Kommissar, lassen Sie mich alles erklären. Erst danach sollten Sie entscheiden, was Sie mit mir machen. Ich habe meine ganze Aussage schon zu Papier gebracht und unterschrieben. Sie liegt in diesem braunen Umschlag vor Ihnen.«

Levin deutete auf den Tisch.

Der Ermittler nahm das Kuvert an sich und öffnete es. Es enthielt fünf Seiten maschinenbeschriebenes Papier, datiert und unterschrieben von Constantin Levin. Das Datum war identisch mit dem Todestag von Uwe Kaptaijn.

»Sie bewahren Ihre Aussage schon seit dem Todestag Ihres Lebensgefährten hier auf und melden sich nicht bei uns?! Auf Ihre Geschichte bin ich nun wirklich gespannt!«

»Okay, Herr Kommissar, aber bevor ich beginne: Wollen Sie nicht doch einen Cognac oder was anderes?«

Felix überlegte kurz. Wie gefährlich war dieser Levin? Würde er versuchen ihn auch zu vergiften? Er verwarf den Gedanken als albern und nahm an.

»Einen Cognac kann ich schon vertragen, aber nicht so einen großen wie Sie ihn haben, außerdem bin ich Hauptkommissar.«

Er wies sich kurz aus. Constantin Levin stand auf, holte ein weiteres Glas und schenkte ihm ein. Der Polizist kostete und merkte, dass er einen teuren Cognac trank. So einen konnte er sich nicht leisten.

»Also fangen Sie doch einfach noch einmal ganz von vorne an und erzählen mir, woher Sie sich kannten und welche Beziehung Sie zueinander in privater und eventuell auch in beruflicher Hinsicht hatten; und dann erklären Sie mir genau, wie es zum Tod von Herrn Kaptaijn gekommen ist.«

Felix nickte seinem Gegenüber zu und lehnte sich gespannt zurück, während Constantin Levin ihm die Geschichte erzählte.

»Ich habe Uwe im Blue Boy in Frankfurt kennengelernt, einem Szeneclub für Schwule mit gehobenem Ambiente, der nicht so billig wirkt wie manch anderer Treff. Das war vor ungefähr zweieinhalb Jahren und wir haben uns sofort verstanden. Es hat nicht lange gedauert und wir wurden ein Paar.«

»Sie sind seit über zwei Jahren fest mit Uwe Kaptaijn zusammen? Sie wissen aber schon, dass er auch häufiger Kontakt zur Frankfurter Stricherszene hatte?«, warf Felix ein.

»Ja, das weiß ich. Uwe war manchmal unersättlich und da ich ihn liebte und nicht verlieren wollte, habe ich es toleriert. Außerdem hat er mir versprochen, dass er Kondome verwendet und auf sich aufpasst.«

Constantin schwieg und hing seinen Gedanken nach. Hauptkommissar Büschelberger bedeutete ihm fortzufahren.

»Nachdem wir ungefähr drei Monate zusammen waren, hat mich Uwe gefragt, ob ich ihm helfen könne, er müsse Geld an der Steuer vorbei ins Ausland auf sichere Konten schaffen. Nun, das ist genau mein Job, ich bringe Geld meiner Klienten ins Ausland. Ich frage nicht nach, ob es Schwarzgeld ist, und gebe meinen Klienten die nötigen Papiere, damit sie ihre Steuererklärung selbst machen können. Wenn sie es dann unterlassen, ist das nicht mein Problem.«

»Wie viel Geld haben Sie denn für Herrn Kaptaijn ins Ausland transferiert?«, hakte der Ermittler nach.

»Insgesamt waren es so um die zwanzig Millionen Euro, zehn davon sind in die Schweiz gewandert. Die haben immer noch die sichersten Banken der Welt, müssen Sie wissen.«

»Ich werde es mir merken, wenn ich es einmal brauchen sollte.«

»Das sollten Sie wirklich tun, Herr Hauptkommissar, nirgendwo ist Ihr Geld so sicher! Aber zurück zu Ihrer Frage. Ich habe jeweils fünf weitere Millionen nach Luxemburg und auf die Bermudas gebracht. Diversifikation, um das Risiko des Verlustes zu minimieren, wenn ein Konto doch einmal auffliegt«, erklärte Herr Levin.

»Dr. Zimmer hat behauptet, dass Uwe Kaptaijn für seine Mithilfe an der Müllverschiebung fünfzig Millionen Euro erhalten hat. Wo sind dann die anderen dreißig?«

»Ich glaube nicht, dass Uwe so viel verdient hat. Wahrscheinlich hat dieser Zimmer Sie belogen und hofft, die dreißig Millionen behalten zu können, weil Sie das Geld bei Uwe vermuten.«

»Das könnte stimmen und würde zu seinem Charakter passen. Haben Sie gewusst, woher das Geld stammte?«, bohrte der Hauptkommissar nach.

»Am Anfang nicht. Nachdem es aber immer mehr wurde, habe ich Uwe gefragt und irgendwann hat er es mir erzählt. Er war damals ziemlich betrunken und später hat es ihm wohl leidgetan, dass er es mir gesagt hat. Tja, unsere Beziehung kühlte sich langsam ab, nicht von meiner Seite aus, sondern von seiner. Damals begann er dann auch wieder mit Strichjungen zu verkehren. Ich wollte ihn – wie gesagt – aber nicht verlieren. Vor genau zwei Monaten kam es dann zu einem großen Streit zwischen uns. Er wollte sich endgültig trennen und in meiner Verzweiflung habe ich ihm gedroht, dass ich ihn auffliegen lasse, wenn er mich verlässt. Daraufhin ist er abgehauen, hat mich aber von zu Hause aus angerufen und gemeint, wir sollten nichts überstürzen, er liebe mich doch auch. Dabei hat er mir das Blaue vom Himmel versprochen. Er schlug vor, dass wir uns am folgenden Sonntag hier treffen, dann würde alles wieder gut werden. Ich habe ihn gefragt, warum wir eine Woche warten sollten, doch er meinte nur, er müsse noch ins Ausland reisen und könne vorher nicht. Am Sonntag kam er dann so zwischen neun und zehn Uhr abends zu mir. Wir haben lange geredet und er hatte eine sehr teure Flasche Rotwein dabei; es war seine Lieblingsmarke, ein Romitorio di Santedame.«

Der Finanzmanager nahm nachdenklich einen weiteren Schluck von seinem Cognac, bevor er fortfuhr.

»Uwe wollte ihn gleich mit mir trinken, aber ich hatte einfach Lust auf ihn und so haben wir uns zuerst geliebt. Danach bin ich aufgestanden und habe uns ein paar Lachsschnittchen gemacht. Mein Geliebter hat in der Zwischenzeit den Wein geöffnet und in zwei Gläser eingeschenkt. Als ich ins Wohnzimmer kam, saß er da, wo ich jetzt sitze, und hatte sein Glas in der Hand. Meins stand da, wo Sie jetzt sitzen. Gerade wollten wir anstoßen, da fiel mir ein, dass ich den Meerrettich vergessen hatte. Uwe aß nur eine besondere Marke. Ich wollte aufstehen und ihn holen, da sagte mein Freund, er würde gehen. Während ich auf ihn wartete, fiel mein Blick auf sein Weinglas und ich sah, dass es am Rand kaputt war. Da Uwe immer sehr empfindlich war, was solche Sachen betraf, habe ich unsere Gläser getauscht. Ich habe mir nichts dabei gedacht.«

Um seinen Worten Nachdruck zu verleihen zuckte er mit den Schultern.

»Als er wieder da war, meinte er nur, wir sollten auf unsere zweite Chance einen ordentlichen Schluck nehmen, was wir dann auch getan haben. Er hat mich anschließend so durchdringend angeschaut. In meiner Freude darüber, dass er wieder bei mir war, haben wir gleich nochmal angestoßen und die Gläser geleert. Mein Freund hat sich im Sessel zurückgelehnt und sah so glücklich aus. Irgendwie wurde er aber ziemlich schnell komisch, fing an zu lallen. Nicht dass er betrunken wirkte, nur irgendwie weggetreten. Er wollte aufstehen und ist sofort wieder in den Sessel zurückgesunken. Ich habe noch gedacht, er hat irgendeinen Spaß gemacht. Er hat mich ganz seltsam angestiert und mich lallend gefragt, ob ich die Gläser vertauscht hätte. Ich meinte nur 'Ja', seins wäre doch am Rand kaputt gewesen. Da lachte er kurz auf und sagte nur noch: ‚Du dummes Arschloch!' Dann fiel er in sich zusammen.

Sichtlich mitgenommen hielt Levin inne.

»Was passierte weiter? Was haben Sie daraufhin gemacht?«, wollte Felix wissen.

»Ich habe zuerst gar nichts verstanden. Was meinte er damit und wieso machte er so seltsame Sachen? Ich fand das nicht mehr witzig. Also redete ich noch ein paar Minuten auf ihn ein und meinte, dass es jetzt genug sei. Aber dann sah ich, dass er sich nicht mehr rührte. Ich bin zu ihm hin und habe ihn geschüttelt, aber er reagierte nicht mehr. Ich wollte ihn auf den Boden legen, um ihm die Beine hochzulegen, damit sich sein Kreislauf stabilisiert. Da rollte ein kleines Fläschchen aus seiner Jacke und ich las irgendeinen langen Namen einer Chemikalie und das Zeichen für toxische Stoffe. Da hatte ich begriffen, was passieren sollte. Nun saß ich neben Uwe, der gerade draufging, und heulte nur noch rum. Als ich mich gefasst hatte, berührte ich seine Halsschlagader, aber da war nichts mehr. Dann hielt ich einen Taschenspiegel vor seine Nase, aber er beschlug nicht. Mich befiel Panik und ich rannte zum Telefon, um Notarzt und Polizei zu rufen. Als ich den Hörer schon in der Hand hatte, fragte ich mich, wer mir glauben würde, und legte wieder auf. Ich habe ungefähr zwei Stunden hier gesessen und überlegt, was ich machen soll. Dann habe ich ihn in sein Auto getragen, ein Stück von meinem Gartenschlauch mitgenommen und bin nach Frankfurt in den Osthafen gefahren, wo ich seinen Selbstmord inszeniert habe. Ich hatte meine Rollerblades dabei und bin damit zum Hauptbahnhof gefahren. Von dort habe ich einen Bus zurück nach Eppstein genommen.«

Constantin schwieg und wartete darauf, dass Felix etwas zu seiner Geschichte sagte. Dieser sagte lange nichts. Er konnte nicht glauben, was er gerade gehört hatte, doch sein Gefühl sagte ihm, dass es genau so gewesen war. Er fragte sich nur, was seine Kollegen dazu sagen würden.

Der Ermittler schüttelte den Kopf.

»Herr Levin, Sie wissen, dass diese Geschichte einfach unglaublich ist. Sie ist so bizarr, dass man sie sich wohl nicht ausdenken könnte. Bevor ich Ihnen noch ein paar Fragen stelle, hätte ich deshalb gerne noch einen weiteren Cognac.«

»Klar!« Constantin schenkte ihm und dann sich selbst einen weiteren Drink ein.

»Ich kann die ganze Sache selbst noch nicht begreifen, auch sieben Wochen später verstehe ich Uwe noch nicht. Er wollte mich umbringen, nur damit er weiterhin seine illegalen Geschäfte machen kann«, sagte er benommen.

»Tja, der Mensch ist nun mal nicht von Natur aus gut. Es gibt auch das Böse, ich treffe es immer wieder.«

Der Hauptkommissar machte eine Pause.

»Ich will Ihnen aber nicht verschweigen, dass Sie weiterhin als Täter infrage kommen. Sie könnten Ihren Lebenspartner umgebracht haben, um an sein Geld zu kommen. Schließlich wissen Sie, wo es versteckt ist. Dagegen spricht allerdings, dass die Chemikalie mit der Kaptaijn vergiftet wurde, über die Firma bestellt wurde, in der er gearbeitet hat. Also wäre es nur möglich, wenn Sie dort einen Komplizen haben.«

Constantin Levin schwenkte den Cognac in seinem Glas, er blickte seinem Gegenüber direkt in die Augen.

»Wenn Sie das wirklich glauben würden, dann hätten Sie mir das nicht erzählt. Was ich nur nicht verstehe ist, warum Sie alleine hier sind. Wenn Sie mich vorher für den Mörder hielten, war das doch gefährlich.«

»Da haben Sie wahrscheinlich recht. Ich habe wohl ein paar Vorschriften verletzt, aber ich habe auch nicht erwartet, hier und jetzt diese Enthüllungen zu erfahren. Und all das, was Sie mir gerade berichtet haben, steht auch hier in diesem Brief?« Felix hielt den Umschlag in die Luft.

»Ja, es ist die gleiche Geschichte. Ich habe sie an dem Montagabend direkt nach Uwes Tod aufgesetzt und unterschrieben. Es ist wie ein Geständnis, schließlich habe ich das erste Staatsexamen in Jura abgelegt, mich dann aber doch auf die Finanzwirtschaft festgelegt«, antwortete Constantin.

»Gut. Ich werde Sie nicht festnehmen, Sie sollten aber morgen zu uns aufs Polizeirevier kommen und sich dort unserem Staatsanwalt stellen. Er wird entscheiden, welcher Vergehen Sie sich schuldig gemacht haben und ob Sie in U-Haft genommen werden oder nicht.«

»Es wäre nett, wenn ich erst morgen Nachmittag kommen müsste, am Vormittag habe ich noch einen wichtigen Geschäftstermin.«

Der Polizist nickte.

»Ich denke, das kann ich verantworten. Kommen Sie gegen fünfzehn Uhr. Nur der Ordnung halber muss ich jetzt noch Ihre Personalien überprüfen und dann werde ich Sie alleine lassen.«

Er ließ sich Constantin Levins Personalausweis zeigen und notierte die Ausweisnummer. An der Tür wandte sich Constantin noch einmal an den Hauptkommissar.

»Aber ich habe noch einen weiteren Beweis dafür, dass ich es nicht war. Ich habe keine Vollmacht für seine Konten und könnte nicht an sein Geld heran, selbst wenn ich es wollte.«

»Wenn das so ist, dann haben Sie in der Tat gute Karten«, verabschiedete sich Felix.

Noch ganz perplex von der unerwarteten Auflösung des Falls fuhr er in seine Wohnung.

Kapitel 27

Auf dem Weg ins Büro holte Felix am nächsten Morgen einen Kuchen – eine Schokoladen-Birnen-Torte, es gab schließlich etwas zu feiern. Emilio, Frauke, Arno und Kevin saßen schon vor ihrem Tee.

»Guten Morgen. Schön, dass ihr alle schon da seid. Ich habe gute Nachrichten, die ich euch zusätzlich mit einer Torte versüßen möchte.«

»Hast du im Lotto gewonnen oder dich mit Petra versöhnt?«, strahlte Frauke ihn an.

»Leider keins von beidem, aber ich habe unseren Fall gelöst. Ich weiß, wer Uwe Kaptaijn auf dem Gewissen hat«, sagte er.

In der darauffolgenden Stille hätte man die berühmte Stecknadel fallen hören können.

»Nun mach es nicht so spannend, wer war es?«

Kevin fand als Erster seine Sprache wieder.

»Schuld am Tod von Uwe Kaptaijn war – Uwe Kaptaijn.«

»Hast du mir damals nicht zugehört? Das hatten wir doch ganz am Anfang schon einmal diskutiert, es kann kein Suizid gewesen sein«, widersprach der Rechtsmediziner.

»Das habe ich nicht vergessen, aber ich habe auch nicht behauptet, dass es Selbstmord war. Kaptaijn wollte sich nicht selbst umbringen, er wollte eigentlich seinen Freund töten, der ihn und seine Machenschaften hätte auffliegen lassen können. Durch eine Laune des Schicksals – oder soll ich es höhere Gerechtigkeit nennen? – hat er das Gift selbst getrunken.«

Jetzt redeten alle durcheinander.

»Das glaub ich nicht!«

»Wie bist du darauf gekommen?«

»Wer ist der ominöse Freund?«

Der Hauptkommissar schwieg lächelnd und zog den Briefumschlag mit dem Geständnis von Constantin Levin aus der Tasche, nachdem sich der Sturm gelegt hatte.

»Hier steht alles drin.«

Dann begann er die Geschichte des Vortages zu wiederholen. Seine Kollegen waren zwar etwas ärgerlich, dass er ohne sie nach

Eppstein gefahren war, hingen ansonsten aber an seinen Lippen. Eine Stunde später schnitt Felix den Kuchen an.

»Nun aber los, ich habe die Torte doch nicht umsonst gekauft.« Selbst Kevin Murr, der schon lange in seiner Abteilung erwartet wurde, konnte sich nicht von ihnen trennen.

»Mensch, wenn die Geschichte stimmt, dann wäre das echt der Witz des Jahres.«

»Ja, ich gebe zu, das ist schon eine seltsame Story. Allerdings fällt mir auf, dass du nicht eine einzige Zigarette geraucht hast, seitdem ich hier bin. Das ist noch viel seltsamer«, entgegnete dieser.

»Na ja, ich versuche gerade aufzuhören.«

Alle Blicke richteten sich auf den Pathologen.

»Bist du jetzt Nichtraucher?« Emilios Stimme klang fassungslos.

»Nun, ich halte es da wie Mark Twain. Der hat einmal gesagt: 'Wenn ein Raucher mit dem Rauchen aufhört, dann ist er nicht plötzlich ein Nichtraucher, sondern nur ein Raucher, der nicht raucht'. Ich habe versprochen, dass ich es zumindest probiere, obwohl mir das Nikotin schon fehlen wird. Aber da kenne ich zum Glück genug Mittel, um es zu kompensieren.«

Kevin stopfte sich den letzten Rest seines Tortenstücks in den Mund.

»Vielleicht versuche ich es auch übergangsweise mit einer elektronischen Zigarette, das würde ja zu eurem Auto passen!«

»Was ist denn eine elektronische Zigarette? Läuft denn in Zukunft alles nur noch elektronisch?« Arno schaute fragend in die Runde und schüttelte den Kopf.

»Da besteht in der Tat eine gewisse Parallele. Das alte Auto lief auf Basis eines Verbrennungsmotors und die gute alte Zigarette hat auch etwas verbrannt. Allerdings ist nur das Nikotin für die Sucht und den Kick zuständig, viele andere, ziemlich ungesunde und gefährliche Stoffe entstehen jedoch ebenfalls beim Verbrennen des Tabaks. Die elektronische Zigarette verdampft hingegen eine Nikotinflüssigkeit. Über eine Regelelektronik wird der entstandene Dampf durch ein Aromadepot, das aussieht wie der alte Zigarettenfilter, in den Mund des Rauchers geblasen. Vor dem Verdampfer sitzt der Akku und davor eine kleine LED, die das Glühen simuliert. Da ich mich aber noch nicht für eine Geschmacksrichtung entschieden habe, benutze ich im Moment Nikotinpflaster.«

Murr zeigte die Pflaster her, die er auf seinen Arm geklebt hatte.

»Was es nicht alles gibt!«, staunte Felix. »Bald wirst du noch einer von uns!«

»Jetzt muss ich aber auch los, bevor ihr weitere dumme Fragen stellt.« Der Rechtsmediziner verschwand durch die Tür.

»Also wenn noch jemand eine unglaubliche Geschichte erzählen will, dann soll er es jetzt tun. Mich kann heute nichts mehr überraschen.« Emilio machte aus seiner Verwunderung keinen Hehl.

»Das hätte ich auch nie geglaubt«, stimmte ihm Hauptkommissar Büschelberger zu.

»Wie können wir die Geschichte von diesem Herrn Levin überprüfen? Wenn sie stimmt, dann hat Uwe Kaptaijn das Gift selbst geordert. Nur leider können wir das nicht beweisen«, lenkte er das Gespräch wieder auf ihren Fall.

Kommissar Perfondo sprang plötzlich auf. »Ich hab's!«, rief er und rannte aus dem Raum.

Sein Partner schaute ihm verwundert hinterher und Arno schüttelte nur erstaunt den Kopf.

»Was ist heute nur los? Habe ich eine Sonnenfinsternis verpasst oder warum sind heute alle Menschen, die ich kenne, so plemplem?«

Felix verstand Arno nur zu gut, er konnte Emilios Gefühlsausbruch auch nicht nachvollziehen.

Nach zehn Minuten kam sein Freund mehr als zufrieden zurück.

»Ich weiß, wie wir diese Geschichte überprüfen können. Ich habe eben mit dem IT-Leiter der Zimmer GmbH gesprochen. Er meinte, dass der PC von Uwe Kaptaijn seit dessen Tod nicht mehr benutzt wurde. Das bedeutet, dass die Bestätigung des Bestellwesens immer noch auf seinem Rechner vorhanden ist. Er muss ihn nur vom Firmennetzwerk trennen und anschalten, dann wird sie auch nicht gelöscht. Wenn er sie dort findet, wird er sie ausdrucken und uns zufaxen. Die Originaldatei schickt er dann per E-Mail hinterher.«

»Mensch, Emilio, du bist einfach genial.« Felix umarmte ihn spontan.

Es dauerte ungefähr zwanzig weitere Minuten, dann war das Fax da – die Bestellbestätigung an Uwe Kaptaijn über hundert Gramm Benzodiazepin-Chloralhydrat.

Der Hauptkommissar informierte den Staatsanwalt telefonisch über die neuesten Erkenntnisse und teilte ihm mit, dass Herr Levin heute gegen drei Uhr aufs Revier kommen würde. Genauso perplex wie der Rest des Ermittlungsteams versprach Fromm aber, zu der Vernehmung zu kommen.

»Mensch, was ist das denn für eine Geschichte, die Sie da jetzt schon wieder ausgegraben haben?«, fragte der Anwalt, als er um zwei Uhr aufkreuzte. »Ich konnte das, was Sie mir vorhin am Telefon gesagt haben, gar nicht glauben.«

»Da sind Sie nicht der Einzige, aber wir haben die schriftlich fixierte Aussage des Lebenspartners von Uwe Kaptaijn und zudem die Bestellbestätigung auf Kaptaijns Rechner gefunden. Ich denke, wir haben den Fall somit abgeschlossen.«

Damit überreichte der Hauptkommissar die Aussage und das Fax.

Der Staatsanwalt las beides durch und schüttelte den Kopf.

»Unfassbar! Stellen Sie sich vor, Kaptaijn hätte seinen Plan umsetzen können, dann wären wir nie auf die Spur dieser Giftmüllschieber gekommen. So aber hat er alles verloren, weil er sich und seine Machenschaften schützen wollte.« Fromm lachte.

»Was mich interessiert ist, was für eine Straftat Herr Levin denn nun begangen hat«, fragte Felix.

Staatsanwalt Fromm ließ sich Zeit, bevor er die Frage beantwortete.

»Das ist eine gute Frage, die kann ich nicht pauschal beantworten. Geprüft werden muss, ob es unterlassene Hilfeleistung war. Vielleicht kommt auch noch Strafvereitelung hinzu, aber das glaube ich eigentlich nicht. Wahrscheinlich wird diese ganze Geschichte für ihn gar keine juristischen Folgen haben.«

Um drei Uhr wurde Constantin Levin in das Zimmer gebracht und von Felix gefragt, ob seine Kollegen der Aussage zuhören dürften. Er hatte keine Einwände und so waren bald alle Plätze belegt.

Es war nicht nötig, dass Emilio protokollierte, da die Aussage schon schriftlich vorlag. Der Staatsanwalt ließ den Zeugen seine Angaben ohne Zwischenfragen wiederholen. Gebannt hörten die Polizisten und der Staatsanwalt der Schilderung Levins zu, selbst Hauptkommissar Büschelberger war erneut fasziniert, und am Ende herrschte Schweigen im Raum.

»Eine Frage habe ich schon noch, Herr Levin. Warum haben Sie Herrn Kaptaijns Leiche in den Osthafen gefahren und es wie Selbstmord aussehen lassen?«, fragte Felix.

Constantin blickte versonnen aus dem Fenster, als er die Frage beantwortete.

»Wissen Sie, Herr Hauptkommissar, das war so eine Eingebung. Als ich völlig fertig zu Hause neben seiner Leiche saß und mir bewusst wurde, dass Uwe mich umbringen wollte, dachte ich mir, ich werde daraus einen Selbstmord machen. In gewisser Weise war es das ja auch und der Blick vom Osthafen auf die Skyline von Frankfurt ist so romantisch. Es war der letzte Gruß an meine verlorene Liebe. Es erschien mir einfach gerecht.«

Nach einer kleinen Pause fuhr er fort.

»Was geschieht nun mit mir, muss ich ins Gefängnis?«

»Nein, Sie können nach Hause gehen. Sie sollten uns allerdings zur Verfügung stehen und nennen Sie mir bitte noch die Konten, auf die Sie das Geld von Dr. Kaptaijn transferiert haben. Wir werden es einziehen. Schließlich wird die kenianische Regierung bei der Beseitigung der Umweltschäden, die durch den Giftmüll entstanden sind, unsere Hilfe erwarten«, sagte Fromm und übergab seine Karte an Constantin Levin, der damit entlassen war.

Dann wandte er sich zurück an Felix.

»Zwei Sachen habe ich noch erfahren, von denen ich weiß, dass diese speziell Sie interessieren werden. In dem Gebiet, in dem Zimmer und Konsorten den Müll beseitigt haben, existiert eine weltweit einzigartige und sehr seltene Krötenart. Sie ist bereits vom Aussterben bedroht und ihr Bestand wurde durch den Müll weiter dezimiert. Also haben Sie am Ende wieder einmal Kröten gerettet. Ich habe herzlich gelacht, als ich das heute früh erfahren habe. Außerdem wurde Ihr Ermittlungsteam für ein Pilotprojekt auserwählt. Die gute alte Pinnwand und Tafel haben demnächst ausgedient. Wir schaffen zu Testzwecken ein sogenanntes interaktives Whiteboard an. Das ist eine intelligente Tafel, auf der Sie alle Daten zu Ihrem jeweiligen Fall bündeln und sichtbar machen können, ohne dass Sie irgendein Papier benötigen. Alles läuft elektronisch, kann gespeichert und verschickt werden. Damit wären Sie das erste Ermittlungsteam in ganz Hessen, das mit so einem Equipment arbeitet.«

»Wow!« Emilios Augen glänzten. »Wissen Sie zufällig, welches Modell wir bekommen?«

»Wenn ich mich recht erinnere, dann bekommen Sie ein interaktives Whiteboard-System von der Firma Smart Technology – und zwar die Premium-Version. Produkte dieser Firma werden in den USA und Kanada unter anderem von großen Ermittlungsbehörden wie dem FBI benutzt. Sehen Sie es auch als Belohnung dafür an, dass

Ihr letzter Fall so positive Schlagzeilen gemacht hat. Ich bin mir außerdem sicher, dass Emilio das System bedienen und qualifiziert bewerten kann. Wenn es die Ermittlungsarbeit vereinfacht und beschleunigt, dann führen wir es in mehreren Dienststellen ein.«

Während Fromm noch sprach, hatte Kommissar Perfondo schon auf seinem Tablet-PC nach dem Modell gegoogelt und konnte sich einen kleinen Freudenschrei nicht verkneifen.

»Unglaublich, was dieses System alles kann! Wir können uns vernetzen und die Daten zu jedem PC oder auch meinem Tablet schicken. Es verfügt über digitale Tinte und...«

»Was zur Hölle ist digitale Tinte?« Der Hauptkommissar schaute verwirrt zu seinem Kollegen.

»Manchmal bist du echt von vorgestern! Stell dir vor, wir bekommen Fotos oder Berichte, die zu unserem Fall gehören. Sobald sie elektronisch vorliegen und auf dem Whiteboard erscheinen, kannst du mit deinem Finger Objekte darauf anbringen, Kreise malen oder einfach handschriftliche Notizen machen und alles zusammen wieder abspeichern. Somit bleiben die Änderungen bestehen, die du gemacht hast. Es ist, als würdest du mit einem Edding auf den Fotos schreiben, die wir bisher immer an die Tafel gehängt haben. Durch die Vernetzung brauchen wir die Fotos nicht mehr zu kopieren, sondern jeder hat sie auf seinem Rechner. Die Vernetzung ist sowieso das Allerbeste daran. Wenn wir wieder einmal unterwegs sind, kann ich mit meinem Galaxy Tab Fotos machen und bestimmte Stellen markieren. Durch die direkte Vernetzung mit dem Whiteboard kann der Rest des Teams hier dann schon die Bilder sehen und mit den Ermittlungen beginnen. Als Ergänzung zur Cloud nenne ich das mal Verbrechensbekämpfung auf modernstem Niveau!«

»Und das alles kann dieses System? Benötigen wir dazu Stifte oder wie geht das?«, fragte Felix.

»Nein, du kannst deinen Finger nehmen und darauf schreiben, malen und Pfeile einzeichnen, um zum Beispiel Verbindungen aufzuzeigen.«

»Gibt es denn wenigstens auch einen digitalen Tintenkiller?«

»Klar, du kannst mit einem Löschstift arbeiten. Das System erkennt was du in der Hand hältst, nur für dich ist es kein Unterschied.«

Emilio wandte sich an Fromm.

»Eine Frage, wer ist sonst noch an dieses System angeschlossen? Sind nur wir das? Dann würden wir die Netzwerkstärke dieser Lösung gar nicht ausnutzen.«

»Gut erkannt. Nein, es ist geplant, dass ich ebenfalls Zugriff auf die Daten bekomme und mich mittels Konferenz übers Intranet auf das Whiteboard schalten kann. So kann ich meine Fragen zum jeweiligen Ermittlungsstand online stellen und wir sparen Wege und Zeit.«

Kommissar Perfondo war seine Begeisterung deutlich ins Gesicht geschrieben.

»Wie ich sehe, haben Sie das hier alles im Griff und ich bin mir sicher, dass Sie, Emilio, Ihre helle Freude daran haben werden. Meine Herren, ich empfehle mich.« Fromm verließ das Büro.

»Nach all den Jahren hast du es endlich geschafft, jetzt sind wir auch Umweltaktivisten und Technikfreaks.« Fraukes Kommentar wurde mit heftigem Lachen quittiert.

Nachdem Felix und sein Team den Abschlussbericht geschrieben hatten, verließen sie zum Feierabend gemeinsam das Büro. Der Hauptkommissar wollte seine Kollegen gerade einladen, als er Kevin Murr wartend an der Tür sah.

»Nanu, willst du zu uns wechseln oder weshalb bist du schon wieder hier? Sind dir deine Toten doch zu langweilig?«, frotzelte er.

»Nein, ich komme nur, um Frauke abzuholen.«

Kevin nahm Frauke in die Arme und küsste sie, bevor die beiden lächelnd und albernd davon gingen. Felix, Emilio und Arno standen mit offenen Mündern vor dem Revier.

»Frauke und Kevin, ich kann es nicht fassen. Wie lange läuft das schon und warum haben wir nichts bemerkt?« Felix drehte sich zu seinen zwei Kollegen, die nur mit den Schultern zuckten.

»Na dann, wollen wir diesen Tag voller Überraschungen würdig beenden. Ich lade euch zu einer Portion Handkäs mit Musik und Äppelwein ein.«

Gemeinsam fuhren die drei Richtung Sachsenhausen, im vollen Bewusstsein, dass ihr nächster Fall früh genug kommen würde.

Stephan Schwarz
Blonder Kaviar

*

Hauptkommissar Büschelbergers zweiter Fall

ISBN 978-3-942358-26-2 - Taschenbuch
ISBN 978-3-942358-27-9 - eBook (epub)
ISBN 978-3-942358-28-6 - Kindle eBook

Frankfurt: Ein brutaler Mord führt Hauptkommissar Büschelberger und sein Team direkt in das halbseidene Milieu und die erschreckenden Abgründe menschlicher Begierden. Auf finsteren und verborgenen Seiten des Internets ist ein Menschenleben nichts wert, besonders wenn es dem schnellen Geld im Weg steht oder der puren Lusterfüllung dient. Voller Entsetzen entdecken die Kommissare eine unbekannte Welt mitten in ihrer Stadt.

Im Laufe der Ermittlungen taucht ein dunkles Geheimnis aus Büschelbergers Vergangenheit auf, von dem bisher selbst sein bester Freund Emilio nichts ahnte. Wenn die Kommissare diesen Fall lösen wollen, muss sich der Hauptkommissar seiner Vergangenheit stellen. Nur welche Rolle spielt die neue Kollegin aus Osteuropa dabei?

*

Blonder Kaviar ist nach Krötenmord der zweite Kriminalroman um den charmanten Hauptkommissar Felix Büschelberger. Eingeflochten in die bewegende Story sind - wie bereits im ersten Fall - spannende Trends und bemerkenswerte Themen der Elektromobilität. Weitere Schwerpunkte liegen im Bereich der Informationstechnologie und auf zukunftsweisenden Instrumenten, die entscheidend zur Ermittlungsarbeit beitragen.

Blonder Kaviar fesselt mit hoch aktuellen Themen und zieht den Leser, dessen Moralvorstellungen im Laufe der Lektüre auf eine harte Probe gestellt werden, in seinen Bann. Doch die sympathischen Ermittler bilden einen Gegenpol zu den realitätsnahen Abgründen und wirken besänftigend - wie eine gute Tasse Tee.

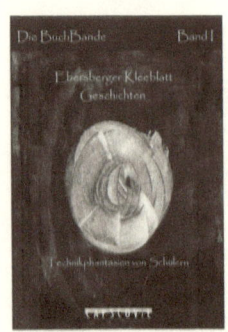

Die BuchBande
Ebersberger Kleeblatt Geschichten
Technikphantasien von Schülern
*

ISBN 978-3-942358-04-0 - Taschenbuch
ISBN 978-3-942358-05-7 - eBook (epub)
ISBN 978-3-942358-15-6 - Kindle eBook

Buch

Wehe, wenn sie freigelassen - die kreativen Gedanken. Kurze, fiktive Geschichten geben einen kleinen Einblick, womit sich junge Menschen von heute beschäftigten und was sie bewegt.

Wodurch wird ihre Sicht auf die Technik beeinflußt? Welche Chancen oder Risiken malt sich ihre Phantasie für die Zukunft aus?

Virtuelle Realität im Geografie-Unterricht

Roboter, die die Weltherrschaft anstreben

Elektronische Viren im Angriff auf das tägliche Leben

Medizintechnik, die für rassistische Klassentrennung sorgt

Spiele, die sich mit der Realität vermengen

Hundeastronaut im fernen Weltall

Computer als Lehrer und allwissende Schulen

Zeitreisen und Erfinderneid

> „Ein Gelehrter in seinem Laboratorium ist nicht nur ein Techniker; er steht auch vor den Naturgesetzen wie ein Kind vor der Märchenwelt."
>
> Marie Curie

Autoren

Die BuchBande - Band I ist eine Sammlung von neunundzwanzig kurzen Geschichten rund um Technik, geschrieben von Schülern aus dem südlichen Landkreis Ebersberg.

> „Ein Mangel an Phantasie bedeutet den Tod der Wissenschaft."
>
> Johannes Kepler

Alice N. York
Richtungswechsel

Delikater Karriere-Roman mit smarten Solar-Ideen

*

ISBN 978-3-942358-00-2 - Taschenbuch
ISBN 978-3-942358-03-3 - eBook (epub)
ISBN 978-3-942358-14-9 - Kindle eBook

Alex führt ein rundum zufriedenes Leben. Mit Sascha meint sie, den richtigen Mann an ihrer Seite zu haben, und der neue Berater-Job bei einem führenden Solarunternehmen ist genau auf sie zugeschnitten. Innerhalb kurzer Zeit arbeitet sie sich in die Technik ein und baut ein vielschichtiges Netzwerk auf.

Die Entwicklung von weitreichenden Strategien begeistert sie dabei genauso wie die taktische Umsetzung in innovative Kundenprojekte. Geschäftsreisen zu ihren international agierenden Kunden bieten Alex dabei zusätzlich Einblicke in andere Kulturen und führen sie zu faszinierenden Städten. Mit innovativen und erfolgreichen Lösungen gewinnt sie neue Projekte und verdient sich damit recht schnell den Respekt ihrer Vorgesetzten.

Doch nach einiger Zeit entwickelt sich ihr Leben zu einer dramatischen Achterbahnfahrt. Gravierende Ereignisse im Privatleben führen dazu, dass sie sich noch stärker in die Arbeit stürzt. Langsam aber sicher ziehen auch dort bedrohliche Wolken auf und immer wieder erzwingen die Geschehnisse einen Richtungswechsel.

Trotzdem setzt Alex alles daran, nicht die Kontrolle zu verlieren. Aber wie bei einem Pokerspiel werden die Karten stets neu gemischt und es ist bis zuletzt unklar, wer das entscheidende Ass im Ärmel hat.

***

Ein gewagt ehrlicher Blick hinter die Kulissen eines Technologie-Konzerns, mit einprägenden Charakterstudien und bewegenden Erfahrungen. Ein Roman, der polarisiert - Insider ebenso wie Branchenfremde.